HEYNE BÜCHER

SCIENCE FICTION

Herausgegeben
von Wolfgang Jeschke

Ein vollständiges Verzeichnis aller
im HEYNE VERLAG erschienen STAR TREK-Romane
finden Sie am Schluß des Bandes.

DENNY MARTIN FLINN

STAR TREK
CLASSIC

DER COUP DER PROMETHANER

Roman

Star Trek®
Classic Serie
Band 86

Deutsche Erstausgabe

WILHELM HEYNE VERLAG
MÜNCHEN

HEYNE SCIENCE FICTION & FANTASY
Band 06/5686

Titel der amerikanischen Originalausgabe
THE FEARFUL SUMMONS
Deutsche Übersetzung von Bernhard Kempen

Umwelthinweis:
Dieses Buch wurde auf chlor- und säurefreiem Papier gedruckt.

Taschenbuchausgabe: 11/99
Redaktion: Rainer-Michael Rahn

Erstausgabe by Pocket Books/Simon & Schuster, Inc., New York

http://www.heyne.de
Printed in Germany 1999
Umschlagbild: Pocket Books/Simon & Schuster Inc., New York
Umschlaggestaltung: Nele Schütz Design, München
Technische Betreuung: M. Spinola
Satz: Schaber Satz- und Datentechnik, Wels
Druck und Bindung: Ebner Ulm

ISBN 3-453-15001-5

Ich danke Deborah Schneider, Dave Stern und Kevin Ryan für ihre beständige Unterstützung dieses Projekts, Nick Meyer, weil er mich in die Welt von *Star Trek* eingeführt hat, und Barbara, Brook und Dylan für ihre Geduld.

ERSTER TAG

»Es gibt ein Sprichwort im Buch Muharbar«, sagte Maldari zum Steuermann hinter ihm. »Eine Sache gehört demjenigen, der sie am meisten begehrt.«

Maldari stand vor seinem Sichtschirm und starrte auf das Bild der riesigen und schlanken U.S.S. *Excelsior*. Die weiße Hülle schimmerte, die Sichtluken strahlten, und die zwei gewaltigen Triebwerksgondeln schwiegen, während das Schiff im schwarzen Weltraum schwebte.

»Ich habe gehört, daß sie eine Reisegeschwindigkeit von Warp acht erreichen kann«, sagte der Steuermann. »Und sie kann sich fünf Jahre lang im Weltraum aufhalten, ohne zu ihrem Heimathafen zurückkehren zu müssen.«

»Sie haben sicher noch viel mehr gehört«, sagte Maldari. Er wußte, daß der junge Steuermann sein Planetensystem zum ersten Mal verlassen hatte. »Sie haben gehört, daß die Raumschiffe der Föderation unbesiegbar sind. Sie erzittern, wenn Sie an ihre Leistungsfähigkeit und ihre Geschwindigkeit denken. Sie glauben, daß sie Zauberkräfte besitzen, weil sie überall sein können, alles hören und alles sehen können. Aber so ist es nicht.«

»Sie haben klingonische Birds-of-Prey besiegt.«

»Vielleicht. Es wäre auch möglich, daß die Klingonen sich selbst besiegt haben.« Maldari drehte sich zu seinem Navigator herum. »Haben sie uns geortet?«

»Noch nicht«, antwortete der dritte Promethaner auf der Brücke.

Maldari wandte sich wieder dem jungen Steuermann zu. »Dann werden wir sofort hinter diesem toten Mond in Deckung gehen.«

Maldari beobachtete, wie das strahlende Föderationsraumschiff hinter einer grauen, glanzlosen Kugel verschwand, die mit Kratern übersät war.

»Sie wollen vermeiden, daß das Schiff uns bemerkt?« fragte der Steuermann. »Werden wir…?«

»Geduld, Barush. Ich weiß noch nicht, was wir tun werden. Aber wenn ich es weiß…« Er wandte sich vom Sichtschirm ab und ließ seine scharfen, krummen Zähne in einem sarkastischen Lächeln aufblitzen. »…dann werden Sie natürlich der erste sein, dem ich mich anvertraue.« Maldaris birnenförmiger Körper huschte auf den vier kurzen Beinen davon und verschwand hinter den zwei Besatzungsmitgliedern im Durchgang. Das gesprenkelte graue Gesicht des jungen Steuermanns wurde vor Verlegenheit dunkel.

Maldari lief durch den Korridor, der die Brücke mit der Hauptsektion der *Sonnentau* verband. *Bis es soweit ist,* dachte er, *wäre es das Beste, wenn sie nichts von uns bemerken. Vielleicht können wir diesen Vorteil nutzen. Bis jetzt war es keine sehr erfolgreiche Reise. Wir sind an Bord eines uralten Raumschiffs gegangen, das sich jedoch als praktisch leer erwies, abgesehen von einigen Wissenschaftlern. Keine wertvollen Waren, nicht einmal Frauen, die wir auf den Sklavenmärkten hätten verkaufen können. Wir sind auf einem Planeten gelandet, dessen Bewohner keine Verwendung für Dilithium oder andere Waren hatten, da sie noch keine Technik entwickelt haben. Wir haben ganze Systeme abgesucht und nur wenig Brauchbares gefunden. Unsere Lagerräume sind so gut wie leer, obwohl wir schon seit fast einem Jahr unterwegs sind. Man wird uns die Raumfahrtlizenz entziehen, wenn wir nicht irgend etwas Wertvolles mitbringen, und wenn der Anteil für die Diener des Weges zu gering ausfällt, werden sie mein Schiff als unerwünscht deklarieren, und dann werde ich große Schwierigkeiten haben, eine Besatzung für eine neue Reise anzuheuern.*

Enttäuscht und frustriert betrat Maldari die Zentralkabine. Seine Laune wurde noch schlechter, als er dort auf Kornish und Dramin traf.

Die U.S.S. *Excelsior*
Irgendwo außerhalb des Territoriums der Föderation
Frühling 2294

Der Planet hing majestätisch im Weltall. Drei Viertel seiner Oberfläche schimmerten blau, der Rest bestand aus Inseln in braunen und grünen Farbtönen. Weiße Schäfchenwolken hüllten ihn ein, und ein einzelner lebloser Mond bewegte sich auf einer engen Umlaufbahn. *Fast wie die Erde*, dachte Sulu, als er den Planeten auf dem Hauptschirm betrachtete, und für einen kurzen Moment sah er sich wieder in den gepflegten Straßen von San Francisco, wo er sich vor beinahe drei Jahrzehnten in der Starfleet-Zentrale eingefunden hatte, um seine erste Mission für die Vereinte Föderation der Planeten zu übernehmen.

Es war ruhig auf der Brücke der *Excelsior*. Nur leise Stimmen drangen wie das Plätschern eines Baches an sein Ohr. Die Beleuchtung war automatisch gedämpft worden, als der Wissenschaftsoffizier den Himmelskörper auf den Bildschirm gerufen hatte. Die meisten Anwesenden starrten genauso wie Sulu auf die leuchtende Kugel und waren von seiner Schönheit gebannt.

»Nach den Daten weist er nicht die geringste Ähnlichkeit mit Ihrem Heimatplaneten auf«, sagte der Wissenschaftsoffizier Sencus mit leiser Stimme hinter Sulus Rücken, als hätte er seine Gedanken erraten. »Nach unseren Auswertungen ist die Atmosphäre völlig frei von jeglicher Verschmutzung, im Boden gibt es keine Chemikalien, und das Wasser besteht aus reinem H_2O. Es gibt etwa achtzig Millionen Spezies von Lebewesen, von Insekten über Fischen zu Säugetieren, von denen einige Arten eine recht komplexe Form der Kommunikation entwickelt haben. Aber keine humanoide Spezies. Aufgrund vulkanischer Ablagerungen können wir das Alter des Planeten auf etwa sechs Milliarden Jahre schätzen, womit er ein wenig älter als die Erde ist. Es gibt eine üppige Vegetation und keinerlei fleischfressende Spezies. Auf der Oberfläche kommt es nur gelegentlich zu schwachen Stürmen, die jedoch sehr kurzlebig sind. Aufgrund des konstanten Abstands von der Sonne weicht die Temperatur höchstens um zehn Grad von der Durchschnittstemperatur von dreißig Grad Celsius ab.«

»Mit einem Wort«, sagte Sulu lächelnd, »ein Paradies!«

»Keine der Spezies hat bisher den Versuch unternommen, den Planeten zu verlassen«, sprach der Vulkanier weiter, ohne auf Sulus Bemerkung einzugehen. »Und sie haben auch nicht versucht, mit anderen intelligenten Wesen zu kommunizieren.«

»Wir könnten in einer Stunde den stationären Orbit erreichen, Captain«, sagte Sulus Navigatorin. »Es wäre mir ein Vergnügen, das Landeteam anzuführen.« Die junge Frau hatte sich herumgedreht und blickte Sulu lächelnd an.

Ein halbes Dutzend Brückenoffiziere verfolgte interessiert das Gespräch. Sie hatten sich um den Sessel des Captains versammelt und versuchten einen gelassenen Eindruck zu erwecken. Doch Sulu wußte genau, worauf sie hofften. Es war schon mehrere Monate her, seit sie das letzte Mal festen Boden unter den Füßen gehabt hatten, und ihr kürzlicher Besuch auf einem stinkenden und eiskalten Planeten, der nur von Kakerlaken bewohnt wurde, die groß wie Wassermelonen waren und nur in Schwärmen auftraten, ließ sich kaum als Erholung bezeichnen. Sie hofften auf die Gelegenheit, sich etwas genauer auf der unberührten Welt umsehen zu können, die verlockend auf dem Bildschirm leuchtete.

»Bedauerlicherweise«, sagte Sulu mit erhobener Stimme, damit den Lauschern nichts entging, »werden wir darauf verzichten müssen. Wenn wir uns zu diesem Zeitpunkt zu erkennen geben, könnte bereits das Wissen von unserer Existenz den Verlauf ihrer Geschichte verändern. Wenn ihnen plötzlich bewußt wird, daß es andere Zivilisationen gibt, die auch noch der ihren überlegen sind, sind sie möglicherweise gezwungen, auf diese Tatsachen zu reagieren. Und wie Sie alle wissen, würde es gegen die Erste Direktive von Starfleet verstoßen, wenn wir in irgendeiner Weise die Entwicklung einer anderen Zivilisation beeinflussen. Es tut mir leid, meine Damen und Herren.«

Die kleine Gruppe von Offizieren löste sich unter leisem Murren auf.

»Eine logische Entscheidung, Captain«, sagte der vulkanische Wissenschaftsoffizier. »Wenn auch allem Anschein nach eine sehr unpopuläre«, setzte er hinzu.

Sulu blickte zu Commander Sencus auf. Als sein ursprünglicher Wissenschaftsoffizier Masoud Valtane zu einer neuen Mission versetzt worden war, hatte Sulu den alten Vulkanier angefordert. Obwohl es zeitweise sehr anstrengend sein konnte, sich mit jemandem auseinanderzusetzen, der über keinerlei Emotionen verfügte, hatte er das Verhältnis zwischen dem Captain und dem wissenschaftlichen Offizier während des Dienstes an Bord seines ersten Raumschiffes beobachten können. Deshalb wußte er, daß es sich lohnte, einen Vulkanier an Bord zu haben. Ein Vulkanier mit der Fähigkeit, auf jede Situation, sei sie auch noch so dringend oder komplex, mit kristallklarer Logik zu reagieren, konnte ein ausgezeichneter Ausgleich für einen

Captain mit menschlichen Emotionen und manchmal allzu menschlichen Mängeln sein.

»Sie haben gehofft, ein paar Tage auf einem netten, lebensfreundlichen Planeten verbringen zu können«, erklärte Sulu.

»Warum?« fragte Sencus.

»Weil… nun, weil es eine neue Umgebung für sie wäre. Sie könnten spazierengehen oder schwimmen.«

»Das können sie auch auf dem Freizeitdeck«, entgegnete Sencus.

»Sie hätten sich eine Mahlzeit zubereiten können, die nicht aus dem Nahrungsreplikator kommt. Vielleicht hätte sich sogar ein Gespräch mit einem Außerirdischen ergeben. Sie wissen schon, ein wenig Abwechslung von der Routine. Etwas anderes als unser Raumschiff. Weil es eine Abwechslung wäre, weil es Spaß machen würde.«

»Weil es Spaß machen würde… ich verstehe.« Sencus nickte und kehrte dann an seine wissenschaftliche Station zurück.

Natürlich versteht er, dachte Sulu, *und zwar gar nichts!*

»Ein Föderationsraumschiff wäre eine fette Beute«, sagte Dramin vorsichtig. »Es ist bestimmt voller Waren. Wertvolle Fracht aus der ganzen Galaxis.«

»Und es hat eine Besatzung«, fügte Kornish warnend hinzu. »Wie viele könnten es sein, Maldari? Für ein Schiff dieser Größe?«

»Ich habe keine Ahnung«, antwortete Maldari und wünschte sich, er wäre den beiden nicht begegnet – dem politischen und dem religiösen Offizier. Dann tadelte er sich selbst, weil er ihnen beiläufig erzählt hatte, daß sie in die Nähe eines großen, modernen Raumschiffes geraten waren. »Es könnten ein paar Dutzend sein. Oder Hunderte. Ich habe nie ein solches Schiff von innen gesehen.«

»Es wäre groß genug für mehrere hundert«, führte Kornish den Gedanken sofort weiter. »Darunter zweifellos viele Soldaten.«

»Und allesamt Ungläubige«, sagte Dramin.

Maldari beobachtete, wie Dramin von der zähen Flüssigkeit schlürfte, die in seinem Becher dampfte. *Es liegt nur an diesem Schleim, den sie ständig trinken,* dachte er. *Das Zeug macht sie offenbar süchtig. Und zu Fanatikern.*

»Ich habe gehört, sie tolerieren die unterschiedlichsten Glaubensrichtungen in ihrer Föderation«, warf Maldari ein.

»Sehen Sie? Völlig absurd! Diese Wesen gehören nicht in unser Universum.«

»Es ist ein großes Universum«, sagte Kornish. »Wir müssen realistisch bleiben.«

Maldari hatte noch nicht herausgefunden, zu welcher Richtung Kornish neigte. Es war jedesmal das gleiche. Immer wenn Mitglieder der Herrschenden Familie an Bord waren, stifteten sie nur Verwirrung. Denn im Grunde arbeiteten sie als Spione. Wenn Kornish sich niemals festlegte, konnte er anschließend jeden Erfolg für sich beanspruchen und sich von jedem Fehlschlag distanzieren. *Die Mitglieder der Herrschenden Familie scheinen schon an der Wiege in Heuchelei unterrichtet zu werden,* dachte Maldari.

»Soll das heißen«, wandte sich Maldari höflich an Kornish, um die Chance zu nutzen, ihn festzunageln, »daß Sie für den Rückflug nach Hause plädieren? Sollen wir nur mit dem heimkehren, was wir uns bislang sichern konnten?«

»Ihre Lagerräume sind praktisch leer«, erwiderte Kornish im gleichen Tonfall, doch das Pronomen ließ keinen Zweifel daran, daß er allein Maldari dafür verantwortlich machen wollte. Womit er nicht einmal unrecht hatte, wenn Maldari darüber nachdachte.

»Ein Raumschiff der Föderation würde wohl kaum hineinpassen«, entgegnete Maldari sarkastisch.

»Das Buch Muharbar«, dozierte Dramin, »unterscheidet klar zwischen jenen, die dem Einzigen Weg folgen, und denen, die es nicht tun.«

Dann ist es äußerst praktisch, vom Einzigen Weg zu sprechen, dachte Maldari.

»Jene, die es nicht tun, stehen jenen, die es tun, im Weg. Daher sind wir verpflichtet, sie zu beseitigen.«

»Sie müssen mir Bescheid sagen, wenn der heilige Krieg beginnt, Dramin«, sagte Maldari. »Ich werde der erste Freiwillige sein. Natürlich nur, wenn er von der Herrschenden Familie sanktioniert wird.« Er nickte Kornish zu. »Bis es soweit ist, muß ich als Captain dieses Raumschiffs entscheiden, wofür es sich zu sterben lohnt und wofür nicht. Es gibt keinen Zweifel, daß das Schiff über Energieschilde verfügt. Und selbst wenn wir sie mit abgeschalteten Schirmen überraschen könnten, reicht unsere Feuerkraft wahrscheinlich nicht aus, um sie sofort außer Gefecht zu setzen. Es dürfte sich um einen sehr gefährlichen Gegner handeln.«

»Sie haben Angst vor einem Föderationsschiff«, sagte Dramin.

»Nein«, erwiderte Maldari stolz. »Ich bin nur vorsichtig. Vielleicht sind Sie bereit, Selbstmord zu begehen, wenn das Buch Muharbar es von Ihnen verlangt. Aber die Besatzung, für die ich verantwortlich bin, könnte in diesem Punkt anderer Ansicht sein. Für sie ist Piraterie einfach nur ein Beruf. An Bord meines Schiffes gibt es keine Feiglinge, sondern nur tapfere Männer. Aber sie sind nicht dumm. Wenn sie nicht mit einem beträchtlichen Gewinn nach Hause kommen, werde ich nicht mehr der Captain sein, mit dem sie beim nächsten Mal fliegen.«

»Dann wollen Sie diese Chance ungenutzt verstreichen lassen?« fragte Kornish.

»Das habe ich nicht gesagt. Aber dieses Raumschiff ist kein leicht bewaffneter Frachter mit einer Besatzung von fünf übernächtigten Raumfahrern. Unsere Lagerräume werden sich nicht füllen, wenn wir es rammen und entern. In diesem Fall würde die *Sonnentau* traurige Berühmtheit wegen ihres wahnsinnigen Captains erlangen.«

»Was Sie brauchen«, sagte Dramin mit den leuchtenden Augen des Fanatikers, »ist ein Plan.«

»Vielen Dank, Dramin«, sagte Maldari. »Ich bin überglücklich, daß ich an Ihrem Rat teilhaben darf. Das Konklave, das Sie eines Tages als ihren Diener des Weges gewinnt, darf sich glücklich schätzen.« Er verließ den Raum und hatte wieder einmal das Gefühl, mit seinem politischen und religiösen Offizier nicht sehr diplomatisch umgegangen zu sein. Er hoffte, daß sein Sarkasmus ihren geistigen Horizont überschritt, aber er glaubte nicht daran.

Draußen im Korridor dachte er darüber nach, daß Kornish und Dramin immer gemeinsam auftraten. Es war kaum denkbar, daß sie sich so sehr mochten. Und gegenseitig vertrauen konnten sie sich schon gar nicht. Dann erkannte er plötzlich den Grund für ihr Verhalten. Sie taten es nur, weil alle gewöhnlichen Besatzungsmitglieder sich von ihnen fernhielten.

Sulu saß mit seinen wissenschaftlichen Offizieren im Besprechungsraum neben der Hauptbrücke und leitete eine Diskussion über den Planeten, der von der Besatzung auf den Namen ›Fata Morgana‹ getauft worden war, weil sie ihn niemals persönlich betreten würden. Weitere Messungen waren durchgeführt und mehrere als Felsbrocken getarnte Sonden auf die Oberfläche geschickt worden. Das Kommunikationsteam hatte verschiedene Sprachen der Wale aufgezeichnet und entschlüsselt. Die Geologen hatten die Landmassen fast bis zum Kern vermessen und die Naturgeschichte des Planeten rekonstruiert. Die Meteorologen hatten die Wetterentwicklung verfolgt, die von den Statistikern einhundert Jahre in die Zukunft extrapoliert worden war, um zu bestimmen, welchen Einfluß das Klima auf die Planetenbewohner haben würde. Mikrobiologen hatten die genetische Struktur der wichtigsten Spezies aufgeschlüsselt und ihre evolutionäre Weiterentwicklung für die nähere Zukunft vorhergesagt. Die Wissenschaftler waren sich darin einig, daß außer einem Besuch auf der Oberfläche kaum etwas übrig war, das sie über den Planeten noch in Erfahrung bringen konnten.

»Auch wenn keine Städte oder sonstwelche komplexen Strukturen vorhanden sind«, sagte Sencus, als Sulu gerade mit seinen Gedanken zur Besprechung zurückkehrte, »fügt sich jede Spezies auf harmonische Weise in das Biosystem ein. Obwohl sie sich immer wieder an allmähliche Veränderungen der Umwelt angepaßt haben, gibt es keine Hinweise, daß eine der Spezies jemals versucht hätte, die Umwelt an ihre Bedürfnisse anzupassen. Das heißt, der Planet ist völlig unverdorben. Schließlich habe ich Anzeichen für sehr hoch entwickelte mentale Aktivitäten registriert. Viele der Spezies scheinen eine Intelligenz aufzuweisen, die in parapsychologischer Hinsicht sehr weit fortgeschritten ist. Sie sind vielleicht mit den irdischen Delphinen vergleichbar. Der Planet ist ein nahezu vollkommenes Labor, ein Beispiel, wie sich die Evolution über Jahrmillionen ohne jede Aggression vollziehen kann.« Sencus schloß seinen Vortrag ab und wandte sich an die Biologin Sandra Pastur.

»In der Tat«, griff Pastur das Thema auf. »Viele Spezies haben sich ausgesprochen gut an ihre Umwelt angepaßt. Sie haben weder den Lauf der Flüsse verändert, den Lebensraum anderer Spezies eingeschränkt noch ihre Regenwälder gerodet. Daher lassen die langfristigen Extrapolationen der evolutionären Entwicklung ihrer physischen Organisation nur äußerst geringfügige Änderungen erwarten. Hier ist ein Exemplar der am weitesten fortgeschrittenen Spezies.«

Die Biologin nahm eine Schaltung an ihrer Konsole vor, worauf sich eine Holographie im Zentrum des Besprechungstisches aufbaute. Es war ein friedfertig wirkendes Wesen mit dem Gesicht eines Delphins und dem Körper eines Aals, der etwas länger als ein Meter war.

»Aus naheliegenden Gründen haben wir ihnen den Namen ›Aalphin‹ gegeben. Sie können sich gleichermaßen mühelos im Wasser und auf dem Land bewegen, indem sie entweder schwimmen oder wie eine Schlange kriechen. Sie bilden lebenslange Partnerschaften und leben in Familiengruppen aus mehreren hundert Individuen. Es gibt keine erkennbaren Aggressionen zwischen den Aalphinen und anderen Spezies oder unter den Aalphinen selbst. Sie unternehmen weite Reisen, aber nicht aufgrund von Wetterbedingungen oder der Verfügbarkeit von Nahrung, da sie überall auf dem Planeten überleben können. Sie sind ganz einfach Nomaden, ohne daß es einen erkennbaren Grund für ihre Nichtseßhaftigkeit gibt. Was sie von den vielen anderen Spezies, die wir studiert haben, unterscheidet, sind ihre Gedankenmuster. Allem Anschein nach entwickeln sie ein höheres Bewußtsein, und zwar äußerst schnell.«

»Heißt das, sie können die Gedanken ihrer Artgenossen lesen?« fragte Sulu.

»Es sieht eher so aus, als hätten sie ein gemeinsames Bewußtsein entwickelt. Ihre geistigen Funktionen sind gleichzeitig individuell und kollektiv. Dafür gibt es praktische Gründe – ähnlich wie bei den Zugvögeln der Erde, deren Flugmuster so genau aufeinander abgestimmt sind, daß sie wie ein Organismus reagieren –, und sie tun es, weil es ihnen Spaß macht. Sie scheinen auf mentaler Ebene miteinander zu spielen, und zwar auf sehr komplexe Weise. Und sie besitzen eine ausgeprägte Religiosität, natürlich ohne eine institutionelle Religion. Diese geistigen Übungen scheinen einen bestimmten Zweck zu haben. Man könnte von einer Art Erkundung der Seele sprechen. Es mag etwas merkwürdig klingen, wenn ich sage, daß sie nach dem Sinn des Lebens suchen. Sie sind sich bereits der sehr chaotischen und zufälligen Struktur des Universums bewußt. Sie kennen sogar das Konzept der Unendlichkeit, auch wenn sie noch keinen Vorstoß in den Weltraum unternommen haben. Statt technischer Fertigkeiten entwikkeln sie ihre mentalen Fähigkeiten, mit denen sie in der Lage sein werden, Raum und Zeit zu *transzendieren*. Falls so etwas möglich ist. Wenn sie jedoch in eine Sackgasse geraten, weiß niemand, welche Richtung sie dann einschlagen werden. Ich glaube nicht, daß sie jemals die Galaxis mit Raumschiffen bereisen, wie wir es tun. Aber in weniger als hundert Jahren werden wir mit ziemlicher Sicherheit von ihnen hören.«

»Wie sollen sie uns kontaktieren, wenn sie keine Subraumsender bauen?« fragte ein Kommunikationsoffizier.

Die Biologin lächelte. »Irgendwann werden sie einen Weg finden, mit der Außenwelt zu kommunizieren. Wahrscheinlich werden sie mit Telepathen beginnen. Dann werden wir sie in unseren Köpfen hören.«

Rund um den Konferenztisch wurde es still. Die Offiziere der U.S.S. *Excelsior* betrachteten neugierig das Wesen, das vor ihnen in der Luft hing.

»Aber sie haben Respekt vor der Privatsphäre anderer Spezies«, sagte die Biologin, um einer entsprechenden Bemerkung zuvorzukommen. »Es ist äußerst unwahrscheinlich, daß sie uns ohne Warnung und Einladung überfallen werden.«

Die Offiziere stießen gleichzeitig einen Seufzer der Erleichterung aus. Sulu blickte zu Dr. Bernard Hans hinüber, der mit seinen dreiundachtzig Jahren das älteste Besatzungsmitglied der *Excelsior* war.

»Dr. Hans«, sagte Sulu. »Bitte fassen Sie für uns kurz Ihre heutigen Beobachtungen zusammen.«

Der Doktor sprach mit leiser Stimme, in der ein leichter Akzent einer europäischen Sprache mitschwang.

»Diese Aalphine haben sich genauso wie alle anderen Spezies des Planeten so gut an ihre Umwelt angepaßt, daß sie im gegenwärtigen Entwicklungsstadium praktisch überhaupt nicht mehr durch irgendwelche Krankheiten beeinträchtigt werden. Ich konnte keinen einzigen Planetenbewohner entdecken, der in unserem Sinne krank ist oder es jemals zuvor war. Natürlich gehören einige Spezies zu einer längeren Nahrungskette und fallen gelegentlich anderen Spezies zum Opfer, aber die wichtigsten Spezies und vor allem jene mit nennenswerter intellektueller Entwicklung ernähren sich ausschließlich von der Vegetation des Planeten. Sie haben keinerlei Immunsystem, weil es völlig überflüssig wäre. Es gibt nichts, was Krankheit und vorzeitigen Tod verursachen könnte. Die ältesten Mitglieder jeder Spezies scheinen am weitesten fortgeschritten zu sein, weil sie niemals aufhören, sich weiterzuentwickeln. Die Aalphine zum Beispiel ziehen sich im Alter von schätzungsweise einhundertfünfzig Jahren zurück, um in Frieden zu sterben. Wie die Elefanten auf der Erde. Sie sind nicht kränklich oder senil, aber sie scheinen zu erkennen, daß ihre natürliche Lebensspanne zu Ende geht. Wenn sie an ihrer letzten Ruhestätte eingetroffen sind, bleibt ihr Herz einfach stehen. Ich neige normalerweise nicht zu unwissenschaftlichen Charakterisierungen, aber ich muß sagen, daß ich diese Geschöpfe sehr edelmütig finde. Ich bin gespannt auf den Zeitpunkt, wenn sie bereit sind, sich in die Gemeinschaft des Universums einzufügen. Wir könnten sehr viel von ihnen lernen.«

Der Bericht des Arztes ließ die Diskussionsrunde in nachdenklicher Stimmung ausklingen.

»Ich denke«, schloß Sulu die Diskussion ab, »daß wir alles erfahren haben, was wir aus der Ferne in Erfahrung bringen konnten. Und wenn wir uns näher heranwagen, würden sie uns vielleicht bemerken. Ich möchte Ihnen allen für Ihre ausgezeichnete Arbeit und ihre sehr eindrucksvollen Berichte danken. Bitte sorgen Sie dafür, daß alles in den Datenbanken des Schiffes gespeichert wird. Wir werden die Föderation auf dem Rückweg über unsere Entdeckungen informieren und die Daten an die Föderationsbibliothek Memory Alpha überspielen. Ich gehe davon aus, daß wir um Punkt neunzehn Uhr zu unserer nächsten Mission aufbrechen können. Das wäre alles, meine Damen und Herren.«

Doch bevor die Offiziere aufgestanden waren, bewegte sich plötzlich die Holographie des Aalphins auf Sulu zu. Sulu blickte die Biologin an, die hektisch an der Konsole hantierte.

»Mrs. Pastur, ich weiß ihr Geschick mit dem Holoprojektor zu schätzen. Wenn Sie gerne einen Film zur Unterhaltung der Besatzung...«

»Entschuldigung, Captain, aber es liegt nicht an mir. Ich scheine die Kontrolle über die Holographie verloren zu haben.« Sie bearbeitete die Tasten der Konsole und starrte hilflos auf den Aalphin, der durch die Luft auf Sulu zuschwamm. »Sie scheint plötzlich ein Eigenleben entwickelt zu haben.«

»Das erscheint mir äußerst unwahrscheinlich«, sagte Sencus.

»Wirklich, ich...«

Doch bevor irgend jemand reagieren konnte, schwebte das Wesen einmal um den Konferenztisch herum, an jedem Gesicht der Offiziere vorbei. Seine Augen strahlten, und der Mund war zu einem ständigen Lächeln verzogen. Dann kehrte es in die Mitte des Tisches zurück und verblaßte.

»Geschafft«, sagte die Biologin. »Entschuldigen Sie, Captain, es war wirklich keine Absicht. Ich schätze, ich habe irgendein falsches Programm aufgerufen.«

Der ganze Zwischenfall hatte nicht länger als dreißig Sekunden gedauert, und als er vorbei war, erhoben sich die Offiziere und verließen den Raum. Nur Sencus blieb zurück und bediente seine eigene Konsole. Als Sulu es bemerkte, machte er kehrt und trat hinter den Vulkanier. Er blickte sich um, aber alle anderen hatten den Besprechungsraum verlassen.

»Was gibt es, Mr. Sencus?« fragte Sulu.

»Ich überprüfe gerade die Hauptdatenbanken des Schiffes, Captain.«

»Und?«

»Und es scheint, daß sie von außen angezapft worden sind.«

»Das ist unmöglich. Der Schiffscomputer ist für niemanden zugänglich, der sich außerhalb der *Excelsior* befindet. Das System ist völlig sicher. Ein Zugang wird nur gestattet, wenn die Stimme eines ranghohen Offiziers identifiziert wurde.«

»Trotzdem gibt es Anzeichen, daß die Bibliothek und die internen Betriebsdaten des Schiffes vor kurzem angezapft wurden.«

»Was wollen Sie damit andeuten? Daß sich altertümliche Hacker im Weltall herumtreiben?«

»Jemand hatte Zugriff auf die Datenbanken, aber keinen direkten Zugang. Es sieht fast so aus, als wären sie an Ort und Stelle gelesen worden.«

»Niemand kann eine Gedankenverschmelzung mit einem Computer durchführen, Sencus.«

»Niemand, von dem wir wüßten, Captain«, sagte

Sencus. Er stand vom Tisch auf und machte sich auf den Weg zum Ausgang.

»Warten Sie einen Augenblick! Sie können es nicht einfach damit bewenden lassen. Was halten Sie davon?«

»Während wir heute den Planeten untersucht haben, hat jemand oder etwas uns untersucht, Captain. Mehr weiß ich nicht. Die Unbekannten haben uns keinerlei Schaden zugefügt, wozu sie sicherlich in der Lage gewesen wären. Ich fürchte, daß sie keinen Hinweis auf ihre Identität hinterlassen haben.«

»Und wie lautet Ihre Vermutung, Sencus?«

»Ich stelle niemals Vermutungen an, Captain. Das wissen Sie ganz genau.« Damit verließ er den Raum.

Sulu stand noch eine Weile da und starrte durch das Panoramafenster in den unermeßlichen Weltraum hinaus. Von ihrer gegenwärtigen Position war der Planet mit dem bloßen Auge nicht zu sehen, da die *Excelsior* sich bewußt außerhalb der Sichtweite jeder bekannten Spezies hielt. Nur am Rand des Fensters war die leblose Oberfläche eines grauen, kraterübersäten Mondes zu sehen.

Maldari stand hinter seinem Navigator auf der Brücke.

»Sie haben uns noch nicht gesehen?« wollte er wissen.

»Nein. Sie befinden sich jetzt seit fast zwölf Stunden im Orbit um den Planeten.«

»Und wir waren die ganze Zeit hinter diesem Mond verborgen?«

»Ja. Wir haben nur über eine ortungssichere Sonde Kontakt gehalten.«

»Legen Sie das Bild auf den Sichtschirm!«

Die *U.S.S. Excelsior* erschien vor dem schwarzen Hintergrund des Weltraums, aber das Bild war nicht mehr so deutlich wie am Morgen. Maldari sah sich das Schiff noch einmal an. Es war das größte Raumschiff, das er jemals gesehen hatte. Und das modernste. Die Frachträume mußten mit unvorstellbaren Schätzen gefüllt sein, dachte er. Warum sollte man sonst ein so großes Raumschiff bauen, wenn nicht zu dem Zweck, möglichst viel Fracht zu transportieren?

»Können Sie den Innenaufbau erkennen?« fragte er.

»Nein, Captain«, sagte der Navigator. »Dazu sind wir zu weit entfernt.«

»Ich verstehe. Trotzdem denke ich, daß das da oben die Brücke ist.«

»Captain, meinen Sie, daß wir sie entern können?« fragte Barush.

»Barush, Sie sind ein Dummkopf, wenn Sie glauben, wir könnten es im Sturm erobern. Bei einem offenen Gefecht mit einem Föderationsschiff würde man uns nur die *Pikaden* abreißen.«

»Wir könnten uns heimlich anschleichen.«

»Sie verwechseln unseren alten Kahn mit einem klingonischen Kampfkreuzer, der über eine Tarnvorrichtung verfügt. Sie würden uns mit einem einzigen Photonentorpedo aus der Galaxis fegen. Kleine Fische, die überleben wollen, gehen nicht auf die Jagd nach Haien, sondern nach kleineren Fischen.«

»Dann werden wir uns aus dem Staub machen?« sagte Dramin. Maldari drehte sich um und sah, daß der religiöse Offizier die Brücke betreten hatte, dicht gefolgt vom politischen Offizier.

»Die *Sonnentau* hat sich noch nie vor irgend etwas aus dem Staub gemacht«, sagte Maldari mit möglichst kehliger Stimme. »Nicht, seit mein Großvater und Vater Captain dieses Schiffes waren. Und es wird auch nicht geschehen, solange ich die Verantwortung dafür trage.«

»Dann haben Sie einen Plan?« fragte Dramin. »Wenn Sie mit einem Raumschiff der Föderation als Beute zurückkehren, werden die Diener des Weges sehr beeindruckt sein.«

»Und unter welchem Vorwand soll ich das Schiff entern?« fragte Maldari. »Für Sie mag es ein Schiff der Ungläubigen sein, aber für mich ist es einfach nur ein Raumschiff.«

»Zufällig haben wir vor kurzem über dieses Problem gesprochen«, sagte Kornish nachdenklich. »Dabei habe ich darauf hingewiesen, daß sich das Schiff strenggenommen im Sektor des Systems Beta Prometheus befinden könnte. Wir sind weder Mitglied noch Vertragspartner der Föderation. Und daher... ich denke, Sie verstehen die Situation.«

Maldari blickte seinen Navigator an. »Befindet sich das Schiff im Sektor Beta Prometheus?« fragte er streng.

Der Mann antwortete nicht sofort, sondern hantierte eine Weile an seiner Konsole, ohne den Kopf zu erheben.

»Natürlich hängt es davon ab«, sprach Kornish weiter, »wie man einen Sektor im Weltraum definiert. Ich bin darin kein Experte, aber...« Der politische Offizier scharrte mit den Füßen und verzichtete darauf, den Rest seiner Gedanken auszusprechen.

»Navigator, befinden wir uns im Sektor Beta Prometheus?« fragte Maldari noch einmal. Jetzt blickte der Navigator auf.

Maldari war sicher, daß er Dramin einen kurzen Blick zuwarf, bevor er antwortete. Obwohl Maldari den religiösen Offizier nicht sehen konnte, wäre er jede Wette eingegangen, daß Dramin in diesem Moment nickte.

»Ja«, sagte der Navigator.

»Nun«, erwiderte Maldari mit einem Seufzer. »Es wäre Selbstmord, wenn wir versuchen würden, ein Föderationsraumschiff auf die gleiche Weise zu überwältigen, wie wir es mit unabhängigen Frachtern tun. Aber wenn wir es irgendwie entern und die Brücke in unsere Gewalt bringen könnten...«

Maldari wurde plötzlich klar, daß er einen Kurs eingeschlagen hatte, den er noch vor wenigen Minuten als äußerst riskant eingeschätzt hätte. Er wußte nicht, ob er sich von Dramin hatte überreden lassen oder ob er dieser verlockenden Beute einfach nicht widerstehen konnte. An Bord eines Föderationsschiffs gab es bestimmt viele Waren, die dieses Unternehmen zum lukrativsten machten, das jemals von Promethanern in Angriff genommen wurde.

Nach der Besprechung kehrte Sulu auf die Brücke zurück und ließ die *Excelsior* Kurs auf eine Starbase der Föderation nehmen, wo sie in schätzungsweise achtundvierzig Stunden eintreffen würden. Dann suchte er sein Quartier auf. Er saß im weißen Hemd am Tisch und schnitzte konzentriert an einem Stück Elfenbein, als der Türmelder summte.

»Herein!« rief er, ohne von den feinen Schnörkel der weißen Skulptur aufzublicken. Als die Tür aufging, trat ein junger Starfleet-Offizier mit dichtem grauen Haar und rundem Gesicht hindurch.

»Captain«, sagte Lieutenant Russel Roose, »ich dachte, es würde Sie bestimmt interessieren…«

»Kommen Sie herein, Lieutenant!« rief Sulu. »Schauen Sie sich das hier an!«

Der Lieutenant trat hinter ihn.

»Haben Sie so etwas schon einmal gesehen?«

»Ich glaube nicht, Captain.«

»Es ist Elfenbein. Natürlich synthetisch. Aber es ist eine exakte Nachbildung. Echtes Elfenbein wird nur aus den Stoßzähnen von Elefanten gewonnen, aber heute nicht mehr. Sie stammen aus Afrika, nicht wahr?«

»Ja, Captain. Aus Mandelaport in Südafrika. Aber ich glaube, ich habe noch nie Elfenbein gesehen, das nicht von seinem rechtmäßigen Besitzer getragen wurde.«

»Vor Jahrhunderten war Elfenbein ein sehr wertvolles

Handelsgut. In zermahlener Form hatte es angeblich die Wirkung eines Aphrodisiakums. Man hat daraus Tasten für ein Musikinstrument namens Klavier hergestellt. Und es wurde in der Kunst für Skulpturen verwendet. Bevor wir solche Rohstoffe exakt duplizieren konnten, wurden Elefanten von Wilderern nur wegen ihrer Stoßzähne getötet. Daraus wurden kunstvolle Statuen und Schmuckstücke geschnitzt. Mit Hilfe dieser langen dünnen Klingen schnitzten viele Künstler ineinander verschachtelte Kugeln aus Elfenbein. Der Effekt ist wirklich beeindruckend. Man kann solche Kunstwerke noch heute im Chinatown-Museum von San Francisco sehen. Ich versuche, diese Kunst zu erlernen – es ist mein neues Hobby. Das hier wird ein Modell unseres Sonnensystems, und ich arbeite gleichzeitig an einem Modell des Raumschiffs *Excelsior*, das genau hier zwischen dem siebten und achten Planeten schweben soll.«

»Ich verstehe…« Roose wußte, daß sein Captain dafür berüchtigt war, die Offiziere der *Excelsior* immer wieder in Gespräche über die verschiedensten obskuren Themen zu verwickeln.

»Haben Sie ein Hobby, Lieutenant?«

»Nein, Captain. Eigentlich nicht.« Roose hatte die Akademie erst vor vier Jahren verlassen, und die *Excelsior* war seine ganze Welt.

»Es würde Ihnen bestimmt Spaß machen. Es ist eine sehr beruhigende und befriedigende Arbeit. Nehmen Sie sich ein Messer und ein Stück Elfenbein!«

»Vielen Dank, aber…«

»Machen sie nur! Versuchen Sie, irgend etwas zu schnitzen. Es wird Ihnen gefallen. Zeigen Sie es mir, wenn Sie damit fertig sind.«

»Also gut. Vielen Dank, Captain.«

»Jeder sollte ein Hobby haben«, sagte Sulu lächelnd. »Vielleicht könnten wir einen Elfenbeinschnitzerverein gründen. Und uns einmal die Woche treffen.«

»Vielleicht, Captain.«

»Und zeigen Sie mir auf jeden Fall Ihre erste Arbeit! Guten Abend, Lieutenant.«

»Guten Abend, Captain.«

Der Lieutenant blieb einen Moment lang vor der Tür stehen und betrachtete den Elfenbeinklumpen in der einen Hand und das gefährlich aussehende Messer in der anderen. Er hatte noch nie eine Waffe in der Hand gehalten, die sich nicht deaktivieren ließ, und wußte nicht recht, wie er damit umgehen sollte. Dann erinnerte er sich plötzlich an den Grund für seinen Besuch.

»Ach… Captain?«

»Ja, Lieutenant?«

»Wir haben eine sehr seltsame Nachricht empfangen. Ich dachte, es würde Sie vielleicht interessieren, sie sich einmal anzuhören.«

Sulu legte schnell, aber ordentlich seine Messer auf den Arbeitstisch zurück und drehte sich zu Roose um. »Eine seltsame Nachricht? Inwiefern? Ist sie in Linguacode abgefaßt?«

»Nein, Captain. Es ist ein recht altertümliches System zur Übertragung einer Kommunikation.«

»Keiner unserer standardmäßigen Subraumkanäle?«

»Nein. Es ist ein elektromagnetisches Radiosignal auf einer Subraum-Trägerwelle.«

»Das ist in der Tat seltsam. Warum haben Sie mir nichts davon gesagt, Lieutenant?«

»Ich hatte es vor, Captain.«

»Und was sagt Sencus dazu?« fragte Sulu.

»Er weiß noch nichts davon, Captain. Er war gerade nicht auf der Brücke, als wir sie empfangen haben.«

»Dann gehen wir auf die Brücke! Ich würde es mir gerne persönlich anhören.«

»Genau das wollte ich vorschlagen, Captain.«

Sulu nahm sich seine Uniformjacke und verließ das

Quartier. Der Lieutenant, der ihm durch den Korridor folgte, lächelte verhalten. Man konnte die volle Aufmerksamkeit des Captains jederzeit durch ein außergewöhnliches Ereignis gewinnen, dachte er.

Auf der Brücke ging Sulu direkt zur Kommunikationsstation, an der Janice Rand arbeitete. Die blonde Frau blickte zu Sulu und dem Lieutenant auf.

»Könnten Sie die Nachricht noch einmal für uns abspielen?« bat sie der Lieutenant.

Gemeinsam lauschten sie dem dreißig Sekunden dauernden Rauschen. Im Hintergrund war eine Reihenfolge von Piepsern zu hören, die ständig wiederholt wurde.

»Ich habe diese Aufzeichnung mit allen bekannten Sprachen verglichen, Captain. Mit allem, was wir im Computer haben. Falls es tatsächlich eine Sprache ist, dann wird sie von einer Zivilisation benutzt, die uns unbekannt ist.«

»Es ist im Grunde gar keine Sprache, sondern ein Code«, sagte Sencus, kurz nachdem er auf der Brücke erschienen war.

»Sie können die Nachricht verstehen?«

»Nein. Aber ich kann sie identifizieren. Dieser Code wurde kurz nach der Erfindung des Telegraphen auf der Erde benutzt. Nach seinem Erfinder Samuel Morse wurde er Morsecode genannt. Vor vier Jahrhunderten war er auf der Erde häufig in Gebrauch. Aber er geriet allmählich in Vergessenheit, als die Übertragung von Stimmen möglich wurde.« Sencus näherte sich und trat hinter Sulu.

»Identifizieren Sie die Übertragung als Code, und sehen Sie nach, ob der Schiffscomputer Informationen über den Morsecode besitzt«, sagte Sulu.

Lieutenant Rands Finger huschten geschickt über die Konsole.

»Ich habe es«, sagte sie. »Ich lege die Übersetzung auf den Schirm.«

Sie blickten sich zum großen Hauptbildschirm um. Eine Gruppe von drei Buchstaben erschien, die sich ständig wiederholte. In Großbuchstaben war auf dem Schirm zu lesen: »SOS… SOS… SOS… SOS…«

»SOS«, sagte Lieutenant Roose nachdenklich. »Mehr nicht. SOS. Was soll das bedeuten?«

»Ich glaube«, erwiderte Sulu langsam, während er auf den Schirm starrte, »es bedeutet ›Save Our Ship‹ – ›Rettet unser Schiff‹. Ich frage mich nur, wer so eine Nachricht senden sollte…« Sulu verließ die Kommunikationskonsole und trat persönlich vor die Hauptkommandokonsole. Er schien in Gedanken versunken. Der Lieutenant folgte ihm.

»Rettet unser Schiff?« wiederholte der Lieutenant. »Ich fürchte, ich verstehe den Sinn dieser Nachricht nicht ganz…«

Sulu drehte sich zum Lieutenant um.

»Es ist ein altes Notsignal, Lieutenant«, sagte er angespannt. »Ich habe nie davon gehört, daß es noch in Gebrauch ist, aber ich kann Ihnen versichern, daß es sich um eine ernste Angelegenheit handelt. Der SOS-Ruf ist eine dringende Bitte an das nächste Raumschiff im Sektor, sofort Hilfe zu leisten. Ursprünglich stammt der Code aus der Zeit, als die Meere im neunzehnten Jahrhundert noch von Segelschiffen befahren wurden. Wenn sie kenterten oder andere Probleme hatten, sendeten sie das SOS-Signal. Nach dem Meeresrecht jener Zeit war jedes Schiff in der Nähe verpflichtet, sofort zu Hilfe zu kommen. Daran hat sich im Prinzip bis heute nichts geändert. Trotz der altertümlichen Form ist es zweifellos ein Notsignal, und wir müssen darauf reagieren. Haben Sie den Ursprung der Botschaft lokalisieren können?«

»Ja, Captain, wir haben die Koordinaten der Funkquelle. Es ist nicht weit von hier, allerdings in der falschen Richtung. Wenn wir Starbase 499 wie geplant erreichen wollen…«

»Wir werden nicht wie geplant dort eintreffen. Schicken Sie eine Nachricht, daß wir uns verspäten werden. Teilen Sie mit, daß wir einem Notruf nachgehen, und übermitteln Sie die Koordinaten, damit man weiß, wo wir sind. Navigator!« Sulu trat in die Mitte der Brücke. »Der Lieutenant wird Ihnen neue Koordinaten geben. Ändern Sie sofort den Kurs und erhöhen Sie unsere Geschwindigkeit auf Warp acht.«

»Verstanden, Captain.«

»Geschätzte Ankunftszeit?«

Die Navigatorin ließ die Werte vom Computer berechnen. »In etwa einer Stunde, Captain.«

»Geben Sie mir Bescheid, wenn wir in Sichtweite sind.« Dann ging Sulu zur wissenschaftlichen Station hinüber.

»Sencus?«

»Ich habe alles verfolgt, Captain. Sie möchten sicherlich wissen, von wem diese archaische Botschaft stammen könnte.«

»Genau.«

»Auf diese Entfernung können wir die Quelle nicht identifizieren. Es gibt keine Energiefelder. Wenn es sich um ein Raumschiff handelt, hat es die Maschinen heruntergefahren. Es hängt antriebslos im All.«

»Lieutenant!« rief Sulu. »Schicken Sie eine Nachricht auf allen Frequenzen in allen bekannten Sprachen, einschließlich des Morsecodes. Wortlaut: ›Das Föderationsraumschiff *Excelsior* kommt Ihnen zu Hilfe.‹ Sencus, lassen Sie den Computer nach Informationen über jedes aufgegebene oder vermißte Schiff suchen, das sich in diesem Sektor aufhalten könnte. Und versetzen Sie die gesamte Besatzung in Alarmbereitschaft.«

Auf der Brücke herrschte plötzlich hektische Betriebsamkeit, als das große Raumschiff seinen Kurs änderte und die Geschwindigkeit erhöhte. Sulu nahm in seinem Kommandosessel Platz. Jeder wartete gespannt auf die Begegnung mit dem Unbekannten.

Eine Stunde später stoppte die *Excelsior* den Warpflug und kreuzte mit Impulsgeschwindigkeit im Weltraum. Die Navigatorin drehte sich zu Sulu um.

»Sie sind in Sichtweite, Captain.«

»Auf den Schirm!« erwiderte Sulu.

Der vordere Sichtschirm wurde hell. In der Ferne war ein Schiff zu erkennen.

»Vergrößerung!«

Das Schiff schien sich aufzublähen. Nach Starfleet-Standards war es eine altertümliche Konstruktion in der Form eines Zeppelins, aus grauem Metall mit wenigen Sichtluken. Die Hülle war korrodiert und stellenweise eingedellt, als wäre das Schiff immer wieder mit kleinen Asteroiden oder Weltraumtrümmern kollidiert und niemals repariert worden. Es gab nur wenige Markierungen, doch auf dem kegelförmigen Bug war eine verblaßte Identifikation zu erkennen.

»Überprüfen Sie die Markierungen!«

Wieder wechselte der Bildschirmausschnitt und zeigte nun die Nase des alten Raumschiffs, die mit seltsamen Hieroglyphen beschriftet war. Sulu wandte sich an den Wissenschaftsoffizier.

»Sencus, können Sie das übersetzen?«

»Das ist die Sprache der Promethaner aus dem System Beta Prometheus. Der Name des Raumschiffs läßt sich mit ›*Sonnentau* – aus Archnos‹ übersetzen. Archnos ist die größte Stadt ihrer Zivilisation.«

»Geben Sie mir die Grußfrequenz.«

»Die Kanäle sind geöffnet, Captain.«

»Hier spricht Captain Sulu von der U.S.S. *Excelsior*. Wir haben Ihr Notsignal empfangen und sind bereit,

Ihnen Hilfestellung zu leisten. Können Sie mich verstehen, *Sonnentau*?«

»Ich empfange eine Antwort, Captain«, sagte der Kommunikationsoffizier. »Ich werde den automatischen Translator dazwischenschalten.«

Es war still auf der Brücke. Die gesamte Besatzung wartete gespannt ab. Dann kam eine barsche Stimme über die Lautsprecher.

»Hier spricht Captain Maldari von der *Sonnentau*. Wir brauchen unverzüglich Ihre Hilfe! Bitte holen Sie meine Besatzung mit dem Transporter auf Ihr Schiff!«

»Captain Maldari, hier spricht Captain Sulu. Wir werden versuchen, eine Bildverbindung aufzubauen.«

Der vordere Sichtschirm flimmerte, und dann wurde eine ungewöhnliche Gestalt sichtbar. Der Promethaner war grundsätzlich humanoid, aber seine Haut war grau gesprenkelt und voller Runzeln und Schuppen, die an den Bauch einer Schlange erinnerten. Kurze, feste Stoppelhaare wuchsen auf seinem Schädel. Weitere solcher Stoppeln umrahmten seinen Mund, so daß Sulu unwillkürlich an einen wilden mongolischen Krieger denken mußte. Seine Zähne schienen messerscharf zu sein und standen in unterschiedlichen Winkeln ab. Seine Augen waren schwarze Löcher ohne Pupillen. Sulu fühlte sich unbehaglich, als er mit der ernsten Miene und dem unbeugsamen Blick konfrontiert wurde. Er nahm sich vor, keine ungerechtfertigten Vorurteile zu entwickeln. Da er wußte, daß der Promethaner gleichzeitig sein Bild sah, lächelte er und sprach direkt zu dem Bild auf dem Schirm.

»Können Sie uns sagen, was für Probleme Sie haben, Captain?«

»Wir haben sämtliche Energie verloren. Mein Ingenieur sagt, daß wir im Weltraum keine Reparaturen durchführen können. Die Notenergie geht zur Neige, und unser Lebenserhaltungssystem steht kurz vor dem

Zusammenbruch. Wir haben noch für höchstens eine Stunde Luft. Wir hatten seit mehreren Tagen nichts mehr zu essen. Wir verfügen über einen großen Vorrat an Dilithium und können Sie großzügig für Ihre Hilfe entlohnen.«

»Das wird nicht nötig sein. Wir helfen Ihnen gerne. Bitte…«

»Vielen Dank. Wir werden uns auf dem Hauptdeck versammeln, damit Sie uns alle auf einmal hinüberbeamen können. Wir sind etwa fünfzig Personen.«

Es gab eine kurze Pause. Die Offiziere sahen Sulu an. Dann sprach Sulu wieder.

»Ich fürchte, wir benötigen einige Minuten zur Vorbereitung. Bitte halten Sie sich bereit. Wir werden Ihnen in Kürze helfen.«

Sulu nickte Lieutenant Rand zu, worauf die Frau die Kommunikation vorübergehend unterbrach. Das Bild des Promethaners verblaßte. Fähnrich Violet Bays stand von der Navigationskonsole auf.

»Captain Sulu, wir sind in der Lage, die Besatzung in zwei Schüben an Bord zu beamen. Wenn ihre Lebenserhaltungssysteme versagen, sollten wir…«

»Danke, Fähnrich. Auch wenn ich nie zuvor einen Promethaner gesehen habe, muß ich sagen, daß Captain Maldari nicht den Eindruck machte, als würde er im Sterben liegen. Er wirkte nicht einmal verhungert, wenn ich es mir recht überlege. Und er sagte, daß sie noch für etwa eine Stunde Luft haben. Ich denke also, daß sie problemlos noch ein paar Minuten auf die Rettung warten können. Ich möchte nämlich noch einmal über die Angelegenheit nachdenken.«

Handle niemals überstürzt, dachte Sulu. *Vor allem, wenn jemand dich zur Eile anzutreiben scheint.* Er lächelte bei der Erinnerung an seinen ersten Captain, der immer wie ein Fels in der Brandung gestanden hatte. Niemand hatte ihn aus der Ruhe bringen können.

Sulu drehte sich zur wissenschaftlichen Station um. »Sencus, was wissen wir über Beta Prometheus?«

»Das System gehört nicht zur Föderation und hat niemals Abgesandte zu galaktischen Konferenzen geschickt. Von den drei Planeten des Systems hat nur BP 1 Leben entwickelt. Obwohl wir ihre Atmosphäre atmen könnten, schwanken die Temperaturen zwischen fünfzig Grad Celsius am Tag bis unter dem Gefrierpunkt bei Nacht. Das Klima dürfte ähnlich wie in den irdischen Wüsten sein.«

Sencus bediente seinen Computer und rief eine holographische Darstellung der Spezies auf. Alle Brückenoffiziere sahen, daß die Promethaner einen großen, gedrungenen Körper besaßen, der unten wie eine Birne verdickt war. Auf der Unterseite befanden sich vier beinförmige Tentakel. Ihre zwei Arme stellten den menschenähnlichsten Teil ihrer Anatomie dar, sie waren kurz, behaart und äußerst muskulös. Die Promethaner waren etwas kleiner als Menschen und besaßen einen etwas größeren Umfang.

»Aufgrund der reichhaltigen Vorkommen an Dilithiumkristallen sind sie ziemlich reich«, sprach Sencus weiter. »Daher betätigen sie sich hauptsächlich als Weltraumhändler. Sie stellen praktisch nichts selbst her, sondern reisen lieber durch die Galaxis, um ihre Dilithiumkristalle gegen alles einzutauschen, was sie brauchen oder haben wollen. Sogar die Nahrungsmittelerzeugung wurde auf ihrem Planeten fast vollständig eingestellt. Daher handelt es sich bei diesem Schiff höchstwahrscheinlich um einen Frachter.«

»Vielen Dank, Sencus«, sagte Sulu. *Händler,* dachte er. *Ein alter und ehrwürdiger Beruf.* Aber man durfte ihnen trotzdem kein uneingeschränktes Vertrauen entgegenbringen.

»Mrs. Bays, wie weit sind wir von Beta Prometheus entfernt?«

Die fast zwei Meter große Frau drehte sich an ihrer Navigationskonsole zu Sulu um.

»Knapp elf Lichtjahre, Captain. Wenn wir sie nach Hause bringen wollen, würde das unseren Zeitplan um mehrere Tage verzögern. Die Reisezeit hängt davon ab, ob wir das Schiff abschleppen oder nicht.«

Sulu dachte noch weitere dreißig Sekunden lang nach. Ein Dutzend Möglichkeiten ging ihm in schneller Reihenfolge durch den Kopf. Seine Offiziere warteten schweigend ab. Dann stand er auf.

»Sulu an Maschinenraum!«

»Svenson hier.« Die volle Stimme kam über das Interkom, so daß jeder auf der Brücke den Chefingenieur hören konnte.

»Mr. Svenson, glauben Sie, Ihre Leuten könnten das fremde Schiff reparieren, so daß es aus eigener Kraft weiterfliegen kann?«

»Ich denke schon, aber dazu müßte ich mir die Bescherung vorher ansehen.«

»Gut, dann machen Sie sich für den Transfer auf die *Sonnentau* bereit. Ich treffe mich im Transporterraum mit Ihnen. Wir nehmen einen tragbaren Energiekonverter mit und bringen zuerst das Lebenserhaltungssystem wieder in Ordnung. Dann können wir entscheiden, welche weiteren Reparaturen nötig sind.«

Sulu wandte sich an die Brückenbesatzung.

»Ich werde mit den Technikern an Bord gehen. Lieutenant Roose, Fähnrich Bays, Sie werden mich begleiten. Mr. Sencus, Sie bleiben hier und übernehmen als ranghöchster Offizier das Kommando.«

»Also haben Sie nicht die Absicht, die Promethaner an Bord zu beamen, Captain?« fragte Lieutenant Roose.

»Ich denke, das wird nicht nötig sein, Lieutenant. Kennen Sie die alte Geschichte mit dem Trojanischen Pferd?«

»Ich glaube nicht, Captain.«

»Es war ein riesiges hölzernes Pferd, daß vor den Toren von Troja als Geschenk zurückgelassen wurde. Die Trojaner brachten es in die Stadt. Aber es war ein Trick. Im Bauch waren griechische Soldaten versteckt, die in der Nacht herauskamen und Troja eroberten. Dieser Mythos ist die Grundlage für das Sprichwort ›Nimm dich in acht vor Griechen, die dir Geschenke machen.‹ Das war nicht persönlich gemeint, Spiros. Warum kommen Sie nicht ebenfalls mit, falls es Probleme mit dem Navigationssystem gibt?«

Der junge Kadett richtete sich vor seiner Station auf und lächelte. Seine strahlend weißen Zähne bildeten einen auffälligen Kontrast zu seinem langen schwarzen Haar.

»Keine Ursache, Captain. Eine kluge Entscheidung.« Er stand eifrig auf.

»Also gut«, sagte Sulu. »Geben Sie mir noch einmal diesen Maldari.«

Der Sichtschirm erwachte wieder zum Leben, und der Promethaner blickte finster in den Raum.

»Captain Maldari, ich glaube, daß wir Ihnen viel besser helfen können, wenn wir nicht Ihre gesamte Besatzung auf die *Excelsior* beamen. Wir haben genügend Ausrüstung zusammengestellt, um Ihre Lebenserhaltungssysteme wieder mit Energie zu versorgen. Wir werden alles zu Ihnen bringen, und unsere Ingenieure können Ihnen bei der Reparatur Ihrer Energiesysteme helfen. Wir haben einen exzellenten Chefingenieur. Mit Ihrer Erlaubnis werden wir ihn und seine Leute auf Ihr Schiff beamen.«

»Wir werden alle sterben, wenn Sie nichts unternehmen, Sulu!«

»Ich bin mir Ihrer Notlage bewußt. Bitte beruhigen Sie sich, denn sie schweben nicht in unmittelbarer Lebensgefahr. Die *Excelsior* ist bestens ausgerüstet, um Reparaturen im Weltraum durchzuführen. Wir werden außerdem einen tragbaren Lebensmittelsynthetisierer mitbringen, um Ihre gesamte Besatzung mit ausreichender Nahrung zu versorgen, während wir Ihnen bei der Bewältigung Ihrer Probleme helfen.«

»Also gut, Sulu.«

Der Bildschirm wurde schwarz.

In diesem Moment bemerkte Sulu, daß Dr. Bernard Hans auf die Brücke gekommen war und das Gespräch verfolgt hatte.

»Dr. Hans«, sagte Sulu. »Würden Sie uns vielleicht begleiten? Es könnte einige Verletzungen oder Erkrankungen durch den Ausfall der Energiequelle geben. Wir wissen nicht, wie gut die Promethaner medizinisch versorgt sind, so daß Sie ihnen unter Umständen helfen könnten.«

»Sie könnten mich ohnehin nicht zurückhalten. Genau aus diesem Grund bin ich aus der Krankenstation heraufgekommen. Außerdem könnte ich interessante Daten über diese Spezies sammeln. Ich habe noch nie zuvor Humanoide mit so schlechten Zähnen gesehen.«

Maldari mußte sich schnell etwas einfallen lassen. Daß Dramin an seine Seite trat, war ihm keine Hilfe.

»Was werden Sie ihnen sagen, wenn sie feststellen, daß unsere Maschinen in bester Ordnung sind?«

Maldari verzichtete auf eine Beantwortung dieser Frage. Doch nach kurzer Besinnung wandte er sich an den Steuermann.

»Setzen Sie Kurs auf das System Beta Prometheus. Bringen sie das Schiff in unser Hoheitsgebiet – *wie es von allen Anwesenden definiert wurde.*« Er blickte sich zu Dramin und Kornish um. Beide waren völlig ausdruckslos. »Wir werden losfliegen, sobald sie an Bord gekommen sind. Barush, sie fahren die Schilde hoch, wenn sie von der Plattform getreten sind.«

»Was nützen uns die Schilde, wenn sie uns mit einem

Photonentorpedo aus der Galaxis fegen können, wie Sie sagten, Captain?«

»Solange wir ein paar ihrer Leute in unserer Gewalt haben, sind wir in Sicherheit. Menschen sind so. Sie sind auf geradezu lächerliche Weise loyal und werden sich niemals gegenseitig in Gefahr bringen. Dann werden wir unsere Gefangenen gegen eine große Menge von Waren eintauschen. Es wird der lukrativste Tauschhandel der gesamten promethanischen Geschichte werden. Ich werde nach unten gehen, um sie in Empfang zu nehmen.«

Maldaris Zähne blitzten in einem schiefen Lächeln auf, dann verließ er die Brücke und lief in den Korridor.

Fünf Männer und Frauen aus der technischen Abteilung, geführt von Chefingenieur Norquist Svenson, warteten schon mit mehreren großen Kisten voller Ausrüstung, als Sulu, Lieutenant Russel Roose, Fähnrich Violet Bays, Dr. Bernard Hans und Kadett Spiros Focus im Transporterraum eintrafen. Die Ingenieure hatten die Container bereits auf die Transporterplattform befördert.

Sencus trat hinter ihnen durch die Tür.

»Captain, ich glaube, es wäre klug, wenn ich ebenfalls mitkäme. Es handelt sich um eine fremde Spezies mit exzentrischem Hintergrund, und ihre Erfahrung mit anderen Spezies beschränkt sich größtenteils auf den Handel. Meine Anwesenheit könnte sich als sehr hilfreich erweisen.«

»Ich bin überzeugt, daß Sie uns eine große Hilfe wären. Doch leider haben Sie als Erster Offizier die Verantwortung für die *Excelsior*. Es ist sehr wichtig, daß Sie das Kommando über unser Schiff übernehmen. Wir werden ständig in Kommunikationsverbindung mit Ihnen bleiben, und wir werden wahrscheinlich schon in wenigen Stunden zurückkehren und unseren Weg fortsetzen können. Svenson könnte notfalls eine Energiequelle aus Mikado-Stäben zusammenbasteln. Der alte Kahn wird für ihn kein Problem darstellen. Kehren Sie auf Ihren Posten zurück.«

»Wie Sie wünschen, Captain Sulu.« Der große, schlanke Sencus machte mit der typischen aristokratischen Würde eines Vulkaniers kehrt und verließ unverzüglich den Transporterraum.

»Die Logik hätte ihm sagen müssen«, flüsterte Sulu dem Lieutenant zu, »daß er als stellvertretender Captain an Bord der *Excelsior* bleiben muß. Sein Wunsch, uns zu begleiten, resultierte vermutlich aus reiner Neugier oder einer gewissen Abenteuerlust. Glauben Sie niemals einem Vulkanier, wenn er behauptet, daß sein Volk völlig ohne Emotionen ist. Irgendwo im genetischen Code der Vulkanier verbirgt sich eine weiche Stelle.«

»Ja, Captain, ich werde daran denken.«

»Sie können sich auf mich verlassen. Ich habe lange Zeit mit einem Vulkanier zusammengearbeitet, der zur Hälfte menschlich war, und er hat ständig diese Seite seines Wesens verleugnet. Sie können sich darauf verlassen, daß ein Vulkanier immer nach rein logischen Beweggründen handelt. Und man kann sich immer auf sie verlassen, Punkt. Das ist eine beständige Eigenschaft, die weit über jede Logik hinausgeht. Daher sind sie durchaus in der Lage, zu äußerst guten Freunden zu werden. Ich hoffe, daß ich ein solches Verhältnis zu Sencus aufbauen kann.« Sulu hielt kurz inne. »Aber er ist ein waschechter Vulkanier, also dürfte es einige Zeit dauern.« Dann sprach er lauter, aber immer noch zu Lieutenant Roose. »Sind wir bereit?«

»Ich denke schon, Captain«, sagte Roose, dann reichte er Sulu eine kleine Scheibe. »Ich habe die automatischen Translatoren auf die Sprache der Promethaner programmiert. Sie lassen sich hier an der Uniform befestigen.« Er berührte eine Stelle unter dem Kragen seiner Jacke. »Damit werden wir uns verständigen können.«

Sulu nahm die Scheibe entgegen und steckte sie sich an. Die anderen taten das gleiche.

»Dann wollen wir uns die Promethaner einmal aus der Nähe ansehen«, sagte Sulu. Er lächelte dem Lieutenant zu und trat auf die Transporterplattform. Die anderen folgten ihm ohne Verzögerung. Dann gab Chefingenieur Svenson dem Techniker an der Konsole ein Zeichen, und die Transporterstrahlen begannen zu summen und zu flimmern. Während die elf Starfleet-Offiziere und ihre Fracht entmaterialisierten, dachte Sulu, wie aufregend eine Mission in den Weiten des Alls war. Man erhielt ständig die Gelegenheit, vielen interessanten neuen Zivilisationen zu begegnen.

> Logbuch der *Excelsior*, Erster Offizier Sencus, Sternzeit 9621.8.
> Während Captain Sulu sich an Bord der *Sonnentau* aufhält, einem Handelsschiff, dem wir zu Hilfe gekommen sind, habe ich das Kommando über die *Excelsior* übernommen. Es ist seltsam, daß das beschädigte Raumschiff keine Hilfe von einem anderen promethanischen Schiff erhalten hat. Eigentlich müßte es in diesem Sektor mehrere Raumschiffe der Promethaner geben, die zum Zeitpunkt des Notrufs näher als wir waren. Auch wenn es unangemessen scheint, Fremde nach ihrem Aussehen zu beurteilen, machen die Promethaner auf mich einen zwielichtigen Eindruck. Die Umstände könnten etwas komplizierter sein, als sie auf den ersten Blick erscheinen, und sollten genauestens beobachtet werden.
>
> Wissenschaftsoffizier und
> stellvertretender Captain Sencus.

Als das Landeteam in der *Sonnentau* materialisierte, spürte Sulu sofort, daß etwas nicht stimmte. Dann wurde ihm schlagartig klar: *Dieser Raum ist hell erleuchtet, also kann das Schiff noch nicht sämtliche Energie verloren haben.* Mit einem unguten Gefühl blickte er sich um und legte instinktiv die Hand auf seinen Phaser.

Doch im selben Augenblick stürmten mehrere Dutzend Promethaner aus verschiedenen Korridoren in den Raum. Sie richteten eine kunterbunt zusammengewürfelte, aber trotzdem eindrucksvolle Sammlung von Waffen auf die Besatzung der *Excelsior*. Maldari betrat hinter seinen Leute den Raum. Er drängte sich durch ihre Reihen und blieb kurz vor Sulu stehen.

»Ich nehme Sie wegen Spionage innerhalb des Sektors Beta Prometheus fest. Nehmen Sie die Hand von Ihrem Phaser, oder man wird Ihre Besatzung töten.«

Sulus Gesicht wurde knallrot vor Wut.

»Wir haben nicht spioniert! Die U.S.S. *Excelsior* kam Ihnen zu Hilfe, weil Sie einen Notruf gesendet haben. Wir haben kein fremdes Hoheitsgebiet verletzt, und schon gar nicht den Sektor Beta Prometheus. Ihre Gastfreundschaft läßt sehr zu wünschen übrig, Captain Maldari!«

»Sie sind Spione der Föderation. Wir haben Sie auf frischer Tat ertappt, und jetzt sind Sie Gefangene des Lichtvolkes.« Maldari stieß die Worte wütend hervor und benahm sich, als würde er selbst daran glauben. »Sie werden sofort Ihre Waffen niederlegen. Und Ihre Kommunikatoren. Hier entlang!«

Sulu blickte auf die Waffen, die gegen ihn und seine Besatzung gerichtet waren. Sie waren von unterschiedlicher Bauweise und wirkten altertümlich, aber sie machten trotzdem den Eindruck, als könnten sie einem Menschen ernsthaften Schaden zufügen. Und die Aliens, die sie in den Händen hielten, schienen genau zu wissen, wie man damit umging.

»Leisten Sie keinen Widerstand. Tun Sie, was man Ihnen gesagt hat.« Sulu gab sich Mühe, mit ruhiger Stimme zu sprechen. Innerlich jedoch kochte er vor Wut – sowohl auf das Verhalten der Promethaner als auch auf sich selbst.

Seine Leute folgten den Anweisungen und traten vor, um von Maldari und den anderen Promethanern nach draußen geführt zu werden. Ihre Phaser, Translatoren, Tricorder und anderen Ausrüstungsgegenstände hatten sie auf dem Boden des Raumes zurückgelassen.

Ich hatte es vorhersehen müssen, dachte Sulu. *Ich hätte vorsichtiger sein müssen. Jetzt habe ich meine Besatzung in Gefahr gebracht.* Es war einfach absurd, daß dieser drittklassige Raumpirat ohne weiteres eine Gruppe von Starfleet-Offizieren in seine Gewalt gebracht hatte. Dieser kleine Raumfrachter würde nicht einmal einem schwachen Phaserschuß von der *Excelsior* standhalten. Und nur drei Lichtjahre entfernt gab es eine Starbase der Vereinten Föderation der Planeten, die sofort eine Flotte von schlagkräftigen Schiffen zur Verfügung stellen konnte. Die Situation war einfach lächerlich, mußte Sulu immer wieder denken. Sie war durch und durch absurd.

Als Spiros Focus von seinem Bewacher angerempelt wurde, fuhr er instinktiv herum und schlug mit der Hand gegen die Nase des Promethaners. Jeder Anwesende konnte hören, wie der Knochen brach. Dem Promethaner lief sofort grünes Blut über das Gesicht. Seine Waffe ging los, und ein feiner Laserstrahl schoß durch Spiros' Oberarm. Er wich taumelnd zurück. Das alles war innerhalb weniger Augenblicke geschehen.

»Aufhören!« rief Sulu seinen Offizieren zu.

Und Maldari riß den Arm hoch.

Dann schien die Zeit für einen Moment zu erstarren, als die zwei Seiten sich kampfbereit gegenüberstanden. Da die Leute von der *Excelsior* unbewaffnet waren, würden sie mit Sicherheit den kürzeren ziehen. Sulu fürchtete, daß ein Blutbad unvermeidlich war.

»Spiros, tun Sie, was man von Ihnen verlangt. Das gilt für alle! Leisten Sie keinen Widerstand. Die Promethaner werden sich schon bald vor einer galaktischen Instanz für ihr ungehöriges Verhalten rechtfertigen müssen. Bis dahin werden wir alle tun, was sie von uns verlangen.«

Sulu hatte ohne Translator gesprochen, so daß Maldari ihm zuhörte, ohne ein Wort zu verstehen. Als Sulus Leute sich von den Wachen abwandten und ihre aggressive Haltung aufgaben, ließ Maldari die Gruppe mit einem Wink weitermarschieren.

Im Korridor schloß Dr. Hans zu Spiros auf und untersuchte flüchtig seinen Arm.

»Es geht schon, Dr. Hans«, sagte Spiros.

»Es ist nur ein Kratzer. Aber man weiß nie, welche Infektionen Sie sich hier zuziehen könnten. – Maldari!« rief er dem Promethaner zu, der wenige Meter vor ihm ging. »Ich brauche meine medizinische Ausrüstung. Den Tricorder und...«

Doch der Captain der *Sonnentau* entgegnete nur etwas Unverständliches und wandte sich wieder ab.

»Das kann ich nicht akzeptieren, Captain Sulu«, sagte Dr. Hans.

»Ich fürchte, uns bleibt im Augenblick nichts anderes übrig«, sagte Sulu ruhig. »Vorläufig sind wir in ihrer Gewalt. Ich werde versuchen, so schnell wie möglich mit Captain Maldari zu reden.«

In diesem Moment kamen Sulu die erstaunlichen Geheimnisse, die der Weltraum, seine Bewohner und seine Phänomene bereithielten, gar nicht mehr so verlockend vor. Sogar die Befriedigung über sein erstes eigenes Kommando schien getrübt. Während er in Gedanken die verschiedenen Möglichkeiten durchging, wehrte Sulu sich gegen den unbewußten Drang, sich zu fragen, was sein alter Captain an seiner Stelle getan hätte.

Als Sencus routinemäßig die *Sonnentau* mit einem Sensor überprüfte, bemerkte er plötzlich einen Anstieg der Energiewerte, der im Widerspruch zur Tatsache stand, daß das Schiff eigentlich kaum noch über Energie verfügen durfte. Er las die Werte ab und wandte sich an den Piloten.

»Lieutenant Henrey«, sagte Sencus ruhig. »Hat die *Sonnentau* zufällig ihre Schilde aufgebaut?«

»Sie werden in diesem Moment hochgefahren. Ich dachte, die Energie wäre…«

»Völlig richtig. Trotzdem können sie die Schilde aufbauen. Und sie haben sich einen sehr ungewöhnlichen Zeitpunkt dafür ausgesucht.« Er wandte sich an die Kommunikationsstation. »Rufen Sie Sulu.«

»Ich habe den Aufenthaltsort der Gruppe ständig verfolgt, doch vor einer Minute habe ich ihre Spur verloren.« Lieutenant Rand wirkte verwirrt und bestürzt. Sie probierte schnell verschiedene Frequenzen durch. »Und wie es aussieht, kann ich den Captain nicht mehr über seinen Kommunikator erreichen. Auch die Verbindung zu den anderen Mitgliedern der Gruppe ist abgebrochen. Es ist, als wären alle ihre Kommunikatoren im gleichen Augenblick ausgefallen. So etwas habe ich noch nie…«

»Dann rufen Sie die *Sonnentau*.«

»Die Verbindung steht.«

»Captain Maldari, hier spricht Commander Sencus, der stellvertretende Captain der U.S.S. *Excelsior*. Bitte melden Sie sich.«

Alle Brückenoffiziere starrten auf den großen Sichtschirm. Doch er blieb schwarz.

»*Sonnentau*, können Sie mich hören? Hier ist die U.S.S. *Excelsior*.«

Auf dem Schirm war immer noch nichts zu sehen.

»Sie beschleunigen, Commander«, sagte der Navigator.

Plötzlich brach das Chaos auf der Brücke aus. Sencus rief die Leute zur Ruhe und befahl Rand, die Position und den Kurs der *Sonnentau* zu verfolgen.

Sencus war überzeugt, daß Svenson und seine Leute von der *Excelsior* unmöglich in so kurzer Zeit die Energiesysteme wieder in Ordnung gebracht haben konnten. Und er wußte, daß Sulu niemals einen Test der Triebwerke gestattet hätte, ohne die *Excelsior* zu warnen, daß die Maschinen hochgefahren würden.

»Lieutenant, folgen Sie der *Sonnentau*.«

»Ja, Captain.« Henrey bediente mit flinken Fingern seine Konsole, und Sencus spürte, wie die *Excelsior* beschleunigte.

»Machen Sie ihnen keine Angst, halten Sie einen ausreichenden Sicherheitsabstand und fliegen Sie nicht schneller als die *Sonnentau*. Sie sollen sehen, daß wir keinen Angriff planen. Wenn sie eine deutlichere Kursänderung vornehmen, möchte ich sofort informiert werden.«

»Verstanden, Captain.«

»Rand, sind sie noch in Reichweite unserer Sensoren?«

»Ja, Captain.«

»Ich möchte unverzüglich einen genauen Plan dieses Schiffes. Bevor es außer Reichweite ist. Führen Sie so schnell wie nötig die notwendigen Messungen durch.«

»Ja, Captain.«

»Und rufen Sie sofort Commander Garvin auf die Brücke«, setzte Sencus hinzu.

»Was meinen Sie, was geschehen ist, Captain?« fragte ein jüngerer Offizier.

»Die *Sonnentau* entfernt sich von unserer Position, während elf unserer Offiziere an Bord sind«, erwiderte

Sencus knapp. Die erfahrenen Offiziere mußten unwillkürlich über das verblüffte Gesicht ihres jüngeren Kollegen lächeln, der offenbar eine unbegründete Vermutung vom vulkanischen Wissenschaftsoffizier erwartet hatte.

Maldari sorgte dafür, daß seine Gefangene in einem der leeren Frachträume seines Raumschiffs untergebracht wurden, dann eilte er durch die Korridore und über die Rampen zurück zur Brücke. Er hatte bemerkt, daß zwei der Starfleet-Offiziere weiblich waren und daß die größere Frau äußerst üppig gebaut war. *Wenn ihre braune, weiche Haut genauso makellos ist wie ihr samtig glatter Schädel,* dachte er, *wird allein sie uns auf gewissen Märkten ein Vermögen einbringen. Ich werde mich zuerst um die Männer kümmern. Die* Excelsior *müßte eigentlich bereit sein, einen Teil ihrer Fracht für diese Offiziere herauszurücken. Wegen der zwei Frauen werden sie sich keine so großen Umstände machen, deshalb werden wir sie während des Heimflugs verkaufen.*

Als er die Brücke erreichte, ging sein Raumfrachter gerade mit der Geschwindigkeit herunter. Er bemerkte, daß Kornish und Dramin immer noch anwesend waren. Sie zeigten sich nicht häufig auf der Brücke, da sie wußten, daß Maldari hier als Captain einen großen psychologischen Vorteil hatte. Er beachtete sie nicht weiter.

»Wurden wir verfolgt?« fragte er seinen Navigator.

»Ich denke schon«, lautete die Antwort.

Maldari stand kurz vor dem Tauschhandel mit der wertvollsten Fracht, die er jemals nach Hause gebracht hatte, und er sonnte sich in seinem Triumph, daß er mit einer spontanen Entscheidung die Situation zu seinem Vorteil gewendet hatte. Daher war er nicht in der Stimmung, Nachlässigkeiten seiner Besatzung zu tolerieren.

»Garith, Sie armseliger Speichellecker, Sie werden

doch hoffentlich eins der größten Raumschiffe dieser Galaxis erkennen können! Wenn Sie sich erst mit Ihrem religiösen Führer beraten müssen, bevor sie eine simple navigatorische Frage beantworten können, dann tun Sie es, aber wenn Sie ihre Pflichten als Navigator nicht erfüllen, werde ich Sie durch einen fähigeren Mann ersetzten. Ihr Anteil am gemeinsamen Profit dieser Reise wird entsprechend heruntergestuft. Wo ist die *Excelsior*?«

Die Haut im Nacken des jungen Promethaners wurde dunkler. Er blickte weder Maldari noch irgend jemand anderem auf der Brücke ins Gesicht, als er Antwort gab.

»Captain, die *Excelsior* hält sich außerhalb unserer visuellen Reichweite, aber die Sensoren zeigen an, daß das Schiff uns gefolgt ist. Es ging offenbar gleichzeitig mit uns auf Impulsgeschwindigkeit, und befindet sich jetzt allem Anschein nach zwei Lichtjahre hinter uns, genauso wie wir auf Kurs Richtung Beta Prometheus.«

»Schicken Sie folgende Nachricht: ›Wir haben die *Excelsior* der Spionage im Sektor des Systems Beta Prometheus überführt. Elf Spione wurden gefangengenommen. Falls keine angemessene Entschädigung vereinbart werden kann, wird man sie vor dem Obersten Gericht des Lichtvolkes zur Rechenschaft ziehen. Sie haben die Todesstrafe zu erwarten.‹ Das dürfte ihnen bestimmt eine Reaktion entlocken.«

»Der Wert der Spione steht im direkten Verhältnis zu ihrer Verletzung unseres Hoheitsgebietes«, sagte Kornish, der aus einem dunkleren Winkel der Brücke hervortrat. »Daher sollte das Lichtvolk den größten Anteil der Entschädigung erhalten.«

»Als Ungläubige sollten sie unverzüglich exekutiert werden«, sagte Dramin, der seinem Kollegen gefolgt war.

»Wenn ich sie hier und jetzt exekutiere«, sagte Maldari angespannt zu Dramin, »wird es für die Leute im Föderationsraumschiff keinen Hinderungsgrund mehr geben, uns unverzüglich in Stücke zu schießen, wozu sie mit Sicherheit in der Lage sind. Und was den Anteil der Herrschenden Familie betrifft...«, setzte Maldari hinzu, während er sich zu Kornish umdrehte. »Da ich überzeugt bin, daß Sie ihn großzügig zum Wohl des ganzen Lichtvolkes verwenden werden, können Sie sicher sein, daß wir nach unserer Rückkehr die entsprechenden Gebühren entrichten werden.«

Commander Peter Garvin, der Sicherheitsoffizier der *Excelsior*, verließ den Turbolift und eilte auf die Brücke. Sencus drehte sich zum großen, breitschultrigen Mann mit dem kurzen schwarzen Haar um.

»Der Captain und das Landeteam wurden im Raumschiff der Promethaner gefangengenommen, Mr. Garvin. Ich fürchte, daß die Situation gefährlich werden könnte. Die Promethaner haben damit gedroht, sie zu töten.«

»Ich werde sofort ein Sicherheitsteam in den Transporterraum beordern. Wenn wir an Bord des Schiffes gebeamt werden, können wir...«

»Jetzt noch nicht.«

»Aber, Captain...«

»Ich weiß, daß Sie sich große Sorgen machen, genauso wie ich. Aber es würde die Angelegenheit nur komplizieren, wenn wir überstürzt handeln.«

»Je schneller, desto besser, würde ich sagen. Je früher wir handeln, desto größer ist die Wahrscheinlichkeit, daß wir das Überraschungsmoment für unsere Zwecke nutzen können. Wir dürfen nicht zulassen, daß sie damit durchkommen, Sencus«, drängte Garvin.

»Das werden wir auch nicht. Davon können Sie ausgehen. In Kürze werden wir über einen Lageplan ihres

Schiffes verfügen. Ich möchte, daß Sie einen Angriffsplan ausarbeiten.«

»Ja, Captain.« Der Sicherheitsoffizier eilte davon.

Sencus wandte sich wieder an die Kommunikationsstation. »Sind wir in Reichweite?«

»Ja, Captain«, sagte Rand.

»Auf den Schirm.«

Der Sichtschirm flackerte, und dann erschien Maldaris Gesicht. Sencus stellte sich ins Zentrum der Brücke.

»Captain Maldari, was beim Hades meinen Sie mit einer ›angemessenen Entschädigung‹?«

Sencus sprach ruhig und gleichmäßig, aber die Starfleet-Offiziere hatten ihn im Laufe der vier Jahre ihrer gemeinsamen Mission noch nie so sprechen gehört.

Maldari antwortete mit seinem schiefen Grinsen.

»Das Lichtvolk ist sehr arm«, begann er vorsichtig. »Außer Dilithium haben wir sehr wenig, aber wir brauchen sehr viel. Die Föderation ist reich an Schätzen aller Art. Wenn Sie Waren an Bord haben, die wertvoll für uns wären, bin ich sicher, daß unser politischer Offizier geneigt wäre, sie als Entschädigung für Ihre Vergehen zu akzeptieren.«

»Die *Excelsior* ist ein Forschungsraumschiff. Außer wissenschaftlicher Ausrüstung haben wir nur wenig an Bord.«

»Die Lagerräume eines so großen Schiffes sind doch bestimmt mit Unmengen an Waren gefüllt. Vielleicht könnten Sie uns verraten, woraus Ihre Fracht besteht…«

»Ich habe Ihnen bereits gesagt, daß wir keine Fracht transportieren.«

»Dann hätten Sie vielleicht einen anderen Vorschlag…«

»Ich könnte vorschlagen, daß Sie unsere Offiziere unverzüglich freilassen.« Sencus starrte auf den Bildschirm, ohne eine Miene zu verziehen.

Maldari kam ins Schwitzen. Er war davon ausgegangen, daß das Raumschiff nur mit Angehörigen der menschlichen Spezies bemannt war. Aber nach den Ohren zu urteilen, war dieser Sencus ein Vulkanier. Er hatte gehört, daß sie nicht so einfach wie die Menschen zu beeindrucken waren. Dieser Sencus war ein zäher Verhandlungspartner.

»Solange Sie uns keine nennenswerten Mengen an wertvollen Waren beschaffen können, werde ich unseren politischen Offizier kaum zu einem Einlenken bewegen können. Wenn ich mit Ihren Leuten nach Beta Prometheus zurückkehre…« Maldari hatte keineswegs die Absicht, dies zu tun, denn es würde ziemlich schwierig werden, die Starfleet-Offiziere zu verkaufen. »…werden sie sich vor Gericht wegen Spionage und Verletzung unseres Hoheitsgebiets verantworten müssen. In diesem Fall kann ich nicht mehr für ihre Unversehrtheit garantieren. Ich schlage vor, daß Sie uns Ihre Frachtliste übermitteln, damit wir…«

»Wir werden kein Lösegeld zahlen«, sagte Sencus mit einer geringfügigen Steigerung der Lautstärke seiner Stimme. »Das würde gegen die Vorschriften der Föderation verstoßen. Ich könnte es nicht einmal tun, wenn ich dazu bereit wäre.«

Schweigen.

Maldari gab seinem Navigator ein knappes Handzeichen, worauf die Sichtschirme in beiden Schiffen dunkel wurden. Er watschelte zu seinem Stuhl, setzte sich jedoch nicht. Wenn er doch nur klar denken könnte!

»Wir haben gehört, daß die Starfleet-Offiziere einen hohen Wert für die Föderation besitzen«, sagte Kornish. »Und daß die Menschen, die die Besatzung ihrer Raumschiffe stellen, nicht einmal an die Höhere Berufung glauben, sondern den Tod fürchten. Wieso ist ihre Fracht für sie plötzlich wertvoller als ihre Besatzung?«

Maldari antwortete nicht. Seine Gedanken überstürzten sich. *Dieser Sencus ist ein Vulkanier,* dachte er. *Ich kann ihn nur schwer durchschauen. Sein Gesicht ist fast ohne Regung und seine Stimme völlig gleichmäßig. Blufft er vielleicht nur? Wie soll ich darauf reagieren? Was wird geschehen, wenn ich einen Gefangenen exekutieren lasse? Wie viele Soldaten haben sie an Bord? Verdammt! Ich dachte, ich könnte mit einem sauberen Tauschhandel eine große Menge Waren gewinnen und mit einem satten Profit heimkehren.*

»Bringen Sie den Captain auf die Brücke«, befahl Maldari. Zwei Promethaner verschwanden im Korridor.

»Wir sollten sie zu Hause vor Gericht stellen«, meldete sich erstmals Dramin zu Wort. »Das Volk wird große Genugtuung empfinden, wenn es die Hinrichtung von Spionen der Föderation erleben darf.«

»Davon bin ich überzeugt«, stimmte Maldari zu, denn er wußte, daß sein Volk nicht viel von der Föderation hielt. »Aber unsere Mission besteht darin, zum Profit der Familien unseres Konklave zu kaufen und verkaufen, und ich würde es vorziehen, diese Mission zu erfüllen. Auch wenn ich dafür auf die Genugtuung des Volkes verzichten muß.«

»Wenn Sie mir die Spione übergeben«, sagte Dramin, »werde ich sie zu einem guten Zweck verwenden können.«

»Vielleicht sollte ich das tun«, sagte Maldari. Er wäre zumindest von etlichen Sorgen befreit, wenn er die ganze Angelegenheit einfach an Dramin weitergab. »Aber es wäre feige von mir, wenn ich Sie bitten würde, meine Verantwortung zu übernehmen.«

Außerdem sind sie meine einzige Garantie, mit heiler Haut aus dieser Sache herauszukommen, dachte er.

Dann kamen die beiden Promethaner mit Sulu in ihrer Mitte zurück. Maldari gab ihnen ein Zeichen, ihn ins Zentrum der Brücke zu bringen, wo er sich vor dem Starfleet-Offizier aufbaute.

»Stellen Sie eine Verbindung her«, befahl er knapp. Der Bildschirm erwachte zum Leben und zeigte den Vulkanier, der offenbar geduldig abgewartet hatte.

»Commander Sencus, ich wollte Ihnen zeigen, daß wir nicht die Absicht haben, Ihren Offizieren etwas anzutun. Es ist noch ein weiter Weg bis Beta Prometheus, und obwohl wir Ihre Leute auf frischer Tat ertappt haben, würden wir sie Ihnen ausliefern, wenn Sie bereit wären, eine angemessene Strafgebühr zu entrichten, so daß…«

»Captain, werden Sie gut behandelt?« fragte Sencus, ohne auf Maldari einzugehen.

»Keiner von uns wurde ernsthaft verletzt«, sagte Sulu vorsichtig. »Ein Offizier hat einen Streifschuß erhalten.«

Maldari wandte sich an Sulu. »Sie wurden bei der Spionage im System Beta Prometheus ertappt. Wie ich bereits Ihrem Stellvertreter erklärt habe, müßten wir Sie eigentlich zu unserem Heimathafen bringen, um Sie dem Gerichtshof des Lichtvolkes zu überantworten. Doch wenn die *Excelsior* in der Lage ist, eine angemessene Entschädigung in Form von brauchbaren Rohstoffen oder Waren zu zahlen…«

»Sencus«, sagte Sulu zu Maldaris Überraschung. »Kein Lösegeld. Sie dürfen diesen Piraten kein Angebot machen. Sie sollten sich unter keinen Umständen auf Verhandlungen einlassen…«

Der Bildschirm verblaßte, als Maldari den Menschen beiseite schob und seinem Navigator einen wütenden Blick zuwarf. Er gab den zwei Wachmännern einen Wink, die Sulu daraufhin von der Brücke schafften. Dann wandte er sich an Kornish und Dramin.

»Es scheint«, sagte er mit einem Seufzer, »daß wir diese Menschen auf unseren Heimatplaneten bringen müssen.« Dann eilte er Sulu hinterher, während er sich fühlte, als wäre er zwischen eine Titaniumwand und einen Rakatan-Vulkan geraten, ohne zu wissen, wie er in diese Situation gekommen war.

Zum ersten Mal, seit er das Kommando übernommen hatte, setzte sich Sencus auf den Sessel des Captains. Er saß eine Weile schweigend da und starrte auf seine Konsole, obwohl sie gar nicht aktiviert war. Es war still auf der Brücke, keiner der Offiziere rührte sich an seiner Station. Mehrere Leute hatten sich auf der Brücke eingefunden und warteten unschlüssig neben dem Turbolift ab. Sencus wußte, daß alle Blicke auf ihn gerichtet waren.

»Geben Sie Alarmstufe Rot für das Schiff. Sie können auf Ihre Posten zurückkehren. Hier können Sie nichts tun.«

Die Gruppe zog sich von der Brücke zurück.

»Lieutenant Rand, ich würde jetzt gerne zur gesamten Besatzung sprechen.«

»Interner Kommunikationskanal ist geöffnet, Commander.«

»Hier spricht Commander Sencus. Ich habe Ihnen etwas Wichtiges mitzuteilen. Vor einigen Minuten wurde Captain Sulu zusammen mit einer technischen Einsatzgruppe in ein Schiff der Promethaner gebeamt, um Hilfe zu leisten. Offensichtlich war der Notruf eine betrügerische List, denn die Gruppe wurde gefangengenommen.« Er machte eine kurze Pause, weil er genau wußte, daß die vierhundert Besatzungsmitglieder der *Excelsior* schockiert auf diese Neuigkeit reagieren würden. Bestimmt waren einige Freunde oder sogar Verwandte der Geiseln unter ihnen, die in diesem Augenblick zum ersten Mal davon hörten. »Wie Sie sich vorstellen können, handelt es sich um ein völlig unerwartetes und recht heikles Problem. Beta Prometheus hat keine diplomatischen Kontakte zur Föderation, und diese Handlungsweise kommt einer Kriegserklärung gleich. Doch im Augenblick können wir nichts unternehmen. Wir folgen dem Schiff, wir bereiten uns auf verschiedene Eventualitäten vor, und wir haben die Starfleet-Zentrale benachrichtigt. Ich kann Ihnen versichern, daß alles unternommen wird, um die Sicherheit des Captains und unserer Kollegen aus der Besatzung zu gewährleisten. Im Augenblick möchte ich Sie bitten, sich zu gedulden. Sobald es neue Informationen gibt, werden sie sofort über alle Kommunikationsbildschirme der *Excelsior* verbreitet. Vielen Dank.«

Sencus nickte Lieutenant Rand zu, die daraufhin den Kanal schloß, so daß die Brückenoffiziere wieder unter sich waren. Dann verschränkte er die eleganten Finger und begann schweigend, die verschiedenen Möglichkeiten gegeneinander abzuwägen.

»Legen Sie die *Sonnentau* auf den Hauptbildschirm.«

Der Bildschirm erhellte sich und zeigte das Schiff im Profil.

»Das ist eine Aufzeichnung, Commander«, sagte Henrey. »Wir halten uns außerhalb der visuellen Reichweite auf.«

»Gut. Bleiben Sie trotzdem in Sensorenreichweite.«

Dann trat Sencus zu Peter Garvin und Janice Rand an die kartographische Konsole, wo sich gerade eine Darstellung der Innenansicht des promethanischen Schiffes aufbaute.

»Hier ist die Brücke«, sagte Rand und deutete auf den Grundriß, den der Monitor vor ihr zeigte. »Sie ist durch einen Korridor mit einem Zentralraum verbunden, vermutlich eine Art Versammlungs- oder Aufenthaltsraum.«

»Ist dieser Korridor der einzige Zugang zur Brücke?« fragte Garvin.

»Ja«, bestätigte Rand. »Die Brücke stellt so etwas wie eine isolierte Kapsel dar. Der Korridor ist eine Röhre, der sie mit dem Hauptkörper des Schiffes verbindet. Er ist recht eng. Sie und Ihre Männer müßten sich bücken, wenn Sie sich hindurchbewegen wollen.«

»Die Promethaner werden kaum größer als eins Komma fünf null Meter«, erklärte Sencus. Dann schwieg er, als Rand ihnen einen Überblick über den Aufbau des fremden Raumschiffes verschaffte, das im wesentlichen aus vier Decks bestand. Sencus bemerkte, daß Garvin äußerst konzentriert zuhörte.

»Die Sensoren haben etwa sechzig humanoide Lebensformen an Bord des Schiffes registriert«, teilte Rand mit. »Elf davon dürften unsere Leute sein. Also haben wir es mit einer etwa fünfzigköpfigen Besatzung zu tun, was sich mit Maldaris Angaben deckt.«

»Das ist nicht wenig. Vermutlich sind alle bewaffnet, zumal es sich allem Anschein nach um eine Art Piratenschiff handelt. Was meinen Sie, Garvin?« Sencus blickte den großen Menschen an.

»Wir müßten im Schiff nach den Geiseln suchen?« wollte Garvin von Rand wissen.

»Ich fürchte, ja. Die Wärmemessungen ergeben, daß die Lebensformen sich über das ganze Schiff verteilen. Ohne die Kommunikatoren können wir Sulu und die anderen nicht identifizieren. Vielleicht hat man die Gruppe inzwischen sogar aufgeteilt.«

Sencus wurde klar, daß sie sich gegen recht große Hindernisse durchsetzen müßten, wenn sie einen direkten Angriff auf das Schiff wagen sollten.

»Es wird keineswegs eine leichte Aktion«, sagte Sencus.

»Je länger wir warten, desto größer werden die Schwierigkeiten«, erwiderte Garvin schnell.

»Es scheint auch so schon schwierig genug«, sagte Sencus. »Im Kampf Mann gegen Mann würden wir den Vorteil unserer technischen Überlegenheit einbüßen. Und die Promethaner hätten den eindeutigen Heimvorteil. Außerdem wissen wir nicht einmal, wo die Geiseln sind.« Sencus starrte auf den Plan des Schiffes und drehte sich schließlich zu Garvin um. »Also gut, wie lautet Ihr Vorschlag?«

Garvin zögerte nur einen winzigen Augenblick. Sencus wußte, daß es Garvin unter den Fingernägeln brannte, etwas zu unternehmen, aber nur der Befehlshaber des Schiffes konnte eine derartige Aktion anordnen. Die Vorschriften der Föderation besagten eindeutig, daß Gewaltanwendung nur als letzter Ausweg in Frage kam.

»Drei Gruppen zu je sechs Leuten«, begann der große Sicherheitsoffizier. »Wir müßten einen gebündelten Phaserstrahl benutzen, um eine Lücke in den Schilden zu öffnen, die es uns erlaubt, den Transporter einzusetzen. Wir müßten alle gleichzeitig auf das Schiff gebeamt werden, und zwar an diese drei Stellen.« Er zeigte auf die Brücke, den Aufenthaltsraum und einen Frachtraum auf dem dritten Deck. »Ein Pilot wird das erste Team begleiten. Es soll die Brücke in unsere Gewalt bringen. Wir werden alle Systeme abschalten und nur die Notenergie für die Lebenserhaltung aktiviert lassen. Dann werden wir die Navigation übernehmen und die Schilde abschalten. Gleichzeitig wird die zweite Gruppe vom oberen Deck nach unten vorstoßen und die dritte Gruppe die untersten Decks absuchen, um den Aufenthaltsort der Geiseln zu ermitteln. Es dürfte höchstens zwanzig Minuten dauern, bis wir jeden Widerstand gebrochen haben.«

»Und was soll mit den Personen geschehen, die sich nicht feindselig verhalten?«

»Wir müssen davon ausgehen, daß die gesamte Besatzung uns Widerstand leisten wird«, sagte Garvin.

»Sie sollten die Phaser auf Betäubung stellen.«

»Dann wären wir im Nachteil. Die Einsatzgruppen sollten keine lebenden Gegner zurücklassen«, sagte Garvin entschlossen.

»Wir können die Promethaner nicht wahllos töten.«

»Sie haben ein Kriegsverbrechen begangen.«

»Die Definition eines Kriegsverbrechens ist eine subtile Angelegenheit«, sagte Sencus ruhig.

»Es würde mir nicht gefallen, wenn meine Leute ein solches Handicap in Kauf nehmen müßten. Wenn die Promethaner das Feuer auf uns eröffnen, müssen wir es uneingeschränkt erwidern können. Es wird Verluste geben. Und es ist meine Aufgabe, dafür zu sorgen, daß sich diese Verluste auf die Gegenseite beschränken.«

Sencus durchdachte innerhalb weniger Sekunden alle logischen Alternativen. Ihm war bewußt, daß sich mehrere Offizier um ihre kleine Gruppe geschart hatten und zuhörten. Als er sprach, erhob er nur ein wenig die Stimme. »Wir werden diese Aktion sofort in Angriff nehmen«, sagte er und blickte Garvin in die Augen. »Sie werden so viel Gewalt anwenden, wie es die Situation erfordert.«

Maldari schärfte dem Navigator ein, den Alarm für die Schilde und die Transporter mit aller Sorgfalt zu aktivieren, bevor er die jüngeren Promethaner auf der Brücke alleinließ und sich auf den Weg durch den Korridor machte.

»Was haben Sie vor, Captain?« fragte Dramin.

»Ich will mit den Gefangenen reden«, antwortete Maldari. »Um herauszufinden, welche Fracht das Schiff mit sich führt.«

»Sie haben bestimmt nichts dagegen, wenn ein religiöser Offizier bei diesem Gespräch anwesend ist, oder?«

Maldari hatte nichts einzuwenden. Aber er wußte, daß ein Einwand ohnehin sinnlos gewesen wäre. In dieser heiklen Situation sollte er dafür sorgen, daß er Kornish und Dramin auf seiner Seite hatte.

»Eine gute Idee. Kornish, Sie sollten ebenfalls dabeisein«, sagte er, da er genau wußte, daß der andere Offizier sich irgendwo im Schatten verbarg. Er eilte den Korridor entlang und mehrere Rampen hinunter, die zwei Männer im Gefolge, bis er das unterste Deck seines Schiffes erreicht hatte.

Von dort aus lief er zum Heckbereich weiter. Sie waren erst einige Schritte weit gekommen, als die Alarmsirenen losschrillten. Maldari blieb stehen und stieß einen kehligen Fluch aus.

»Was ist das?« rief Kornish, um sich im Lärm verständlich zu machen.

»Etwas hat unsere Schilde angegriffen.« Maldari zog seine Laserwaffe.

»Sie feuern auf uns?« schrie Dramin.

»Ja. Vielleicht müssen wir unser Schiff verteidigen.« Maldari wandte sich der Gruppe von Männern zu, die ein Stück weiter im Gang stationiert war. »Sie werden versuchen, uns zu entern! Schlagt die Eindringlinge in die Flucht!« Er drehte sich um und lief zurück. »Die ungläubigen Eindringlinge!« setzte er hinzu, nicht so sehr aus echter Begeisterung, sondern mit leichtem Zynismus an die Adresse von Dramin. Er watschelte gerade die Rampe zum nächsten Deck hinauf, als oben Starfleet-Soldaten auftauchten. Maldari feuerte sofort. Mehrere Gegner erwiderten das Feuer und trafen Kornish, der zu Boden ging. Maldari eilte durch den Gang zurück zu seinen Männern. Er befahl einer Gruppe, zum Fuß der Rampe vorzudringen und die Eindringlinge in Schach zu halten. Dann führte er eine weitere Gruppe zum Heck des Schiffes, wo man die Gefangenen in den größten Lagerraum gesperrt hatte. Dramin, der hinter ihm lief, hatte Angst.

»Ich kann nicht glauben, daß sie einen offenen Kampf gegen uns riskieren. Sie hätten doch nur die Entschädigung bezahlen…« Eine Explosion verschluckte den Rest seiner Wort. Rauch quoll durch den Korridor.

»Folgt mir!« rief Maldari. Er schob sich durch den Rauch, bis er die erste Biegung des Ganges erreicht hatte. Dann tastete er sich an der Wand entlang. Schließlich fand er die Klappe, nach der er gesucht hatte. Er riß sie auf und drückte seine Hand auf eine Glasscheibe. Ein roter Strahl leuchtete auf, als sein Handabdruck gelesen wurde. In der Wand war ein Rumoren zu hören.

»Was jetzt?« rief Dramin, während sie von Rauch und Explosionsgeräuschen umgeben waren.

»Hier entlang!« sagte Maldari. Er führte die kleine Gruppe durch einen tangentialen Korridor, bis sie einen Raum erreichten, in dem verschiedene Konsolen standen. »Jeder schnallt sich in einem Sitz an! Wer keinen Platz findet, hält sich fest!« Er eilte zur Zentralkonsole und bediente hastig die Kontrollen. Plötzlich ging ein Ruck durch den Raum, und der Boden schien unter ihren Füßen wegzukippen.

»Mein Gott!« sagte Janice Rand.

Die Brückenoffiziere der *Excelsior* sahen auf dem Hauptsichtschirm, wie sich der hintere Teil des fremden Raumschiffes neigte und vom Hauptrumpf löste.

»Das Shuttle ist in das Schiff integriert.« Sencus dachte schnell nach. Dann bat er Rand, ihm eine Verbindung zu Garvin zu geben.

»Commander Garvin, hier ist die *Excelsior*. Bitte sofort melden!«

Ein Knistern war zu hören, dann sprach Garvins rauhe Stimme.

»Wir haben die Brücke der *Sonnentau* in unsere Gewalt gebracht. Alle Systeme sind unter Kontrolle. Die Gruppen B und C haben die Decks eins und drei abgesucht und gehen jetzt...«

»Deck vier ist ein Shuttle«, sagte Sencus. »Ich wiederhole: Das vierte Deck ist ein Shuttle. Es verläßt gerade die *Sonnentau.*« Auf dem Bildschirm war zu erkennen, wie das Hecksegment von kleinen Explosionen und Rauchwolken umgeben war, während die Abtrennung vollzogen wurde. Dann schoß es durch den Weltraum davon.

»Verlieren Sie es nicht!« rief Sencus den Offizieren neben ihm zu. »Garvin, überwältigen Sie die Besatzung und suchen Sie jeden Quadratzentimeter des Frachters ab.« Doch er wußte genau, wie das Resultat der Suche lauten würde. Wenn sie die Geiseln noch nicht gefunden hatten, waren sie im vierten Deck versteckt gewesen. Der Pirat Maldari hatte sie wieder einmal ausgetrickst.

Maldari war nicht in der Stimmung, sich ins Fäustchen zu lachen. Die Besatzungsmitglieder, die durch die Abkoppelung durch den Raum geschleudert worden waren, kamen rings um ihn herum wieder auf die Beine.

»Wo sind wir?« fragte Dramin.

»In unserem Shuttle«, sagte Maldari.

»Und die Gefangenen?«

»Im Frachtraum nebenan. Sie werden uns begleiten.«

»Und der Rest der Besatzung?«

Maldari sah im Geist noch einmal, wie Kornish gefallen war. »Sie kämpfen gegen die Ungläubigen, vermute ich«, sagte er. Seine Männer besetzten die Stationen des kleinen Shuttles und bemühten sich, die Systeme unter ihre Kontrolle zu bringen.

Großartig, dachte Maldari. *Ich bin zusammen mit einem religiösen Fanatiker in einem Shuttle eingesperrt, und das einzige, was ich nach einem Jahr im Weltraum vorzuweisen habe, sind elf Offiziere der Föderation.*

»Was haben Sie jetzt vor?« wollte Dramin wissen.

»Wenn ich das nur wüßte«, antwortete Maldari. Er dachte, daß er sich ein wenig Aufrichtigkeit leisten konnte, da er ohnehin nicht mehr viel zu verlieren hatte.

»Aber wohin fliegen wir?« bohrte Dramin weiter.

Maldari blickte zum Promethaner hinüber, der im Sitz neben ihm Platz genommen hatte. Er schaffte es, die Kontrollen zum Leben zu erwecken, woraufhin buntes Licht über die Glasfläche tanzte, vor der er saß. Dann blickte er sich zu Maldari um. Maldari seufzte.

»*Wer weiß wo*«, sagte er.

Auf der Brücke der *Excelsior* ging Sencus unruhig auf und ab. Die Tür des Turbolifts öffnete sich, und Commander Garvin trat heraus. Seine Uniform war mit dem Blut von Promethanern besudelt. Sencus forderte ihn leise auf, seinen Bericht abzuliefern.

Garvin antwortete nicht sofort.

»Es ist unlogisch, wenn Sie sich irgendwelche Vorwürfe machen, Commander«, sagte Sencus. »Wir haben nichts von diesem Shuttle gewußt. Was ist anschließend geschehen?«

»Sie haben trotzdem weitergekämpft. Ich glaube, die meisten wußten gar nicht, daß die anderen entkommen waren. Das Raumschiff ist in unserer Gewalt. Die meisten der Piraten sind tot. Ein paar sind lediglich verletzt.«

»Krankenstation!« sagte Sencus laut. »Schicken Sie ein medizinisches Team auf das Schiff. Versuchen Sie, etwas zu tun.« Dann wandte er sich wieder an Garvin. »Und unsere Leute?«

»Keine Todesopfer.«

»Gut.«

»Aber wir haben nicht eine einzige Geisel gefunden.«

»Es dürfte kein Zweifel mehr bestehen, daß sie alle im vierten Deck gefangengehalten wurden. Versetzen Sie Ihre Leute wieder in Einsatzbereitschaft.«

Garvin drehte sich langsam um und ging zum Turbolift zurück.

»Ich verliere das Shuttle«, rief Lieutenant Henrey.

»Folgen Sie ihm mit der nötigen Geschwindigkeit«, sagte Sencus.

Die *Excelsior* raste durch die Galaxis. Das kleine Shuttle konnte dem großen Föderationsraumschiff nicht entkommen, aber Sencus wollte aus Rücksicht auf die Geiseln natürlich nicht das Feuer eröffnen.

»Kurs?« fragte Sencus.

»System Beta Prometheus, wie es aussieht«, sagte Henrey.

»Archnos? Sie fliegen nach Hause…«, überlegte Sencus.

»Nein, sie scheinen nicht BP 1 anzusteuern. Sie…« Plötzlich war ein dumpfer Knall zu hören. Ein heftiger Ruck ging durch das Schiff, und die Beleuchtung flackerte.

»Ein Asteroid«, sagte Henrey. »Ein recht großer.«

»Ausweichmanöver«, sagte Sencus.

»Ich gebe mir Mühe, Commander, aber wir scheinen auf ein sehr ausgedehntes Asteroidenfeld gestoßen zu sein. Außerdem geben die Asterioden radioaktive Strahlung von sich, die mit unseren Steuerungssystemen interferiert.«

»Auf den Schirm.«

Der Hauptbildschirm zeigte Hunderte von toten Felsen, die gegen die Schilde der *Excelsior* schlugen. Die größten Brocken hatten fast die Ausdehnung des Schiffes.

»Maldaris Shuttle hat diesen Kurs genommen?« fragte Sencus.

»Ja, Commander. Es fliegt uns immer noch voraus. Sie scheinen den Weg zu kennen.«

»Dann folgen Sie ihnen.«

»Das Shuttle zwängt sich durch Lücken, die für uns zu schmal sind.«

»Haben Sie das Schiff immer noch im Visier?« sagte Sencus zu Rand.

»Die Sensoren können es ohne Probleme erfassen.«

»Dann werden wir es nicht verlieren. Geben Sie...«

Ein weiterer Ruck erschütterte das Schiff.

»...mehr Energie auf die Schilde«, vervollständigte Sencus seinen Satz.

Auf dem Bildschirm war zu sehen, daß die Asteroiden immer dichter wurden.

»Die Radioaktivität stört unsere Navigationssysteme«, rief Henrey im Lärm. »Ich kann die *Excelsior* kaum noch auf Kurs halten.«

»Öffnen Sie alle Schirme. Höchste Bildauflösung. Wir werden nach Sicht fliegen.«

»Commander?«

»Jetzt können Sie uns zeigen, was Sie gelernt haben«, sagte Sencus. »Versuchen Sie, das Schiff manuell zu steuern. Dieser kosmische Hagelsturm kann nicht ewig dauern.« Er wollte das Shuttle auf keinen Fall verlieren.

»Die Schilde entziehen den Manöverdüsen Energie!« sagte ein Ingenieur.

»Wir können mit geringerer Geschwindigkeit fliegen«, rief eine andere Stimme.

»Wir werden bald gar nicht mehr fliegen können, wenn das so weitergeht«, kam die Erwiderung aus dem Maschinenraum.

Das Schiff wurde von den großen Felsbrocken durchgeschüttelt, die gegen die Schilde schlugen.

»Navigation, vermessen Sie den Asteroidengürtel.«

Sencus wußte, daß er bald eine Entscheidung treffen mußte. Wenn sie weiterkommen wollten, mußten sie mehr Energie auf die Schilde der *Excelsior* geben, doch damit wurde ihre Beweglichkeit eingeschränkt, die sie benötigten, um diesen Bereich zu verlassen.

»Commander«, rief ein Offizier, der sich im Lärm kaum noch verständlich machen konnte. »Wir sind in eine dichte Konzentration von Asteroiden geraten. Die Brocken haben einen Durchmesser von ein- bis zweihundert Kilometern. Nur über uns wird die Dichte immer geringer.«

Die *Excelsior* schien nur noch dahinzukriechen.

»Es hat keinen Sinn, Commander. Ich müßte die Asteroiden buchstäblich beiseite schieben. Wir müssen mehr Energie auf die Schilde geben.«

»Gehen Sie weiter mit der Geschwindigkeit herunter.«

»Die Asteroiden emittieren eine Strahlung, die mit unseren Sensoren interferiert. Ich kann mich nicht mehr auf meine Kontrollen verlassen.«

»Schalten Sie auf die Notsysteme um.«

Henrey bediente die Kontrollen, doch Sencus wußte, daß es sinnlos war.

»Damit geht es auch nicht besser, Commander. Die Asteroiden strahlen so intensiv, daß unsere Navigationssensoren gestört werden. Sogar die internen elektrischen Systeme sind beeinträchtigt.« Die Innenbeleuchtung des Schiffes erlosch flackernd, worauf die Brücke in den gespenstischen Schein der roten Notbeleuchtung getaucht wurde.

Das Schiff wurde fast pausenlos von den Kollisionen erschüttert, und das Trommelfeuer der Asteroiden war sogar auf der Brücke zu hören.

»Geben Sie die Verfolgung des Shuttles auf, Lieutenant. Ziehen Sie das Schiff hoch. Maschinenraum, alle verfügbare Energie auf die Manöverdüsen. Wir müssen das Schiff nach oben aus dem Asteroidengürtel herausbringen.«

Die *Excelsior* richtete sich auf, während weiterhin kosmische Trümmer gegen die Schilde des großen Schiffes schlugen. Allmählich wurde es ruhiger, und

Sencus sah auf den Schirmen, daß die Asteroiden weniger wurden, bis das Schiff wieder ungehindert durch die leere Unendlichkeit des schwarzen Weltraums trieb.

»Wo ist das Shuttle?« wollte Sencus von Rand wissen. In der plötzlichen Stille klang seine Stimme überraschend laut.

»Es ist tiefer in den Asteroidengürtel hineingeflogen, Commander. Die Radioaktivität interferiert mit unseren Sensoren. Ich verstehe nicht, wie die Promethaner dort navigieren können.«

Sencus nahm an seiner wissenschaftlichen Station Platz.

»Ihr Schiff ist wesentlich kleiner als unseres«, erklärte er. »Und älter. Vermutlich sind die Navigationssysteme verhältnismäßig primitiv, so daß sie weniger von der Radioaktivität beeinträchtigt werden. Anscheinend sind sie gut mit diesem Bereich vertraut, da sie ohne Zögern in den Asteroidengürtel geflogen sind.«

»Ich glaube nicht, daß ich schon einmal so hohe Strahlungswerte erlebt habe. Wodurch werden sie verursacht, wenn es sich um völlig tote Planetoiden handelt?« fragte Henrey.

Sencus hatte sich bereits dieselbe Frage gestellt. Er arbeitete an seiner Konsole.

»Vielleicht waren sie nicht immer tot«, spekulierte er.

»Das heißt...« Henrey dachte an das, was er vor Jahren an der Akademie über radioaktive Isotope und ihre Herkunft gehört hatte.

»Genau. Ein Planet, dessen Zivilisation unvorsichtig mit Atomenergie umging und der durch einen Unfall zerstört wurde«, sprach Sencus die Gedanken des jungen Piloten aus. »So etwas ist schon häufiger vorgekommen. Es muß ein sehr großer Planet gewesen sein. Bei einer Halbwertszeit von mehreren tausend Jahren werden diese Felsbrocken noch sehr lange ihre lebensfeindliche Strahlung abgeben.«

»Dann kann Maldari dort keinen Stützpunkt haben.«

»Nein, aber wir können davon ausgehen, daß er den Asteroidengürtel als Deckung benutzt. Wir müssen die Umgebung abfliegen und versuchen, seine Spur wiederzufinden.«

»Und wenn es uns nicht gelingt?« fragte Lieutenant Rand.

»Dann werden wir den gesamten Quadranten nach Captain Sulu und den anderen absuchen«, sagte Sencus ruhig. »Haben wir schon eine Nachricht von der Starfleet-Zentrale?«

»Starbase 499 hat den Empfang unserer Botschaft bestätigt und sie weitergeleitet. San Francisco hat noch nicht geantwortet.«

ZWEITER TAG

Irgendwo im System Beta Prometheus

Nebel hüllte den uralten Friedhof der Raumschiffe ein, als Maldari mit dem Shuttle niederging. Ein leichter Wind trieb die Dunstschleier über die Trümmerhalde und rüttelte am verrosteten Metall, so daß ein ständiges Knarren und Quietschen über den Platz hallte. Maldari gab dem Rest seiner Besatzung den Befehl, die Gefangenen zu bewachen, dann verließ er das Shuttle über eine Rampe. Dramin hatte ihn eingeholt, bevor er seinen Fuß auf den ausgetrockneten, rissigen Boden setzen konnte.

»Wo sind wir?« fragte Dramin.

»In der Wüste«, antwortete Maldari.

»Was ist das hier?«

»Ein Raumschiffsfriedhof. Alte Raumschiffe, die nicht mehr zu reparieren sind. Hier gibt es kostenlose Ersatzteile. Man muß nur zugreifen.«

»Wollen Sie damit das Shuttle reparieren?«

»Nein.«

»Warum sind wir dann hier gelandet?«

»Sollten wir Ihrer Meinung nach auf einem offiziellen Frachthafen landen? Und wenn die Behörden uns nach unserer Frachtliste fragen, wollen Sie ihnen sagen, daß wir elf Starfleet-Offiziere an Bord haben, die wir aus einem Raumschiff der Föderation entführt haben?«

Dramin zögerte. Maldari lief weiter und machte sich auf den Weg durch die Trümmer. Die wahllos verstreuten, rostenden Hüllen der Raumschiffe bildeten ein fast unüberschaubares Labyrinth. Schließlich eilte Dramin ihm nach.

»Wohin gehen Sie?« fragte Dramin.

»Dramin«, sagte Maldari, blieb im Schatten eines Wracks stehen und blickte den Mann zum ersten Mal an. »Es gibt eine Reihe von Dingen, die die Frachthändler von Archnos nicht in Kommission nehmen. Es ist schon eine Weile her, seit ich das letzte Mal in den Vorschriften gelesen habe, aber ich bin überzeugt, daß menschliche Waren darin nicht erwähnt werden.« *Dramin hat vermutlich keine große Ahnung von Handelsgeschäften,* dachte Maldari. »Ich sage es Ihnen nur einmal, und wenn wir wieder an Bord gehen, will ich nichts mehr davon hören!«

Dramin reagierte schockiert auf Maldaris plötzlichen Mangel an Respekt. Maldari machte kehrt und ging weiter, sprach dann mit Dramin, ohne sich zu ihm umzudrehen.

»Wir werden in Erfahrung bringen, ob es einen Markt für diese Menschen gibt. Und zwar von Händlern, die nicht unter den strengen Augen der Behörden von Archnos arbeiten.«

»Und warum sollte es hier solche Händler geben?« fragte Dramin, der sich angestrengt auf dem riesigen Schrottplatz umsah.

»Weil sie gewöhnlich«, sagte Maldari, als er über ein verbogenes Metallstück kletterte und auf einen freien Platz trat, »in der Bar *Wer weiß wo* anzutreffen sind, Dramin.« Maldari deutete mit einem Kopfnicken nach vorn, und Dramin sah ein riesiges Raumschiff, dessen Bug sich kopfüber in den Boden gebohrt hatte, als es offensichtlich abgestürzt war. Danach war es zu einer brüchigen Unterkunft umgebaut worden. Violettes Licht drang durch verschiedene Fenster, und genau in der Mitte der Front war eine verrostete Metalltür.

»Hier gibt es Ungläubige?« fragte Dramin.

»Hier gibt es Vertreter aller möglichen Spezies. Nicht nur Promethaner. Hier werden andere Dinge verehrt, als Sie es gewohnt sind. In erster Linie geht es um Profit. Trinken Sie einfach etwas. Vielleicht bekommen Sie hier sogar den Schleim, der Ihnen so gut zu schmecken scheint. Ich werde in der Zwischenzeit ein paar Erkundigungen einziehen.«

Maldari lief über die freie Fläche und betrat das Gebäude, in dem anstelle des Nebels noch dichterer Rauch herrschte. Und das Knarren der Raumschiffe im Wind wurde durch das Klappern von Metallgeschirr, vielsprachigen Stimmen und elektronischem Lärm übertönt. Er musterte die Gesichter der Anwesenden, die sich über den großen Saal verteilten, während er sich einen Weg zu Bar suchte.

»Maldari, ich kann nicht behaupten, daß ich mich freuen würde, Sie zu sehen.« Der Promethaner, der hinter der Theke als Barkeeper arbeitete, war der erste, der ihn ansprach.

»Bin ich noch kreditwürdig?« fragte Maldari.

»Ihr Kredit ist in Ordnung, was man von Ihrer Fracht nicht behaupten kann«, sagte der Barkeeper leise.

»*Pikaden!*« fluchte Maldari. »Wer weiß davon?«

»Jeder. Allerdings gibt es drei Systeme weiter eine Kolonie von Fremden, die der Subraumkommunikation abgeschworen haben. Sie haben vielleicht noch nichts davon gehört.«

»Sehr witzig.«

»Sind Sie aus geschäftlichen Gründen hier?« fragte der Barkeeper und kratzte sich an der buschigen Augenbraue.

»Ich will zuerst mit einigen nichthumanoiden Spezies sprechen. Ist Licus in der Nähe?«

»Ich denke schon. Also haben Sie Humanoide anzubieten?«

Maldari gab keine Antwort, als er die dampfende Tasse entgegennahm und dem Barkeeper den Rücken zukehrte. Langsam watschelte er zwischen den Gästen hindurch. In einer Ecke entdeckte er ein männliches Echsenwesen mit schmalen Augen und Schlangenkopf. Der schuppige Körper war in Lederkleidung gehüllt. Es saß mit dem Rücken zur Wand an einem Tisch und sprach mit einem halben Dutzend Aliens von verschiedenen Welten. Als Maldari näher kam, blickte Licus auf und lächelte.

Er weiß längst Bescheid, dachte Maldari. *Dann weiß er auch, daß ich mich in einer Zwangslage befinde. Aber die Frauen werden trotzdem ein Vermögen einbringen, wenn wir nicht zu lange zögern.*

»Maldari, ich habe Sie schon erwartet«, zischte Licus.

»Ich wüßte nicht warum«, erwiderte Maldari und setzte sich auf einen freien Stuhl, ohne auf die anderen Aliens zu achten, die am Tisch saßen. Licus nickte ihnen zu, worauf sie in den Rauchschwaden des Etablissements verschwanden.

»Vielleicht, weil ich der einzige in diesem System bin, der mit lebenden Spezies handelt.«

»Es gibt noch ein paar andere«, stellte Maldari richtig. »Der Handel mit Intelligenzwesen, die keine Promethaner sind, ist nicht illegal.«

»Das mag sein. Aber sogar ich habe noch nie versucht, Offiziere der Föderation zu verkaufen.«

»Wenn sie möglichst schnell in einem fernen System verschwinden, wird man sie bald vergessen haben.«

»Sie scheinen die Menschen nicht zu kennen.«

»Zwei von ihnen sind weiblich. Eine davon ist ein Prachtexemplar, das ein Vermögen wert ist.«

Licus lidlose Augen funkelten zum ersten Mal. »Und die andere?« fragte er.

»Schon etwas älter, aber immer noch ganz gut.«

»Nur zwei Frauen…«

»Licus, lassen Sie uns zur Sache kommen. Siebzigtausend Kern.«

Licus' gelassener Gesichtsausdruck belebte sich.

»Soll das heißen, daß Sie sie dabeihaben?«

»Sie werden gut bewacht.«

»*Pikaden!* Ihnen müssen sämtliche Schiffe von Starfleet auf den Fersen sein!«

»Sie sind uns nicht gefolgt. Ich konnte sie abhängen. Ein Raumschiff dieser Größe kann einfach nicht innerhalb der Kitarianischen Wolkenfelsen navigieren. Es sind insgesamt elf. Siebzigtausend Kern sind ein gutes Angebot.«

»Ich werde die Angelegenheit in Augenschein nehmen«, zischte Licus. Maldari stand auf und watschelte zur Tür. Er blickte sich nach Dramin um, aber der Fanatiker war spurlos verschwunden. *Ein Glück, daß ich ihn los bin,* dachte er.

Lieutenant Roose saß mit dem Rücken gegen die Wand gelehnt auf dem harten Fußboden und hörte müßig den zwei Männern neben ihm zu.

»Ich hoffe«, sagte Dr. Hans zu Spiros Focus, »daß dies hier nicht das unrühmliche Ende einer ruhmvollen Karriere sein wird.«

»Die *Excelsior* ist meine erste Mission«, antwortete Spiros bedrückt. »Ich bin vor zwei Monaten an Bord gekommen. Das läßt sich kaum als Karriere bezeichnen.«

»Ich sprach von meiner eigenen«, sagte Hans und lächelte dem jungen Mann zu. »Ich habe jetzt seit vier Jahrzehnten als Bordarzt auf verschiedenen Föderationsraumschiffen gedient, und erst vor kurzem habe ich daran gedacht, allmählich in Ruhestand zu gehen. Der Frachtraum eines nicht sehr vertrauenerweckenden Shuttles, das von absurden Figuren einer seltsamen Zivilisation durch zwielichtige Regionen der Galaxis gesteuert wird, entspricht nicht gerade meinen Vorstellungen von einem geruhsamen Lebensabend.«

Der junge Kadett warf ihm einen mitfühlenden Blick zu.

Hans redete weiter, hauptsächlich weil er der Meinung war, daß eine Plauderei auf jeden Fall besser für die Moral war als Schweigen.

»Ich hatte mir etwas wesentlich Idyllischeres vorgestellt. In den Marskanälen angeln gehen, unter dem warmen venusianischen Himmel einen Kriminalroman lesen, vielleicht ein Besuch der berühmten Gärten von Orgon. Ich könnte mir sogar ein Hobby zulegen. Der Captain hätte sicher den einen oder anderen Vorschlag zu machen.«

Bei diesen Worten war Roose plötzlich wie elektrisiert. Während die anderen leise weitersprachen, legte er eine Hand an seinen Stiefel. Er tat so, als würde er sich am Knöchel kratzen, bis er das lange Messer spürte, das Sulu ihm gegeben hatte. Da er keine Zeit gehabt hatte, es in sein eigenes Quartier zu bringen, und er nicht riskieren wollte, daß sich jemand verletzte, wenn er es irgendwo liegenließ, hatte er es sich in den Stiefel gesteckt, als er gemeinsam mit Sulu den Turbolift zur Brücke genommen hatte. In der anschließenden Aufregung hatte er es völlig vergessen. Er zog es ein Stück heraus und zögerte dann. *Was ist, wenn man uns überwacht?* dachte er. Statt dessen stand er auf und ging beiläufig zu Sulu hinüber, der sich mit Svenson in der Nähe der Tür aufhielt.

»Ach, Captain, ich wollte Sie fragen, wie Sie mit Ihrem Hobby vorankommen? Sie wissen schon, die Elfenbeinschnitzerei.«

Sulu blickte ihn verblüfft an.

»Sehr gut, wenn ich genügend Zeit dafür finde. Im Augenblick…«

»Ich habe es ebenfalls versucht. Auf Ihre Anregung

hin.« Roose grinste und kam sich wie der letzte Volltrottel vor.

»Das ist sehr interessant, Lieutenant Roose. Wenn wir in naher Zukunft in die *Excelsior* zurückkehren sollten, könnten wir…«

»Mit dem Werkzeug, das Sie mir gegeben haben. Erinnern Sie sich?«

»Lieutenant, das Thema Elfenbeinschnitzerei interessiert mich im Augenblick…«

»Um ehrlich zu sein – *ich konnte es einfach nicht mehr aus der Hand legen.*«

Roose sah, daß Sulus Gesicht endlich nachdenklich wurde. Der Captain starrte ihn mit durchdringendem Blick an.

»Das Werkzeug, das ich Ihnen gegeben habe?« fragte Sulu

»Ja.« Er hob seinen Fuß und rückte den Stiefel zurecht. »Ich dachte, es könnte irgendwann nützlich werden.«

Sulu blickte auf die Füße des Lieutenants. Dann sah er Roose ins Gesicht.

»Und Sie haben es immer noch?«

»Richtig.« Roose nickte.

»Sie haben recht, es könnte sich als nützlich erweisen. Seien Sie vorsichtig.«

»Ja, Captain.«

Die Tür öffnete sich, als Roose zu seinem unbequemen Sitzplatz an der Wand zurückkehrte. Ein halbes Dutzend Promethaner kam mit gezückten Waffen herein. Maldari folgte ihnen. Er wurde von einem großen, schlanken Alien begleitet, dessen Spezies Roose unbekannt war. Aber er mußte von einem Planeten mit sengend heißer Sonne stammen, denn seine Haut war schuppig und ledrig.

Die Piraten rückten vor und trieben die Offiziere an die gegenüberliegende Wand. Maldari gab mit gutturalen Lauten Anweisungen, aber ohne die Translatoren konnten die Starfleet-Offiziere ihn nicht verstehen. Maldari und das echsenartige Wesen schienen über etwas zu diskutieren. Dann zeigte der Promethaner auf Violet Bays. Er winkte ihr, daß sie näher kommen sollte, doch sie rührte sich nicht von der Stelle.

Er gab seinen Leuten weitere Anweisungen, worauf zwei von ihnen die Frau holten und sie in die Mitte des Frachtraums brachten. Als die anderen Geiseln sich bewegten, hoben die Piraten drohend die Waffen.

»Maldari!« rief Sulu und trat zwischen den Promethaner und die Frau. »Wenn Sie einem Starfleet-Offizier etwas antun…« Dann spürte Sulu plötzlich die große Kraft eines Promethaners, als Maldari ihn zurückstieß. Sulu landete unsanft auf dem Fußboden.

Maldari sagte etwas zu Violet Bays. Roose und die anderen hörten aufmerksam zu, aber die Sprache der Promethaner war ihnen völlig unbekannt. Maldari hob seine Waffe und richtete sie auf die Frau. Er brüllte etwas mit rauher Stimme. Roose wollte nach seinem Messer greifen, aber in der angespannten Situation hätte jede verdächtige Bewegung die Aufmerksamkeit der gut bewaffneten Piraten erregt. Alle warteten ab. Maldari schüttelte seine Waffe. Dann legte der Alien vorsichtig eine Hand auf Maldaris Arm und drückte die Waffe herunter.

»Ich bin nicht an beschädigter Ware interessiert«, sagte er zu Maldari in dessen Sprache. Er musterte die große Frau. »Wir möchten«, sprach er in gebrochenem, lispelndem Föderations-Standard weiter, »daß Sie Ihre Kleidung ablegen.«

»Sie können mich mal!« erwiderte Bays in energischem Tonfall. Maldari verstand überhaupt nichts, und das Echsenwesen rätselte über die Bedeutung ihrer Erwiderung nach.

Auf dem Rückweg zur Bar gab Maldari sich alle Mühe, Licus zu beschwichtigen. »Vermutlich wird den weiblichen Menschen mehr Schamgefühl gestattet, als unsere Frauen gewöhnt sind. Ich glaube nicht, daß sie irgendwelche körperlichen Makel vor uns verbergen wollte.«

»Sie hätten Ihrer Forderung Nachdruck verleihen müssen. Ihre Männer hätten sie ausziehen können«, sagte Licus.

»Wenn ich mein Geld bekommen habe, können Sie mit ihr machen, was Sie wollen. Ich bin lieber vorsichtig, weil die anderen den Eindruck erweckten, als wollten sie Ärger machen. Ich kann sie nicht einfach erschießen, dazu sind sie zu wertvoll.«

»Nicht für mich«, erwiderte Licus. Sie hatten den Schrottplatz durchquert und den freien Platz erreicht. »Die Männer sind überhaupt nichts wert, und angesichts der Kampfwütigkeit der Vereinten Föderation der Planeten wären sie mir viel zu heiß. Aber ich werde Sie von der Last der zwei Frauen befreien. Vierzigtausend Kern für die beiden.« Er stieß die Metalltür zur Bar auf und ließ Maldari draußen im Zwielicht und Nebel stehen.

Maldari machte sich mit einem promethanischen Fluch Luft. Er würde sich weiterhin mit neun männlichen Menschen herumärgern müssen, wenn nichts geschah. Er eilte Licus nach und folgte ihm zum Tisch in der Ecke.

»Ich will schnell wieder starten. Legen Sie zehntausend drauf, und ich gebe Ihnen die Männer dazu. Sie können sie sicherlich auf irgendeinem Sklavenplaneten verkaufen.«

»Das ist nicht so einfach.« Licus runzelte die Stirn. »Männliche Menschen sind im ganzen Universum für ihre Hartnäckigkeit, ihre Anpassungsfähigkeit und ihren wachen Verstand bekannt. Die Männer werden sich widerspenstig und streitlustig verhalten. Sie sind zu aufsässig und launisch, um als Sklaven zu taugen.

Sie lassen sich nicht einmal zur Züchtung von intelligenten oder gar kräftigen Nachkommen verwenden, sondern könnten höchstens etwas so Wertloses wie ihr gutes Aussehen weitervererben. Außerdem wird Starfleet überall nach ihnen suchen. Die Sklavenplaneten wollen jeden Ärger mit der Föderation vermeiden. Ich mache Ihnen ein letztes Angebot. Ich gebe Ihnen fünfzigtausend für die zwei Frauen. Überlegen Sie es sich, denn ich möchte sie möglichst schnell wegschaffen.«

Maldari setzte sich auf den Stuhl und rieb sich mit der flachen Hand über das Gesicht.

»Also gut«, sagte er. »Einverstanden. Die Frauen gehören Ihnen. Aber was zum Hades soll ich jetzt mit den neun Männern machen?«

»Dabei könnte ich Ihnen helfen«, sagte eine vertraute Stimme.

Maldari fuhr herum und blickte zu Dramin auf, der an den Tisch getreten war. In seiner Begleitung waren zwei Geistliche, von denen der eine schon sehr alt war. *Großartig,* dachte Maldari, *jetzt habe ich es mit drei Fanatikern auf einmal zu tun!* Doch die Gestalt, die sein größtes Mißtrauen erregte, stand neben den zwei Geistlichen. Es war ein großer und kräftig gebauter Mann mit grimmigem Gesichtsausdruck. Obwohl Maldari schon viele Vertreter seiner Spezies auf seinem Heimatplaneten gesehen hatte, gab es in diesem abgelegenen Winkel des Systems Beta Prometheus nur wenige von ihnen. Und dieser trug eine gut sitzende militärische Uniform. Es war ein Klingone.

»Dramin, ich weiß nicht, ob ich mich mit Klingonen einlassen sollte«, sagte Maldari, nachdem er sich mit seinem religiösen Offizier ein Stück zurückgezogen hatte. *Und ich weiß auch nicht, ob ich mich mit Geistlichen einlassen sollte,* dachte er. »Außerdem haben sie sich nicht dem Einzigen Weg verschrieben, soweit ich weiß.«

»Gelegentlich müssen wir mit Ungläubigen zusammenarbeiten«, sagte Dramin. »Sie haben Ihr Schiff verloren, Maldari. Ihr Shuttle ist ohne Bewaffnung und viel zu langsam. Die Klingonen sind bereit, Sie, Ihre Besatzung und Ihre Fracht nach Archnos zu transportieren. Sie sind mit einem B'rel-Kampfschiff auf diesem Mond gelandet. Dieser Typ wird regelmäßig dazu benutzt, Fracht von und nach Archnos zu befördern. Da sie über ihre eigenen Lagerhäuser und Einrichtungen verfügen, wird niemand nach den Frachtlisten des Schiffes fragen. Auf dem Raumhafen haben wir viel bessere Möglichkeiten.«

»Und was verlangen die Klingonen für ihre Hilfe?«

»Nur daß sie sich die Starfleet-Offiziere für ein paar Tage ausleihen dürfen. Danach können Sie mit ihnen machen, was Sie wollen.«

»Ich kann keine toten Starfleet-Offiziere mehr verkaufen, Dramin.«

»Lebend können Sie sie ebensowenig verkaufen, Maldari«, erwiderte der Geistliche.

Dramin hatte die Situation also verstanden. Maldari nahm sich vor, Geistliche in Zukunft nicht mehr für so weltfremd zu halten.

Maldari blickte sich in der Bar um und musterte die Vertreter verschiedener Spezies. Er wußte, daß einige von ihnen mit lebenden Waren handelten. Wenn Licus ihm die Menschen nicht abnahm, würde es niemand tun. Was hätte er schon zu verlieren?

Dann entdeckte er einen Promethaner, den er kannte. Die seltsame Gestalt saß allein an einem Tisch, starrte jedoch direkt zu Maldari herüber. Er sah ziemlich häßlich für einen Promethaner aus. Seine Haut war glatt und einfarbig, seine Zähne weiß und gerade. Er hatte weiches Haar und blaue Augen. Maldari erinnerte sich, daß er ein Mischling war. Wenn seine fremde Hälfte auf eine Spezies der Föderation zurückzuführen war, dann… Maldari sagte Dramin, daß er mit den Klingonen vor dem Shuttle auf ihn warten sollte. Nachdem sie sich auf den Weg gemacht hatten, ging Maldari direkt auf den ungewöhnlichen Promethaner zu.

Bevor Maldari sich vorstellen konnte, hatte der Mann sich auf seinen vier kurzen Beinen erhoben. »Bitte nehmen Sie Platz!« Er lächelte Maldari mit seinen widerlichen milchweißen Zähnen an. »Mein Name ist Taras Tarquin. Wir sind vor einigen Jahren schon einmal miteinander ins Geschäft gekommen. Sie erinnern sich vermutlich nicht mehr an mich. Aber das spielt überhaupt keine Rolle.«

»Nein, ich erinnere mich durchaus. Wenn auch nur vage.« Maldari versuchte sich vor allem daran zu erinnern, wer von ihnen damals am meisten von ihrem Tauschhandel profitiert hatte.

»Ich kann mir vorstellen, daß Sie gewisse Probleme haben, Ihre gegenwärtige Fracht zu veräußern«, sagte Tarquin.

»Manchmal ist die Marktlage gut, manchmal nicht«, sagte Maldari ausweichend.

»Vielleicht sollte ich mich erklären. Sie wundern sich bestimmt über meine Abstammung. Meine Mutter war eine Promethanerin, doch mein Vater war ein Mensch. Er gehörte zu einer frühen Kolonie in einem benachbarten System.«

»Ich bin kein Verfechter des Glaubens«, sagte Maldari. »Das überlasse ich den Geistlichen.«

»Ich könnte Ihnen vielleicht mit Ihrer Fracht helfen.«

»Ich brauche keine Hilfe«, sagte Maldari.

»Aber ein Angebot«, sprach Tarquin unbeirrt weiter. »Ich habe einige gute Kontakte, unter anderem zu den Leuten, die vielleicht als einzige potentielle Käufer in Frage kommen. Sie könnten sich auf einen Tauschhandel einlassen, oder Sie könnten sie beispielsweise einfach zurückgeben, ohne einen interstellaren Konflikt zu provozieren. Was immer Ihnen das Liebste wäre.«

»Sie repräsentieren die Föderation?«

»Nein, ganz und gar nicht. Ich bin nur ein Händler, genauso wie Sie. Aber aufgrund meines – wie soll ich sagen – Mangels an Attraktivität, bin ich außerhalb des Systems Beta Prometheus willkommener als im System. Und ich bewege mich regelmäßig ungehindert im Territorium der Föderation. Ich bin häufiger Besucher auf den Planeten und Weltraumstützpunkten. Aus diesem Grund ist der Handel mit intelligenten Spezies meine Spezialität, wie man sagen könnte.«

»Die Frauen bin ich bereits losgeworden. Ich werde die Männer nach... an einen anderen Ort bringen. Aber ich habe noch kein Angebot für sie erhalten.«

Tarquin zuckte mit den Schultern. Er ließ Maldari in Ruhe nachdenken.

»Ich einigen Tagen konnten die Männer verfügbar sein«, sagte Maldari. »Wo kann ich Sie erreichen?«

»Hier«, sagte Tarquin. »Ich halte mich häufig hier auf. Ansonsten können Sie eine Nachricht beim Barkeeper hinterlassen. Eine uralte, aber sehr sinnreiche Methode.«

»Und Sie könnten einen Käufer für die neun männlichen Menschen finden? Auch wenn es sich um Starfleet-Offiziere handelt?«

»Ich bin auf verzwickte Fälle spezialisiert.« Tarquin lächelte, und seine geraden Zähne erinnerten Maldari erneut daran, daß er es hier mit der Karikatur eines Promethaners zu tun hatte. »Das ist meine besondere Begabung«, fügte er mit einem Blick auf Maldari hinzu.

Maldari schämte sich überhaupt nicht dafür, daß er den seltsamen Halb-Promethaner anstarrte.

Als die Piraten sie wieder eingesperrt hatten, eilte Sulu sofort zu Violet Bays, um ihr zu versichern, daß man ihr nichts antun würde.

»Wir werden schon bald wieder frei sein«, sagte er zu ihr. »Bis dahin werden wir alle zusammenhalten.«

»Man hat etwas Bestimmtes mit uns vor«, warf Lieutenant Roose ein. »Wenn man uns hätte töten wollen, wäre das schon längst geschehen.«

»Ich weiß nicht recht, aber irgendwie gibt mir das keine große Hoffnung. Ich finde, sie sehen wie ein recht mordlustiger Haufen aus«, sagte Bays.

»Sie dürfen Aliens nicht an ihrer Kosmetik messen«, sagte Dr. Hans. »Wie würden Sie unsere Situation einschätzen, Captain Sulu? Was haben diese Schurken mit uns vor?«

»Ich wünschte mir, ich hätte eine Antwort auf diese Frage«, sagte Sulu ernst.

Roose meldete sich wieder zu Wort. »Wenn diese Piraten sich selbst als Händler bezeichnen, hoffe ich, daß sie uns gegen irgend etwas eintauschen.«

»Ein Lösegeld?« fragte Sulu. »Ein solcher Brocken wäre für die Föderation nur schwer zu schlucken. Überlegen Sie, was geschieht, wenn ein Präzedenzfall geschaffen wird! Ich bin sicher, daß Sencus irgend etwas unternimmt. Wir können uns darauf verlassen, daß er sein Bestes tun wird. Er ist ein sehr fähiger Mann. Darauf können wir unser Leben verwetten.«

»Ich fürchte«, sagte Dr. Hans lakonisch, »daß uns im Augenblick gar nichts anderes übrigbleibt.«

Die kleine Gruppe löste sich auf. Dr. Hans wartete ab, bis er sich ungestört mit Sulu unterhalten konnte.

»Können wir wirklich darauf hoffen, daß man uns rettet?« fragte Hans.

»Das hängt davon ab«, sagte Sulu, während er sich selbst über ihre Chancen klarzuwerden versuchte. »Starfleet kann in dieser Angelegenheit bestimmt nicht ohne die Genehmigung des Rats der Föderation tätig werden. Möglicherweise möchte man keine militärische Aktionen provozieren. Es könnte zu politischen

Verzögerungen und Verhandlungen kommen. Dann wäre zu berücksichtigen, daß Starfleet nicht überall in einem unendlichen Universum zugegen sein kann. Wir müssen einen gewissen Preis für die Freiheit bezahlen, daß wir uns mit einem Raumschiff der *Excelsior*-Klasse viele tausend Lichtjahre von der Zentrale entfernen können. Und dieser Preis wird uns jetzt berechnet. Wir sind zwar nicht theoretisch, aber praktisch auf uns allein gestellt, also im Grunde wie immer.«

»Mit anderen Worten, wir sind entbehrlich.«

»Das dürfte für Sie keine Überraschung sein«, sagte Sulu so ruhig, wie er konnte.

»Allerdings wird dies in den Starfleet-Werbebroschüren nicht ausdrücklich erwähnt.« Hans lächelte und legte Sulu eine Hand auf die Schulter.

Auf der anderen Seite des Raumes starrte Lieutenant Roose zu Fähnrich Bays hinüber. Er hatte sie von Anfang an gemocht. Sie arbeitete zuverlässig, lernte schnell dazu und verbreitete beständig gute Laune. Jetzt sah er zum ersten Mal, daß sich der Streß in ihrem blassen Gesicht zeigte. Er versuchte sie zu beruhigen.

»Machen Sie sich keine Sorgen, wir werden es schon schaffen. Wir müssen nur noch ein paar Tage Geduld haben.«

»Vielleicht bleibt mir gar nicht mehr soviel Zeit«, antwortete die junge Frau. »Ich bin überzeugt, daß es einen bestimmten Grund gibt, warum Maldari diesen Mann mitgebracht hat, um einen Blick auf mich zu werfen.«

»Hören Sie«, sagte Roose, dessen Beschützerinstinkt erwacht war. »Wir würden niemals zulassen, daß man Sie von uns trennt. Wenn es dazu kommen sollte...«

»Wenn es dazu kommt, Lieutenant Roose«, sagte Bays mit erneuerter Zuversicht, »kann ich allein auf mich aufpassen. Es würde niemandem nützen, wenn sich irgend jemand von Ihnen meinetwegen in Gefahr bringt oder töten läßt. Versuchen Sie nicht, eine Dummheit zu begehen und den Helden zu spielen!«

»Ich hätte hier etwas für Sie«, sagte Roose und bückte sich, als wollte er die Verschlüsse seines Schuhs festzurren. »Nehmen Sie es. Stecken Sie es in irgendeine Tasche. Nur für alle Fälle.« Er drückte ihr das scharfe Messer in die Hand. Ihr Gesicht zeigte Überraschung. »Ich hatte es zufällig dabei, als wir in den Hinterhalt gerieten.«

Sulu beobachtete die beiden und wußte sofort, daß Roose der jungen Frau das Messer gegeben hatte. Wenn es zu einem direkten Kampf kam, dachte Sulu, hatte seine Besatzung gute Chancen, die Piraten zu überwältigen. Diese Vorstellung verschaffte ihm eine gewisse Befriedigung – die jedoch genauso schnell wieder verschwand, wie sie gekommen war. Die Promethaner besaßen tödliche Waffen. Er brauchte dringend eine bessere Idee. Er blickte sich im Frachtraum um und sah, daß es in den Wänden verschiedene Klappen und Röhren gab. Dann ging er zu Svenson hinüber.

»Sven«, sprach Sulu ihn leise an. »Schauen Sie sich die Wände an. Sie stecken voller Technik.«

»Das ist mir auch schon aufgefallen«, erwiderte der wortkarge Norweger. »Vielleicht könnten wir von hier aus sogar das Schiff lahmlegen. Indem wir die Energieleitungen unterbrechen. Aber was machen wir dann?«

»Wie steht es mit der Kommunikation?« fragte Sulu.

»Wie meinen Sie das?«

»Was könnten Sie mit Hilfe dieser Drähte und Schaltelemente zusammenbauen? Es muß doch irgendwo in den Wänden eine Energiequelle geben.«

Der große, blonde Ingenieur stand auf. »Sie meinen, ich könnte vielleicht Kontakt mit der *Excelsior* aufnehmen? Für eine Stimmübertragung wird es wohl nicht reichen. Aber ich wette, daß ich einen einfachen Signalsender zusammenbasteln könnte. Wenn ich die Systeme des Shuttles anzapfe, könnte ich der *Excelsior* auf der kodierten Notfrequenz unsere Koordinaten übermitteln.«

»Versuchen Sie es!«

»Wenn ich die Einrichtung auseinandernehme, könnte es zu Funktionsstörungen des Schiffes kommen.«

»Darüber sollen sich die Promethaner den Kopf zerbrechen.«

Svenson inspizierte die Wände. Er öffnete verschiedene Klappen und entdeckte dahinter archaische Kabelstränge, eine Reihe von Sensoren und einige Schaltelemente. Dann fand er den Subraumempfänger, den das Schiff für die Langstreckenkommunikation benötigte. In weniger als einer halben Stunde hatte er den kleinen Sender fertiggestellt. Er rief Sulu herbei.

»Wenn Sie auf diesen Knopf drücken, geht ein niederfrequentes Signal auf unserem Notkanal nach draußen. Wenn die *Excelsior* es hört, wird man die Funkquelle anpeilen und unsere Koordinaten ermitteln können.«

»Man wird es hören«, sagte Sulu. »Die Starfleet-Vorschriften verlangen, daß die Notfrequenzen ständig überwacht werden, wenn jemand vermißt wird.« Ein paar andere Offiziere hatten sich zu ihnen gesellt, um Svensons Handarbeit zu bewundern.

»Ausgezeichnet, Sven!« sagte Spiros Focus jovial. »Warum bauen Sie nicht einen Transporter und beamen uns einfach hier raus?«

»Was ist los, Spiros? Ist Ihnen die Lust auf Abenteuer schon vergangen?« fragte ein anderer Offizier.

»Um ehrlich zu sein, ich habe hier im Weltraum noch nichts gefunden, was es mit meiner Insel aufnehmen könnte. Ich glaube, wenn meine Dienstzeit vorbei ist, werde ich zurückkehren und es mir auf meinem Hügel bequem machen. Ich werde zusehen, wie die Raumschiffe am Mittelmeer landen, und froh sein, daß die einzigen fremden Lebensformen, mit denen ich tun habe, Fische aus dem Meer sein werden.«

»Eine Sache noch«, sagte Svenson zu Sulu. »Ich bin mir ziemlich sicher, daß wir den Sender nur ein einziges Mal benutzen können. Da ich die Hauptenergiequelle des Shuttles angezapft habe, müßte die Reichweite der Sendung hoch genug sein, um die *Excelsior* zu erreichen, vorausgesetzt, sie hat den Sektor nicht verlassen.«

»Das hat sie nicht«, sagte Sulu leise.

»Aber wenn der Hauptcomputer des Shuttles den Energieabfall registriert, wird er die Zufuhr wahrscheinlich sofort abschalten, falls er keine Bestätigung erhält, daß der Energieverbrauch gerechtfertigt ist. Zumindest verfügen unsere Systeme über eine solche Sicherheitsschaltung, und ich gehe davon aus, daß die Promethaner etwas Ähnliches entwickelt haben. Dann wird der Computer entweder von selbst versuchen, die Energie umzuleiten, oder eine Warnung an die Kontrollstationen der Brücke weitergeben, die unsere Entführer zwangsläufig bemerken müssen.«

»Mit anderen Worten«, sagte Sulu nachdenklich, »wir müssen darauf hoffen, daß wir mit dem ersten Versuch Erfolg haben. Also gut, Sven, legen Sie los!«

Svenson verband ein paar lose Drähte miteinander und drückte dann auf den kleinen Metallknopf. Nichts geschah.

»Nun, das war nicht gerade spektakulär«, sagte Spiros.

»Es war auch nur eine Subraumübertragung, Spiros«, sagte Sulu. »Haben Sie Glockengeläut und Feuerwerk erwartet?« Er wandte sich an Svenson. »Meinen Sie, es hat funktioniert?«

Der große Norweger zuckte die Schultern. »Ich hoffe es«, sagte er.

Die übrigen Offiziere stimmten ihm schweigend zu.

Die Männer lösten ihre Versammlung auf, als außerhalb des Raumes Geräusche hörbar wurden. Dann öffnete sich die Tür. Ein Dutzend Leute stürmte herein, eine Hälfte bestand aus Maldaris Piraten und die andere aus Artgenossen des Echsenwesens, das sie vor einer Weile besucht hatte. Sie drängten die Besatzung der *Excelsior* zurück und packten diesmal ohne höfliche Aufforderung die beiden Frauen. Sie hielten sie an den Armen fest und führten sie durch die Tür nach draußen.

Instinktiv griffen einige der Offiziere die Wachen an. Es kam zu einem Handgemenge. Zwei von ihnen wurden brutal mit den Waffen zurückgeschlagen. Sulu drängte sich zwischen die Frauen und die Tür und griff nach Bays.

»Einen Augenblick!« rief er. »Wir sind Bürger der Föderation. Ich verlange...« Ein Schuß aus Maldaris Waffe warf ihn zurück. Das letzte, was er sah, bevor alles um ihn herum schwarz wurde, waren die zwei Frauen, hinter denen sich die Tür schloß.

Violet Bays hatte noch nie viel für Reptilien übrig gehabt, und diese Echsenmenschen wiesen eindeutig zuviel Ähnlichkeit mit Vertretern dieser Spezies auf. Sie führten sie und Nora Schmidt von der technischen Abteilung über ein Gelände, das einen interstellaren Schrotthaufen darzustellen schien. Es waren hauptsächlich Shuttles, aber auch einige Raumschiffe, die offensichtlich schon lange nicht mehr flugtauglich waren. Die verrosteten Metallberge schienen wahllos verstreut, doch die Echsenmenschen schienen den Weg genau zu kennen. Zumindest ging der Anführer den anderen zielstrebig voraus. Ein Echsenwesen hatte Bays Unterarm mit eisernem Griff gepackt, und sie spürte die kalte, feuchte und schuppige Hand auf ihrer Haut.

»Was meinen Sie, warum wir getrennt wurden?«

sagte Bays zu Nora. Die andere Frau blickte sich über die Schulter zu Bays um, während sie von einem Echsenmenschen weitergezerrt wurde.

»Darüber möchte ich lieber nicht spekulieren«, erwiderte sie. »Vielleicht werden wir freigelassen, als politische Geste des guten Willens.« Bays kannte Noras Hang zum Sarkasmus. Sie warf ihrem Bewacher einen Blick zu, aber es schien ihn nicht zu stören, daß die beiden Frauen sich unterhielten.

»Aber Sie glauben nicht daran«, sagte Bays.

»Die Zivilisationen hier draußen… nein, das wäre ungerecht«, sagte Nora. »Ich möchte es so formulieren: Es gibt unterentwickelte Zivilisationen, in denen Frauen eine geringere Wertschätzung genießen als in unserer. Die Tatsache, daß der Anführer von Ihnen verlangte, sich zu entkleiden, nun ja…« Nora sprach den Rest ihrer Gedanken nicht aus. Bays empfand das Gespräch trotz allem als tröstend.

»Vergessen Sie nicht, daß es sich obendrein um Piraten handelt«, sagte sie.

»Ich glaube kaum, daß wir mit verbundenen Augen über die Planke gehen müssen«, erwiderte Nora. »Falls Sie sich deswegen Sorgen machen.«

Bays blickte sich erneut zu dem Mann um, der sie führte. »Fahr zur Hölle, Echsenbrut«, sagte sie in freundlichem Tonfall. Er reagierte nicht. Dann wandte sie sich wieder an Nora.

»Wie es scheint, haben sie keine Translatoren dabei.«

Nora lächelte und wandte sich an ihren Bewacher. »He, Schuppenmonster, soll ich dir einen Tritt in die Eier verpassen?«

Sie erhielt keine Antwort.

»In diesem Fall«, sagte Violet in beiläufigem Tonfall, »wird es Sie vielleicht interessieren, daß wir nicht völlig hilflos sind. In meinem Stiefel steckt ein recht scharfes Messer.«

Nora versuchte ihre Verblüffung zu verbergen.

»Sie sind ein schlaues Mädchen«, sagte sie. »Ich denke, wir können es vielleicht mit diesen Dinosauriern aufnehmen. Allerdings sollten wir noch etwas abwarten. Bis wir wissen, was man mit uns vorhat.«

»Einverstanden. Aber wenn der Kerl wieder von mir verlangt, daß ich mich ausziehe, kann ich keine Verantwortung für meine Reaktion übernehmen.«

»Das steht Ihnen natürlich frei. Als ich noch Ihrem Alter war, hätte ich das gleiche getan. Jetzt bin ich eher eifersüchtig, daß man Sie und nicht mich dazu aufgefordert hat.« Nora grinste schief, und Violet erkannte, daß sie Glück im Unglück hatte, in dieser möglicherweise schwierigen Situation die offenherzige und unerschütterliche Nora an der Seite zu haben.

Die Echsenmenschen trieben Violet und Nora durch den Raumschiffsfriedhof und dann über eine offene Wüstenfläche. Violet bemerkte, daß die Schiffe hier den Eindruck machten, als wären sie durchaus noch intakt. In der Wüste standen kleine Shuttles, die zum Teil von Spezies bewacht wurden, die nicht zur Föderation gehörten. Doch der Echsenmensch, den Maldari mit Licus angeredet hatte, ignorierte sie und trieb die kleine Gruppe weiter. Dann sah Violet, was allem Anschein nach ihr Ziel war.

Mitten in der Wüste standen mehrere Käfige, in denen sich jeweils einer oder mehrere Vertreter unterschiedlicher Intelligenzwesen befanden. Sie erkannte zwei berengarianische Drachen, die, wie sie wußte, unter dem Schutz der Föderation standen. Nora jedoch schaute in eine ganz andere Richtung.

Als Violet ihrem Blick folgte, erschauderte sie unwillkürlich. In einigen Käfigen befanden sich Humanoide. Obwohl sie keine Menschen von der Erde erkannte, waren ihr einige der intelligenten Spezies bekannt.

»Ob das hier eine Art Zoo ist? Ich habe gehört, daß es so etwas geben soll«, sagte Violet.

»Das wäre möglich, zumal wir uns nicht mehr im Gebiet der Föderation befinden. Die Gesetze der Föderation erlauben lediglich die Einrichtung von Naturparks, aber keine Zoos. Die Pflege und Fütterung der hier gefangenen Spezies scheint für die Wärter nicht von höchster Priorität zu sein.«

Violet und Nora wurden in einen leeren Käfig getrieben und die Tür hinter ihnen verriegelt. Violet blickte sich um. Sie befanden sich in einem offenen Gefängnis, das kaum mehr als zweieinhalb Meter im Quadrat maß. Das Dach bestand aus einem Drahtgeflecht, und die Wände bildeten die Abgrenzungen zu den benachbarten Käfigen, von denen es insgesamt mehrere Hundert gab. Obwohl sie eingesperrt waren und der Maschendraht zu eng war, um hindurchschlüpfen zu können, wirkte die Konstruktion nicht sehr stabil. Violet fragte sich, wieviel sie aushalten würde. Doch als sie nach dem Maschendraht greifen wollte, hielt Nora sie zurück. Dann suchte die Technikerin den Boden ab, bis sie ein verbogenes Stück Metall gefunden hatte. Als sie es gegen das Drahtgeflecht warf, versprühte das Metall Funken.

»Ich würde sagen, es sind etwa achtzig Volt«, sagte Nora. »Berühren Sie es lieber nicht, und lehnen Sie sich auch nicht dagegen.«

»Deswegen!« sagte Violet. »Ich hatte mich schon darüber gewundert, daß einige der hier versammelten Spezies recht kräftig wirken.«

»Selbst die antiken Zoos auf der Erde waren nicht mit so inhumanen Gittern versehen«, sagte Nora.

Der trockene Wüstenstaub wurde aufgewirbelt, als ein Shuttle sich herabsenkte und auf einer freien Fläche vor den Käfigen niederging. Die Gefangenen in den Käfigen wurden unruhig.

Zwei Klingonen stiegen aus dem Shuttle, gingen zu einem niedrigen Gebäude am Ende der Käfigreihe und verschwanden darin. Nach ein oder zwei Minuten kamen sie mit Licus und mehreren Echsenwesen wieder heraus. Die Gruppe hielt genau auf Violet und Nora zu und blieb vor ihrem Käfig stehen. Da man ihnen die automatischen Translatoren abgenommen hatte, konnten die Frauen nichts vom folgenden Gespräch verstehen. Die Klingonen wirkten interessiert, doch dann schüttelten sie den Kopf und gingen weiter. Violet beobachtete, wie sie die Reihe der Käfige abschritten und vor zwei anderen Frauen anhielten, die Violet als Caltarianer erkannte. Sie waren humanoid, groß, schlank und völlig unbehaart, und trugen nur Lendenschurze. Sie zogen sich auf die Rückseite ihres Käfigs zurück, als Licus ein Gespräch mit den beiden Klingonen begann. Schließlich nickten die Klingonen. Licus winkte seinen Leuten zu, die am Wachgebäude zurückgeblieben waren, worauf einer der Männer einen Schalter an der Wand betätigte. Dann öffneten zwei Echsenmenschen den Käfig und gingen hinein.

Die caltarianischen Frauen wehrten sich und flüchteten in eine Ecke des Käfigs. Als die Echsenmänner näherkamen, attackierten sie sie mit Fußtritten. Einer der Wachmänner ging zu Boden. Als Licus einige Befehle zischte, stürmten die übrigen Wachmänner hinein und überwältigten die Gefangenen. Lange Metallstangen wurden gebracht und die Caltarianerinnen mit Hand- und Fußgelenken daran gefesselt. Dann hoben die Echsenmenschen die Stangen auf die Schultern und trugen die Frauen, die sich immer noch wehrten, nach draußen auf die freie Fläche. Violet sah, wie sie im klingonischen Shuttle verschwanden, gefolgt von den zwei Klingonen.

»Die Caltarianer sind eine hochintelligente Spezies«, sagte Violet leise zu Nora.

Sie sahen zu, wie das Shuttle startete und schließlich zwischen den Wolken verschwand. Licus und seine Männer kehrten in das kleine Gebäude zurück. Nur drei Männer blieben draußen, um die Käfige im Auge zu behalten. Doch sie schenkten den Gefangenen nur wenig Aufmerksamkeit.

»Manche behaupten sogar, daß sie intelligenter als Menschen sind«, entgegnete Nora. »Ich hoffe nur, daß man Norquists Signal empfangen konnte und irgend jemand weiß, wo wir sind.«

Lieutenant Janice Rand sprang unvermittelt von ihrem Sitz auf.

»Ich empfange ein Signal auf der Notfrequenz!« rief sie. Jeder auf der Brücke blickte sich zu ihr um. Sencus trat an ihre Seite.

»Es ist ein kodierter Hilferuf.«

»Sonst nichts?« fragte Sencus.

»Nein. Keine weitere Übertragung. Aber das Signal ist auf unserer kodierten Notfrequenz eingegangen. Es kann nur von Captain Sulu oder seinen Leuten stammen.«

»Darüber hinaus enthält die Nachricht keine weiteren Informationen?«

»Nein. Dazu war das Signal zu kurz.«

»Es wurde nur einmal gesendet?« fragte Sencus.

»Ja, Commander.«

»Können Sie die Quelle lokalisieren?«

»Ja.«

»Lieutenant Henrey?« Sencus drehte sich zum Piloten um. Er wußte, daß der Mann müde war. Sie alle waren müde. Kein einziger Offizier hatte die Brücke verlassen, seit das Shuttle der *Sonnentau* im Asteroidengürtel verschwunden war.

»Commander«, antwortete der junge Mann leise.

»Bringen Sie uns hin, ganz gleich, wo es ist. Sofort. Mit Maximalgeschwindigkeit.«

»Verstanden, Commander.«

Die Brücke belebte sich, als die *Excelsior* Fahrt aufnahm.

»Wir müssen einen weiten Bogen machen, da der Asteroidengürtel im Weg liegt«, meldete Henrey.

»Commander«, sagte ein anderer Offizier. »Ich habe die Position verifiziert. Sie liegt innerhalb des Systems Beta Prometheus.«

»Ist es der Heimatplanet der Promethaner?«

»Nein, Commander. Im Randbereich des Systems. Es ist ein unbewohnter Mond.«

»Lieutenant Rand, schicken Sie sofort eine Nachricht an Starbase 499 zur Weiterleitung an die Starfleet-Zentrale. Teilen Sie mit, daß wir in das BP-System einfliegen, um die Spur der vermißten Offiziere zu verfolgen. Wir müssen mit einer Konfrontation rechnen und bitten um die Genehmigung, nötigenfalls mit Gewalt vorzugehen. Wann werden wir eintreffen, Henrey?«

»In wenigen Minuten, Commander.«

»Sichtschirm aktivieren!« befahl Sencus angespannt.

Auf dem Schirm war der schwarze Weltraum zu sehen. In der Ferne schwebte ein Gasriese mit einigen Monden.

»Vergrößerung.«

Einer der dunklen Monde schien mit einem Satz auf sie zuzuspringen.

»Das ist er?« fragte Sencus.

»Dort befindet sich die Quelle des Notsignals, Commander«, bestätigte ein Offizier.

»Richten Sie alle Sensoren darauf.«

Den Brückenoffizieren war ihre Erleichterung anzumerken, daß es endlich etwas zu tun gab.

»Commander, auf dieser Seite gibt es nur Wüste. Keine Lebensformen.«

»Und auf der anderen Seite?«

»Ich habe noch keine Daten, Commander.«

»Wenn hier niemand zu Hause ist, wollen wir uns die Sache von allen Seiten ansehen.«

Wenige Augenblicke später hatte die *Excelsior* die kleine Ansiedlung auf der dunklen Seite des öden Mondes lokalisiert und ging über dieser Stelle in einen stationären Orbit.

»Bericht, Mr. Cavanaugh«, sagte Sencus.

»Nach unseren Auswertungen konzentrieren sich die Aktivitäten auf drei Bereiche. Der Rest ist leblose Wüste.« Der Offizier hatte sich über seine Konsole gebeugt und las mit angestrengter Miene die Anzeigen ab. Nervös strich er mit der Hand sein graues Haar zurück. »Dort unten gibt es sehr viele Raumschiffe und Shuttles oder Teile davon. Keins der Schiffe verfügt über eine intakte Energiequelle. Die meisten weisen sogar umfangreiche Beschädigungen auf. Es scheint sich um eine Art Schrottplatz zu handeln. Aber es gibt zwei Bereiche, in denen sich Lebensformen aufhalten.«

»Promethaner?«

»Ja, Commander, aber auch viele andere Spezies. Es scheint sich um eine bunte Mischung aus allen Winkeln der Galaxis zu handeln.«

»Wie sieht es in den beiden Bereichen aus?« wollte Sencus wissen.

»Das ist schwer zu sagen, Commander. Dazu sind wir zu weit entfernt.«

Sencus drehte sich um. Commander Garvin stand ein paar Schritte hinter ihm und wartete auf Befehle.

»Stellen Sie sofort ein Außenteam zusammen.«

Noch während Sencus sprach, hatte Garvin sich bereits umgedreht und dem Turbolift genähert.

»Zwei Gruppen«, rief Sencus ihm nach. »Eine für jedes Lager. Garvin!«

Der große Sicherheitsoffizier drehte sich noch einmal um, bevor sich die Turbolifttür schließen konnte.

»Phaser auf Betäubung! Wir wissen nicht, welche Spezies sich dort unten aufhalten und aus welchem Grund.«

»Ja, Commander«, bestätigte Garvin widerstrebend, als die Tür des Turbolifts sich schloß.

Nachdem Commander Garvin und vierundzwanzig seiner besten Leute auf der Oberfläche materialisiert waren, teilte er sie in zwei Gruppen auf. Dann nahm er seinen Tricorder und studierte die Anzeigen.

»Nach den Angaben des Navigators befinden wir uns mitten auf einem Schrottplatz«, sagte er zu den Leuten. Seine tiefe Stimme hallte durch die verlassene Gegend. »Gruppe Alpha, Sie werden in dieser Richtung nach Lebensformen suchen. Gruppe Beta, wir gehen hier entlang. Jede Gruppe geht selbständig vor. Wenn Sie sich zurückziehen müssen, benachrichtigen Sie die *Excelsior*. Sie wissen, wonach wir suchen. Es geht los.«

Beide Gruppen suchten sich ihren Weg durch die verrosteten Schiffsrümpfe. Es gab keine geraden Wege, aber mit Hilfe der Tricorder erreichten sie das Ende des Trümmerfeldes.

Als die Gruppe Alpha gerade die freie Fläche überquerte, blickte Maldari zufällig aus dem Fenster des *Wer weiß wo* und sah die Menschen kommen. Er wechselte ein paar Worte mit Dramin, der ebenfalls aus dem Fenster sah. Maldari nickte den Klingonen am Tisch zu, worauf die vier aufstanden und eilig die Bar verließen.

Mit aller gebotenen Vorsicht betrat die Gruppe Alpha das *Wer weiß wo*. Die Gäste waren überrascht, daß sich Starfleet-Offiziere hierher verirrt hatten, und reagierten sehr nervös, als bekannt wurde, daß es sich nicht um gewöhnliche Offiziere, sondern um ein Sicherheitsteam handelte. Doch die Händler, die diese Bar frequentierten, ließen sich nicht so leicht einschüchtern. Die meisten sahen seelenruhig zu, wie die Soldaten sich im

Saal verteilten und die Gesichter der Promethaner musterten. Danach stießen sie in die hinteren Räume vor, in denen sich kleinere Gruppen verschiedener Spezies versammelt hatten. Sie fanden keine Spur der Geiseln.

Zu diesem Zeitpunkt hatten Maldari und seine Begleiter das Etablissement längst durch den Hinterausgang verlassen.

Nora sah sie als erste. Zwei Starfleet-Sicherheitswächter traten vorsichtig zwischen den Raumschiffswracks hervor auf die freie Fläche. Sie wußte, daß noch mehr in der Nähe sein mußten. Die Männer blickten sich um, hatten die Frauen aber noch nicht bemerkt. Nora machte Violet darauf aufmerksam, woraufhin beide Frauen winkten. Die Sicherheitswächter sahen sie, doch als sie über den Platz zu ihrem Käfig liefen, wurden sie von einem Wächter neben dem Käfig bemerkt. Er schoß auf sie. Einer der Männer wurde getroffen, doch der andere ließ sich fallen und erwiderte das Feuer. Der Wächter ging zu Boden und konnte sich nicht mehr wehren. Dann stürmten ein Dutzend Echsenmenschen aus dem Wachgebäude, nachdem sie offenbar durch den Lärm auf die Gefahr aufmerksam geworden waren.

Bevor sie schießen konnten, zeigten sich weitere Starfleet-Offiziere zwischen den Wracks und verteilten sich auf der freien Fläche. Es begann ein heftiger Schußwechsel. Im Chaos konnte der erste Soldat zu Violet und Nora vorstoßen.

»Nicht den Zaun berühren!« rief Nora. »Er steht unter Strom! Drüben an der Wand ist ein Schalter!« Violet deutete auf die Kontrolleinheit, die von einem der Echsenmenschen betätigt worden war, als man den Käfig der Caltarianerinnen geöffnet hatte. Der Sicherheitswächter lief mit dem Phaser im Anschlag auf das Gebäude zu. Violet sah, wie die Kontrolleinheit in einem Phaserstrahl verglühte. Sie suchte am Boden nach etwas, mit dem sie den Maschendraht testen konnte, doch es gab nur Staub. Schnell zog sie das Messer aus dem Stiefel und warf es gegen die Umzäunung. Es gab keine Reaktion.

»Er ist abgeschaltet!« sagte Nora. Violet hob das Messer auf. Ein Sicherheitswächter tauchte aus der Staubwolke über dem freien Platz auf und feuerte mit dem Phaser auf das Schloß ihres Käfigs. Dann versetzte er der Tür einen Fußtritt, und sie schwang auf. Violet und Nora verließen eilig ihr Gefängnis. Draußen war kaum noch etwas zu erkennen, da sich eine Staubwolke über dem Kampfplatz erhoben hatte, die gelegentlich von Phaserstrahlen durchzuckt wurde.

Als der Sicherheitswächter zurücktrat, um die Frauen durch die Tür zu lassen, tauchte Licus hinter ihm auf. Der Echsenmensch drückte auf den Auslöser seiner Waffe, und der Mann von der *Excelsior* ging zu Boden. Licus griff nach Violet Bays Hand und riß sie an sich heran. Er hielt ihr den Phaser an den Kopf und drehte ihr einen Arm auf den Rücken. Dann trat er auf die freie Fläche hinaus.

»Feuer einstellen!« hallte Commander Garvins tiefe Stimme über den Platz. Seine Leute hatten die meisten der Echsenmenschen betäubt, und der Rest war geflohen. Nur Licus wagte sich vor. Er benutzte Violet als Deckung und näherte sich dem Shuttle, das neben dem niedrigen Gebäude stand.

Violet glaubte, daß sie es nicht schaffen würde. Obwohl sie auf der Akademie an verschiedenen Waffen ausgebildet worden war, stand sie erst seit fünf Jahren im aktiven Dienst von Starfleet. Sie war in ihrem Leben noch nie gezwungen gewesen, ein intelligentes Lebewesen zu töten.

Licus trieb sie über den offenen Platz. Sie kamen dem Shuttle immer näher. Garvin und seine Leute rührten sich nicht von der Stelle. Sie hielten die Waffen bereit, durften es aber nicht wagen, sie einzusetzen. Es dauerte nicht mehr lange, dann hatten sie und Licus die Sicherheit des Shuttles erreicht.

»Violet!« hörte sie Nora rufen. »Violet, jetzt!«

Fähnrich Bays hob das Messer und stieß mit aller Kraft zu, trieb es tief in die Reptilienhaut, die sich an ihren Körper preßte.

Licus blieb stehen. Er ließ seine Waffe fallen. Seine Füße suchten im Wüstensand nach Halt, doch dann verlor er das Gleichgewicht und stürzte zuckend zu Boden. Seine Finger tasteten nach dem Griff des Messers, das tief in seinem Körper steckte. Violet blickte auf ihn herab und hatte immer noch den Arm ausgestreckt.

»Eine Ausbildung an alten Waffen kann sich als durchaus nützlich erweisen«, sagte Nora, als sie Violet erreicht hatte. »Ich habe diesen Kerl nie gemocht. Er wollte nur Sie und war nicht im geringsten an mir interessiert.« Sie lächelte.

Violet bemerkte, daß sie zitterte. Sie spürte, daß Nora sie umarmte. »Ich habe noch nie zuvor jemanden getötet«, sagte sie.

»Ich kann Ihnen nur sagen, daß dieser Kerl es verdient hat«, sagte Nora leise, während sie Violet festhielt. »Sie sollten sich seinetwegen kein schlechtes Gewissen machen.«

»Gruppe Beta an *Excelsior*.« Garvin hatte seinen Kommunikator aktiviert. »Wir haben unser Einsatzgebiet gesichert. Zwei Geiseln wurden befreit. Keine Spur der anderen. Wir werden die Suche fortsetzen.«

»Wahrscheinlich sind sie immer noch an Bord des Shuttles«, sagte Nora zum Sicherheitsoffizier. »Dort waren sie, bis wir von ihnen getrennt wurden. Hier entlang.«

Die beiden Frauen führten das Sicherheitsteam auf dem Weg zurück, den sie gekommen waren. Schließlich erreichten sie den Landeplatz des Shuttles. Das Schott stand offen. Die Starfleet-Leute durchsuchten das kleine Fahrzeug, aber es war verlassen. Ein Offizier mit einem Tricorder trat zu Garvin.

»Keine Lebensformen in der Nähe, Commander«, sagte er. »Man scheint sie weggebracht zu haben.«

Nachdem die Gruppe wieder an Bord der *Excelsior* war, meldete sich Garvin sofort auf der Brücke. Sencus hörte sich seinen knappen Bericht über die Ereignisse auf dem Raumschiffsfriedhof an. Der Leiter der Gruppe Alpha meldete, daß sie im *Wer weiß wo* nichts gefunden hatten. Die Sicherheitswächter hatten die zwei kleinen bewohnten Bereiche auf der Oberfläche des Mondes abgesucht und keine Spur der entführten Geiseln oder von Maldari und seiner Besatzung entdeckt.

»Sie scheinen den Mond verlassen zu haben«, sagte Sencus. »Lieutenant Rand, welche Bewegungen hat es seit unserer Ankunft gegeben?«

»Ein Raumschiff ist gestartet, Commander. Es hat Kurs auf Beta Prometheus 1 genommen.«

»Konnte es identifiziert werden?«

»Ja, Commander. Es ist ein klingonischer Kampfkreuzer.«

»Klingonen! Wer hätte das gedacht!« sagte Sencus. »Aber was könnten die Klingonen mit dieser Angelegenheit zu tun haben?« Es war weniger eine Frage an die Brückenoffiziere, sondern eher ein Selbstgespräch.

»Commander«, meldete Rand. »Wir empfangen eine Subraumnachricht von der Starfleet-Zentrale.«

»Endlich. Was hat man uns mitzuteilen?«

»Admiral Belzie, Starfleet-Zentrale, Vereinte Föderation der Planeten, an *Excelsior*«, sagte Janice Rand, während sie ihren Ohrstöpsel mit einer Hand festhielt. »Situation zur Kenntnis genommen. *Excelsior* wird unverzüglich auf Starbase 499 erwartet. Auf keinen Fall ins

System Beta Prometheus vordringen! Wiederhole: Auf keinen Fall ins System Beta Prometheus vordringen!«

Sencus stand eine ganze Weile reglos da. Alle Anwesenden beobachteten ihn. Schließlich meldete sich der Pilot zu Wort.

»Welchen Kurs soll ich eingeben, Commander?«

»Wie?« fragte Sencus, als er plötzlich aus seinen Gedanken gerissen wurde. »Ach ja, der Kurs. Wir werden die Verfolgung der Geiseln abbrechen und uns auf den Weg zur nächsten Starbase der Föderation machen.«

»Aber, Commander…«, sagte Henrey. »Wir könnten die Klingonen problemlos abfangen, wenn wir…«

»Kurs Starbase 499«, sagte Sencus schroff und kehrte zu seiner wissenschaftlichen Station zurück, an der er sich immer noch am wohlsten fühlte, wenn er ein Raumschiff befehligen mußte. »Sofort. Unsere Befehle sind eindeutig.«

DRITTER TAG

Starfleet-Zentrale, San Francisco

Die ursprüngliche Nachricht von der *Excelsior* – eine sachliche Mitteilung, daß elf Offiziere der *Excelsior* als Geiseln in der *Sonnentau* festgehalten wurden, einem Frachter mit dem vermuteten Heimathafen Archnos im System Beta Prometheus – war auf dem höchsten Prioritätskanal auf Starbase 499 eingegangen. Der Commander der Starbase hatte die Nachricht gelesen und sofort an die Starfleet-Zentrale auf der Erde weitergeleitet, wo sie nur wenige Sekunden später über Subraumverbindung in San Francisco eintraf. Dort war sie sofort auf dem Bildschirm des höchsten Kommunikationsoffiziers erschienen, eine automatische Prozedur bei dieser Prioritätsstufe. Er las sie unverzüglich und gab sein persönliches Paßwort in die Konsole ein. Damit leitete er sie direkt an den ranghöchsten Offizier der Starfleet-Zentrale weiter.

Der befehlshabende Admiral von Starfleet leitete gerade eine Besprechung im Versammlungsraum, als er das Signal hörte und auf den Monitor an seinem Sitzplatz blickte. Er las sich die Nachricht zweimal durch.

»Verdammter Mist!«

Die übrigen anwesenden Offiziere hatten die kurze Nachricht ebenfalls zur Kenntnis genommen.

»Die Promethaner sind keine Mitglieder der Föderation«, sagte der Admiral.

Einer der jüngeren Offiziere meldete sich zu Wort.

»Nein, Admiral. Sie gehören keiner politischen Organisation an, sondern sind völlig unabhängig. Sie arbeiten im wesentlichen als Händler. Wir bekommen eine große Menge Dilithiumkristalle von ihnen, aber der Handel wird gewöhnlich über Mittelsleute oder über eine Starbase abgewickelt, und sie haben sich bislang hartnäckig geweigert, den Besuch eines Föderationsraumschiffs in ihrem System zu gestatten.«

»Warum zum Teufel sollten sie etwas Derartiges tun?«

Niemand antwortete. Schließlich wagte es einer der Offiziere, einen Vorschlag zu machen. »Die Zivilisation ist politisch nicht sehr stabil. Dieser Maldari könnte eine Art Abtrünniger sein.«

»Hat dieses Volk einen Botschafter zur Föderation entsandt?«

»Ich glaube nicht, Admiral.«

»Na gut. Sorgen Sie dafür, daß sich mindestens drei Raumschiffe so schnell wie möglich an der nächstgelegenen Starbase einfinden. Das ist ein Fall für die Politiker, fürchte ich.«

Er stand auf, und auch die anderen Offiziere machten sich auf den Weg zu ihren Büros. Der Admiral trat an seinen Schreibtisch und aktivierte den Computer. Nachdem sein Fingerabdruck identifiziert worden war, verlangte er eine Verbindung mit dem Präsidenten der Föderation.

»Das Büro des Präsidenten«, meldete sich eine Stimme.

»Hier ist Admiral Belzie. Wo ist er?«

»Er hat sich soeben auf den Weg zum Kabinettsaal gemacht, Admiral.«

»Sagen Sie ihm, ich werde in fünf Minuten in seinem Büro sein. Es handelt sich um ein Sicherheitsproblem der Föderation. Wahrscheinlich wäre es besser, wenn sich sein Stab ebenfalls einfindet. Sagen Sie ihm, daß es außerhalb der Grenze der Föderation zu einem Zwischenfall gekommen ist.«

Der Admiral unterbrach die Verbindung. Dann trat er durch die Glastüren, die sich automatisch öffneten, auf seine private Terrasse hinter dem Büro. Der Pilot des Shuttles nahm sofort Haltung an.

»Zum Büro des Präsidenten.«

»Verstanden, Admiral.«

Sie bestiegen das kleine Fahrzeug und hatten sich kurz darauf in den allgemeinen Verkehr eingefädelt. Der Starfleet-Admiral lehnte sich entspannt in seinem Sitz zurück und blickte aus dem Fenster auf das Meer hinunter.

Die Lage ist ernst, dachte er. *Die Krise könnte sich sehr schnell zu einem militärischen Konflikt ausweiten. Die Föderation hat seit den Auseinandersetzungen mit den Romulanern im Jahr 2160 keinen Krieg mehr geführt. Und niemand möchte, daß es jetzt wieder losgeht.*

Dreißig Minuten nach der Besprechung, in der Admiral Belzie den Präsidenten der Föderation über die Nachricht von der *Excelsior* informiert hatte, gab das Büro des Präsidenten auf allen öffentlichen Kanälen eine Presseerklärung heraus. An diesem Abend ging die Neuigkeit über alle Bildschirme innerhalb der Föderation. Aber nur sehr wenige Bürger der Föderation machten sich Sorgen wegen irgendwelcher Aktivitäten, die weit draußen im Weltraum stattfanden.

Doch auf der Erde in einer Wohnung hoch oben auf dem Telegraph Hill in San Francisco war ein Kommunikationsterminal darauf programmiert, Alarm zu geben, wenn bestimmte Informationen in den täglichen Nachrichten auftauchten. Der Captain der *Excelsior* nahm einen Platz sehr weit oben auf der Prioritätsliste ein, und als der Computer den Namen Sulu in den empfangenen Daten registrierte, gab er ein akustisches

Signal von sich, das in der ganzen Wohnung zu hören war.

James Tiberius Kirk hörte es, da er an diesem Abend zu Hause war.

Er ging zum Bildschirm und rief die Nachricht auf, in der die Namen Sulu und *Excelsior* vorkamen. Er las sie zweimal durch, um jedes Mißverständnis auszuschließen. Er versuchte, weitere Informationen abzurufen, aber über die Nachrichtendienste war nichts Genaueres zu erfahren.

Kirk ging zu einem Regal, nahm eine Diskette heraus und schob sie in seinen Computer. Er rief das Stichwort Beta Prometheus auf und studierte die kurze Abhandlung über die wenig bekannte Zivilisation. Die Promethaner waren Weltraumhändler und Schmuggler, sie hatten vor einem halben Jahrhundert ein Angebot, der Föderation beizutreten, abgelehnt, und die Liste ihrer Verstöße gegen die Menschenrechte war lang.

Kirk trat an das große Panoramafenster, unter dem sich die Bucht ausbreitete. Der Vollmond erhellte die Nacht und spiegelte sich glitzernd im Wasser. Shuttles in jeder Größe – von kleinen Taxis über Busse bis zu Frachtern – flogen hin und her, um die Stadt rund um die Uhr zu versorgen. Er starrte über die Bucht, hinter der sich die leuchtenden Türme der Starfleet-Zentrale über die kiefernbewachsenen Hügel erhoben. Mondlicht wurde von den verspiegelten, nur von innen durchsichtigen Wänden zurückgeworfen. Im Widerschein sah er die Hügel der Stadt und die vorbeifliegenden Shuttles. Er starrte auf den siebenunddreißigsten Stock, wo er vor sechs Monaten feierlich von einer Handvoll Offiziere im privaten Besprechungszimmer des Admirals in den Ruhestand versetzt worden war.

Ich vermisse den Laden überhaupt nicht, dachte er. *Die byzantinische Bürokratie, die buchstabengläubigen Beamten, die Stunden am Computer, die Konferenzen, in denen Offi-*

ziere stundenlang über Versorgungsprobleme, neue Vorschriften, Beförderungen und Disziplinarvergehen palavern konnten. Die Offiziere, deren Kenntnis der galaktischen Verhältnisse sich auf eine Handvoll Ausflüge zum Erdmond zu Wochenendseminaren für Führungskräfte und auf einen einjährigen Aufenthalt in einer Starbase innerhalb des Sol-Systems beschränkten. Die blitzsauberen Schreibtische, die bequemen Polstersessel und der Starfleet-Tratsch. All das vermisse ich nicht im geringsten.

Aber ich vermisse die Enterprise. *Ich vermisse die Gesellschaft meiner Besatzung, die außergewöhnlichen Männer und Frauen, die den größten Teil ihres Lebens gemeinsam weit draußen im Weltraum verbracht haben. Ich vermisse die Galaxis, die Sterne direkt vor der Sichtluke. Ich vermisse die außerirdischen Zivilisationen, die Herausforderungen des Weltraums. Ich werde es niemals vor anderen zugeben, aber ich vermisse die Gefahren. Ich vermisse Spock und Scotty. Und Sulu.*

Sulu. Er war der beste Pilot, den Kirk jemals kennengelernt hatte. Er war der *Enterprise* sehr lange Zeit treu geblieben, obwohl er schon längst Anspruch auf eine Beförderung und einen besseren Posten gehabt hätte. Schließlich hatte er widerstrebend die *Enterprise* verlassen und sein erstes eigenes Kommando übernommen. Als Captain seines eigenen Raumschiffs war er im Weltraum geblieben, während man Kirk und die anderen zurückgeschickt hatte. Und jetzt war er in der Gefangenschaft außerirdischer Weltraumpiraten. *Was wird Starfleet seinetwegen unternehmen?* fragte sich Kirk.

Kirk wußte, daß man ihn freundlich empfangen würde, wenn er die Starfleet-Zentrale am folgenden Morgen aufsuchte. Man würde ihn am Sicherheitstor willkommen heißen, ihm einen Fähnrich als Eskorte mitgeben, und jeder Admiral, sogar der befehlshabende Starfleet-Admiral, würde seine Tätigkeit unterbrechen, um ihm die Hand zu schütteln. Die Leute würden ihn fragen, wie es ihm ging, sich ausgiebig über die Starfleet-Bürokratie beklagen und vorgeben, sie würden ihn um sein zurückgezogenes Leben beneiden. Doch nach spätestens zwanzig Minuten wäre die Freundlichkeit verflogen. Man wurde dringend in einer Konferenz gebraucht, ein Assistent kündigte einen wichtigen Besucher an, oder man mußte eine Prioritätsmeldung am Kommunikationsterminal entgegennehmen. Die Starfleet-Routine würde sich schließlich wieder durchsetzen und keine Rücksicht auf ihn nehmen. Sie würde ihn nicht einmal zur Kenntnis nehmen. Er würde sich deplaziert vorkommen, während Menschen an ihm vorbeieilten und ihm unterwegs ein »Schön, Sie zu sehen, Captain« zurufen.

Und wenn er sich in der Öffentlichkeitsabteilung meldete, würde man sich die Zeit für eine Privataudienz nehmen. Man würde den roten Teppich ausrollen und ihn über die Lage im System Beta Prometheus informieren. Und anschließend wäre er genauso klug wie jetzt, nachdem er die offizielle Presseerklärung gelesen hatte.

Natürlich gefiel es ihm nicht, den weißen Elefanten zu spielen, den berühmten alten Mann, den jeder bewunderte. Hinzu kam, daß er ungeduldig war, daß er unbedingt mehr erfahren wollte und daß er keine Lust hatte, bis zum nächsten Morgen zu warten, um zu erfahren, welche Schritte Starfleet unternehmen würde. Außerdem wollte er wissen, was man *wirklich* unternehmen würde.

Also wandte er sich vom Panoramafenster ab, nahm sich eine Jacke von der Garderobe und verließ sein Apartment, um etwas zu trinken.

Das *Flag and Grog* war ein Treffpunkt für Starfleet-Offiziere auf Kirks Seite der San Francisco Bay, irgendwo zwischen den Docks für die Shuttles, den Lagerhäusern und den Verwaltungsgebäuden am Rand des Raumhafens. Um diese Uhrzeit würde dort das Leben pulsieren.

Kirk spazierte am Ufer der Bucht entlang und bewunderte wie jedes Mal die kleinen Raumschiffe, die anmutig über den Titaniumdocks in der Luft hingen. Die großen Raumschiffe wie Sulus *Excelsior* oder Kirks alte *Enterprise* verließen nie den Weltraum, doch die Frachtschiffe und verschiedenen kleinen Shuttles, die zum Atmosphärenflug in der Lage waren und auf der Erdoberfläche landen konnten, waren für ihn ein genauso schöner Anblick. Sie waren gepflegt, schnittig und elegant, und ihnen haftete etwas von dem Weltraum an, den sie durchflogen hatten. Seit seiner Pensionierung hatte Kirk die Erdoberfläche nicht mehr verlassen. Wenn er jetzt ein solches Shuttle bestieg, wäre es so, als würde ein alter Westernheld auf einem Pony reiten.

Ein rotierendes Leuchtzeichen drang durch den dichten Nachtnebel. Als er näher kam, erkannte er die Insignien von Starfleet, die sich die Bar angeeignet und mit leichten Modifikationen zu ihrem Logo gemacht hatte. Er lächelte über den Hinweis in Laserbuchstaben neben der Eingangstür: ZUTRITT FÜR HUMANOIDE UND ALIENS NUR IN KLEIDUNG UND SCHUHEN GESTATTET. Er drückte die Tür auf, trat in den Turbolift und fuhr zur Bar im zweiten Stock hinauf. Die Türhälften glitten zur Seite, und er betrat einen dunstgeschwängerten Saal, der rappelvoll mit dienstfreiem Starfleet-Personal und Pöbel aus der ganzen Galaxis war.

Der Raum wurde mit elektronischer Musik geflutet, so daß die Anwesenden sich gegenseitig anschreien mußten, um sich verständlich zu machen. Faßförmige Roboter rollten durch die Menge und boten auf Tabletts exotische Drinks an. Ein Oktoaner kauerte mit seinem massigen Körper auf einem Hocker hinter der Bar und erledigte mit zwölf dreifingrigen Tentakeln in schneller Reihenfolge die Getränkebestellungen. Es war ein sehr lebhafter Ort. Sogar die Farne, mit denen die Bar dekoriert war, wanderten auf ihren Tentakelwurzeln durch den Raum.

Kirk ging an die Theke und bestellte ein Glas mit saurianischem Brandy. Der oktoanische Barkeeper nickte und brachte ihn sofort. Kirk drehte sich um und überblickte den Saal.

Er entdeckte mehrere Tische mit Starfleet-Offizieren. Er winkte freundlich einigen bekannten Gesichtern zu, die ihn bemerkt hatten, blieb jedoch vorerst, wo er war. Dann sah er, daß Admiral Caius Fesidas mit einem wesentlich jüngeren Starfleet-Bürokraten zusammensaß, den er nicht kannte, und beschloß, bei ihm mit seinen Nachforschungen zu beginnen. Aber noch nicht jetzt. Der Admiral und sein Begleiter hatten Longdrinks bestellt. Kirk war geduldig. Er hatte noch die ganze Nacht vor sich. Und das *Flag and Grog* war keineswegs ein ungemütlicher Ort zum Warten.

Im großen Spiegel über den Köpfen der Gäste explodierte Sternenlicht, das von roten, weißen und blauen Laserstrahlen durchzuckt wurde. Tiefe Bässe dröhnten aus den Lautsprechern an der Decke. Die Oberfläche des Spiegels verwandelte sich in durchsichtiges Glas, hinter dem Kirk zwei humanoide Gestalten erkannte. Dann verwandelte sich das Glas in Rauch, während die Beleuchtung in der Bar gedämpft wurde. Als sich der Rauch verzogen hatte, standen die beiden Gestalten in orangerotes Licht getaucht auf einer spiegelnden Bühne.

Es war ein hübsches Paar. Die Frau trug nicht mehr als einen Stringtanga mit den Starfleet-Insignien auf weißer Seide, Glasschuhe mit hohen, spitzen Absätzen und eine Kette aus marsianischen Perlen um den Hals.

Der Mann war mit einem schwarzen Tanga in der gleichen Form und kniehohen Lederstiefeln bekleidet. Kirk wußte, daß es Deltaner waren. Das erotischste Volk der ganzen Galaxis. Sie waren groß gewachsen und hatten lange, muskulöse Beine. Die Brüste der Frau waren fest, rund und klein, die Brustwarzen aufgerichtet. Der Mann war schlank und kräftig zugleich. Beide waren völlig unbehaart. Sie hielten sich an den Händen, während sie sich dem Publikum zuwandten. Ihre Körper bewegten sich langsam zu einem primitiven Rhythmus, der genau der Pulsfrequenz eines entspannten Herzens entsprach.

Neben der Bühne erschien ein kartoanischer Zwerg. Sein Glatzkopf glänzte vor Schweiß, und seine großen runden Augen funkelten. Sein Mund verzog sich zu einem breiten Grinsen, und er rief in den Saal:

»Männer und Frauen, Vulkanier, Tellariten, Andorianer und Centaurier, denebianische Schleimteufel und aldebaranische Muschelmünder, Betazoiden, Chemizoiden und Menschen! Willkommen! Das *Flag and Grog* freut sich, Ihnen zum ersten Mal live auf der Erde unsere Gäste aus dem fernen Delta-System präsentieren zu dürfen. Sie werden zur Musik der Trendroiden tanzen. Bitte begrüßen Sie – Sternseide und Gestiefelter Kater!«

Die Musik steigerte sich, und das Pärchen begann zu tanzen. Sie trennten sich, stiegen die kleinen Treppen an den Seiten der Bühne hinunter und bewegten sich durch verschiedene Bereiche des Saals. Sie näherten sich den Tischen, umtanzten die männlichen, weiblichen und androgynen Gäste und zogen weiter. Ein stämmiger Gorilla – vielmehr ein Reptilienwesen – folgte ihnen diskret und achtete darauf, daß niemand von den mutigeren Gästen das Paar berührte. Die Frau tanzte nah an Kirk vorbei und lächelte ihn an. Er spürte, wie ihre intensiven Pheromone auf ihn wirkten und ein glühendes Feuer in ihm entfachten. Er mußte sich ins Gedächtnis rufen, daß es sich einfach nur um eine biochemische Reaktion handelte.

Die Deltaner kehrten zur Bühne zurück. Sie tanzten auf sehr erotische Weise miteinander, bis sie sich wie zwei Boas in der Paarungszeit umschlangen. Kirk wurde plötzlich klar, daß die beiden nun keine Show für das Publikum mehr abzogen. Sie hatten nur noch Augen für ihren Partner. Im Saal wurde es mit einem Mal leiser. Jeder spürte die kräftigen deltanischen Pheromone, die die Luft wie eine Parfümwolke schwängerten.

Der elektronische Rhythmus wurde schneller und beschleunigte gleichzeitig den Pulsschlag der Zuschauer. Die Deltaner tanzten immer schneller. Schließlich erreichte die Musik einen grandiosen Höhepunkt, in dem die einzelnen Taktschläge kaum noch voneinander zu unterscheiden waren. Das Pärchen posierte in verschiedenen Stellungen, und zum Schluß hatten sie sich so eng aneinandergepreßt, daß keine Achtelnote mehr dazwischengepaßt hätte, wie Kirk amüsiert dachte. Sie küßten sich. Die Laserstrahlen übergossen ihre Körper mit kaleidoskopartigen Lichtmustern. Schweiß strömte über ihre glänzende Haut. Schließlich trennten sie sich und wandten sich dem Publikum zu.

»Supernova! Applaus für das Deltaner-Duo!« rief der Kartoaner, als er auf die Bühne zurückgehastet war. »Wow! Das war so heiß wie ein blauer Überriesenstern, nicht wahr? Vielen Dank, Deltaner! Wir sehen uns! Und ich bin ein Unisexueller!«

Die Bühne verschwand wieder hinter einer verspiegelten Wand, und die Bargespräche gingen weiter. Kirk blickte zum Tisch hinüber, an dem Admiral Fesidas und sein Kollege saßen. Der Admiral hatte sich einen zweiten Drink bestellt. Er würde noch einen weiteren nehmen und dann gehen.

Plötzlich spürte Kirk eine Hand auf seinem Oberschenkel. Nein, es war keine Hand, sondern eher etwas wie eine gedünstete Spargelspitze. Er sah nach unten und erkannte den feuchten, grünen Tentakel eines Phylosianers, der sich um sein Bein geschlungen hatte. Ein Pflanzenwesen. Sein Blick folgte dem Tentakel, bis er die ungewöhnliche Lebensform mit grob humanoider Gestalt sah. Der Kopf wies keine Merkmale außer dem dichten Laub auf, doch Kirk ging davon aus, daß das Wesen ihn ansah. Dann wußte er, was der Phylosianer zur Begrüßung dachte.

Sind Sie oft hier? schien das Pflanzenwesen zu sagen.

Großartig, ein Telepath! dachte Kirk.

Entschuldigung, ich wollte mich nicht aufdrängen. Sie wirkten etwas einsam.

Ich wollte gerade ein paar alte Freunde da drüben begrüßen, dachte Kirk.

Vielleicht könnten wir uns später wiedertreffen.

Ich weiß nicht einmal, ob dieses Ding männlich oder weiblich ist.

Welchen Unterschied macht es, wenn es ohnehin dunkel ist?

Kirk versuchte, seine Gedanken zu unterdrücken und eine höfliche Antwort zu denken. *Sie sind sehr nett, aber bedauerlicherweise habe ich einen Schwur geleistet. Ich kann kein Verhältnis mit einem Wesen eingehen, das ich genausogut zum Abendessen bestellen könnte.*

Sehr witzig. Ihr Erdlinge seid so provinziell. Sie sollten etwas lockerer werden.

Als die Pflanze sich entfernte, atmete Kirk erleichtert auf. Doch er war selbst schuld, wenn er sich allein an die Theke setzte. Er sollte sich schnellstens zu ein paar Bekannten gesellen.

Er durchquerte den Saal. Unterwegs schüttelte er einem jungen Offizier von der südlichen Hemisphäre die Hand. Kirk hatte die Bürgschaft für seine Ausbildung an der Akademie übernommen und machte nun die Bekanntschaft mehrerer frischer Starfleet-Absolventen.

»Das ist Admiral Kirk«, sagte der junge Mann. »Er war mein Mentor an der Akademie.«

»Admiral *James T.* Kirk?« fragte eine junge Frau mit schwarzem Haar und blaßblauen Augen, die sie erstaunt aufriß. »Es ist mir ein außerordentliches Vergnügen!«

»Captain. Vielen Dank«, sagte Kirk lächelnd und schüttelte jedem in der Gruppe die Hand.

»Ich bin nur ein Kadett.« Kirk bemerkte, daß das Mädchen einen sehr festen Händedruck hatte.

»Ich wollte sagen, daß *ich* nur ein Captain bin. Im Ruhestand, um genau zu sein. Früher war ich einmal Admiral. Ich konnte mich nie mit diesem Posten anfreunden. Zuviel Verwaltungskram. Die Bezahlung war allerdings wesentlich besser.«

»Trotzdem sind Sie an der Akademie ein Held, Sir. Wenn ich offen sprechen darf.«

»An der Akademie lernt man Navigation, Astronomie und Starfleet-Vorschriften. Bei Starfleet geht es um Politik. Darin war ich nie sehr gut. Deshalb bin ich wieder in den Rang eines Captains zurückgestuft worden.«

»Ihre Lösung des *Kobayashi-Maru*-Tests ist eine Legende an der Akademie. Aber das wissen Sie bestimmt.«

»Ich fürchte, ja. Die Sache scheint mich bis an mein Lebensende zu verfolgen, wie es aussieht.«

»Und Ihre Flucht von Rura Penthe, wie Sie danach mit der *Enterprise* auf eigene Faust und gegen ihre Befehle…«

»Einen Augenblick! Ich weiß nicht, was Sie alles über mich gehört haben, aber der Ungehorsam gegenüber Starfleet-Befehlen ist auf keinen Fall eine kluge Sache. Nicht, wenn Sie im Starfleet-Dienst überleben wollen. Immer streng nach Vorschrift, dazu kann ich Ihnen nur raten!«

»Aber wie ist es, wenn man weit draußen im Weltall überleben will?« fragte der südamerikanische Offizier, den Kirk protegiert hatte. »Dort, wo es keine Vorschriften mehr gibt.«

»Nun...« Kirk mußte lächeln. Sein Ruf gefiel ihm, auch wenn er es niemals zugeben würde. »Ich möchte diesen netten Abend nicht in ein Akademie-Seminar verwandeln, aber eins muß ich Ihnen sagen. Außerirdische Zivilisationen können nicht mit den Maßstäben der Föderation gemessen werden. Und unsere Mission ist die Erkundung, nicht die Konfrontation. Wenn Sie sich nicht in außerirdische Angelegenheiten einmischen, werden Sie auch keine Probleme bekommen. Und wenn sich die Konfrontation mit einer fremden Spezies nicht vermeiden läßt, dann dürfen Sie nie vergessen, daß Sie Tausende von Lichtjahren von zu Hause fort sind. Oftmals bleibt keine Zeit, um eine Genehmigung einzuholen. Ich hoffe, daß man Ihnen an der Akademie immer noch beibringt, Ihren eigenen Kopf zu benutzen... natürlich nur innerhalb der Richtlinien, die von den allgemeinen Ordern vorgegeben werden... War das eine politisch korrekte Antwort?«

Die jungen Leute lachten.

»Wenn Sie mich jetzt bitte entschuldigen würden...«

»Ich hoffe, Sie sind noch eine Weile hier, Admiral Kirk«, sagte das schwarzhaarige Mädchen. »Wir würden gerne mehr über Ihre Abenteuer hören.«

»Die Lebenserinnerungen eines alten Mannes?« sagte Kirk mit säuerlicher Miene. »Wenn Sie darauf bestehen... Aber vorher möchte ich gerne ein wenig mit dem Admiral da drüben plaudern.«

»Ich dachte, Sie wären im Ruhestand.«

»Das bin ich auch. Aber man kann alte Gewohnheiten nicht so schnell ablegen.« Kirk klopfte seinem jungen Freund auf die Schulter und schob sich durch die

Menge zum Tisch, an dem er Admiral Caius Fesidas zuletzt gesehen hatte.

Der Admiral hatte schon eine leichte Schlagseite, als Kirk schließlich seinen Tisch erreichte. Der junge Offizier, der sich als Lieutenant Eugene Marasco aus der Presseabteilung vorstellte, war immer noch mit seinem ersten Bier beschäftigt. Als Kirk und der Admiral die Hände schüttelten, zog Marasco sofort einen Stuhl heran und gab der Kellnerin ein Zeichen, so daß für Kirk kein Zweifel bestand, wie froh der Lieutenant über seine Gesellschaft war. Kirk nahm Platz.

»Es ist mir eine große Ehre«, sagte der Lieutenant. »Sie sind der beste Raumschiffcaptain in der ganzen Geschichte der Flotte. Sie haben die *Enterprise* auf einer Fünfjahresmission befehligt, nicht wahr?«

»Ich hatte die Ehre, sie nach Robert April und Christopher Pike als Captain zu übernehmen. Sie war ein sehr gutes Schiff.«

»Als Sie zurückkehrten, gehörte ich zu einer Gruppe, die sich um die Öffentlichkeitsarbeit für Sie kümmerte. Ich habe die Bekanntmachung Ihrer Vortragsreise durch das ganze System organisiert.«

»Dann sind Sie also für die maßlosen Übertreibungen verantwortlich, die in der Öffentlichkeit über mich kursieren! Ich weiß nicht, ob ich Ihnen dafür dankbar sein soll.«

»Ich hoffe, es macht Ihnen nicht allzuviel aus. Starfleet brauchte einen Helden. Also erhielten wir die Anweisung, Sie zum Star zu machen.«

»Ehrlich gesagt, gefällt mir dieser ganze Trubel überhaupt nicht. Es war eine gute Zeit mit der *Enterprise*, und ich bin dankbar, daß ich meine Mission erfüllen konnte, aber ich bin kein Held. Ich habe einige große Abenteuer erlebt, und ich habe es in erster Linie meiner hervorragenden Besatzung zu verdanken, daß ich sie überlebt habe. Nicht jeder von uns hatte dieses Glück. Wenn es irgendwelche Helden gibt, dann sind es jene, die nicht mit uns zurückgekehrt sind.«

»Lassen Sie uns auf die gefallenen Kameraden trinken.« Caius hob sein Glas. Als Kirk seinen Blick erwiderte, rauschte eine Flutwelle aus Erinnerungen durch seinen Kopf. Er hob sein Glas und stieß mit dem Admiral an. Der Lieutenant war ein wenig bestürzt über die plötzlich eingetretene ernste Stimmung und tat es ihnen hastig nach. Während sie tranken, schwiegen sie für einen Moment.

»Da wir gerade von Helden sprechen«, sagte Kirk leise und hoffte, das Thema jetzt möglichst unaufdringlich zu Sprache bringen zu können. »Ein Mitglied meiner alten Besatzung ist immer noch da draußen. Und wie ich gehört habe, steckt er in großen Schwierigkeiten. Sein Name ist Hikaru Sulu. Er hat jetzt das Kommando über sein eigenes Raumschiff, die *Excelsior*. Wie es aussieht, wurden er und einige seiner Besatzungsmitglieder von Piraten als Geiseln genommen und auf einen Hinterwäldler-Planeten geschafft. Ich hoffe, daß es ihm gutgeht.«

»Wir wissen auch nicht viel mehr«, sagte Marasco betrübt. »Die Promethaner haben die Offiziere von der *Excelsior* gefangengenommen und behauptet, sie hätten spioniert und wären unbefugt in das System Beta Prometheus eingedrungen. Die *Excelsior* konnte inzwischen die zwei weiblichen Besatzungsmitglieder befreien, aber neun Männer werden immer noch vermißt, einschließlich des Captains.«

»Spionage?« sagte Kirk. »Das ist völlig absurd. Die Föderation betreibt keine Spionage. Sofern ich nicht unzureichend informiert bin, hat die *Excelsior* die gleiche Mission wie jedes andere Föderationsraumschiff.« Kirk versuchte, Caius und dem Lieutenant einen möglichst großen Spielraum zu lassen. »Nämlich die Erkundung.«

Keiner der beiden Männer widersprach ihm.

»Wie dem auch sei«, sagte Kirk. »Treiben wir nicht schon seit Jahren Handel mit den Promethanern? Haben sie bereits Forderungen gestellt?«

»Ich weiß es nicht«, antwortete Caius. »Wir konnten bisher keine Kommunikation mit den Schurken aufnehmen.«

»Trotz unserer umfangreichen Informationen über die Zivilisation der Promethaner gibt es für uns immer noch einige Geheimnisse«, sagte Marasco. Der Lieutenant war offenbar froh über diese Gelegenheit zu einem Gespräch mit Kirk. In der vergangenen Stunde hatte er sich die Klagen des Admirals über die Starfleet-Politik und über seine Frau anhören müssen. Seine Probleme liefen darauf hinaus, daß er nur im Beruf das fand, was er eigentlich von der Ehe erwartete.

»Wir wissen, daß sie sehr religiös sind«, sprach Marasco weiter. »Ich meine, in politischer Hinsicht. Ihre Regierung ist nicht so mächtig wie die Priesterschaft oder wie ihr Begriff dafür lauten mag. Also kann man davon ausgehen, daß ihre Glaubensgrundsätze die Politik bestimmen, sowohl nach innen wie nach außen. Sie halten die meisten Mitgliedswelten der Föderation für Feinde, weil unsere Gesellschaften nicht von religiösen Glaubensvorstellungen abhängig sind und vor allem nicht ihren eigenen entsprechen.«

»Das ist doch absurd«, sagte Kirk. »Allein in der Föderation gibt es einige Zehntausend verschiedene religiöse Glaubensrichtungen. Wenn alle diese Gemeinschaften sich politisch organisieren würden, hätten wir unzählige Gruppen und Splittergruppen, die sich ständig in den Haaren liegen würden.«

»Für uns ist es absurd, aber nicht für die Promethaner. Ich kann Ihnen versichern, daß sie ihre Religion sehr ernst nehmen. Und da sie jeden Fremden in moralischer, religiöser und physischer Hinsicht als Feind betrachten, sind die Handelsbeziehungen mit ihnen eine einzige Qual. Das können Sie mir glauben. Das ist auch der Grund, warum wir keine Vertretung auf ihrem Heimatplaneten haben. Zum einen würden sie Frauen und auch vielen männlichen Vertretern unserer Völker keinen freien Zugang gestatten, und wie Sie wissen, weigert sich die Föderation, eine Schiffsbesatzung oder das Personal eines Stützpunkts nach physischen oder religiösen Kriterien zusammenzustellen. Die Handelsbeziehungen zu den Promethanern werden im Weltraum, über eine Starbase oder über andere Planeten abgewickelt, aber niemals auf ihrem Hoheitsgebiet, und zwar schon so lange, wie sie Dilithium auf dem galaktischen Markt anbieten.«

»Mit anderen Worten«, warf Caius ein, »wir haben die Kerle aus ihrer primitiven, unterentwickelten Vergangenheit in unsere Zukunft geholt. Wir haben sie mit Waren beliefert, von denen sie nicht einmal zu träumen wagten, nur weil sich unter der Oberfläche ihres stinkenden, primitiven Planeten reichhaltige Dilithiumvorkommen verbergen. Trotzdem müssen wir uns ihren Forderungen beugen und vor ihrer scheinheiligen Regierung gute Miene zum bösen Spiel machen. Eigentlich sollten wir eine Flotte aus Föderationsschiffen hinschicken und den Laden einfach übernehmen.«

»Das ist natürlich nicht die offizielle Position der Föderation«, setzte der Lieutenant hinzu. »Wir haben den Promethanern die Mitgliedschaft in der Föderation angeboten, aber bislang haben sie rundweg abgelehnt.«

»Ich verstehe«, sagte Kirk nachdenklich. »Aber wir hatten schon mehrfach mit primitiven und kriegerischen Gesellschaften zu tun. Sollten wir Sulu und seine Besatzung nicht sofort herausholen?«

»Zum gegenwärtigen Zeitpunkt wissen wir nicht genau, wo sie festgehalten werden«, sagte Marasco, immer noch mit gesenkter Stimme.

Kirk lief ein kalter Schauer über den Rücken, als er dieses Eingeständnis hörte. Doch er wollte nicht die Fassung verlieren und bestellte einen weiteren Brandy bei einer Kellnerin. Dann gab er vor, sich für das Deltaner-Duo zu interessieren, das bekleidet in den Raum zurückgekehrt war und sich an einen Tisch in ihrer Nähe gesetzt hatte. Kirk zwinkerte dem alten Admiral zu.

»Ehen zwischen verschiedenen Spezies sollen der letzte Schrei sein, Caius. Ich frage mich, wie es wohl wäre, mit einer Deltanerin verheiratet zu sein.«

»Ach, Sie würden glauben, Sie würden sie lieben, dabei sind es nur ihre Pheromone. Ihretwegen haben wir jede Menge Ärger mit den jüngeren Offizieren.«

Kirk mußte unwillkürlich lachen. Dann wandte er sich wieder an den Lieutenant. »Entschuldigung, wovon sprachen wir gerade?«

»Über die Lage auf Beta Prometheus«, erwiderte Marasco leise. »Wir haben mehrere Raumschiffe in den Sektor geschickt und verschiedene Befreiungspläne ausgearbeitet. Diese Informationen sind streng geheim. Aber ich bin sicher, daß es Ihnen auch so klar ist. Ehrlich gesagt, bezweifle ich jedoch, daß es eine Aktion von Starfleet geben wird. Der Präsident der Föderation hat einen Sonderbotschafter ernannt, und die Politiker werden versuchen, mit diplomatischen Mitteln eine Freilassung der Geiseln zu erreichen. Bis es soweit ist, dürfte sich nichts bewegen, fürchte ich, und Captain Sulu und seine Besatzung müssen sich gedulden.«

»Ich hoffe, sie sind bis dahin noch am Leben«, warf Caius ein.

»Verdammt!« sagte Kirk und nahm einen Schluck Brandy, um seine Gefühle zu überspielen.

»Kannten Sie… Entschuldigung, ich meine, kennen Sie diesen Sulu gut?« fragte Marasco.

»Hm? Ja, recht gut.« Kirk zuckte mit einer Schulter. »Er ist ein ausgezeichneter Offizier.«

Ich kenne ihn wie meinen eigenen Sohn, dachte Kirk. *Er ist der beste Pilot und einer der loyalsten Menschen, die ich jemals kennengelernt habe. Und ich werde auf gar keinen Fall untätig herumsitzen, wenn die Föderationspolitik und die Starfleet-Bürokratie schuld daran sind, daß er in einem promethanischen Gefängnis vermodert!*

Zwei Stunden später hatte sich die Bar sichtlich geleert. Bald würde sie schließen, und Kirk hatte noch nicht allzuviel in Erfahrung gebracht.

Admiral Caius Fesidas machte sich wankend auf den Heimweg, wurde jedoch geschickt von Lieutenant Eugene Marasco gestützt, dessen Aufgabe darin bestand, wie er Kirk gegenüber andeutete, den Admiral unbeschadet nach Hause und ins Bett zu bringen, ohne daß der Admiral oder Starfleet in Mißkredit gerieten. Kirk sah ihnen nach, wie sie sich zwischen den Tischen hindurchmanövrierten und dann im Turbolift verschwanden. Er hatte die Hoffnung aufgegeben, noch etwas Brauchbares zu erfahren. Die meisten der führenden Starfleet-Offiziere, die er in der Bar entdeckt hatte, waren bereits gegangen. Jetzt hielten sich hier nur noch einige nachtaktive Aliens und ein paar jüngere Starfleet-Kadetten auf. Aber er hatte keine Lust, schon jetzt nach Hause zu gehen. Als er den Tisch mit den Starfleet-Absolventen sah, die er vor einer Weile begrüßt hatte, ging er zu ihnen hinüber.

»Was dagegen, wenn ich mich zu Ihnen setze?«

»Captain Kirk!« erwiderte sein Schützling. »Bitte nehmen Sie Platz!« Die jungen Männer und die einzige Frau am Tisch erhoben sich respektvoll.

»Ich bin im Ruhestand«, sagte Kirk und machte eine beschwichtigende Geste. »Bitte! Ich gebe es nur ungern zu, aber ich bin ein ganz einfacher Zivilist. Sie können mich Jim nennen.«

»Das wird mir schwerfallen«, sagte die junge Frau

mit den blaßblauen Augen. »Für mich werden Sie immer Captain Kirk sein.«

»Ich weiß nicht, ob ich das als Kompliment auffassen kann«, sagte Kirk lächelnd. Er war es gewohnt, daß man ihm aufgrund seines Ranges in den Räumen der Starfleet-Zentrale respektvoll begegnete, aber das hier war eine ganz andere Situation. Er wurde plötzlich in die Rolle des großen alten Helden gedrängt, und das gab ihm das Gefühl, alt zu sein. Er dachte an Caius, der schon vor Jahren sein aktives Kommando abgegeben hatte, um seine Karriere in der Bürokratie von Starfleet fortzusetzen. Er war regelmäßig befördert worden, und jetzt war er ein mit Orden geschmückter, betrunkener und übergewichtiger Mann, nur noch der Schatten eines Offiziers.

»Sie wirken besorgt, Captain«, rief ihn eine Stimme in die Wirklichkeit zurück.

»Oh, entschuldigen Sie. Ein Starfleet-Offizier und einige seiner Leute sind außerhalb des Territoriums der Föderation als Geiseln genommen worden. Haben Sie davon gehört? Ich kannte einen von ihnen sehr gut.«

»Das tut mir leid«, sagte das Mädchen.

»Ich habe heute nachmittag davon gehört«, sagte der südamerikanische Offizier. »Ich denke, mir war von Anfang klar, daß der Starfleet-Dienst gefährlich ist, aber dadurch ist es mir wieder einmal bewußt geworden. Ich bin mir nicht sicher, ob ich wirklich an Bord eines Raumschiffs arbeiten möchte.«

»Wenn du darüber nachdenken mußt, dann ist es wahrscheinlich nicht das Richtige für dich«, sagte das Mädchen. »Man muß viele Opfer bringen, und deshalb sollte man nicht schon von vorneherein Bedenken haben. Stimmt's, Captain?«

»Nun, ich bin vielleicht nicht der beste Mann, um Karriereratschläge zu erteilen, wie Sie wissen.« Er zuckte die Schultern in seiner zivilen Jacke. »Aber ich würde sagen, daß der Dienst in einem Starfleet-Raumschiff eine ganz besondere Berufung ist. Wenn Sie eine Familie gründen möchten, dann werden Sie sie jahrelang nicht sehen. Sie werden außer ihrem Quartier kein festes Zuhause haben, und wenn sie bei Starfleet Karriere machen wollen, müssen Sie sich durch ehrgeizige Aufgaben profilieren. Es ist mehr als ein Arbeitsplatz im Weltraum. Und es kann sehr gefährlich werden. Ganz zu schweigen von der Desorientierung.«

»Was meinen Sie damit?« fragte das Mädchen.

»Wenn man so lange fort ist, verändert sich einiges. Wenn Sie zurückkommen, müssen Sie sich an viele Dinge gewöhnen. Ich weiß nicht, wie ich es klarer ausdrücken soll, und vielleicht liegt es auch nur an mir, aber ich habe mich auf dem festen Boden nie richtig wohl gefühlt. Wahrscheinlich habe ich zu viele Jahre auf Raumschiffen gelebt.«

»Was ist mit dem Abenteuer? Mit der Aufregung?« bohrte das Mädchen weiter. »Lohnt es sich?«

»O ja, für mich hat es sich gelohnt. Aber ich war niemals sehr bodenständig. Ich konnte es einfach nicht abwarten, die Akademie abzuschließen und in den Weltraum aufzubrechen. Ich war froh, endlich die Theorien und Statistiken der Starfleet-Verwaltung hinter mir zu lassen. In welchem Bereich werden Sie arbeiten?« fragte er die junge Frau.

»Im Augenblick bin ich in der biologischen Abteilung. Es ist ziemlich langweilig. Aber ich habe die Versetzung auf ein Raumschiff beantragt. Ich hoffe, daß ich bald in der Weltraumerkundung arbeiten kann. Ich bin ausgebildete Pilotin und habe im Nebenfach Navigation studiert, um meine Chancen für den Außendienst zu verbessern.«

»Und Sie?« fragte Kirk den südamerikanischen Offizier.

»Ich habe noch keinen Antrag gestellt, um ehrlich zu

sein. Es gibt noch so vieles, über das ich mir klarwerden muß. Ich komme in eine Versorgungsstation, aber sie liegt nur ein Stück hinter dem Jupiter. Ich werde morgen früh aufbrechen, um genau zu sein. Das ist der Grund für unsere kleine Versammlung.«

»Dann möchte ich Ihnen gratulieren und eine gute Reise wünschen.« Kirk stieß mit seinem fast leeren Glas an, und die anderen schlossen sich seinen Glückwünschen an.

»Sind Sie das erste Mal im Weltraum?«

»Ja, ich bin auf der Erde geboren.«

»Viel Glück. Und was ist mit Ihnen?« fragte Kirk einen anderen Kadetten am Tisch.

»Es ist mir ein wenig peinlich«, sagte der junge Mann, »nachdem hier soviel über das Abenteuer Weltraum gesprochen wurde. Ich bin in einer Asteroidenkolonie aufgewachsen und war viel mit meinen Eltern unterwegs, die als Lehrer arbeiten. Ich sehne mich nach einem ruhigen, seßhaften Job und habe mich für den diplomatischen Dienst beworben. Ich hoffe, daß ich in ein Konsulat auf einem zivilisierten Planeten versetzt werden, wo Humanoide leben, wo es Freizeiteinrichtungen und alle modernen Annehmlichkeiten gibt. Entschuldigen Sie.«

»Sie müssen sich nicht entschuldigen. Sie sollten versuchen, das Leben zu verwirklichen, das Sie sich erträumen, solange Sie die Möglichkeit dazu haben. Es gibt so viele Paradiese in der Galaxis! Warum sollte man sich also den Hintern auf einem Frostplaneten abfrieren oder sein Leben an Bord eines Raumschiffs aufs Spiel setzen? Vielleicht habe ich zu viele Jahre meines Lebens verschenkt... oder vielleicht werde ich einfach nur alt und bereue meine verpaßten Gelegenheiten.« *Oder vielleicht werde ich nur rührselig, weil mir der Ruhestand nicht bekommt,* dachte er. *Und weil ich heute abend zuviel saurianischen Brandy getrunken habe.*

Es wurde still am Tisch. Genauso still wie in der Bar, wie ihnen jetzt bewußt wurde. Sie wünschten dem Offizier, der am folgenden Tag zum Jupiter aufbrechen sollte, noch einmal alles Gute, und dann löste sich die kleine Gruppe auf.

Kirk fuhr zusammen mit den jungen Leuten im Turbolift nach unten. Er schüttelte ihnen reihum die Hand und sah zu, wie sie eine Bahn zum Wohnkomplex von Starfleet nahmen. Als sie verschwunden waren, schloß er seine Jacke und wollte zu seinem Apartment zurücklaufen. Erst dann bemerkte er, daß das Mädchen mit dem glänzenden schwarzen Haar und den blaßblauen Augen nicht mit den anderen gefahren war.

»Soll ich Ihnen ein Taxi rufen? Sie wohnen nicht in der Akademie?« fragte Kirk höflich.

»Doch. Aber ich habe noch keine Lust, schon jetzt nach Hause zu gehen.« Sie rührte sich nicht. Kirk hatte plötzlich den Eindruck, als wollte sie ihm etwas sagen. *Vorsicht!* dachte er. *Paß auf, daß du dieses junge Mädchen nicht mißverstehst. Du könntest ihr Vater sein.*

»Wir könnten noch irgendwo einen Happen essen, wenn Sie möchten«, schlug er vor. Auch er hatte noch nicht das Bedürfnis, sich schlafen zu legen, während ihm so viele Dinge durch den Kopf gingen.

»Zu dieser Zeit dürfte kaum noch irgendwo geöffnet sein.«

»Wahrscheinlich nicht. In diesem Fall...«

»Ich wollte nur noch ein wenig mit Ihnen reden. Für viele junge Leute in der Akademie sind Sie wirklich ein Held. Einschließlich meiner Wenigkeit.«

»Und hier steht der Held in voller Lebensgröße vor Ihnen. Müde, leicht betrunken und sogar mit etwas Übergewicht.« Kirk lächelte.

»Sie machen sich große Sorgen um die *Excelsior*, nicht wahr?«

»Ja.«

»Es gibt eine besondere Beziehung zwischen den Starfleet-Offizieren, die gemeinsam im Weltraum waren, nicht wahr?«

»Sie sind ein kluges Kind. Ja, ich denke, so ist es.« Sie spazierten langsam die Straße neben dem verlassenen Raumhafen entlang. »Das ist nicht einfach zu erklären. Zivilisten verstehen es nicht, und es gibt sogar viele Starfleet-Offiziere, die nie im Weltraum waren und es auch nicht verstehen. Man muß es einfach mitgemacht haben. Keine Sorge, Sie werden die Gelegenheit dazu bekommen. Dann werden auch Sie es spüren. Es ist ein wenig wie die Mitgliedschaft in einem exklusiven Club. Um Ihnen die Wahrheit zu sagen, Captain Sulu ist ein sehr enger Freund von mir. Wir waren fünfundzwanzig Jahre lang zusammen an Bord der *Enterprise*. Deshalb mache ich mir so große Sorgen. Er hat unter mir gedient.«

Sie gingen eine Weile schweigend über die nebelverhangene Straße. Dann blieb das Mädchen stehen und blickte zu ihm auf. Er bemerkte, daß sie ein sehr hübsches Gesicht hatte. Glatte junge Haut und volle Lippen. Weiches Haar und wache Augen. Sie legte sich in der kühlen Luft ein Halstuch um, und er beobachtete unwillkürlich, wie sich die Brüste unter ihrer eng anliegenden Uniform bewegten. *Ich weiß nicht,* dachte er. *Es kann nicht sein. Ich war zu lange im Weltraum. Möchte Sie mir wirklich etwas sagen?*

»Ich würde gerne unter Ihnen dienen«, sagte sie, während ein strahlendes Lächeln auf ihrem Gesicht erschien und sie einen Schritt näher kam.

Heiliges Kanonenrohr! dachte Kirk. *Ich glaube, das habe ich richtig verstanden.*

VIERTER TAG

Kirk war am vergangenen Abend viel zu beschäftigt gewesen, um die Filter der großen Fenster seines Schlafzimmers zu aktivieren, so daß die Morgensonne ungehindert hereinschien und ihn früh weckte. Er blinzelte und stöhnte. Sein Kopf fühlte sich schwer und dumpf an. Auf seiner Zunge war der typische Nachgeschmack von saurianischem Brandy, den er schon fast vergessen hatte. Er setzte sich auf und blickte aus dem Fenster. Der Anblick der blaugrünen San Francisco Bay besserte wie immer seine Laune. An diesem Morgen gab es keinen Nebel, und die Sonne stand an einem klaren Himmel über den Hügeln hinter der East Bay. Er warf einen Blick auf die Leuchtanzeige der Uhr an der Wand. Sie zeigte 6.00 Uhr. *Verdammt!* Er ließ sich zurückfallen und versuchte, Kopf und Genick zu entspannen. Dann spürte er, wie sie sich neben ihm bewegte.

Kirk drehte den Kopf und sah das Mädchen, das mitten auf dem großen Bett ausgebreitet dalag. Einen Moment lang war er richtiggehend überrascht.

Natürlich erinnere ich mich, dachte er. *Wir haben uns letzte Nacht im Flag and Grog getroffen. Ich war gar nicht so betrunken. Sie hat vor kurzem die Akademie abgeschlossen und arbeitet in der Zentrale, während sie auf ihre Versetzung in den Weltraumdienst wartet. Ihr Name ist… ihr Name ist… Au weia!*

Er richtete sich wieder auf einen Ellbogen gestützt auf, diesmal mit dem Rücken zum großen Fenster, und betrachtete das Mädchen, das friedlich auf dem Bett schlief. Er blickte sich im Zimmer um. Ihre Kleidung lag zusammen mit seiner über den Boden verstreut. Dann sah er wieder das Mädchen an. Sie war völlig nackt und nur von einem dünnen, durchsichtigen Laken bedeckt. Ihr Körper war kräftig, blaß und attraktiv.

Und ich sehe bestimmt wie der letzte Penner aus, dachte er. *Ich sollte eine Ultraschalldusche nehmen, bevor sie aufwacht. Aber zuerst muß ich ihren Namen wissen.* Er entdeckte ihre Brieftasche auf der anderen Seite des Bettes und griff vorsichtig danach. Sie atmete völlig ruhig, und ihre helle Haut zeigte keine Spuren der vergangenen Nacht.

Seine Finger waren noch einen Zentimeter von der Brieftasche entfernt, als sie die Augen öffnete. Sie lächelte ihn an, und er erstarrte.

»Guten Morgen«, sagte sie.

»Guten Morgen.«

Sie blickte auf seine Hand. Er lächelte.

Er bewegte seine Hand und legte sie leicht auf ihre nackte Brust. Jetzt konnte er sich schon an viel mehr erinnern, was in der vergangenen Nacht geschehen war.

»Du bist... sehr hübsch«, sagte er, während er ihre Brust streichelte. »Falls ich gestern nacht vergessen haben sollte, es dir zu sagen.«

»Das hast du nicht. Aber Taten sprechen deutlicher als Worte. Du warst wunderbar. Danke.«

»Ich danke dir. Ich hoffe, du denkst nicht... ich meine, ich wollte die Situation nicht ausnützen.«

»Ich wollte, daß du die Situation ausnützt. Ich hatte nur befürchtet, du würdest das Angebot vielleicht nicht annehmen. Aber mach dir keine Sorgen, ich erwarte jetzt keinen Treueschwur. Es war mir ein Vergnügen, unter Ihnen zu dienen, Captain!« Ihr Lächeln war strahlend, aufrichtig und ansteckend.

Sie hob ihren Arm und streichelte sein Gesicht. Sie

zog seinen Kopf herunter und küßte ihn. Dann rollte sie ihn auf den Rücken und hockte sich über ihn. Sie beugte sich vor, so daß ihr schwarzes Haar über seine Brust strich.

»Aber du bist hier keineswegs der einzige Offizier, auch wenn du einen höheren Rang hast. Diesmal kannst du unter mir dienen.«

Er blickte in ihr hübsches Gesicht, das sich zu ihm herabsenkte. Dann dachte er nur noch: *Womit habe ich ein solches Glück verdient?*

Zwei Stunden später hatte sie geduscht und ein kräftiges Frühstück aus irdischen Erzeugnissen verzehrt, als sie in ihrer Starfleet-Uniform durch seine Tür trat. Er trug ein vulkanisches Gewand, das ihm sein wissenschaftlicher Offizier zur Pensionierung geschenkt hatte.

»Vielen Dank für den Kaffee«, sagte sie. »Es war der beste, den ich jemals hatte. Wirklich.«

»Das macht das Wasser. Es ist vom Mars importiert. Und der Kaffee ist aus echten Bohnen gemahlen, kein synthetisches Gebräu. Manchmal sind die alten Sachen einfach die besten.«

»Ja, das habe ich letzte Nacht auch gedacht.«

»Mich trifft der Schlag!« Er krümmte sich und legte eine Hand auf die Brust.

»Entschuldigung, ich wollte nicht…«

»Schon gut«, erwiderte Kirk lächelnd, als er sich wieder aufrichtete. »Weißt du, was ich von Starfleet bekommen habe, als ich in den Ruhestand versetzt wurde? Ein goldenes Chronometer. Das hier war viel besser.«

»Es hat nicht nur mit Heldenverehrung zu tun, Captain. Du bist einfach ein attraktiver Mann.« Sie umschlang seinen Bauch mit den Armen und verschränkte die Finger hinter seinem Rücken. »Du bist vielleicht ein wenig auseinandergegangen, aber immer noch ein sehr attraktiver Mann.«

»Ich weiß nicht, ob ich noch mehr von deinen Komplimenten ertragen könnte, aber ich würde dich gerne wiedersehen.«

»Das mußt du nicht sagen. Ich bin eine erwachsene Frau.«

»Du bist eine außergewöhnliche Frau. Und sehr ehrlich. Wie wäre es mit heute abend? Wollen wir etwas essen gehen?«

»Einverstanden. Wo?«

»Mal sehen…« Kirk wurde klar, daß es schon einige Zeit her war, seit er das letzte Mal eine Frau zum Abendessen ausgeführt hatte.

»Du kannst es dir in Ruhe überlegen«, sagte sie. »Während du geduscht hast, habe ich meine Adresse in deinen Computer eingegeben. Du kannst mir eine Nachricht schicken. Schau einfach unter meinem Namen nach.«

»Sehr gut. Äh, das heißt… ich… äh…«

»Und mein Name…«, sagte sie, während wieder das strahlende Lächeln auf ihrem Gesicht erschien, »ist Barbara O'Marla.«

»Ich werde mich melden. Versprochen, Barbara.«

»Ein schönen Tag noch, Jim.«

Sie küßte ihn und trat auf den Korridor vor seinem Apartment hinaus. Er beobachtete, wie sie zum Turbolift ging und auf die Kabine wartete. Dann hörte er, wie eine andere Wohnungstür geöffnet wurde. Verschämt zog er sich in sein Apartment zurück und schloß die Tür.

Als er in die Küche ging, kam er an einem Spiegel vorbei. *Ich denke, ich sollte heute ein wenig Sport treiben,* dachte er.

Kirk verbrachte den Vormittag in seinem Club, dem Sutro-Selestial-Bad, wo er im Gleitboot mehrere Kilometer ruderte, auf mittlerer Stufe mit einer Maschine boxte und sich im dampferfüllten, belebenden Quecksilberraum entspannte. Anschließend ging er Einkaufen und beobachtete, wie ein Hologramm seines Körpers in verschiedenen neuen Anzügen materialisierte. Er wählte zwei aus, von denen er glaubte, daß sie ihn jünger erscheinen ließen.

Am späten Vormittag ging er am Strand spazieren und blickte auf den kristallblauen Pazifischen Ozean hinaus. Er sah Kindern zu, die mit Spaceboards auf den Wellen ritten. Er bewunderte das Können der Sandkünstler. Aber es waren die Spielzeugraumschiffe, die ihn in nachdenkliche und nostalgische Stimmung versetzten, die er nicht mehr abschütteln konnte. Er setzte sich eine halbe Stunde lang auf eine Bank und beobachtete die Raumschiffmodelle, die, von Fernsteuerungen gelenkt, halsbrecherische Manöver in der Luft über der Meeresbrandung vollführten.

Dann ging er durch das kleine Kiefernwäldchen zu den Shuttledocks hinunter. Dort sah er zu, wie Leute in Starfleet-Uniformen einstiegen, um sich zu ihren Raumschiffen und in die Weiten des Alls bringen zu lassen.

Statt großartige Abenteuer zu erleben, rede ich nur noch von alten Zeiten. Statt mich Klingonen zu stellen, schleiche ich an Raumhäfen vorbei und träume von den eleganten Raumschiffen, die von anderen Offizieren geführt werden.

Er lief langsam zur Stadt zurück, durch den sattgrünen Park, über Hügel, an Wohnanlagen vorbei und durch das Stadtzentrum, in denen Geschäfte exotische Waren aus allen Teilen der Galaxis anboten. Kurz nach Mittag kehrte er in sein Apartment zurück. Er setzte sich an sein Computerterminal und schaltete es ein. Doch bevor er die Zusammenfassung der Tagesereignisse durchlesen konnte, erhellte sich der Bildschirm mit dem farbenfrohen Bild eines Straußes roter Rosen.

Zu Anfang waren es kleine Knospen, die dann aufgingen und in voller Pracht erblühten. Ihre grünen Stengel senkten sich in eine hübsche antike Vase aus Asien. In verschnörkelter Schreibschrift erschienen am unteren Rand des Monitors die Worte: »Alles Gute, Barbara.«

Kirk mußte lächeln. Er betrachtete eine Weile das hübsche Bild, bevor er eine Nachricht in seine Konsole tippte, daß sie sich um 19.30 Uhr in einem romantischen Restaurant mit ihm treffen sollte. Dann rief er den Galaktischen Nachrichtenservice auf.

Der Computer suchte die Meldungen des Tages nach den Schlüsselwörtern ab, die er programmiert hatte. Ein neuer Bericht über die nach Beta Prometheus entführte Besatzung der *Excelsior* erschien auf dem Bildschirm.

Die Starfleet-Zentrale ›verurteilte die Aktionen‹ der Promethaner. Das Büro des Präsidenten der Föderation gab bekannt, daß alles unternommen wurde, um ›die sichere Rückkehr der neun Bürger der Föderation zu gewährleisten‹. Alle zur Verfügung stehenden diplomatischen Möglichkeiten würden ausgeschöpft. Es gab Hintergrundberichte über die Zivilisation der Promethaner und die Geschichte des Dilithiumhandels mit ihnen. Sulu und seine Besatzung wurden ausführlich vorgestellt.

Mit anderen Worten, es gab nichts Neues, und nichts wurde unternommen.

Kirk ging besorgt in seinem Apartment auf und ab. Er setzte sich in seinen Kommandosessel, den er von seiner alten *Enterprise*-Besatzung als Geschenk erhalten hatte und der vor einem Fenster am Boden befestigt war. Er versuchte, sich mit englischer Literatur des späten neunzehnten Jahrhunderts abzulenken. Normalerweise brachte ihn das sofort auf andere Gedanken, aber an diesem Nachmittag funktionierte es nicht. Endlich nickte er ein. In seinem kurzen, unruhigen Traum sah er vermischte Bilder aus dem Weltraum, die junge Barbara O'Marla und das Gesicht seines alten Freundes Sulu.

Als Kirk erwachte, spürte er eine Trägheit, die er mit... womit assoziierte? Mit hohem Alter. Unmöglich. Er rannte zwei Kilometer auf seinen Laufband, zog sich um und ging los, um sich mit Barbara O'Marla im Restaurant *Nebula* zu treffen, wo sie gemeinsam zu Abend aßen. Er war froh, jemanden zu haben, mit dem er reden konnte. Seine Unruhe hatte sich gesteigert, als keine neuen Meldungen über Sulus Geiselnahme hereingekommen waren.

»Keine Neuigkeiten sind einem solchen Fall schlechte Neuigkeiten«, sagte Kirk. »Ich habe mich über diese Promethaner informiert. Sie sind nicht gerade vertrauenswürdig. Solange Sulu und seine Leute ihnen ausgeliefert sind, befinden sie sich in großer Gefahr.«

»Du scheinst sehr loyal zu sein«, sagte sie.

»Loyal? Von dieser Seite habe ich es noch gar nicht betrachtet. Sulu war absolut loyal. Er hatte mehrere Gelegenheiten, sich von der *Enterprise* versetzen zu lassen, um seine Karriere zu beschleunigen, aber er hat sie niemals wahrgenommen. Mit seinen Fähigkeiten als Pilot hat er uns mehr als einmal aus der Klemme geholfen. Als er schließlich sein eigenes Kommando erhielt, haben wir alle ihn vermißt. Ich mache mir große Sorgen um ihn. Die Föderation anscheinend nicht«, setzte Kirk mit leichter Verbitterung hinzu.

»Du kannst an gar nichts anderes mehr denken, James«, sagte Barbara leise.

»Es scheint so. Vielleicht sollten wir das Thema wechseln.«

»Was ist mit deinen Memoiren? Du hast mir gesagt, du würdest daran schreiben. Ich glaube, es wird ein phantastisches Buch. An der Akademie würde man es zur Pflichtlektüre ernennen.«

»Ich habe einmal damit angefangen. Ich schrieb die Worte: ›Dies waren die Abenteuer des Raumschiffs *Enterprise*...‹ Dann wußte ich nicht weiter. Ich glaube, so etwas bezeichnet man als Schreibhemmung. Auf jeden Fall hatte ich dabei das Gefühl, daß nun alles vorüber ist. Das gefiel mir überhaupt nicht.«

Anschließend kehrten sie in Kirks Apartment zurück. Barbara zog ihren Mantel aus und trat an seinen Schreibtisch, auf dem ein halb fertiggestelltes großes Schiffsmodell stand.

»Du hast dir ein Hobby zugelegt?« sagte sie und deutete auf seine Arbeit.

»Das ist die originale *Enterprise*, das Segelschiff, nach dem mein erstes Raumschiff benannt wurde. Es wurde im neunzehnten Jahrhundert gebaut und zum Handel auf dem Atlantischen Ozean eingesetzt. Damals hatten die Menschen noch nicht einmal Flugzeuge erfunden. Ich arbeite an einem sehr exakten Nachbau. Wenn es fertig ist, bringe ich es vielleicht nach draußen in die Bucht und probiere es aus.«

»Wo sind die Maschinen?«

»Es hat keinen Motor. Es fährt mit dem Wind.«

»Mit dem Wind?«

»Das hier sind die Segel. Sie werden aufgezogen, um die natürliche Windkraft als Antrieb zu nutzen. Das ist die einzige Energiequelle des Schiffes. Bei Windstille kommt es nicht voran. Der Captain muß dieses Schiff geliebt haben.«

Barbara beobachtete Kirks Gesicht, während er ihr alles über das große Segelschiff erklärte. »Du mußt das Reisen sehr vermissen.«

»Du kannst dir nicht vorstellen, wie es ist, durch eine Gaswolke zu fliegen, die von einem Stern in der Nähe gelb und rot erleuchtet wird. Oder die Ungewißheit, wenn man sich einem unbekannten Planeten nähert. Und dann der Warpflug!« sagte er in verändertem Tonfall. »Man rast schneller als das Licht dahin und legt in Sekunden gewaltige Entfernungen zurück. Die alten Raumschiffe haben noch ein wenig vibriert. Man konnte es in den Füßen spüren.«

Er war unbewußt an sein großes Fenster getreten und blickte zum Abendhimmel hinauf. Barbara folgte ihm und legte ihm von hinten die Arme um die Hüften, während sie den Kopf gegen seinen Rücken lehnte.

»Du bist ein Mann mit großen Träumen, James.«

Sie liebten sich wieder, langsamer und zärtlicher als in der ersten Nacht, und er gab sich alle Mühe, ihre Wünsche zu erfüllen. *Sie ist ein kostbares Geschenk,* dachte er. *Ein Geschenk, das ein Mann in meinem Alter nicht mehr als selbstverständlich hinnimmt. Ich muß diese Beziehung behutsam pflegen.*

Der Blick aus dem Fenster lenkte ihn ab. Immer wieder schaute er über ihre Schulter und betrachtete den dunkler werdenden Nachthimmel, die Sterne, die wie Lampen aufleuchteten, bis es Millionen glitzernder Punkte waren, deren Licht aus der Unendlichkeit kam und nun durch die Erdatmosphäre und das Fenster direkt in sein Zimmer fiel.

»Du wirst etwas unternehmen, nicht wahr?« sagte Barbara, als sie später Seite an Seite auf dem Bett lagen.

»Ja«, sagte er und hörte, wie sein eigenes Echo durch das Schlafzimmer hallte. »Ja, das werde ich.«

Wie hat sie es erraten? fragte er sich. *Wie konnte sie es wissen, wo ich es selbst noch gar nicht wußte, bis es mir in diesem Augenblick klarwurde?*

Kirk lag die ganze Nacht lang wach, während Barbara neben ihm schlief. Er sah zu, wie sie ruhig atmete, tastete mit seinen Blicken ihre weiße Haut, ihre straffen Muskeln und ihr schwarzes Haar ab. Sie erregte ihn sogar noch, während sie schlief, nach einer langen Liebesnacht, trotz seiner Gedanken. Er spürte wieder das Verlangen und die Energie. Er starrte auf die Sterne vor seinem Fenster. Es war kein Zufall, daß man von Raumschiffen stets in der weiblichen Form sprach, überlegte er. Frauen und Raumschiffe hatten vieles miteinander gemeinsam. Sie waren anmutig geformt, und sie gaben den Menschen Sicherheit und Leben. Sie waren exotisch und erotisch. Sie waren launisch und vergänglich.

Und wenn man sich erst einmal in sie verliebt hatte, wollte man mit ihnen immer neue Höhenflüge erleben, dachte er.

FÜNFTER TAG

Er wartete, bis sie gegangen war. Dann trat er an den Schrank und starrte auf seine Kleidung.

Wenn er in Zivil ging, würde er von jedem Sicherheitswächter aufgehalten werden, der ihn nicht erkannte. Doch er hatte seine Uniform schon seit fast einem Jahr nicht mehr getragen.

Bei Starfleet wurde niemand vollständig aus dem Dienst entlassen und auch nicht in den endgültigen Ruhestand versetzt. Alle Offiziere erhielten lediglich einen nichtaktiven Status, und man erlaubte ihnen, ihre eigenen Interessen zu verfolgen. Sie wurden als Reserve betrachtet, für den Fall, daß ihre Fähigkeiten eines Tages wieder gebraucht wurden. Als Reserveoffizier hätte Kirk seine Uniform ganz offiziell tragen können, wenn er ein Seminar an der Akademie abhielt oder irgendeine öffentliche Tätigkeit ausübte. Doch er hatte es nie getan. Es wäre ihm wie eine Anmaßung vorgekommen, nachdem er jetzt nicht mehr der Captain eines Raumschiffs war. Und er wollte nicht, daß die jungen Kadetten ihn ständig mit seinem Titel anredeten. Trotzdem hatte er das Recht, die Uniform zu tragen, und heute könnte sie ihm sehr nützlich sein. Mit dieser Entschuldigung nahm er sie aus dem Schrank und legte sie an. Dann fuhr er über die Bucht zur Starfleet-Zentrale.

Dort schlenderte er über die weite Rasenfläche, um die sich die riesigen Bürogebäude von Starfleet gruppierten. Überall waren Offiziere unterwegs, aber er sah kein bekanntes Gesicht, und niemand warf ihm einen zweiten Blick zu. *So weit, so gut,* dachte er. Er ging unter dem großen Glasbogen mit den Starfleet-Insignien hindurch und betrat das fünfzig Stockwerke hohe Atrium, an dem zu beiden Seiten die Büros lagen. Überall war Starfleet-Personal. Kirk erinnerte sich noch an seine Zeit als junger Kadett, als die Gänge fast menschenleer gewesen waren, weil sämtliche Kommunikation elektronisch abgewickelt wurde. Jetzt herrschte ein ständiges Kommen und Gehen. Es hieß, daß die Abteilung für humanoide Psychologie vor einigen Jahren geraten hatte, persönliche Treffen zu arrangieren, wenn es möglich war. Die Abteilung war offenbar der Ansicht, daß die Mängel des elektronischen Dialogs in bezug auf Nuancen und Spontaneität die Qualität der gemeinschaftlichen Entscheidungsfindung beeinträchtigten.

Kirk hatte den großen Saal etwa zur Hälfte durchquert, als ihm bewußt wurde, daß er sich in der Starfleet-Zentrale noch nie wohl gefühlt hatte. Er kannte und liebte jeden Quadratzentimeter der Schiffe, die er geführt hatte, aber dieses Labyrinth aus Gängen und Räumen repräsentierte eine Bürokratie, vor der er schon immer am liebsten die Flucht ergriffen hatte. Er war sich nicht sicher, wieviel er über den Grund seines Hierseins preisgeben wollte, und hoffte unwillkürlich, daß er niemandem begegnete, den er kannte. Er verspürte die Warnung eines tief verwurzelten Instinkts, daß er vermeiden sollte, Aufmerksamkeit auf sich zu lenken. Er schlenderte zu einem bebrillten jungen Kadetten hinüber, der hinter einer Konsole saß, und sagte leise: »Ich suche nach einem alten Freund. Er ist wissenschaftlicher Offizier. Aber er ist zur Zeit außer Dienst und wahrscheinlich nach Hause geflogen. Welche Abteilung könnte mir weiterhelfen, was meinen Sie?«

»Ich empfehle Ihnen die Personalabteilung, Captain. Sie befindet sich in diesem Gebäude. Im zweiunddreißigsten Stock. Falls Ihr Freund es vorgezogen hat, nicht mehr in der offiziellen Liste geführt zu werden, werden wir Ihnen allerdings nicht weiterhelfen können. Es sei denn, Sie haben eine Sicherheitsgenehmigung der Stufe drei-A.«

»Die habe ich«, sagte Kirk, obwohl er nicht die leiseste Ahnung hatte, was das war. »Die Personalabteilung«, wiederholte er und drehte sich zum hohen gläsernen Turboliftschacht um. Dabei versuchte er, völlig gelassen zu wirken. »Danke«, rief er über die Schulter zurück und machte sich auf den Weg.

Im zweiunddreißigsten Stock verließ er den Turbolift. Er ging den Hauptkorridor entlang und las die holographischen Aufschriften neben den Türen. KOMSAT, EXTRANS, GALVEG, TOILETTEN. Die Büros waren für Kommunikationssatelliten, außerirdische Sprachübersetzung und galaktische Vegetationsforschung zuständig. Dann sah er die großen Buchstaben an den doppelten Glastüren am Ende des Korridors. PERSONALABTEILUNG, stand dort, eine überraschend klare Bezeichnung. Kirk schritt durch die Türen.

Drinnen gab es nur eine Reihe von Kabinen, in denen jeweils ein Stuhl und ein Computeranschluß standen. Einige Kabinen waren von Starfleet-Offizieren besetzt, doch die meisten waren leer. Kirk nahm auf einem Stuhl Platz und las auf dem Bildschirm:

Willkommen in der Starfleet-Datenbank
Bitte geben Sie Ihr Paßwort ein

Er hatte sein Paßwort in all den Jahren, die er im Weltraum zugebracht hatte, nicht ein einziges Mal benutzen müssen, und wußte für einen Moment nicht weiter. Als er sich daran erinnerte, mußte er zu seiner Überraschung feststellen, daß das einfache Wort, für das er sich damals als idealistischer und leidenschaftlicher junger Mann entschieden hatte, immer noch seiner Vorstellung von sich selbst entsprach. Er beugte sich vor und sagte leise zur Konsole: »Voyager.«

»Paßwort und Stimme korrekt identifiziert«, sagte eine emotionslose künstliche Stimme. »Sie haben Zugang zu allen Datenbereichen. Bitte nennen Sie Ihren Wunsch.«

Sein Paßwort hätte zum Zeitpunkt seiner Pensionierung eigentlich gesperrt werden müssen, aber es funktionierte immer noch. *In diesem Fall ist es ausnahmsweise ganz praktisch, daß die Bürokratie immer um einige Monate hinterherhinkt,* dachte Kirk.

Er hielt einen Moment inne. Was war, wenn er sie nicht aufspüren konnte? Wenn sie gar nicht mitkommen wollten? Setzte er sie bereits unter Druck, wenn er nur danach fragte? Sie würden jetzt ihr eigenes Leben führen. Aber er hatte das Recht, sie zu fragen. Jeder würde seine eigene Entscheidung treffen.

Wer zuerst? überlegte er. *Natürlich, wer sonst!*

»Lokalisierung Captain Spock, Wissenschaftsoffizier.«

Der Bildschirm flackerte kurz und zeigte dann einen Text:

SPOCK
Rang: Commander (inaktiv)
Kontakt:
Vulkanische Akademie der Wissenschaften
ShiKahr
T'Khasi
40 Eridani A (19,5/60,0/-0,6)

Kirk überspielte die Informationen in seinen Tricorder, den er in der Hand hielt, und stellte noch einige weitere Anfragen. Als er den Aufenthaltsort von allen ermittelt hatte, schloß er die Datenbank.

Dann rief er eine andere Datenbank auf, die Reiseinformationen verwaltete. Er forderte das Programm auf, ihm eine möglichst schnelle Route zusammenzustellen. Als er die Buchungen mit Hilfe seines Tricorders bestätigt hatte, verließ Kirk die Starfleet-Zentrale.

Sein Besuch war nicht unbemerkt geblieben. Der junge Kadett, der ihm Auskunft gegeben hatte, war zu höflich oder vielleicht zu überrascht gewesen, um sich anmerken zu lassen, daß er Kirk erkannt hatte. Da er erst vor kurzem die Akademie abgeschlossen hatte und da Kirks Holographie beim *Kobayashi-Maru*-Test verwendet wurde – ganz zu schweigen von der Tatsache, daß Captain Kirk inzwischen zu einer Legende geworden war –, hatte er den Offizier sofort wiedererkannt. Und da sich Gerüchte in der schwülen Atmosphäre der Akademie mit Lichtgeschwindigkeit verbreiteten, wußte der Kadett, daß eine Bekannte von ihm eine Affäre mit dem Captain hatte. Der junge Kadett konnte der Versuchung nicht widerstehen, Barbara O'Marla zu informieren, daß sich Kirk im Gebäude aufhielt.

Wenn er nicht hergekommen ist, um mich zu besuchen, dachte sie, *werde ich ihm auch nicht hinterherlaufen.* Als Kirk das Gebäude verließ, ohne bei ihr vorbeizuschauen, verspürte sie einen Stich des Bedauerns und erkannte, daß ihre Gefühle für ihn viel stärker waren, als sie sich selbst eingestanden hatte. Jetzt konnte sie sich ganz allein den Kopf darüber zerbrechen, warum er der Personalabteilung einen Besuch abgestattet hatte, obwohl er immer wieder hartnäckig beteuert hatte, daß er nichts mehr mit Starfleet zu tun haben wollte.

In einem eleganten Büro hoch oben in der Starfleet-Zentrale mit Blick auf die Bucht dachte noch jemand über Kirks kurzen Besuch nach. Admiral Caius Fesidas hatte davon erfahren, als auf seinem Terminal eine Benachrichtigung erschienen war, daß jemand das Paßwort ›Voyager‹ in das Datennetz eingegeben hatte. Er beobachtete, wie dem Inhaber des Paßworts der Zugang gestattet wurde, denn erst am vergangenen Tag hatte er es persönlich wieder mit der höchsten Sicherheitsgenehmigung versehen. Er verfolgte den Vorgang bis in die Personalabteilung im zweiunddreißigsten Stock zurück. Er sah, wie die fünf Anfragen auf seinem Bildschirm erschienen. Er mußte die Personaldateien gar nicht aufrufen, denn er konnte sich auch so denken, um wen es sich bei diesen Personen handelte. Und wenn er Kirk richtig einschätzte, wußte er auch, warum der Captain im Ruhestand ihren Aufenthaltsort ermitteln ließ. Er war nicht der Typ, der regelmäßige Klassentreffen organisierte, und wenn er Grußpostkarten verschicken wollte, war er einige Monate zu früh dran.

Der Admiral besprach sich kurz mit einem Assistenten und widmete sich dann wieder seiner unterbrochenen Arbeit.

In der Neutralen Zone

»Sarek.« Der 129 Jahre alte Vulkanier verbeugte sich, nachdem er sich mit Namen vorgestellt hatte. »Ich wurde gebeten, die Vereinte Föderation der Planeten zu vertreten.«

»Kannish«, sagte die Gestalt, die ihm gegenüber am großen schwarzen Onyx-Tisch saß. »Ich vertrete Beta Prometheus.«

Sarek wußte, daß der Promethaner nicht in diese Position gewählt worden war, sondern daß er sie als Mitglied der Herrschenden Familie erhalten hatte. Der Repräsentant wirkte alt und müde. Doch Sarek wußte, daß es einen eisernen Willen erforderte, in einer Aristokratie an der Macht zu bleiben, und Kannish zählte zu den höchsten Mitgliedern der Familie.

»Mein Sohn war als Offizier an Bord der *Sonnentau*, als sie vom Föderationsraumschiff angegriffen wurde.«

Da Sarek auf langjährige Erfahrungen mit Zivilisationen, die nicht der Föderation angehörten, zurückblicken konnte, blieb sein Gesicht bei diesem plötzlichen Einwurf völlig ruhig.

»Dann haben Sie aus erster Hand über diesen Zwischenfall erfahren«, sagte Sarek vorsichtig.

»Nein.« Sarek sah, wie die gesprenkelte dunkelgraue Haut sich kaum merklich aufhellte. »Mein Sohn Kornish wurde während dieses... Zwischenfalls, wie Sie sich ausdrücken, getötet.«

Das wird die Verhandlungen nicht erleichtern, dachte Sarek.

»Bitte entschuldigen Sie. Ich möchte das tiefe Bedauern der Föderation über den Verlust Ihres Sohnes ausdrücken.«

»Bedauern? Sie können sich nicht vorstellen, wie es ist, einen Sohn zu verlieren. Er war mein ältester, er war fünfundzwanzig Jahre alt. Er hatte erst die Hälfte der Lebensspanne eines Promethaners hinter sich. Er war dazu bestimmt, nach meiner Pensionierung einen Platz im Inneren Rat zu erhalten.«

Sarek dachte kurz darüber nach, warum er sehr gut nachempfinden konnte, wie es war, einen Sohn zu verlieren. Und wie dankbar er gewesen war, als der Geist und der regenerierte Körper seines eigenen Sohnes in der *fal-tor-pan*-Zeremonie wieder zusammengeführt werden konnten. Doch Sarek nickte nur, da er Kannish nicht beleidigen wollte, indem er über seine eigenen persönlichen Erfahrungen sprach.

»Wir müssen gewährleisten«, begann er, »daß etwas Derartiges sich nicht wiederholen kann. Die Föderation hofft, daß die friedliche und produktive Beziehung mit dem Volk von Beta Prometheus anhält. Wenn das Raumschiff *Excelsior* ohne Genehmigung in das Hoheitsgebiet von Beta Prometheus geraten ist, möchte ich Ihnen versichern, daß es sich um ein Versehen handelte. Starfleet wird dafür sorgen, daß so etwas nie wieder geschieht, bis ein fester Vertrag über das von Ihnen beanspruchte Gebiet mit uns abgeschlossen werden kann. Viele Angehörige Ihres Volkes sind Händler und wissen zweifellos, wie wichtig ein uneingeschränkter Verkehr ist. Doch bevor wir solche allgemeinen Angelegenheiten diskutieren, muß ich darauf bestehen, daß wir zunächst über die Festnahme von neun Starfleet-Offizieren reden. Die Föderation möchte Ihnen versichern, daß sie keinerlei Spionage betrieben haben. Was können wir tun, um ihre sichere Rückkehr zu erreichen?«

Kannish warf ihm einen finsteren Blick quer über den Tisch zu. Die zwei Promethaner an seiner Seite rückten unruhig auf ihren Stühlen hin und her. Sareks Assistenten, zwei junge Menschen, die erst vor kurzem dem diplomatischen Korps zugeteilt worden waren, gaben sich alle Mühe, völlig ruhig zu bleiben.

Kannish machte eine ungeduldige Geste mit der muskulösen Hand, als wollte er die Angelegenheit wegwischen. »Nein, das ist unproduktiv. Wir wollen zuerst über die wichtigen Dinge reden. Im großen Plan spielen die Starfleet-Offiziere keine besondere Rolle. Aber die Dilithiumpreise, die bislang…«

»Für uns«, unterbrach Sarek den Promethaner, so höflich er konnte, »sind die Offiziere von allergrößter Bedeutung. Vielleicht können Sie mir versichern, daß sie alle bei guter Gesundheit sind.«

»Ich verstehe nicht, warum die Föderation sich wegen einer Handvoll Offiziere solche Sorgen macht.« Kannish schüttelte den Kopf. »Die Interessen der Föderation sollten für Sie die höchste Priorität einnehmen. Das Leben von ein paar Offizieren ist doch nur ein geringer Preis.«

»Die Föderation *ist* das Leben ihrer Offiziere. Für die Föderation ist jeder einzelne von großem Wert.«

»Dann werden Sie es in diesem Universum nicht sehr

weit bringen. Sie müssen doch erkennen, wie unwichtig das Leben eines Individuums angesichts des unendlichen Raums und der allumfassenden Vision des Schöpfers ist.«

»In der Tat, ein einzelnes Leben bedeutet in diesem Universum nur sehr wenig. Trotzdem ist es die Achtung vor dem Leben, aus der unsere Gesellschaft ihre Stärke gewinnt…«

Kannish und Sarek verhandelten noch bis tief in die Nacht. Kannish legte seine Forderungen vor, eine Erhöhung des Dilithiumpreises und eine vertragliche Zusicherung, Dilithium nur noch von den Promethanern zu kaufen, außerdem eine Garantie, sich nicht in die politischen Angelegenheiten ihres Planeten einzumischen, und eine Gebühr für jedes Raumschiff, das in den Sektor Beta Prometheus einfliegt. Sarek dagegen versuchte, das Gespräch immer wieder auf die Offiziere zurückzubringen, die irgendwo im System gefangengehalten wurden. Kannish erklärte daraufhin, wie ineffizient eine Demokratie war, ein Thema, das er mit großer Leidenschaft verfolgte. Als Sarek bemerkte, daß die Kraft seines Gegenübers nachzulassen schien, erinnerte er sich daran, daß ein Promethaner mit fünfzig Jahren bereits sehr alt war. Er gab vor, selbst erschöpft zu sein – obwohl er sich in Wahrheit überhaupt nicht müde fühlte –, worauf das Treffen auf den nächsten Morgen vertagt wurde.

Sarek kehrte durch den Korridor zu seinem Shuttle zurück, das ihn zur Starbase 499 bringen sollte, während er sich leise mit seinen Assistenten unterhielt.

»Es wird eine schwierige Verhandlung werden«, sagte Sarek, nicht nur, um die jungen Diplomaten an seiner Erfahrung teilhaben zu lassen. »Sie haben sicher bemerkt, wie wenig ihm am Wohlergehen der entführten Starfleet-Offiziere liegt und daß er im Grunde überhaupt nicht über dieses Thema sprechen wollte.«

»Hier scheint das Leben des einzelnen keinen hohen Stellenwert zu besitzen«, sagte der junge Mann zu seiner Linken.

»So sieht es aus«, stimmte Sarek ihm zu. »Aber die unterschiedlichen Philosophien sind gar nicht unser zentrales Problem. Wir müssen sie dazu bringen, eine genaue Regelung für die Rückgabe der Männer zu formulieren. Und das könnte sich als äußerst schwierig erweisen. Obwohl ständig vom ›Wohl des Ganzen‹ gesprochen wird, scheinen die Händler hier meistens ihre eigenen Wege zu gehen. Ich glaube nicht, daß die Herrschende Familie die Geiseln in ihrer Gewalt hat. Ich glaube nicht einmal, daß sie weiß, wo sie festgehalten werden.«

Als sie im Shuttle Platz genommen hatten, wandte sich der junge Mann an den Botschafter.

»Ich weiß, daß Sie ebenfalls einen Sohn haben, Botschafter«, sagte er. »Arbeitet er nicht für Starfleet?«

»Bis vor einiger Zeit«, antwortete Sarek. »Jetzt hat er sich vom Dienst beurlauben lassen. Ich glaube, er hält sich zur Zeit an der vulkanischen Akademie der Wissenschaften auf, um eine logische Lösung für ein komplexes Problem zu suchen.«

Der Planet Vulkan

Kirk trat aus dem Shuttle auf die Oberfläche von Vulkan und spürte sofort die höhere Schwerkraft und sengende Hitze. Er verließ den Raumhafen und nahm eine Bahn, die ihn zur Akademie der Wissenschaften brachte. Dort suchte er in einem düsteren Büro einen Bekannten auf. Obwohl der Vulkanier nicht wußte, wo Spock zur Zeit wohnte, konnte er Kirk sagen, wo er ihn an diesem Abend antreffen würde. Kirk dankte dem Wissenschaftler für die Auskunft und unternahm einen Spaziergang durch die Stadt.

Nach den Straßen von San Francisco war es ein sehr friedlicher Ort. Die Gebäude waren vom ständigen Wüstenklima ausgebleicht, und die Landschaft war karg und einfach. Die Luft war heiß und drückend. Der Schwesterplanet stand als gewaltige Kugel am Himmel, auf der die Vulkane und Staubstürme mit bloßem Auge zu erkennen waren. Niemand war in Eile. Vulkanier in langen Gewändern gingen bedächtig in kleinen Gruppen. Viele Passanten schienen in tiefe Meditation versunken. Einige fremde Besucher streiften wie Touristen durch die Straßen.

Kirk fand das kleine Theater am Ende einer schmalen Gasse. Die Plakate neben der Kasse kündigten eine Aufführung der Melpomene-Theatergruppe an, eine Inszenierung von William Shakespeares *Hamlet*. Der Vorraum war verlassen, da die Vorstellung bereits begonnen hatte. Kirk ging auf die Rückseite des Gebäudes, bis er den Bühneneingang gefunden hatte. Er öffnete leise die Tür und trat in einen leeren Korridor. Dieser führte ihn direkt in das Halbdunkel hinter der Bühne. Dort hörte er die Stimme des Mannes, nach dem er suchte. Sie deklamierte in bombastischem Tonfall.

»Er kommt sogleich«, hörte er Mr. Spock, *»setzt ihm mit Nachdruck zu; sagt ihm, daß er zu wilde Streiche macht, um sie zu dulden, und daß Eure Hoheit geschirmt und zwischen großer Hitz und ihm gestanden hat. Ich will hier still mich bergen. Ich bitt Euch, schont ihn nicht.«*

Kirk kam näher, bis er in den Kulissen stand. Helles Licht überflutete die Bühne, und er konnte durch einen Riß in der falschen Steinwand schauen, vor der Spock und eine Frau spielten. Dann kam ein gutaussehender männlicher Deltaner, stellte sich direkt neben Kirk in den Schatten und rief auf die Bühne.

»Mutter, Mutter, Mutter!«

Die Stimme der Frau antwortete ihm.

»Verlaßt Euch drauf; sorgt meinetwegen nicht. Zieht Euch zurück. Ich hör ihn kommen.«

Kirk sah, wie Spock durch einen Vorhang hinter die Kulissen trat. Dann ging der junge Mann an Kirk vorbei auf die Bühne.

»Nun, Mutter, sagt: was gibt's?« fragte der Deltaner die Schauspielerin.

»Hamlet, dein Vater ist von dir beleidigt.«

»Mutter, mein Vater ist von Euch beleidigt.«

»Kommt, kommt! Ihr sprecht mit einer losen Zunge.«

»Geht, geht! Ihr fragt mit einer bösen Zunge.«

Während das Stück weiterging und der Dialog immer heftiger wurde, ging Kirk um die Kulissen herum und blieb neben Mr. Spock stehen, der an der Seite der Bühne hinter einem Vorhang wartete. Spock blickte sich zu ihm um.

»Captain Kirk«, flüsterte der Vulkanier. »Das ist eine unerwartete Überraschung. Wenn Sie gekommen sind, um sich unsere Aufführung anzusehen, sollten Sie es von einem Platz ganz vorne im Parkett tun.«

»Spock, was zum Teufel machen Sie hier?«

»Ich spiele den Polonius. Sie haben den *Hamlet* doch sicherlich wiedererkannt, Captain.«

»Natürlich. Ich meine, seit wann haben Sie sich dem Theater verschrieben?«

»Oh, erst seit jüngster Zeit. Und in erster Linie geschah es Ihretwegen, Captain.«

»Meinetwegen?«

»Sie haben mir immer wieder gesagt, ich sollte mich mehr auf die menschliche Seite meines Wesens einlassen.«

»Auf Ihre Gefühle. Ich habe gesagt, Sie sollten sich mehr auf Ihre Gefühle einlassen, Spock.«

»Exakt. Ich habe einen Schauspielkurs belegt, der genau dies zum Ziel hat. Eins führte zum anderen, und jetzt bin ich hier.«

»Ich verstehe. Lampenfieber und Theaterdonner.«

Während sie sprachen, ging die Handlung auf der Bühne weiter.

»Was soll das, Hamlet?«

»Nun, was gibt es hier?«

»Habt Ihr mich ganz vergessen?«

»Nein, beim Kreuz! Ihr seid die Königin, Weib Eures Mannes Bruders, und – wär es doch nicht so! – seid meine Mutter.«

»Gut, andre sollen zur Vernunft Euch bringen.«

»Kommt, setzt Euch nieder; Ihr sollt nicht vom Platz nicht gehen, bis ich Euch einen Spiegel zeige, worin Ihr euer Innerstes erblickt.«

Kirk wollte gerade etwas sagen, als Spock seine Aufmerksamkeit der Bühne zuwandte.

»Einen Augenblick«, sagte er. »Gleich kommt mein Einsatz…«

»Was willst du tun? Du willst mich doch nicht morden? He, Hilfe! Hilfe!« schrie der junge Mann auf der Bühne.

»Hilfe! He, herbei!« rief Spock durch den Vorhang

»Wie? Was? Eine Ratte? Tot! Für 'nen Dukaten, tot!«

Kirk sah fasziniert zu, wie ein Schwert durch den Vorhang stach. Spock klemmte es sich in die Armbeuge und rief: *»O ich bin umgebracht!«* Dann ging er zu Boden und riß dabei den Vorhang herunter. Er löste sich aus der Verankerung und fiel auf Spock. Kirk konnte gerade noch rechtzeitig zurücktreten, um nicht von den Zuschauern gesehen zu werden. Es folgten einige weitere Dialoge, und schließlich wurde die Beleuchtung gedämpft. Im Dunkeln sprang Spock wieder auf die Beine und kehrte zum Captain zurück.

»Polonius ist tot«, sagte er. »Wir können jetzt in meine Garderobe gehen und reden, bis ich zum Schluß mit den anderen vor den Vorhang treten muß.«

Kirk folgte Spock über eine Treppe ins Untergeschoß, wo sie einen niedrigen Raum betraten, an dessen Tür

Spocks Name stand. Offensichtlich hatten die Vulkanier sich alle Mühe gegeben, ein irdisches Theater bis ins Detail zu rekonstruieren. Spock nahm in einem Stuhl vor einem großen Spiegel Platz und begann sich abzuschminken.

»Captain. Ich bin mir bewußt, wie sehr Sie sich für Kultur interessieren, aber wie es scheint, hatten Sie selbst während Ihres Ruhestandes noch keine Gelegenheit, sich eine vulkanische Aufführung des *Hamlet* anzusehen.«

»Sagen Sie das nicht. Ich fand Ihre Sterbeszene großartig.«

»Vielen Dank. Wir hatten leider nicht genügend Zeit für die Proben, und unter uns gesagt, der Regisseur wird durch seine egozentrische Persönlichkeit daran gehindert, das Genie von William Shakespeare zu erkennen und anzuerkennen. Daher ist unsere Produktion durch künstlerische Ansprüche überfrachtet, unter denen die wesentlichen Themen verschwinden. Der Produzent hat sich von der Laufbahn des Regisseurs beeindrucken lassen und ihn von irgendwo aus der Galaxis einfliegen lassen.«

»Das tut mir leid.«

»Andererseits hat seine mangelhafte Regie dazu geführt, daß sich das gesamte Ensemble gegen ihn gestellt hat. Und ich konnte die Zusammengehörigkeit einer Gemeinschaft genießen, wie ich sie noch nie zuvor erlebt habe. Jedenfalls nicht seit unserer gemeinsamen Mission auf der *Enterprise*.«

Kirk starrte Spock eine Weile an, dann beschloß er, einfach mit der Tür ins Haus zu fallen.

»Ich wette, Sie wüßten gerne, warum ich zu Ihnen gekommen bin.«

»Ich ging davon aus, daß Sie es mir zum angemessenen Zeitpunkt verraten würden.«

»Das wollte ich gerade tun. Nun ja, wie soll ich anfangen...?«

»Wir sollten nicht ›wie die Katze um den heißen Brei herumreden, sondern auf den Punkt kommen‹. Es wäre mir eine Freude, Sie nach Beta Prometheus zu begleiten.«

Kirk stutzte. »Wie haben Sie das erraten?«

»Ich habe genauso wie Sie die Nachrichten verfolgt. Unser ehemaliger Pilot steckt in ernsten Schwierigkeiten. Seit zwei Tagen hat Starfleet nichts zur Befreiung der Geiseln unternommen, und die Föderation ergeht sich in Diplomatie. Sie sind ein Captain, der seiner Besatzung gegenüber außergewöhnlich loyal ist, wie Sie bei mehreren Gelegenheiten bewiesen haben. Sie statten mir überraschend einen nicht angekündigten Besuch ab, obwohl ich seit unserer letzten gemeinsamen Reise vor über neun Monaten nichts mehr von Ihnen gehört habe. Es ist logisch, daß Sie gekommen sind, um mich für eine Mission zu rekrutieren.«

»Ich habe Ihnen zum letzten Weihnachtsfest eine Postkarte geschickt.«

»Darauf stand nur ›Alles Gute zur Wintersonnenwende‹. Nichts außer dieser vorgedruckten Botschaft.«

»Okay, ich gebe zu, daß ich noch nie gerne geschrieben habe. Werden Sie mit mir kommen?«

»Ja.«

»Sie verstehen hoffentlich, daß es einzig und allein Ihre Entscheidung ist, Spock. Ich bin von Starfleet in den Ruhestand versetzt worden.«

»Da Sie Zivilkleidung und nicht Ihre Uniform tragen, bin ich davon ausgegangen, daß sich daran nichts geändert hat, Captain.«

»Ich kann einfach nicht untätig herumsitzen und die Hände in den Schoß legen, also dachte ich, daß ich mich selbst einmal umsehe, Sie wissen schon, etwas näher am Schauplatz. Falls ich irgendwie helfen kann. Aber was ist mit dem Stück? Kann jemand Ihre Rolle übernehmen?«

»Zufällig wurde ich vor kurzem informiert, daß wir heute abend unsere letzte Vorstellung geben«, antwortete Spock mit Entschiedenheit. »Der wichtigste Kritiker ist Vulkanier, und er fand das Stück zu unlogisch.«

»Großartig! Ich meine, es tut mir leid wegen des Stücks, aber ich bin froh, daß Sie verfügbar sind. Ich dachte, wir treffen uns morgen in meinem Apartment in San Francisco. Dann können wir konkrete Pläne schmieden.«

»Völlig logisch. Wie viele von den anderen haben Sie schon rekrutiert?«

»Bis jetzt… lassen Sie mich nachdenken. Noch keinen.«

»Ich bin der erste?«

»Sie sind der erste.«

»Ich fühle mich geschmeichelt, Captain.«

»Übrigens müssen Sie mich jetzt nicht mehr ständig ›Captain‹ nennen, Spock. Ich bin Zivilist.«

»Dessen bin ich mir bewußt, Captain.«

»Nennen Sie mich einfach Jim.«

»Vielen Dank, Captain.«

»Ich schätze, es ist sehr schwierig, alte Gewohnheiten abzulegen.«

Ein Theaterinspizient steckte den Kopf durch die Tür und teilte Spock mit, daß gleich der Vorhang fallen würde. Spock und Kirk gingen wieder nach oben, wo Kirk plötzlich zwischen Dutzenden von nervösen Schauspielern stand. Von der Bühne war eine ernste Stimme zu hören.

»Nehmt auf die Leichen! Solch ein Blick wie der ziemt wohl dem Feld, doch hier entstellt er sehr. Geht, heißt die Truppen feuern!«

Es wurde still, das Licht ging aus, und Kirk stand in völliger Finsternis. Dann hörte er Applaus, während es wieder hell wurde. Die Schauspieler drängten sich auf die Bühne. Kirk sah aus den Kulissen zu, wie sie lächelten und sich verbeugten.

Später gingen Kirk und Spock zusammen durch die Gasse, während der Lärm der feiernden Schauspieler hinter ihnen leiser wurde.

»Es tut mir leid, wenn ich Sie von hier fortzerre«, entschuldigte sich Kirk.

»Es sollte ohnehin mein letzter Ausflug in die Welt des Theaters sein. Als Experiment hat es mir einige äußerst interessante Erfahrungen vermittelt, aber ich werde demnächst zu meinen Forschungen an die Akademie zurückkehren. Auf der Bühne gibt es für mein Empfinden zuviel Sturm und Drang. Ich ziehe es vor, Probleme mit einem logischen Ansatz zu lösen.«

»Gerade Shakespeare ist doch voller Sturm und Drang, wie Sie es bezeichnen.«

»Ich meinte die Atmosphäre hinter der Bühne. Die Schauspieler und Schauspielerinnen aus emotionaler veranlagten Völkern mit ihren Affären, Streitigkeiten und Nervenzusammenbrüchen. Ständig rufen und schreien sie. Nein, das Theater ist nichts für einen Vulkanier, nicht einmal für einen Halb-Vulkanier. Ich bin froh, daß ich mich wieder meinen Studien widmen kann.«

»Was, Sie wollen Ihre Schauspielerkarriere an den Nagel hängen?« fragte Kirk ironisch.

»Wir sehen uns in San Francisco«, sagte Spock nur. Er verabschiedete sich mit einem Wink und ging über die Straße davon. Kirk sah zu, wie die hochgewachsene Gestalt in der lauen Nacht verschwand, dann machte er sich auf den Rückweg zum Raumhafen.

Europa, Erde

Kirk landete auf dem großen Raumhafen von London und nahm sofort ein Shuttle ins Landesinnere. In den Bergen gab es keine öffentlichen Verkehrsmittel mehr, also mietete er ein privates Shuttle und nannte dem Piloten ein kleines Dorf.

Die mit Heide bewachsenen Hügel zogen unter dem Taxi vorbei. Der Abstand zwischen den kleinen Städten und Landhäusern wurde immer größer, bis sie die Highlands erreichten. Es gab keine Landeplätze im kleinen Dorf, so daß der Pilot das Shuttle über einer Grasfläche hinter der einzigen Straße mit einer Handvoll Geschäfte niedergehen ließ. Schafe blökten und ergriffen die Flucht, als das Gefährt einen halben Meter über dem Boden anhielt und der Motor leiser wurde.

Kirk vereinbarte mit dem Piloten, er solle ihn in einigen Stunden zurückbringen. Dann sprang er nach draußen und lief über das Feld auf die Gruppe aus kleinen Häusern zu. Er trat auf die einzige befestigte Straße des Dorfes. Einige Läden hatten geöffnet, und Kirk betrat das Pub. Bei ihrer letzten Begegnung hatte sein Chefingenieur Montgomery Scott davon gesprochen, daß es für ihn noch einige Freizeitunternehmungen nachzuholen gab, denen er im Ruhestand nachgehen wollte.

Die Tür zum *Pluto* glitt zur Seite, und Kirk trat in einen hell erleuchteten Raum, dessen gegenüberliegende Wand bis zur Decke mit Flaschen vollgestellt war. Sie schienen alle Arten von fermentierten oder destillierten Getränken zu enthalten, die im Sonnensystem bekannt waren. An der Decke hing eine umfangreiche Sammlung mit Laserschildern der beliebtesten Marken, und der Boden war ein Labyrinth aus Tischen und Stühlen, die aus polierten Naturhölzern bestanden. Zu dieser nachmittäglichen Stunde war Kirk der einzige Gast. Er näherte sich der stämmigen Frau, die hinter der Theke stand und Gläser putzte.

»Ich glaube kaum, daß ich schon einmal eine so große Sammlung von Möbeln aus natürlichem Holz gesehen habe.«

»Dann sind Sie ein Fremder in den Highlands«, erwiderte die Frau in breitem schottischen Dialekt. »Wir nehmen alles von Mutter Erde, was sie uns gibt. Solange wir es ersetzen, hat sie nichts dagegen. Wen suchen Sie?«

»Montgomery Scott. Er ist ein alter Freund. Woher wußten Sie...?«

»Fremde kommen niemals zur Unterhaltung hierher. Wir haben hier keine Alien-Parks oder Fantasy-Simulatoren.«

»Dafür haben Sie die grünste Erde und den blauesten Himmel, den ich je gesehen habe.«

»Ja, und die Seen und Flüsse sind so klar, daß man die Schuppen der Fische am Grund zählen kann. Aber das Angeln und Jagen ist nun schon seit einigen Jahrhunderten verboten. Sie sind aus der Stadt. Das sehe ich an Ihrer Kleidung.«

»Und ich dachte, ich würde hier überhaupt nicht auffallen.«

»Es ist schon der richtige Stil, aber die Sachen sind trotzdem künstlich. Sie stammen aus einem Synthetisierer. Fühlen Sie das hier. Es stammt von einem echten Schaf.« Sie hielt ihm den Ärmel ihres Hemdes hin. Höflich betastete er den Stoff.

»Man merkt es sofort, nicht wahr?«

»Äh, ja, es ist beeindruckend.« Kirk verzichtete auf die Bemerkung, daß er nicht verstand, wie die Frau etwas tragen konnte, das sich so rauh auf der Haut anfühlte, nur um synthetische Stoffe zu vermeiden. Dann erkannte er, daß sie vermutlich eine Gaianerin war, die Anhängerin einer lokalen Religion, von der er gehört hatte und in der als höchste Gottheit die Erde selbst verehrt wurde. Die Anhänger lebten meistens zurückgezogen auf dem Land und mieden die Metropolen. Sie wollten sich selbst mit allem Lebensnotwendigen versorgen und beschränkten sich auf natürliche Produkte.

»Ob Sie mir wohl weiterhelfen könnten? Mr. Scott ist etwa einsachtzig groß und...«

»... und fast genauso breit, seit er im Ruhestand ist. Sie werden Scotty am Ende des dritten Weges im zweiten Tal finden, wenn sie das Dorf Richtung Norden verlassen. Aber wenn Sie einfach hier sitzen bleiben, wird er von selbst in ein paar Stunden hereinspaziert kommen, um nach seinem Bitter zu rufen, und die wüstesten Geschichten erzählen, die ich jemals gehört habe.«

»Geschichten?«

»Über die merkwürdigsten Orte im ganzen Universum. Über Leute, die Gedanken lesen können, obwohl sie am anderen Ende des Raumes stehen, und solche, die einem seltsame Gedanken in den Kopf pflanzen. Über Bäume, die laufen können, und Maschinen, mit denen man in die Vergangenheit versetzt wird. Alles kompletter Blödsinn, wenn Sie mich fragen. Menschen können gar nicht so verschieden sein, nur weil sie nicht auf der Erde leben. Alles Raumfahrergarn.«

»Nun, Scotty hatte schon immer eine lebhafte Phantasie«, sagte Kirk lächelnd. »Ich glaube, man sollte ihn nicht zu ernst nehmen. Vielen Dank für Ihre Hilfe. Ich denke, ich werde nicht so lange warten, wenn der Weg zu Fuß nicht zu weit ist.«

»Ich glaube nicht, aber ich fliege auch nicht in Maschinen durch die Luft. Sie sehen jedoch aus, als könnten Sie ein wenig Bewegung gut vertragen.«

»Ja, ich fürchte, damit haben Sie recht. Das macht das Leben in der Stadt. Zweites Tal im Norden, dritter Weg? Also gut, danke. Einen schönen Nachmittag noch.«

Kirk verbrachte die nächsten dreißig Minuten damit, über die idyllischen schottischen Straßen nach Norden zu wandern. Er zählte die Täler und Wege mit, so gut er konnte. Der größte Teil der Umgebung war unbewohnt, obwohl er hier und dort zwischen den Bäumen und Hügeln die Dächer von Häusern erkannte. Schließlich nahm er einen schmalen, gewundenen Pfad, der ein Stück an einem Bach entlang verlief. Als er zwischen den Bäumen hervortrat, sah er eine einfache Kuppel auf der Lichtung, eine perfekte Halbkugel aus Glas, in der sich die grüne Landschaft und der blaue Himmel spiegelten. Die hochentwickelte, aber sehr einfache Technik war beeindruckend, vor allem an diesem Ort, der weit vom nächsten Stadtzentrum entfernt lag. Kirk wußte sofort, daß er hier richtig war.

Der Weg endete genau vor der Kuppel, aber für Kirk war kein Eingang erkennbar. Er konnte sich nur bemerkbar machen, wenn er gegen das dünne Milchglas klopfte, worauf er jedoch nur im Notfall zurückgreifen wollten. Dann bemerkte er einen feinen roten Lichtstrahl, der in Kniehöhe über dem Weg verlief. Er schritt hindurch und hörte darauf eine metallische Stimme. »Besucher am Haupteingang«, gab sie aus dem Innern der Kuppel bekannt. Kirk wartete ab. Die Stimme wiederholte ihre Botschaft. Nach ein paar Minuten gab er es auf und ging um die Kuppel herum.

Hinter dem Gebäude stieß er auf eine gepflegte Rasenfläche. Am anderen Ende war im Schatten zwischen zwei riesigen Bäumen eine geflochtene Hängematte gespannt. Dort lag auf dem Rücken und laut schnarchend, als wollte er die Vögel verscheuchen, sein alter Freund Montgomery Scott.

Kirk schlich sich auf Zehenspitzen an den schlafenden Ingenieur heran und blickte ihm ins Gesicht. Er bemerkte den Dreitagebart, die Hängebacken und die rote Nase.

»Brücke an Maschinenraum!« rief Kirk.

Scotty riß die Augen auf. Vor der hellen Landschaft konnte er nur den dunklen Umriß eines Mannes erkennen.

»Was? Wo brennt's?« sagte er und hob eine Hand, um seine Augen zu beschatten. Dabei stieß er gegen seine Stirn. »Autsch!« jammerte er und schloß die Augen wieder.

Kirk ging einen Schritt zur Seite, und als Scotty erneut zögernd die Augen öffnete, erkannte er James Kirk.

Sein Gesicht geriet in Bewegung. Er zog die Augenbrauen hoch und verzog den Mund zu einem breiten Grinsen.

»Captain Kirk!« rief er. Als er aufzustehen versuchte, begann die Hängematte heftig zu schaukeln, worauf Scotty den Halt verlor und mit dem Gesicht nach unten im Gras landete.

»Uff!« keuchte er.

»Commander Scott, was in Gottes Namen haben Sie die ganze Zeit gemacht?« sprach Kirk seinen Rükken an.

Scott rollte sich auf die Seite und stützte sich auf die Ellbogen, während er lächelnd zu Kirk aufblickte.

»Überhaupt nichts«, sagte er grinsend. »Nicht einen Handschlag. Es ist ein wunderbares Leben, Captain.«

Wenige Minuten später saßen sie im Schatten der Kuppel auf zwei bequemen Luftkissen, die von Düsen im Boden gehalten wurden.

»Scotty, Sie erstaunen mich«, sagte Kirk, als er besorgt nach unten blickte. Er versuchte, mit der Hand nach dem zu tasten, worauf er saß, aber unter sich spürte er nur Luft. »Was zum Teufel ist das?«

»Das ist nur eine kleine Spielerei, an der ich etwas herumgebastelt habe. Die Luftsäule paßt sich an Ihr Körpergewicht und Ihre Temperatur an. Wenn Sie aufstehen, schaltet es sich ab. Ich kann Ihnen garantieren, daß es völlig sicher ist.«

»Erstaunlich.«

»Es gibt nur ein winziges Problem. Meine Gäste stolpern ständig darüber, weil man es nicht sehen kann.«

»Ich denke, Sie sollten noch ein wenig daran arbeiten.«

»Das werde ich tun. Allerdings habe ich zwischen meinen Nickerchen und meinen Besuchen im Pub nur wenig Zeit.« Scotty kicherte. »Also, was führt Sie zu mir in die Wildnis weitab von jeder Zivilisation?«

»Haben Sie von Sulu gehört?«

»Nein. Was ist mit ihm?« Scottys Miene verdüsterte sich. »Ist er noch Captain der *Excelsior*?«

»Ja. Aber er und einige Leute aus seiner Besatzung sind entführt worden.«

»Was? Das können nur die Klingonen gewesen sein! Ich wußte doch…«

»Keine Klingonen, Scotty. Ein Haufen mieser Weltraumpiraten, die von einem kleinen Planetensystem namens Beta Prometheus aus operieren. Sie haben neun Offiziere der *Excelsior* als Geiseln genommen, darunter auch Captain Sulu. Die Föderation hat Verhandlungen zu ihrer Freilassung aufgenommen, aber bis jetzt ist noch nicht einmal klar, welche Forderungen überhaupt gestellt werden. Es ist gut möglich, daß die Regierung der Promethaner die Situation gar nicht unter Kontrolle hat. Es kommen nur wenige Nachrichten aus dem Sektor, und ich mache mir Sorgen, daß sie dort noch sehr lange festsitzen werden, wenn nichts unternommen wird. Aber Starfleet kann ohne direkte Anweisung durch die Föderation nichts unternehmen, und aus verschiedenen Gründen ist die Föderation in diesem Fall übervorsichtig.«

»Wie weit ist Beta Prometheus entfernt?«

»Sehr weit. Das System liegt außerhalb der Föderation. Sulu hatte die Region hinter der Grenze erkundet.«

»Aha.« Scottys Gesicht verzog sich zu einem schelmischen Grinsen. »Der einzige Weg, um dorthin zu kommen, ist ein Raumschiff mit Warpantrieb. Und Sie glauben, es wäre eine ganz gute Idee, wenn Sie einmal selbst nach dem Rechten sehen?«

»Genau.«

»Und dazu brauchen Sie einen guten Ingenieur.«

»Den brauche ich.« Kirk grinste.

»Würden Sie mich als Freiwilligen nehmen?« fragte Scotty.

»Das würde ich tun, Mr. Scott.«

»Dann bin ich dabei.«

»Und Sie würden einfach so Ihr beschauliches Leben aufgeben? Sie machen den Eindruck, daß Sie sich hier pudelwohl fühlen.«

»Ich werde Ihnen ein Geheimnis verraten, Captain. So toll ist dieses süße Leben auch wieder nicht. Ich will mich keineswegs beschweren. Nachdem ich so lange kreuz und quer durchs Universum unterwegs war, ist es ganz angenehm, die Füße hochzulegen, ein Bier in Griffweite und alle Zeit der Welt zur Verfügung zu haben. Aber…«

»Aber was?«

»Es kann ein wenig langweilig werden, wenn Sie verstehen, was ich meine.«

»Das verstehe ich sehr gut, Mr. Scott. Wie lange werden Sie brauchen, bis Sie fertig sind?«

Scotty blickte auf den Wanst, der über seinen Gürtel hing. Er legte eine Hand auf den Bauch und runzelte die Stirn.

»Nun, drei oder vier Tage, Captain.«

»Ich brauche Sie in einem Tag. Wir treffen uns morgen in San Francisco.«

Scotty kam auf die Beine und richtete sich auf.

»Ich werde es schaffen, Captain.«

Kirk lächelte. »Sie werden es schaffen, Mr. Scott. Sie haben es immer geschafft.« Er erwiderte den Gruß und machte sich auf den Rückweg, um rechtzeitig sein wartendes Shuttle zu erreichen.

»Ich fürchte, mit Ihnen ist alles in bester Ordnung, Madam.«

»Aber, Doktor, ich dachte, Sie könnten irgend etwas tun. Ich fühle mich schon seit einigen Tagen geschwächt, und mein Magen knurrt zu den unmöglichsten Zeiten.«

»Treiben Sie Sport?«

»Nun ja... das heißt, nein...«

»Was essen Sie?«

»Um ehrlich zu sein, ich bin ein großer Anhänger der Cuisine von Gamon Sieben. Sie ist wunderbar, das schmackhafte Fleisch...«

»Sie sind eine wandelnde Cholesterinbombe.«

»Das hätten Sie etwas dezenter formulieren können, Doktor.«

»Ich verschreibe Ihnen eine gesunde Ernährung und regelmäßigen Sport. Reißen Sie sich am Riemen, und kommen Sie in einem Monat wieder.«

Der Arzt verließ die Frau, die im weißen Unterhemd auf dem Tisch hockte, und ging über den Korridor zur Station der Krankenschwestern. Am Schreibtisch saß eine junge Frau, die zu ihm aufblickte.

»Mrs. Melgood kann sich wieder anziehen.« Er senkte seine Stimme und sprach die Schwester in flehendem Tonfall an. »Gibt es hier denn niemanden, der wirklich krank ist?«

»Ich fürchte nein, Doktor.«

»Kein Fall debellianischer Gehirnerweichung? Niemand, der nach einer Begegnung mit dem Wächter der Ewigkeit unter Aphasie und Desorientierung leidet? Oder der von der zweiköpfigen Kröte von Rangoren gebissen wurde?«

»Nein, Doktor. Um ehrlich zu sein, habe ich noch nie von solchen Fällen gehört. Sind Sie sicher, daß...?«

»Schon gut. Sie kommen in dieser Gegend nur

äußerst selten vor.« McCoy trommelte mit den Fingern auf den Schreibtisch und starrte über den Kopf der Krankenschwester zum Fenster hinaus. Sie hatte ihn in letzter Zeit immer häufiger dabei beobachtet, wie er in den Himmel starrte. Und jedesmal hatte er diesen abwesenden Blick in den Augen.

»Mr. Zieglar kommt um vier Uhr. Er möchte wissen, ob Sie seine Achillesferse künstlich verlängern können, damit er seine Leistung beim Tennis verbessert. Und dann ist da noch ein Mr. Akara, der einige Immunisierungen benötigt. Er möchte seinen Urlaub im Vornok-System verbringen und befürchtet, er könnte… na, Sie wissen schon…«

»Ja.« McCoy zog eine Miene, die keinen Zweifel an seinem Mißfallen ließ. »Ein Haufen verweichlichter, gelangweilter Leute.«

»Wie bitte?«

»Ich sprach von meinen Patienten. Keiner von ihnen ist wirklich krank. Wie sollen sie auch jemals krank werden? Sie alle leben in einer tadellos gesunden Umgebung. Seit Jahrhunderten hat es hier keine bösartige Bakterie mehr gegeben. Alle potentiellen Krankheiten werden schon bei der Geburt registriert und korrigiert, bevor sie sich überhaupt bemerkbar machen. Es ist widerlich.«

»Ja, Doktor. New York wird von vielen als Paradies betrachtet. Sogar die meisten Aliens halten sich am liebsten hier auf. Aber ich verstehe nicht ganz…«

»Es ist einfach langweilig! Ich würde mich sogar über etwas klingonisches Blut freuen! Sie sollten es sich einmal ansehen, Schwester. Es ist rosa. Gott weiß, aus welchen biologischen Bestandteilen es sich zusammensetzt. Sie haben ja nie zugelassen, daß wir eine Probe untersuchen. Wissen Sie, daß ich einmal einen Klingonen behandeln mußte? Er lag im Sterben, direkt vor mir! Mein anabolischer Protoplaser zeigte nicht die geringste Wirkung. Also sprang ich auf und versuchte ihn mit meinen eigenen Händen wiederzubeleben! Aber ich wußte nicht einmal, ob sich das Herz eines Klingonen an derselben Stelle wie unseres befindet! Oder ob sie überhaupt eins haben.« Er kicherte. »Aber das ist wohl eine ganz andere Frage.«

»Konnten Sie ihn retten?« Die Schwester blickte McCoy ins Gesicht, aber er schien in Gedanken ganz woanders zu sein, während er wieder mit verträumtem Blick aus dem Fenster starrte.

»Dr. McCoy?«

»Hm? Oh, Entschuldigung. Wie bitte?«

»Haben Sie ihn gerettet? Den Klingonen.«

»Ach so. Nein, leider nicht. Dabei war er unsere letzte Hoffnung.«

»Ich glaube, ich verstehe nicht ganz.«

McCoy schüttelte den Kopf und stand auf. »Schon gut. Das alles scheint schon so lange zurückzuliegen. Wenn Sie keine weiteren Patienten für mich haben, werde ich in den *Star Club* hinübergehen und mit meinen Infusionen beginnen.«

»Infusionen? Ich wußte gar nicht, daß Sie welche benötigen, Doktor.«

»Ohne meinen Brandy würde ich in kürzester Zeit elendiglich zugrunde gehen.«

»Ach so. Es wartet noch jemand in Ihrem Büro auf Sie. Kein regulärer Patient. Er sagte, er sei ein Freund von Ihnen.«

»Ein Freund? Das ist seltsam. Ich kann mich nicht erinnern, irgendeine Verabredung...«

»Er sagte, es sollte ein Überraschungsbesuch werden. Und daß Sie ihn sehr gut kennen.«

»Na gut. Ich vermute, es ist jemand, den ich auf dem Golfplatz kennengelernt habe und der jetzt auf eine kostenlose Behandlung hofft. Ich sollte aufhören, meine Visitenkarten allzu großzügig zu verteilen.«

Die Schwester blickte ihm nach, als McCoy durch den Korridor fortging. Dann bereitete sie sich auf den Feierabend vor und schloß die Arbeit an ihrem Terminal ab.

McCoy öffnete die Tür zu seinem Büro.

»Na, was haben wir denn…«, begann er, unterbrach sich jedoch, als er den Besucher sah, der es sich lächelnd im Sessel bequem gemacht hatte. »Captain James T. Kirk! Mensch, Jim, dein Anblick tut meinen trüben Augen so gut!«

Kirk lächelte und stand auf. Sie umarmten sich und schüttelten die Hände. McCoy, der in den fünfundzwanzig Jahren seines Dienstes nur selten überschwenglich reagiert hatte, erstaunte Kirk mit dieser herzlichen Begrüßung. Er wollte ihn gar nicht wieder loslassen.

»Mein Gott, es tut gut, dich wiederzusehen. Wie geht es dir? Erzähl mir nicht, daß der alte Kirk mit der eisernen Konstitution plötzlich Probleme hat!«

»Nein, mir geht es gut, Pille. Und wie steht's bei dir?«

»Gut, Jim, gut.«

»Prima.«

»Ja, ich kann mich nicht beklagen.

»Wirklich nicht?«

»Nun ja… ich weiß nicht recht… in letzter Zeit war es etwas… wie soll ich es ausdrücken?«

»Du bist doch nicht etwa krank? Du hast schon immer zuwenig an dich selbst gedacht. Du hast ständig deine eigene Gesundheit vernachlässigt.«

»Nein, nein, mit mir ist alles in Ordnung.«

»Du arbeitest jetzt als praktischer Arzt, wie ich sehe.«

»Ja. Ich kümmere mich um einsame Witwen, die eine Liposomenkur brauchen. Und um alte Männer, denen ich das neueste Potenzmittel verschreiben soll, von dem sie irgendwo gehört haben. Ab und zu halte ich drüben im medizinischen Institut Vorlesungen.«

»Das habe ich auch getan. An der Starfleet-Akademie.«

»Aha?«

»Es gab mir das Gefühl, zum alten Eisen zu gehören.«

»Genau! Wenn ich den jungen Studenten irgend etwas über außerirdische Anatomie erzähle, denke ich manchmal... ach, schon gut.«

»Was denkst du?«

»Wahrscheinlich ist es Unsinn.«

»Du kannst es mir ruhig sagen.«

»Nun...« McCoy blickte sich um und flüsterte dann: »Dann denke ich manchmal, daß ich gerne wieder im Weltraum wäre. Es ist lächerlich. Warum sollte ein Mann in meinem Alter, der jahrzehntelang in der Galaxis umhergedüst ist, plötzlich wieder zurückwollen?«

»Abenteuerlust?«

McCoy blickte Kirk an. »Ich fürchte, damit könntest du recht haben, Jim. Es hat mich voll erwischt.«

»Du Ärmster.« Kirk unterdrückte ein Grinsen. »Du tust mir wirklich leid, Pille.«

»Pille! Man hat mich nicht mehr Pille genannt, seit ich... nun ja...«

Kirk antwortete nicht, und McCoy blickte aus seinem Bürofenster.

»Ich schätze, ich werde damit leben müssen.« McCoy seufzte. Wieder schwieg Kirk eine Weile. Dann sagte er: »Das muß du nicht.«

»Nein?« McCoy drehte sich wieder zu Kirk um. »Im Augenblick kann ich wohl kaum etwas dagegen tun.«

»Vielleicht doch, Pille.«

McCoy warf Kirk einen mißtrauischen Blick zu. Kirk lächelte. Flüsternd erzählte er McCoy eine Geschichte. McCoy hörte ihm aufmerksam zu, ohne irgendwelche Fragen zu stellen. Doch bevor Kirk sie abgeschlossen hatte, hob er eine Hand.

»Sag jetzt nichts mehr, Jim.«

»Wir könnten einen guten Arzt gebrauchen. Man weiß nie, was alles passiert, wenn wir so weit draußen unterwegs sind.«

»Ich bin dabei. Wann erhalten wir unsere Befehle?«

»Befehle?«

»Von Starfleet. Willst du uns nicht wieder in den aktiven Dienst versetzen? Sind die Uniformen noch…?«

»Pille, ich bin nicht hier, weil Starfleet mich geschickt hat.«

»Nein? Aber das heißt…«

»Ich habe es einfach nur satt, untätig herumzusitzen.«

Jetzt verstand McCoy allmählich. »Geduld war noch nie deine große Stärke, Jim.«

»Richtig.«

»Genauso wie bei mir.« Der Arzt schüttelte den Kopf.

»Wir werden uns morgen mit ein paar alten Freunden in meinem Apartment in San Francisco wiedersehen. Dann sollten wir alles weitere besprechen. Und damit meine ich keine Geschichten aus alten Zeiten.«

»Ich werde da sein.«

Kirk stand auf. McCoy erhob sich ebenfalls und schüttelte Kirk die Hand.

»Also bis morgen. Um zwölf Uhr«, sagte Kirk.

»Morgen«, bestätigte McCoy und lächelte. Dann verließ Kirk den Raum.

McCoy starrte noch etwa eine Minute lang auf die Tür, die sich hinter Kirk geschlossen hatte, dann aktivierte er das Interkom.

»Mrs. Vegune?«

»Ja, Doktor? Ich wollte gerade gehen.«

»Sagen Sie alle meine Termine ab. Es handelt sich um einen Notfall. Rufen Sie Dr. Reiss an und bitten Sie ihn, meine Fälle zu übernehmen. Es sind nicht viele, er wird also nichts einzuwenden haben.«

»Ja, Doktor. Wo werden Sie sein?«

McCoy lächelte. »Sehr weit fort.«

»Und für wie lange?«

»Ich weiß es noch nicht genau.«

»Also übers Wochenende?«

»Ja, Mrs. Vegune, vor dem Wochenende werde ich auf keinen Fall zurück sein.« McCoy unterbrach die Verbindung. *Vielleicht nicht einmal vor dem Ende des Jahrhunderts,* dachte er. *Wer weiß?* Er öffnete eine Schublade, nahm seinen tragbaren medizinischen Tricorder, einen Medoscanner, einen Injektor, den anabolischen Protoplaser und chirurgische Skalpelle heraus und packte sie in die altertümliche schwarze Tasche, die ihm die Besatzung der *Enterprise* zum Abschied geschenkt hatte.

Dann lief er mit federndem Gang durch die Tür nach draußen.

Sibirien, Erde

Kirk stieg aus dem *Shanghai Luftexpreß* und fragte an einer Infobox nach dem Weg. Der Computer überspielte die Anweisungen unverzüglich in Kirks Datenblock. Als er durch die tief verschneite Stadt mit dem Frachtraumhafen ging, sah er nur wenige Fußgänger auf den Straßen, aber er wußte, daß innerhalb der riesigen Ökosphären-Kuppeln reges Treiben herrschte.

Die Straßen wurden immer schmaler und die Luft immer kälter, als er den Richtungsanzeigen auf dem kleinen Bildschirm folgte und durch die langen Schatten der zehn Stockwerke hohen Frachtdocks lief. Er bog in eine winzige Gasse ein und kam an eine Tür mit einem runden Spiegel in Augenhöhe. Im Spiegel schwebte ein Hologramm, das mehrere Würfel in grünem Nebel und die Worte ASIEN PARADOX zeigte. Hier sollte Kirks ehemaliger Navigator nach Auskunft seiner Vermieterin zu finden sein.

Das Innere der Bar war von dichtem Rauch erfüllt. Kirk blinzelte, aber das andere Ende des Raumes verschwand im Qualm der cobanischen Zigarren. Er blickte auf. Die höheren Ebenen des Spielkasinos waren Plattformen aus Antigrav-Plastizin, die in der Luft hingen und nur durch schmale Treppen miteinander und mit dem Boden verbunden waren.

Ein kleiner gedrungener Alien mit riesigen Ohren und schlechten Zähnen schenkte an der langen Theke Getränke aus. Die Kundschaft setzte sich aus Menschen und vielen anderen galaktischen Völkern zusammen. Kirk schaffte es, sich eine Tasse mit mongolischem Eistee zu organisieren und hielt sie in der Hand, während er sich zwischen den Tischen hindurchschob. Es gab Tische, an denen Pan Gow und Roulette gespielt wurde, und die langen grünen Vertiefungen, in denen wechselnde Zahlenkombinationen schwebten und Würfel auf horizontalen Energiewellen hüpften. Er kam an Tischen vorbei, an denen sich kleine Gruppen aus Wesen – von denen er einige identifizieren konnte und andere überhaupt nicht – alten und modernen Kartenspielen widmeten. Alle Gäste dieses Kasinos hatten mit Samt ausgeschlagene Schalen, in denen sich Chips aus Silber und Titanium, glitzernde Juwelen in allen Farben aus allen Teilen der Galaxis und Goldklumpen befanden. Kirk beobachtete das hektische Treiben im blauen Dunst. Aber er konnte seinen Navigator nirgendwo entdecken. Also stieg er über die schwebenden Stufen bis zur dritten Ebene hinauf. Die großen trüben Dachfenster des Spielkasinos ließen kaum Licht herein, und die Beleuchtung kam von den Halogen-Sprühlampen, die eine ständige Nachtatmosphäre verbreiteten.

Kirk ging an einer langen Reihe dreidimensionaler Schachbretter vorbei, an denen sich die Spieler gegenübersaßen. Dahinter standen verschiedene Humanoide und Aliens, die stumm kiebitzten. Niemand beachtete ihn, als er vorbeiging. Jeder starrte konzentriert auf die Spiele. Hier oben war nichts mehr vom lauten Stimmengewirr in hundert Sprachen zu hören. Es gab auch keine hektischen Gesten; ein Stuhl wurde gerückt, oder jemand hob zögernd einen Arm. Wenn ein Spieler seinen Zug gemacht hatte, drückte er auf eine Taste der Uhr, die auf jedem Tisch stand, und lehnte sich zurück. Kirk konnte die intensive Konzentration spüren.

Schließlich stand er hinter dem Mann, nach dem er gesucht hatte. Er beobachtete, wie Pavel Chekov über seinen nächsten Zug nachdachte und dann einen Läufer bewegte. Seine Gegnerin war eine blonde Betazoidin mit klaren Augen. Sie blickte Chekov eine Weile an, bevor sie ihren Gegenzug machte.

Nach Chekovs folgendem Zug blickte sie wieder zu ihm auf, bevor sie weiterspielte. Es gab eine längere Pause. Kirk war in Versuchung, das Spiel zu unterbrechen, aber er wußte, daß so etwas unhöflich war. Außerdem wußte er nicht, zu welchem Zug er Chekov raten sollte. Schließlich stieß der Navigator einen Seufzer aus und zog seinen König. Die Betazoidin griff sofort mit den langen, schlanken Fingern nach ihrem Springer und setzte ihn auf ein anderes Feld. Dann blickte sie Chekov an und lächelte leicht.

»Schachmatt«, sagte sie.

Chekov runzelte die Stirn und studierte das Spiel. »Sie haben recht.« Mit einem Schnaufen warf er seinen König um. »Ich hoffe, Sie nehmen als Bezahlung auch...«

»Ich bin mit jeder Währung zufrieden«, erwiderte sie lächelnd.

Chekov griff in seine Hosentasche und zog ein Bündel farbenfroh gestalteter Banknoten heraus, von denen er ihr den größten Teil gab. Die Frau erhob sich, als sie ihren Gewinn entgegennahm.

»Vielen Dank«, sagte sie und entfernte sich. Kirk sah ihr nach, wie sie mit anmutigen Schritten in der Menge verschwand. Chekov starrte immer noch auf das dreidimensionale Schachbrett. Dann setzte er sich wieder und seufzte.

»Boshe moi«, hörte Kirk ihn leise fluchen.

»Mr. Chekov«, sagte er leise, »sie hat genau gewußt, daß Sie das Kolchinsky-Gambit spielen.«

Als Chekov die Stimme hörte, drehte er sich um und sprang von seinem Stuhl auf.

»Captain Kirk! Was in der Galaxis machen Sie denn hier? Wie geht es Ihnen?«

»Gut, Mr. Chekov. Und Ihnen?« Kirk warf einen Blick auf das Schachbrett.

Chekov bemerkte es und lächelte verlegen, während er den Kopf schüttelte.

»Nun...«, sagte er. »Ich dachte, ich hätte bessere Chancen bei ihr. Aber...«

»Verbringen Sie damit Ihr Leben, seit wir uns das letzte Mal gesehen haben?«

»Nur zwischen meinen Aufträgen.«

»Dann steuern Sie immer noch Raumschiffe durchs Universum?«

»Ja, ich arbeite für die Trans-Universal-Linie. Manchmal transportieren wir Fracht, manchmal machen wir für Touristen einen Rundflug durch das Sonnensystem. Manchmal landen wir sogar auf bewohnten Planeten.« Chekov zuckte die Schultern. »Es gibt immer was zu tun.«

»Aber nicht genug, vermute ich«, sagte Kirk und zeigte auf den umgeworfenen König. »Spielen Sie oft?«

»Zu oft, fürchte ich. Vielleicht liegt es in meinem russischen Blut. Aber was machen Sie hier, Captain? Ich dachte, Sie würden auf der anderen Seite des Globus leben, in San Francisco.«

»So ist es. Aber im Augenblick könnte ich einen

guten Navigator gebrauchen, und da dachte ich mir, daß ich Sie frage.«

»Ausgezeichnet. Ich hole nur noch schnell meine Sternenkarten aus der Wohnung.«

»Ich kann Ihnen allerdings nicht garantieren, wieviel bei diesem Ausflug herausspringen wird. Wenn Sie hoffen, Ihre Spielschulden abzuarbeiten...«

»Captain, Sie beleidigen mich! Ich nehme jederzeit eine Starfleet-Mission an. Nur weil ich nach fünfundzwanzig Jahren im Weltraum aus dem aktiven Dienst entlassen wurde, heißt das nicht, daß ich nie wieder der Föderation zur Verfügung stehen werde.«

»Ich weiß Ihre Loyalität durchaus zu schätzen, aber hierbei handelt es sich nicht um eine Starfleet-Mission, und Sie werden auch nicht für die Föderation arbeiten. Lassen Sie uns da drüben Platz nehmen und etwas zu essen und trinken bestellen. Dann werde ich Ihnen erzählen, worum es geht.«

Eine halbe Stunde später lehnte Chekov sich zurück und starrte Kirk an.

»Wenn Sulu in Gefahr ist, müssen wir ihm sofort zu Hilfe kommen.«

»Wir haben kein Schiff. Und auch keine große Besatzung. Aber Mr. Spock und der gute alte Doktor sind bereit mitzukommen. Außerdem habe ich Scotty ausfindig gemacht. Wir alle werden uns morgen in meinem Apartment treffen, um die Einzelheiten zu besprechen. Ich dachte, Sie wären vielleicht gerne dabei.«

»Das werde ich mir auf keinen Fall entgehen lassen.«

»Großartig. Dann sehen wir uns.« Sie standen auf und gingen durch das Spielkasino zurück. Chekov blickte auf sein Chronometer und sah sich im Raum um.

»Morgen, sagen Sie? Damit hätte ich noch ein paar Stunden, in denen ich versuchen könnte, wieder zurückzugewinnen, was ich hier verloren habe. Wir sehen uns dann in San Francisco.«

Kirk warf Chekov einen Seitenblick zu.

»Wie Sie meinen. Aber verlieren Sie nicht Ihr letztes Hemd.«

»Mein Hemd?« fragte Chekov irritiert. »Warum sollte ich ein Kleidungsstück verwetten? Wer würde so etwas als Einsatz akzeptieren?« Er deutete auf die Gäste des Kasinos, eine bunte Mischung aus Aliens in allen Größen und Formen. »Und was hätte jemand davon, ein Hemd zu gewinnen?«

»Es ist nur eine alte Redensart, Mr. Chekov.«

»Sie interessieren sich immer noch für die Geschichte der Erde, Captain?«

»Im Augenblick bin ich mehr daran interessiert, nach Beta Prometheus zu kommen. Meinen Sie, daß Sie das System finden können, Navigator?«

»Wenn es irgendwo in diesem Kosmos existiert, Captain, werde ich die Koordinaten ausfindig machen.«

Kirk verabschiedete sich. Chekov kehrte an die Schachtische zurück, während Kirk sich durch die Aliens zum Ausgang durchkämpfte. Dann drehte Chekov sich noch einmal um und rief ihm nach.

»Captain?«

Kirk hielt an und schaute noch einmal zurück.

»Ja?«

»Wieso haben Sie gesagt, die Frau wüßte genau, daß ich das Kolchinsky-Gambit spiele?«

»Mr. Chekov. Spielen Sie niemals Schach gegen eine Betazoidin. Wissen Sie es denn nicht? Sie sind Telepathen. Sie hat ihre Gedanken gelesen.«

Chekov starrte Kirk verdutzt an. »Ich wurde betrogen!« rief er.

Kirk winkte ihm noch einmal zu und verschwand.

Irgendwo zwischen Mars und Erde

Hoch oben innerhalb der Konstruktion der Satellitensphäre aus schwarzem Glas, die so groß wie eine kleine Stadt war, saß Uhura am Ende eines großen polierten Tisches. Mit der linken Hand hielt sie einen winzigen Lautsprecher an ihr Ohr, und ihre rechte Hand schwebte über einer Konsole auf dem Tisch. Rings um den Tisch, wo man normalerweise Stühle erwartet hätte, war eine Wand aus Monitoren aufgebaut. Auf jedem Bildschirm war ein Gesicht, einige menschlich, andere nicht, und alle plapperten in ihren einheimischen Sprachen. Uhura führte mehrere Gespräche auf einmal in unterschiedlichen Sprachen, ohne den Überblick zu verlieren.

»Im Orion-Nebel gibt es Energiestürme, so daß wir nicht durchkommen«, sagte sie mit freundlicher Stimme. »Doch ich kann Ihnen versichern, daß die Lieferung sich höchstens um anderthalb Planetenumdrehungen verzögert.« Sie lächelte und drückte auf eine andere Taste ihrer Konsole, worauf sie mit kräftigerer Stimme sprach. »Mr. Singh, in dieser Kolonie leben über zwei Millionen Bürger der Föderation, und sie verlassen sich darauf, daß Sie die Bestellung vor dem Beginn der Regenzeit abliefern. Danach wird es ein halbes Jahr dauern, bis wieder ein Shuttle auf dem Planeten landen kann. Wenn Sie nicht in der Lage sind, den Termin einzuhalten, sagen Sie es mir jetzt, damit ich einen Vertrag mit einer anderen Gesellschaft abschließen und Ihnen die Last der Verantwortung abnehmen kann... Ja, ich wußte, daß wir uns auf Sie verlassen können, Mr. Singh. Guten Tag.«

Als auf einem Monitor ein vertrautes Gesicht erschien, wechselte sie erneut die Frequenz. »Harrison, ich habe Ihnen eine Nachricht auf unserem kodierten Subraumkanal geschickt. Ich werde solange warten, bis

Ihr Planet wieder aus der Eklipse auftaucht, was in etwa einer halben Stunde geschehen wird. Ich habe die gewünschten Informationen für Sie zusammengestellt, aber wenn irgend etwas zu unseren Konkurrenten durchsickert, bevor der Prototyp fertig ist, werde ich Sie zur Rechenschaft ziehen. Dann wird ihre nächste Mission Sie zu irgendeinem Provinzplaneten führen.« Sie sah, daß der Mann nickte, und wurde etwas freundlicher. »Allerdings wird die GHG Ihnen sehr verbunden sein, wenn Ihr Produkt als erstes auf den Markt kommt. Dann wird man Sie sicher auf einen Planeten Ihrer Wahl versetzen. Ich werde mich morgen wieder bei Ihnen melden.«

Uhura arbeitete weiter und kümmerte sich um Anfragen und Probleme aus den entferntesten Regionen der Galaxis, bis sie erschrocken zusammenzuckte, als jemand ihr auf die Schulter tippte. Zu ihrem Büro hatte nur das GHG-Personal der höchsten Sicherheitsstufe Zutritt. Als Uhura sich umdrehte, war sie noch überraschter. Hinter ihr stand die große Gestalt von James T. Kirk, für den sie fünfundzwanzig Jahre lang als Kommunikationsoffizier gearbeitet hatte.

»Captain!«

»Uhura. Wie ich feststelle, können Sie sich immer noch fließend in einer Unmenge von Sprachen unterhalten.«

»Ach, der automatische Translator nimmt mir die meiste Arbeit ab. Aber ich bleibe ganz gerne in Übung. Einen Augenblick, bitte.« Sie berührte die Konsole, worauf die Bildschirme erloschen. »David?« sagte sie.

»Ja, Madam«, antwortete eine junge männliche Stimme.

»In den nächsten Minuten bitte keine Anrufe.«

»Verstanden.«

Uhura drehte sich mit ihrem Sessel zu Kirk herum.

»Also gut, was in aller Welt machen Sie hier? Und wo

wir gerade dabei sind: Wie sind Sie hier hereingekommen? Dieser Bereich ist nur für die höchste Sicherheitsstufe zugänglich.«

»Tatsächlich? Niemand hat mich aufgehalten. Aber jetzt fällt mir wieder ein, daß da irgendein Schild an der Tür war, auf dem von befugtem Personal die Rede war. Ich wußte allerdings nicht, wer befugt ist und wer nicht, also habe ich nicht weiter darauf geachtet.« Kirk blickte sich im Raum um und war beeindruckt von der luxuriösen Ausstattung, den großen Fenstern mit dem Ausblick auf die Sterne der Galaxis und dem gewaltigen Schreibtisch. »Dieser Laden ist keine Starfleet-Einrichtung, oder?«

»O nein, dazu ist die Geheimhaltung viel zu wichtig. Es ist die Zentrale der GHG.«

»GHG?«

»Galaktische Handelsgesellschaft. Ich bin als stellvertretende Geschäftsführerin für die Beschaffung und Auslieferung zuständig.«

»Und wozu all die Geheimhaltung?«

»Wegen der Industriespionage. Über meinen Tisch gehen recht brisante Informationen.«

»Wirklich? Zum Beispiel?«

»Einige unserer Tochterfirmen sind auf modernste Technologie spezialisiert. Wenn eine andere Gesellschaft auch nur einen vagen Hinweis auf ein neues Produkt erhalten würde, hätten wir unter Umständen jahrelange Forschungs- und Entwicklungsarbeit in den Sand gesetzt.«

»Aber technische Patente gelten doch nur vorübergehend. Danach gehen sie an die Föderation über.«

»Doch bis dahin lassen sich Billiarden verdienen. Außerdem möchten wir erreichen, daß ein neues Produkt mit uns identifiziert wird. Das ist gut für die Moral der Firma und für das Geschäft.«

»Das klingt vernünftig. Ich habe mich nie ausführlich

mit Wirtschaftsfragen beschäftigt. Vielleicht sollte ich jetzt einiges nachholen, nachdem ich mich ins Zivilleben zurückgezogen habe.«

»Mir ist natürlich aufgefallen, daß Sie nicht mehr Ihre Uniform tragen. Allerdings hätte ich erwartet, daß Sie es inzwischen wieder zum Admiral gebracht haben.«

»Ich habe genauso wie Sie den aktiven Dienst verlassen, nachdem die *Enterprise* aus dem Verkehr gezogen wurde. Ich bin mit einem privaten Raumschiff gekommen. Um ehrlich zu sein, ich saß in meiner Kabine und hoffte, daß die Besatzung wußte, wie sie damit umgehen muß. Es war eine sehr ungewöhnliche Erfahrung, das kann ich Ihnen sagen. Und Sie sitzen jetzt den ganzen Tag lang an einem Schreibtisch, wie?« fragte Kirk und blickte sich um.

»Ich trage eine gewaltige Verantwortung«, sagte Uhura nicht ohne Stolz. »Viele Kolonien sind auf uns angewiesen, wenn sie überleben wollen.«

»Oh, sicher, ja… Ich wollte nicht andeuten…«

»Schon gut, Captain. Takt war noch nie Ihre starke Seite. Im Augenblick habe ich hier sehr viel zu tun.« Uhura deutete auf ihre Bildschirme. »Ich habe die Pressemeldungen verfolgt. Warum sagen Sie mir nicht einfach, was mit Sulu los ist? Schwebt er wirklich in Lebensgefahr?«

»Schon möglich. Ein paar alte Freunde und ich wollten einmal nachsehen, ob wir vielleicht mehr herausfinden können.«

»Was für Freunde?«

»Ach, Mr. Spock zum Beispiel. Und Dr. McCoy. Und ich habe gerade einen Navigator gefunden…«

»Chekov?«

»Woher wußten Sie das?«

»Ich glaube, ich erkenne allmählich ein System. Sie würden auch einen Ingenieur benötigen.«

»Ja, natürlich. Nun, Montgomery Scott sagte, er würde uns gerne helfen. Also…«

»Und wie steht es mit einem Kommunikationsspezialisten?«

»Den könnten wir auch gut gebrauchen.«

Uhura lächelte. Sie zog ihren kleinen Ohrstöpsel heraus und legte ihn auf die Konsole. Dann nahm sie ein paar Schaltungen vor. Die Bildschirme erhellten sich wieder und zeigten die Worte BITTE WARTEN.

»Gut, gehen wir«, sagte sie.

»Was ist mit Ihrem neuen Job? Ich wollte Sie nicht davon abhalten, Ihre Karriere in der Geschäftswelt weiterzuverfolgen.«

»Ich werde mir Urlaub nehmen. Aus alter Freundschaft zu Sulu natürlich.«

»Natürlich.«

»Wie weit ist Beta Prometheus eigentlich entfernt?« fragte Uhura, als sie sich der Tür näherten.

»Sehr weit. Das System liegt hinter der Grenze der Föderation. Der Sektor wurde erstmals kartographiert, als es zu diesem Zwischenfall kam.«

»Ein kaum bekannter Sektor? Ich frage mich, welche Sprache dort gesprochen wird. Wahrscheinlich müßte sie noch dekodiert werden.«

»Davon bin ich überzeugt«, sagte Kirk, als er durch die Tür trat. Aus dem Raum hörte er eine künstliche Stimme: »Die stellvertretende Direktorin ist in einer Besprechung. Bitte hinterlassen Sie eine Nachricht. Wir werden Sie zurückrufen.«

SECHSTER TAG

San Francisco

Der nächste Tag war ein Sonntag. Kirk wachte früh auf und ging sofort an seine Kommunikationskonsole, um Neuigkeiten über Beta Prometheus, Sulu oder die U.S.S. *Excelsior* abzurufen. Doch es gab keine neuen Meldungen, der Vorfall wurde nicht einmal nebenbei erwähnt. Kirk vermutete, daß aus diplomatischen Gründen die Angelegenheit nun nicht mehr öffentlich behandelt wurde. Selbst in den internen Starfleet-Kanälen, zu denen er immer noch Zugang hatte, waren keine neuen Informationen über die Lage im System Beta Prometheus zu finden.

Als Kirk auf seinen privaten Kommunikationskanal schaltete, fand er nur eine Botschaft von Barbara O'Marla vor, die ihn bat, sich nach Dienstschluß um 18 Uhr an diesem Abend mit ihm im *Poseidon* zu treffen, einer schicken Bar mit Blick auf den Raumhafen. Er wußte, daß seine Besucher im Laufe des Tages eintreffen würden, und wollte keine Verabredung treffen, die er wieder absagen mußte. Doch als er versuchte, sie zu erreichen, war sie weder in ihrem Büro noch in ihrem Zimmer. Schließlich mußte er ihr eine Nachricht hinterlassen. Er hoffte, daß sie sich nicht ohne Bestätigung auf den Weg zum *Poseidon* machte.

Er nahm eine ausgiebige Dusche, während er sich überlegte, was er zu den vier Männern und der Frau sagen wollte, wenn sie sich am Nachmittag bei ihm eingefunden hatten. Dann machte er eine Kanne Bohnenkaffee. Er setzte sich in den bequemen Kommandosessel vor dem großen Fenster mit Blick auf die San Francisco Bay, und tat, was er in den letzten Monaten häufig getan hatte, wenn er sich unruhig fühlte und zuviel Zeit hatte. Er beobachtete, wie die schlanken Shuttles auf dem Raumhafen unter seinem Fenster starteten und landeten. Gelegentlich blickte er durch sein elektronisches Teleskop, um die großen Raumschiffe zu betrachten, die knapp über der Erdatmosphäre im Orbit standen und auf die kleineren Schiffe warteten, die sie mit Fracht oder Besatzung versorgten.

Nach etwa einer Stunde meldete sich zum ersten Mal der Türsummer, ein Signal, das er kurz darauf noch weitere vier Male hörte.

Um Mittag hatten sich alle eingefunden. Sie erzählten sich gegenseitig von ihrem Leben als Zivilisten, bis Kirk sich zu Wort meldete.

»Ich weiß, daß Sie alle froh sind, alte Freunde wiederzusehen«, sagte er. »Aber ich denke, wir sollten jetzt zur Sache kommen. Ich glaube, das meiste habe ich Ihnen bereits erzählt. Captain Sulu wurde vor einer knappen Woche entführt, und zwar von Piraten aus einem Sternensystem namens Beta Prometheus. Man hat ihm vorgeworfen, er hätte spioniert, was natürlich Unsinn ist. Die Föderation hat diplomatische Kontakte mit den Regierungsvertretern aufgenommen, aber bis jetzt ist nichts geschehen. Und die wenigen Informationsbruchstücke, die ich über die Promethaner finden konnte, geben mir Anlaß zur Indignation, was die Lage betrifft, in der sich Sulu und seine Leute vermutlich befinden.«

»Indignation?« fragte Scotty stirnrunzelnd.

»Er ist stinksauer«, übersetzte Uhura.

»In der Tat«, bestätigte Kirk. »Sulu steckt in irgendeinem Loch fest, niemand weiß, unter welchen Bedingungen, und Starfleet unternimmt nichts, um ihn herauszuholen.«

»Den Verantwortlichen sind die Hände gebunden«, sagte Spock, der am Fenster stand. Alle drehten sich zu ihm um. »Sie können ohne die Genehmigung der Vereinten Föderation der Planeten keine militärische Aktion starten. Und die Föderation zieht es vor zu verhandeln. Zumindest vorerst.«

»Diplomaten!« schnaufte Kirk verächtlich.

Ein bedrückendes Schweigen folgte, bis Spock wieder das Wort ergriff.

»Wie ich Sie richtig verstanden habe, schlagen Sie vor, selber nach dem Rechten zu sehen.«

»So könnte man es ausdrücken.«

»Ich finde, das ist eine gute Idee«, sagte Scotty. »Wir sollten sofort die Triebwerke warmlaufen lassen.«

»Sie können auf mich zählen«, sagte Chekov.

»Und auf mich«, sagte Uhura.

»Auch ich will kein Spielverderber sein, Jim«, sagte McCoy. »Ich habe meine Sachen gepackt und bin bereit, meine Dienste zur Verfügung zu stellen. Ich weiß, daß wir alle darauf brennen, Sulu zu helfen. Aber wie ich die Sache verstanden habe«, erklärte er mit einem Seitenblick auf Mr. Spock, »handelt es sich hierbei nicht um eine Starfleet-Mission. Daraus ergibt sich eine Reihe von Problemen. Was können wir ganz allein überhaupt da draußen ausrichten? Wird die Föderation unsere Aktion gutheißen, oder kommen wir ihr womöglich in die Quere? Schließlich sind wir alle außer Dienst. Unter Umständen sind wir so willkommen wie Ameisen bei einem Picknick. Dann muß ich die Frage stellen – ohne Pessimismus verbreiten zu wollen –, wie wir einen entlegenen Weltraumsektor erreichen wollen. Föderationsraumschiffe mit Warpantrieb werden nicht zum Schleuderpreis auf dem Flohmarkt verkauft. Und sie benötigen eine große Besatzung. Wenn ich mich umblicke, sehe ich hier etliche zuverlässige Kollegen von der *Enterprise*, auch wenn sie alle nicht mehr die Jüngsten sind. Und wir sind nur zu sechst. Was in Gottes Namen können wir tun?«

Ihre anfängliche Begeisterung wurde durch die pessimistischen Äußerungen des Arztes sichtlich gedämpft. Eine Weile sagte niemand etwas. Dann erhob sich Kirk aus seinem Sessel und baute sich vor ihnen auf.

»Ich weiß es nicht. Ich habe keine konkrete Vorstellung, was wir tun können. Ich glaube, ich habe Sie alle eher aus Verzweiflung herkommen lassen. Aber ich kann einfach nicht tatenlos zusehen. Ich denke, wir sollten einen Schritt nach dem anderen machen. Hier ist mein Vorschlag. Scotty, Sie und Mr. Spock werden den Nachmittag damit verbringen, sich nach einer Transportmöglichkeit zu erkundigen. Pille, wir beide versuchen, die neuesten Informationen über die Lage herauszubekommen. Ich kenne da einen jungen Offizier in der Presseabteilung, der uns bestimmt einen Gefallen erweisen würde. Chekov und Uhura, Sie besorgen sich die Navigationsdaten, die wir brauchen, und alle weiteren Hintergrundinformationen über Beta Prometheus und diesen Teil der Galaxis. Wir werden uns um 19 Uhr hier wiedertreffen und über unsere Möglichkeiten diskutieren. Einverstanden?«

Als er sich umblickte, sah er, daß alle nickten. Kurz darauf war sein Apartment leer.

Chekov und Uhura waren unterwegs zum nautischen Museum, wo Chekov aufgrund seiner Mitgliedschaft Zugang zu einem Raum unter dem Dach hatte, in dem eine ausgezeichnete Sammlung von Navigationsdaten und Sternkarten untergebracht war. Außerdem hatte man über ein Terminal direkten Zugriff auf die Zentraldatenbank der Forschungsabteilung Navigation in der

Starfleet-Zentrale. Doch Chekov hatte sich eher wegen der Privatsammlung für diesen speziellen Ort entschieden, um an die Informationen zu gelangen, die sie benötigten. Es gab immer noch zahlreiche Fehler in den offiziellen Sternkarten, und große Bereiche der Galaxis waren gänzlich unerschlossen. Obwohl Starfleet bereits seit zwei Jahrhunderten Daten sammelte, war erst ein kleiner Teil der riesigen Galaxis erkundet worden. Täglich flossen neue Informationen in die Datenbanken der Zentrale, doch es waren noch Millionen von Planeten zu erforschen, ganz zu schweigen von den zahllosen anderen Galaxien. Chekov hatte immer wieder festgestellt, daß es in den Sammlungen kleiner und privater Organisationen uralte Logbücher und Berichte von frühen Reisen durch die Galaxis gab, die unschätzbare und ansonsten unbekannte Informationen enthielten. Und in den Randbemerkungen der frühen Starfleet-Captains entdeckte er immer wieder Hinweise auf die verschlungenen Wege, die vor allem außerhalb der Grenzen der Föderation von großem Nutzen sein konnten. Trotz der geradlinigen Effizienz der Starfleet-Zentraldatenbank und des berühmten Memory Alpha blieb es eine Tatsache, daß jedes Föderationsraumschiff sich ähnlich wie die frühen Pioniere der Vereinigten Staaten von Amerika in ihren Planwagen auf größtenteils unerforschten Wegen durch die Weiten des Universums bewegte.

Außerdem ging es ihm um Anonymität. Es war sehr unwahrscheinlich, vor allem an einem Sonntagnachmittag, daß dieses kleine Museum von Starfleet-Angehörigen besucht wurde. Wenn Chekov und Uhura sich in der Starfleet-Zentrale umgesehen hätten, wären sie zwangsläufig einigen Offizieren begegnet, die sie möglicherweise kannten. Sie wären in Schwierigkeiten geraten, wenn sie erklären sollten, wonach sie in der Bibliothek suchten. Und Chekov wußte aus Erfahrung, daß er sich nicht gut verstellen konnte. Sie alle hatten sich geeinigt, daß ihre Pläne so lange wie möglich ein Geheimnis bleiben sollten, damit die Diplomaten der Föderation oder die Bürokraten von Starfleet nicht auf die Idee kamen, ihre Reise als Störung zu betrachten und sie zu verhindern.

Also hatten er und Uhura sich auf den Weg zum gemütlichsten Plätzchen des Universums gemacht, das Chekov sich vorstellen konnte, zum Dachzimmer des jahrhundertealten nautischen Museums, wo nur Mitglieder Zutritt hatten, in einem kleinen, dreistöckigen Gebäude direkt am Strand, im Schatten der großen kommerziellen Lagerhäuser der Raumhafenstadt. Sie waren nicht in Eile und genossen die saubere, salzige Luft. Dann brach Uhura die Stille.

»Wozu hat Captain Kirk uns Ihrer Meinung zusammengerufen, Pavel?«

»Um zu sehen, ob wir etwas unternehmen können, wie er selbst gesagt hat.«

»Glauben Sie, wir sechs können mehr erreichen als alle Föderationsdiplomaten und Starfleet-Raumschiffe zusammen?«

Chekov antwortete nicht sofort. »Wahrscheinlich nicht«, sagte er schließlich.

»Was ist also der wahre Grund?«

»Der Captain macht sich Sorgen. Auch ich bin unruhig, wie ich zugeben muß. Die Verlockung des Weltraums.«

»Er hätte gar nicht seine alte Besatzung zusammentrommeln müssen, um nach Beta Prometheus zu gelangen. Er hätte sich in der Privatraumfahrt als Captain anheuern lassen können, um mit einem Frachter jeden beliebigen Ort des Universums zu erreichen. Er hätte sogar beantragen können, wieder in den aktiven Dienst einzutreten. Starfleet hätte bestimmt irgendeine interessante Aufgabe für ihn.«

»Er macht sich Sorgen um Sulu. Genauso wie wir alle.«

»Ja, aber trotzdem bleibt die Frage, was wir erreichen können, wenn Starfleet und die Föderation das Problem nicht lösen können.«

»Worauf wollen Sie hinaus, Uhura?«

»Der Captain ist für seine Ungeduld bekannt. Er ist ein Hitzkopf.«

»Er würde diesen Charakterzug wohl eher als Zielstrebigkeit bezeichnen.«

»Es spielt keine Rolle, wie wir es nennen. Ich bin kein junger Kadett mehr. Entschuldigen Sie bitte, aber auf Sie trifft das ebenfalls zu. Wollen wir in den Krieg ziehen? Ich weiß nicht, ob ich in meinem Leben noch einmal in ein Feuergefecht mit einem klingonischen Kampfkreuzer geraten möchte. Oder in die Gefangenschaft fremder Intelligenzen. Ich möchte auch nicht mehr durchgeschüttelt werden, während ich versuche, das Rauschen des Subraums auf entzifferbare Botschaften abzuhorchen. Ich weiß nicht, wie es Ihnen geht, Pavel, aber ich habe mein ruhiges Leben genossen.«

»Warum sind Sie dann mitgekommen?«

Uhura seufzte und schwieg. Sie gingen weiter und blieben schließlich vor dem Eingang des Museums stehen.

»Aus demselben Grund wie ich«, beantwortete Chekov selbst seine Frage. »Weil er Sie gefragt hat.«

Dann traten sie ein.

Kirk und McCoy überquerten einen grasbewachsenen Platz, während sie auf dem Weg zu einem Essen mit Lieutenant Eugene Marasco waren, dem jungen Presseoffizier, den Kirk auf der Suche nach Neuigkeiten im *Flag and Grog* wiedergetroffen hatte. Sie trafen einige Minuten zu spät im *Himmlischen Herd* ein. In der Neonbeleuchtung hatten sich Starfleet-Angehörige und Zivilisten versammelt, um ihr Mittagessen einzunehmen. Marasco hatte dieses Restaurant ausgesucht, weil es vorwiegend von Starfleet-Angestellten der unteren Ränge frequentiert wurde.

Kirk erwartete gar nicht, daß er von Marasco viel erfuhr. Er würde es sich sehr genau überlegen, bevor er irgendwelche Geheiminformationen an Kirk weitergab. Schließlich war es seine Aufgabe, nur bestimmte Dinge an die Öffentlichkeit dringen zu lassen. Aber Kirk hoffte, daß er doch noch etwas über den Hintergrund der Geschichte in Erfahrung bringen konnte.

Kirk und McCoy drängten sich an der Gruppe der wartenden Gäste vorbei, um in die Ecke zu gelangen, wo Marasco für sie bereits einen Tisch reserviert hatte.

»Captain Kirk! Ich freue mich, Sie wiederzusehen.« Marasco erhob sich und schüttelte beiden die Hände.

»Das ist Dr. Leonard McCoy. Pille, das ist Lieutenant Marasco.« Sie setzten sich.

»Ich hoffe, daß Ihnen dieses Restaurant gefällt«, sagte Marasco zu Kirk. »Es serviert ausschließlich makrobiotische Kost.«

»Ich bin immer für neue Dinge aufgeschlossen. Was ist das?« fragte Kirk.

»Nun, es ist jedenfalls nichts Neues. Makrobiotische Kost gibt es schon seit Jahrhunderten. Sie ist äußerst gesund und nahrhaft. Ich habe mir die Freiheit genommen, etwas für uns zu bestellen.«

»Großartig.«

»Bis es kommt, würden Sie bestimmt gerne mehr über die Geiselnahme erfahren.«

Kirk gab seine gezwungene Lässigkeit auf.

»Sie haben mich voll erwischt. Tatsächlich wollte ich Ihnen ein paar Informationen entlocken. Ich mache mir große Sorgen um Sulu und seine Leute. Wie haben Sie es erraten?«

»Es war nicht sehr schwierig, Captain Kirk«, sagte

Marasco. »Sie sind eine Starfleet-Legende, und Ihre Besatzung steht Ihnen in diesem Punkt kaum nach. Ich habe mir sogar gedacht, daß ihre zufällige Begegnung mit dem alten Caius keineswegs ein Zufall war. Das *Flag and Grog* wäre auch meine erste Wahl, wenn ich mich über die Starfleet-Gerüchteküche informieren wollte.« Marasco beugte sich vor und senkte seine Stimme. »Ich kann Ihnen soviel verraten, daß Starfleet von der Föderation die Anweisung erhalten hat, jede Aktion in dieser Sache zu unterlassen – vor allem jede militärische Aktion. Man will einen Krieg, eine Invasion, eine Einmischung oder auch nur einen begrenzten Zwischenfall vermeiden. Natürlich ist man an der Rückgabe der Geiseln interessiert. Aber wie man das bewerkstelligen will, weiß niemand.«

»Es handelt sich hier um Bürger der Föderation«, sagte Kirk mit Nachdruck. »Ob die Politiker es zugeben wollen oder nicht – die Geiselnahme ist eine kriegerische Aktion.«

»Und es handelt sich um Starfleet-Offiziere. Wenn wir nicht aufpassen, werden wir in Zukunft nicht mehr allzu viele Freiwillige haben.«

»Und die Zukunft ist unsere Verantwortung«, setzte Kirk hinzu.

Marasco lachte. »Volltreffer!« sagte er. »Ich schätze, ich arbeite schon zu lange in der Presseabteilung. Ich will versuchen, mich nicht mehr wie ein Werbemanager aufzuführen. Auch die höheren Ränge von Starfleet sind ungeduldig und wütend. Sie sind keineswegs allein, Captain Kirk. Die Sache hat immer noch höchste Priorität, aber man hat uns verboten, irgend etwas zu unternehmen, und offen gesagt, glaube ich auch nicht, daß wir etwas unternehmen werden.«

»Und was wird überhaupt unternommen?« fragte McCoy rundheraus.

»Man hat eine diplomatische Mission in die Wege geleitet. Man wird das Gespräch mit der Herrschenden Familie suchen. Das Problem ist nur, daß die Offiziere der *Excelsior* durch Piraten entführt wurden, einer Gesellschaftsschicht der promethanischen Zivilisation, über die die Regierung nur wenig Kontrolle hat. Die Regierung sagt, daß sie diese Tat verurteilt, was vermutlich sogar stimmt, denn jede Störung des Dilithiumhandels wirkt sich negativ auf ihre Profite aus. Aber diese Piraten sind ein wichtiger Teil ihrer Gesellschaft, weil sie nicht mit den religiösen Führern an einem Strang ziehen. Wenn man sich gegen sie stellt, könnten sie für die Konklaven Partei ergreifen, so daß die Priesterschaft die absolute Macht gewinnen würde. Die Gesellschaft würde zu einer Theokratie werden, womit die Herrschende Familie aus dem Rennen wäre. Auch die Föderation ist daran interessiert, daß das Kräftegleichgewicht erhalten bleibt. Wir haben Verträge mit der Herrschenden Familie, die gewährleisten, daß die Dilithiumlieferungen weitergehen und die Preise im Rahmen bleiben. Bisher war jeder zufrieden mit der Situation. Wenn die religiösen Führer die Macht übernehmen, ändern sie möglicherweise die Regeln. Ihnen geht es um die Höhere Berufung, wie sie es nennen, und offenbar ist es ihnen gleichgültig, ob das Dilithium auf ihrem Heimatplaneten abgebaut wird oder nicht.«

Ein Kellner brachte zwei Teller mit grünem Reis, schimmligen Wasserkastanien und zähen Bambussprossen. Marasco wirkte begeistert.

»Es wird Ihnen gefallen. Reines Protein!«

McCoy studierte das Gericht mißtrauisch.

»Und das hier… was ist es eigentlich genau?«

»Es ist echt, keine synthetische Nahrung«, sagte Marasco mit vollem Mund, nachdem er einen Happen Reis genommen hatte. »So etwas bekommt man nicht überall. Es wächst ganz natürlich heran. Dazu sind große Anbauflächen und viel Wasser notwendig. Es ist eine spezielle landwirtschaftliche Methode. Aber man schmeckt den Unterschied.«

»Ich kann den Unterschied sogar sehen«, sagte McCoy mürrisch, während er auf seinen Teller blickte. »Hier sind doch keine Würmer drin, oder? Ich habe gehört, Würmer sollen eine Delikatesse sein, aber ich konnte mich nie...«

»Nein, keine Würmer. Nichts, was sich bewegt. So will es die makrobiotische Philosophie.«

»Nun, das ist immerhin etwas«, erwiderte McCoy und nahm sein Besteck in die Hand.

»Sie sagten«, nahm Kirk den Faden wieder auf, »daß die Föderation Starfleet verboten hat, irgendwelche militärischen Aktionen zu starten?«

»So sieht es aus. Letztlich geht es nur um Politik. Und die braucht ihre Zeit. Wir haben das ganze System abgeriegelt und lassen sie nicht aus ihrem Raumsektor heraus. Nur ein Minimum an Versorgungsgütern wird hineingelassen, aber nichts Militärisches.«

»Und wie lange werden die Promethaner Ihrer Ansicht nach diese Isolation überleben?« fragte Kirk.

»Höchstens ein paar Jahrzehnte.«

»Großartig«, sagte McCoy sarkastisch. »Dann wird Sulu ja in kürzester Zeit wieder frei sein.«

Als sie mit dem Essen fertig waren, wollte Marasco von den beiden Veteranen Einzelheiten über ihre Zeit im Weltraum erfahren, worauf sie ihn mit einigen Geschichten unterhielten. Schließlich verließen sie gemeinsam das Restaurant und verabschiedeten sich draußen. Marasco blickte Kirk und McCoy nachdenklich hinterher, als sie davongingen.

Sie machten sich schweigend auf den Rückweg. Kirk dachte an den morgigen Tag und an seine Verantwortung für die alte *Enterprise*-Besatzung, die er zu einer Mission in den fernen Weltraum anstiften wollte, obwohl er noch keinerlei Ahnung hatte, wie sie aussehen sollte. War es nur ein nostalgischer, pompöser Versuch, noch einmal die alten Zeiten voller Abenteuer heraufzubeschwören, oder geschah es wirklich aus Loyalität zu einem alten Freund, der in Not geraten war? Sie bogen um eine Ecke und spazierten den letzten Hügel zu Kirks Apartment hinauf.

»Ich wollte in Gegenwart der anderen nicht zum Spielverderber werden«, sagte Scotty zu Spock, »aber ohne die Unterstützung durch Starfleet sehe ich keine Möglichkeit, wie wir mehrere tausend Lichtjahre überbrükken wollen, um an unser Ziel zu gelangen. Es ist schließlich kein Urlaub auf dem Mars.«

»Ich war zum Urlaub auf dem Mars.

»Tatsächlich?« sagte Scotty. »Und wie war's?«

Mr. Spock dachte kurz nach. »Mein Gepäck ging verloren«, sagte er.

»Das tut mir leid.«

Spock zuckte die Schultern. »Seitdem habe ich keine weitere Urlaubsreise unternommen.«

Damit machte sich Spock entschlossen an die Aufgabe, die Docks und Büros des Raumhafens abzugrasen, und Scotty folgte ihm voller Zuversicht.

Zwei Stunden später hatte Scotty auch den letzten Rest von Zuversicht verloren. Er hatte das Gefühl, sie wären kilometerweit gelaufen. Sie hatten sich überall erkundigt, mit mehreren Raumschiffcaptains und Frachtmeistern gesprochen, mit Transportspezialisten und Raumhafenleitern, mit Ingenieuren und Kadetten, sogar mit einigen Menschen und Außerirdischen, die einfach nur in der Nähe der Docks herumzulungern schienen, wo die kleineren Raumschiffe lagen. Scotty wandte sich an den großen Vulkanier.

»Mr. Spock, so kommen wir nicht weiter. Raumschiffe lassen sich eben nicht wie Ruderboote mieten. Und an die großen kommen wir nicht einmal heran, weil sie sich im Orbit oder in den Docks der Raumstationen über dem Planeten befinden. Meinen Sie nicht…«

»Es wäre unlogisch, wenn wir aufgeben, bevor wir den gesamten Raumhafen durchkämmt haben.« Mr. Spock war in bewundernswert konstantem Tempo über das Gelände geschritten, und Scotty war ihm manchmal hinterhergerannt, manchmal vorausgelaufen. Er hatte sich in seinem Element gefühlt, als er durch die Docks geklettert war und mit den Männern und Frauen gesprochen hatte, die für verschiedene galaktische Transportfirmen arbeiteten. Doch er konnte nicht mehr die Augen vor der Tatsache verschließen, daß sie auf ganzer Linie gescheitert waren. Sie hatten kein einziges Raumschiff gefunden, das für ihre Zwecke geeignet war oder zur Verfügung gestanden hätte. Schließlich wuchsen warpflugtaugliche Schiffe nicht auf Bäumen, wie er schon einmal angedeutet hatte.

Sie suchten weiter. Sie hatten fast das Ende des Raumhafens erreicht, als Mr. Spock plötzlich auf einem Hügel mit Blick auf China Beach innehielt.

»Was ist das?« fragte er Scotty. Er starrte auf eine kleine, aber elegante weiße Raumyacht, die zwanzig Meter über dem Strand schwebte, direkt neben der Terrasse einer Villa.

»Ein sehr kleines Raumschiff«, antwortete Scotty. »Es dürfte kaum mehr als eine zehnköpfige Besatzung fassen. Und wie es aussieht, würde es den ersten Asteroidensturm nicht überleben. Der Zweck dieses Schiffes besteht darin, Eindruck zu schinden und Luxus zur Schau zu stellen, Mr. Spock. Dazu muß ich mir die Maschinen gar nicht genauer ansehen.«

»Trotzdem wäre es einen Besuch wert.«

»Es ist nicht einmal ordnungsgemäß angedockt.«

»Wie es scheint, gehört das Schiff zu diesem privaten

Anwesen auf der Böschung über dem Strand. Wir wollen es uns einmal genauer ansehen.«

Spock lief mit schnellen Schritten den Weg hinunter, der durch einen Garten zum Haus führte. Scotty seufzte, entspannte seine Zehen, obwohl er überzeugt war, daß er damit den Schmerz seiner an den Füßen entstehenden Blasen nicht lindern konnte, und folgte ihm mißgelaunt. *Ein Spielzeug für die Reichen,* dachte er, *es könnte mich nicht einmal um den halben Planeten herum nach Hause bringen, geschweige denn einmal quer durch die Galaxis.*

Spock klopfte an die Tür, während Scotty versuchte, seine nach der stundenlangen Wanderschaft zerknitterte Kleidung in Ordnung zu bringen. Es war ein großes Haus aus glänzendem Titanium und Mattglas mit Blick auf den Pazifischen Ozean. Die bunten Blumen im Garten wirkten sehr gepflegt. Dicker Nebel strömte vom rechtwinkligen Dach.

Die Tür wurde von einem bepelzten Humanoiden geöffnet, und als Spock fragte, ob er mit dem Eigentümer der Raumyacht sprechen könnte, drehte sich der Alien um und verschwand im Haus. Spock und Scotty folgten ihm. Sie wurden in einen großen Raum voller Polstermöbel geführt, von dessen Fenster aus man einen imposanten Blick auf den Pazifik hatte. Auch die Yacht war zu erkennen, wie sie ein Stück über der Terrasse in der Luft schwebte. Der Alien verließ den Raum.

Während sie die elegante Konstruktion bewunderten, kam ein kleiner, untersetzter Mann ohne ein einziges Haar auf dem Schädel herein. Er trug einen lässigen Overall. Sein Alter war schwer einzuschätzen, doch an seiner ausgeprägten Leutseligkeit bestand kein Zweifel. Er war sichtlich stolz auf seine Raumyacht.

»Hallo!« begrüßte er seine Besucher. »Mein Name ist Thaylor. Rockefeller Thaylor. Ihnen gefällt mein Raumschiff, wie ich sehe? Wenn Sie von einem dieser Magazine kommen, gehört sie Ihnen.«

»Magazine?« fragte Spock. Er war nicht sicher, ob er sich vorstellen sollte, bevor er die Situation klarer einschätzen konnte.

»*Raumyachten, Innenarchitektur, Welt des Luxus*. Alle sind schon hier gewesen. Haben Holo-Reportagen gemacht. Die *Plüschprinzessin* wurde ausgiebig gewürdigt.«

»Die *Plüschprinzessin*?« wiederholte Scotty.

»Mein Baby«, schnurrte Thaylor. »Ich habe sie vor zwei Jahren erworben. Sie ist mit dem Besten aus der ganzen Galaxis ausgestattet.«

»Warpgondeln in zweifacher Ausführung?« fragte Scotty mit erwachendem Interesse. »Antimaterie-Reaktoren? Schwerkraft- und Ambientenkontrolle mit Ersatzsystemen?«

»Wie? Ja, ich denke schon. Ich kenne mich damit nicht so gut aus. Ich meinte die Innenausstattung. Selbst auf dem Mars gibt es nur wenige Hotels, die einen solchen Luxus bieten. Sie hat acht Betten in vier Kabinen. In der Kombüse zaubert der Synthetisierer die raffiniertesten Menüs zusammen. Auf dem Kontrolldeck gibt es einen riesigen Sichtschirm, und sie ist mit echten Ledersesseln ausgestattet. Sie werden begeistert sein, wenn sie das Observationsdeck im Heck gesehen haben!«

»Nun... das klingt ja phantastisch«, sagte Scott und warf Spock einen Seitenblick zu. »Es scheint genau das zu sein, wonach wir gesucht haben.«

»Großartig«, rief der Mann begeistert. »Sie können jederzeit Ihre Aufnahmen machen. Sie sollten mir nur einen Tag vorher Bescheid sagen, damit ich das Reinigungsteam benachrichtigen kann.«

»Eigentlich hatten wir etwas anderes mit diesem Schiff im Sinn«, sagte Spock.

»Ach ja? Und was?« Thaylor lächelte freundlich.

Bevor Spock weitersprechen konnte, meldete sich Scotty zu Wort.

»Wir wollen ein Doku-Holo machen!« sagte Scotty.

»Ein Doku-Holo?«

»Eine brandaktuelle holographische Dokumentation«, erklärte Scotty und hoffte, daß es beeindruckend genug klang.

»Eine holographische Dokumentation? Über Raumyachten? Nun, Sie werden keine finden, die besser als meine ausgestattet ist.«

»Eigentlich«, sagte Scotty, »geht es um... interstellare Reisen.«

»Interstellar? Sie meinen, in den Weltraum? Ich selbst habe das Sonnensystem noch nie verlassen. Zu viele Aliens da draußen.«

»Ja, genau dort wollen wir hin. In den Weltraum. Ist das Schiff warpflugtauglich?«

»Natürlich. Auch das. Der Konstrukteur sagte, es wäre das schnellste Schiff dieser Klasse. Ich könnte damit bis ans Ende der Galaxis fliegen. Es ist in Topform. Darum kümmert sich mein Privatpilot.«

»Also scheint es ein Warptriebwerk zu besitzen«, sagte Scotty zu Mr. Spock.

»Vermutlich«, erwiderte Spock, der nicht ganz verstand, was Scotty bezweckte.

»Aber ich glaube kaum...«, begann Thaylor stirnrunzelnd.

»Stellen Sie sich vor, wie berühmt Ihr Schiff wird!« warf Scotty hastig ein.

»Berühmt?«

»Natürlich. Ein Doku-Holo über die Reise zu fernen Welten mit *Ihrem* Schiff! Haben Sie noch nie von der *Calypso* gehört?«

»Das ist doch ein Tanz, oder?«

»Und es war das berühmteste schwimmende Schiff seiner Zeit.«

»Wann soll das denn gewesen sein? Wozu sollte jemand ein Schiff auf dem Wasser schwimmen lassen?« Der Mann wurde immer verwirrter und verlor zunehmend an Selbstbewußtsein, während Scotty gleichzeitig die Überzeugungskraft eines Verkäufers von Gebrauchtshuttles entwickelte.

»Im zwanzigsten Jahrhundert natürlich!« sagte Scotty.

»Ich fürchte, ich kenne mich nicht sehr gut in Geschichte aus«, sagte Thaylor kleinlaut.

»Captain Jacques Cousteau. Der größte Erforscher unserer Ozeane, den es je gegeben hat. Er fuhr mit der *Calypso* zu jedem Winkel unseres Globus. Und Captain Spock, der im übertragenen Sinne ein direkter Nachkomme dieses unerschrockenen Entdeckers ist...« Damit nickte er Spock zu, der seinen Blick mit stoischer Ruhe erwiderte. »...möchte mit der... wie hieß das Schiff noch gleich?«

»Die *Plüschprinzessin*.«

»Genau. Er möchte mit der *Plüschprinzessin* einen unbekannten Sektor der Galaxis erkunden. Sie wird genauso berühmt wie die *Calypso* werden. Was rede ich? Noch berühmter!« Scotty bremste sich, damit er nicht übers Ziel hinausschoß. »Sie haben doch sicherlich schon von Captain Spock gehört.«

»Nun...«

»Eine ganze Reihe von interstellaren Entdeckungen geht auf sein Konto. Das Tholianische Netz. Der Asteroid Yonada. Murasaki 312. All diese Dinge hat er entdeckt.«

»Ich fürchte, die Astronomie ist auch nicht meine Stärke.«

»Diesmal hat er sich etwas ganz Großes vorgenommen«, sagte Scotty, als würde er ein Geheimnis offenbaren.

»Tatsächlich?« sagte Spock.

»Was denn?« fragte Thaylor neugierig.

»Die größte Entdeckungsfahrt der Geschichte. Er wird in ein schwarzes Loch vorstoßen. Ich glaube, ich habe mich noch gar nicht vorgestellt. Ich bin Montgomery Scott, der Holo-Produzent. Wir machen dieses Doku-Holo, damit die Kinder der ganzen Galaxis immer wieder Captain Spocks abenteuerliche Reise nacherleben können. Und wir dachten, daß Ihr Raumschiff genau das richtige für diese Reise wäre. Stellen Sie sich einmal vor, in nur einem Monat wird die *Rüschenprinzessin*...

»Die *Plüschprinzessin*.«

»...die *Plüschprinzessin* das berühmteste Raumschiff aller Zeiten sein. Als ihr Eigentümer werden Sie natürlich genauso berühmt werden.«

»Das klingt ja sehr aufregend.«

»Sie nehmen mir das Wort aus dem Mund.«

»Aber ich glaube nicht, daß ich mein Baby in ein schwarzes Loch fliegen lassen könnte. Wie ich schon sagte, verstehe ich nicht viel von Astronomie, aber ich habe gehört, daß schwarze Löcher sehr gefährlich sein sollen. Ist so etwas schon einmal versucht worden?«

»Habe ich gesagt, wir würden *in* ein schwarzes Loch fliegen? Entschuldigung, wir werden es natürlich nur aus unmittelbarer Nähe erforschen.«

»Trotzdem...«

»Trotzdem werden wir immer einen sicheren Abstand halten. Ihr Baby wird bei Mr. Spock in den besten Händen sein. Er ist der beste Pilot weit und breit. Und der sicherste. Er würde seine Besatzung niemals in Gefahr bringen. Wir hoffen, daß Sie bereit sind, Ihr wunderschönes Raumschiff für das Doku-Holo zur Verfügung zu stellen. Es wird die Hauptrolle spielen, genauso wie die galaxisweit bekannte *Calypso*.«

»Das Schiff, mit dem dieser Cousteau geflogen ist?«

»Gefahren. Auf dem Wasser.«

»Es klingt auf jeden Fall verlockend. Wie lange würden Sie sie benötigen?«

»Nur eine Woche. Höchstens zwei.«

»Ich denke, ich könnte eine Woche lang ohne sie auskommen. Ich vermiete sie nicht sehr oft, habe es aber schon gelegentlich getan. An welchen Preis haben Sie gedacht?«

»Habe ich schon erwähnt, daß der Captain sämtliche Gewinne der Gesellschaft zur Erhaltung historischer Raumschiffe und dem Interstellaren Geographischen Museum stiften wird? Unser Doku-Holo ist – wie sagt man? – eine nichtkommerzielle Produktion.« Scotty senkte die Stimme und versuchte, einen demütigen Eindruck zu machen. »Offen gesagt hatten wir gehofft, Sie würden das Raumschiff ohne Gegenleistung zur Verfügung stellen. Aus humanitärer Großzügigkeit.« Scott blickte über die Schulter des Mannes auf verschiedene Holo-Porträts, die auf dem marmornen Kaminsims standen. »Wir haben bereits Spenden von prominenten Föderationsbürgern erhalten, die Ihnen vielleicht bekannt sind. Vom Bezirksgouverneur, vom nordamerikanischen Präsidenten…« Er hoffte, daß er die Männer, die Arm in Arm mit Thaylor aufgenommen worden waren, richtig identifiziert hatte.

»Wirklich?« sagte Thaylor. »Ich kenne sie!«

»Sie wollen natürlich anonym bleiben«, fügte Scott hastig hinzu. »Wegen ihrer Stellung in der Öffentlichkeit. Daher suchen wir jetzt jemanden, dem die Publicity nichts ausmachen würde. Nach dem wir die Expedition benennen können.«

»Benennen…?«

»Zum Beispiel die Thaylor-Expedition. Wenn Sie einverstanden wären. Die Presse braucht einen eingängigen Namen. Wenn wir zurückgekehrt sind und das Doku-Holo veröffentlicht ist, wird natürlich jeder das

Schiff kennen. Wahrscheinlich werden Leute aus allen Winkeln des Universums zu Ihnen kommen, um das Schiff mit eigenen Augen zu sehen. Ich hoffe, Sie haben nichts gegen einen solchen Rummel.«

»Ich denke, für einen guten Zweck könnte ich mein Baby verleihen.«

»Ausgezeichnet. Die gesamte Wissenschaft wird Ihnen in Dankbarkeit verbunden sein. Unsere Besatzung wird gleich morgen früh bei Ihnen eintreffen.«

Scotty schaffte es, das Gespräch auf ein anderes Thema zu lenken, bevor der kleine Mann es sich anders überlegte. Während sie zur Tür gingen, fragte er nach den Gemälden im Korridor, die offenbar Thaylors Vorfahren darstellten. Endlich standen sie wieder im Freien.

»Einen schönen Tag noch«, sagte Scotty. »Und noch einmal vielen Dank für Ihre Großzügigkeit. Wir werden uns gut um das Schiff kümmern. Und ich werde natürlich dafür sorgen, daß Sie als erster eine Vorab-Kopie des Doku-Holos erhalten.«

»Sollten wir nicht irgendeinen Vertrag unterschreiben?« sagte Thaylor.

»Natürlich gerne, wenn Sie darauf bestehen.« Scotty blickte sich zu Mr. Spock um, der mit geduldiger und ernster Miene dastand. Dann wandte er sich in vertraulichem Tonfall an Thaylor. »Ihnen dürfte nicht entgangen sein, daß Mr. Spock ein Vulkanier ist.«

»Natürlich nicht. Ich weiß, daß dieses Volk als sehr zuverlässig und aufrichtig gilt. Ich wollte damit keineswegs andeuten...«

»Sie sind außerdem sehr empfindlich, was ihre Ehre betrifft. Das Wort eines Vulkaniers ist viel besser als ein Vertrag.«

»Nun, wenn das so ist... Dann können Sie mir vielleicht Ihr Wort geben, daß Sie alles versuchen werden, um das Schiff in gutem Zustand zurückbringen.«

Scotty bemerkte, daß Spock für den Bruchteil einer Sekunde zögerte.

»Kein Problem, Mr. Thaylor. Darauf gebe ich Ihnen mein Wort«, sagte Spock.

Scotty stieß den angehaltenen Atem aus. Er schüttelte Thaylor die Hand und zeigte ihm dann unauffällig den vulkanischen Gruß. Thaylor verstand sofort und wandte sich Spock zu. Er hob die rechte Hand und spreizte Mittel- und Ringfinger. »Äh, Glück und langes Leben!« sagte er.

Spock erwiderte den Gruß, dann trennten sich die Männer.

Als Spock und Scotty über den Weg zurückgingen, stand Thaylor noch eine Weile in der Tür und schien über irgend etwas nachzudenken.

»Spock... Spock... Moment mal!... Mr. Spock? Ich glaube, ich habe schon einmal von Ihnen gehört. Sie sind durch Ihre Dokumentationen berühmt geworden, nicht wahr?«

»Ich?« sagte Mr. Spock. »Nein, das halte ich für unwahrscheinlich.«

»Er ist ein äußerst bescheidener Mann, unser Mr. Spock«, versuchte Scotty die Situation zu retten. »Er mag es nicht, wenn er den Ruhm für die Verdienste seiner Besatzung einstreicht. Also dann, wir werden uns gleich morgen früh bei Ihnen einfinden. Auf Wiedersehen!« Als sie sich schnell entfernten, winkte er noch einmal dem rundlichen Mann im Eingang des Hauses zu.

»Ich hoffe«, sagte Mr. Spock nachdenklich, als sie zum Raumhafen zurückkehrten, »daß wir gegenüber diesem Mann nicht zu sehr die Unwahrheit gesagt haben.«

»*Wir* haben es nicht getan«, erwiderte Scotty mit einem jovialen Lächeln. »Das war allein *ich*. Doch ich dachte mir, daß er uns niemals seine Yacht geliehen hätte, wenn wir ihm die Wahrheit gesagt hätten. Und da wir praktisch schon die Hoffnung aufgegeben hatten, etwas Geeignetes zu finden, glaubte ich, daß mir einfach keine andere Wahl blieb. Ich hoffe, das geht in Ordnung. Ich weiß, daß Vulkanier niemals lügen. Aber ich glaube, Sie mußten auch gar nicht lügen.«

»Ich bin kaum zu Wort gekommen«, sagte Spock.

»Na also! Sie haben ein reines Gewissen. Und was mich betrifft, so werde ich mir alle Mühe geben müssen, die *Prinzessin* in gutem Zustand zurückzubringen.«

Sie gingen weiter, während Mr. Spock über die ethischen Aspekte der Situation nachdachte, und Scotty sich fragte, was er vorfinden würde, wenn sie das ausgeborgte Raumschiff betraten. Er blickte sich noch einmal zur *Plüschprinzessin* um. Die Sonne stand schon tief und tauchte die Stadt in ein orangefarbenes Licht.

»Ob das Schiff wirklich fliegt?« fragte Scotty schließlich. »Für meinen Geschmack sieht es ein wenig zu schick aus, um weltraumtauglich zu sein.«

»Ich setze mein ganzes Vertrauen in Sie, Mr. Scott«, sagte Spock. »Wenn es ein Raumschiff ist, dann werden Sie es auch in den Weltraum bringen. Außerdem haben Sie gehört, was der Mann gesagt hat. Es ist nur mit dem Besten ausgestattet.«

»Ich dachte, damit meinte er die Sitzpolster«, erwiderte Scotty mürrisch. »Ich glaube kaum, daß ein solches Raumschiff über wirkliche Leistung verfügt.«

»Nun, es ist jedenfalls ein Anfang«, sagte Spock.

Scottys Bedenken, ob sich das winzige Schiff unter den Bedingungen des Weltraums bewähren würden, waren keineswegs zerstreut. Aber schließlich war Scotty Sorgen und Probleme gewohnt. Und nachdem es jetzt ein Raumschiff gab, um das er sich Sorgen machen konnte, empfand er einen Stolz, wie er ihn seit dem Abschied von der *Enterprise* nicht mehr erlebt hatte.

Als sich der Türsummer meldete, fragte sich Kirk, wer ihn um diese Zeit besuchen könnte. Er blickte sich in seinem Wohnzimmer um, doch seine Besatzung hatte sich bereits vollständig versammelt. Er stand auf und öffnete die Tür.

Draußen stand Barbara O'Marla. In ihrer Starfleet-Uniform sah sie zum Anbeißen aus. Bevor er reagieren konnte, hatte sie längst gesprochen.

»Ich werde mitkommen!«

»Komm erst mal herein.«

»Als du heute abend keine Zeit für eine Verabredung hattest, wußte ich, daß du dich entschieden hast. Du kannst auf keinen Fall allein losfliegen. Keine Sorge, es ist nicht wegen unserer Affäre. Es geht mir um die Reise. Ich wollte schon immer in den Weltraum. Diese Chance werde ich mir nicht entgehen lassen.«

»Komm herein. Hier ist es gemütlicher.«

Sie trat ein und ging weiter, bis sie verdutzt in der Tür zum Wohnzimmer stehenblieb. Kirks Freunde waren damit beschäftigt, Karten zu studieren und sich leise, aber konzentriert zu besprechen. Alle drehten sich um und blickten sie an. Es wurde plötzlich still. Sie musterte die neugierigen Gesichter, von denen sie angestarrt wurde.

Kirk schloß die Tür und folgte ihr.

»Darf ich vorstellen? Das ist Barbara O'Marla. Eine Freundin von mir. Barbara, das ist Mr. Spock, am Fenster sitzt Montgomery Scott, und das sind Mr. Chekov und Uhura.« Uhura winkte ihr freundlich zu. »Und dieser alte Knabe ist Pille, Dr. McCoy. Komm ihm nicht zu nahe, er ist immer noch sehr lebendig.«

Barbara wurde von allen begrüßt. Dann wurde es wieder still, bis Kirk das Schweigen brach.

»Wir haben gerade... über unseren gemeinsamen Freund Sulu gesprochen.« Wieder Schweigen. Dann ging Barbara ein Licht auf.

»Sie sind die alte Besatzung der *Enterprise*!« sagte sie und spürte, wie sie dabei errötete.

»Völlig richtig, Mädel«, tönte Scotty.

»Die legendäre Besatzung der *Enterprise*«, wiederholte sie, diesmal beinahe ehrfürchtig. »Mann! Mr. Spock, der wissenschaftliche Offizier. Sie sind zur Hälfte Vulkanier. Dr. McCoy, Erster Bordarzt. Mr. Chekov, Sie waren der Navigator. Uhura, Kommunikation. Und Sie müssen Scotty sein. Ich kann es kaum glauben, Ihnen allen hier zu begegnen.«

»Sie ist ein sehr kluges Mädel, Captain«, sagte Scotty. »Wer ist sie?«

»Entschuldigen Sie bitte, daß ich mich wie ein Schulmädchen verhalte. Aber ich bin zutiefst beeindruckt. Mr. Scott, ich war in ihrem Vortrag über klingonische Kampfkreuzer. Er war ausgezeichnet.«

»Es freut mich, daß wenigstens ein Besucher zugehört hat.«

»Ich habe nicht gedacht... ich meine, mir war nicht bewußt, daß Jim Besuch hat. Entschuldigen Sie, daß ich einfach so hereingeplatzt bin.«

»Es ist uns allen ein Vergnügen«, sagte McCoy und kam näher. »Ich war erst vor sechs Monaten an der Akademie. Haben Sie zufällig mein Seminar über außerirdische Physiognomie besucht? Ich glaube nicht. Ich hätte mich bestimmt erinnert.«

»Seien Sie froh, daß Sie selbst sich noch an Ihren Vortrag erinnern können«, sagte Scotty zu ihm. »Jetzt treten Sie bitte zurück, damit die Kleine genügend Luft zum Atmen hat. Wir wollten gerade eine seltene, wenn auch illegal eingeführte Flasche mit romulanischem Ale aufmachen. Sie gehört zur Kriegsbeute, die wir im Laufe unserer Jahre aus dem Weltraum mitgebracht haben. Vielleicht möchten Sie auch ein Glas mittrinken. Aber vielleicht sollten Sie lieber die Finger davon lassen. Es ist Schmuggelware, und wie ich sehe, sind Sie in Uniform.«

»Sie sollten sich lieber zu mir setzen, Barbara«, sagte Uhura. »Die Jungs haben nur Flausen im Kopf, wenn Sie verstehen, was ich meine.«

»Wir wollten gerade einige wichtige Dinge besprechen«, sagte Kirk leise zu ihr und versuchte, sie am Arm aus dem Zimmer zu führen. Doch sie rührte sich nicht von der Stelle. Kirk blickte sich um und sah, daß sie immer noch von allen angestarrt wurden.

»Sei nicht so grob zu ihr, Jim«, sagte McCoy.

»Ich vermute, ich bin es, die sich unpassend benommen hat«, sagte Barbara. »Entschuldigen Sie, daß ich Sie gestört habe…«

»Du störst überhaupt nicht«, versuchte Kirk es erneut. »Aber vielleicht kann ich dich später anrufen.«

»Einen Augenblick! Jetzt verstehe ich! Ihr wollt alle zusammen nach Beta Prometheus!«

Kirk seufzte und ließ ihren Ellbogen los. Dr. McCoy grinste. Uhura lächelte. Scotty hob sein Glas. Mr. Spock hob eine Augenbraue.

»Warum bleibst du nicht einfach hier?« sagte Kirk in resignierendem Tonfall. Chekov stand auf und bot der jungen Frau den Sessel an, in dem er gesessen hatte. Sie nahm Platz. Dann wartete sie.

»Hier geht es nicht um eine Starfleet-Mission. Es ist ein privates Unternehmen. Wir alle sind im Ruhestand. Und Leute im Ruhestand gehen bekanntlich gerne auf Reisen. Genau das haben wir vor. Wir wollen eine kleine Reise machen.«

»In einen muffigen Winkel der Galaxis außerhalb der Föderation, wo es nur eine primitive Zivilisation gibt, die als größte Sehenswürdigkeit ein paar Dilithiumminen vorweisen kann? Ich würde schleunigst das Reisebüro wechseln.«

»Also gut. Wir können vielleicht helfen. Wir haben es satt, untätig herumzusitzen und zu warten.«

»Ich kann auch helfen. Ich wurde für eine Starfleet-

Mission vorgeschlagen. Ich warte nur auf eine gute Chance.«

»Du wirst sie bekommen. Hab etwas Geduld.«

»Ich habe noch etwas Urlaub. Es wäre also überhaupt kein Problem.«

»Wir wissen nicht, was alles geschehen könnte. Der Weltraum ist voller Gefahren. Ich kann nicht die Verantwortung für dich übernehmen.«

»Das würdest du nicht sagen, wenn wir nicht miteinander geschlafen hätten«, sagte Barbara ohne jede Verlegenheit. Doch Kirk errötete. »Auf deiner kostbaren *Enterprise* warst du für mehr als vierhundert Personen verantwortlich«, redete sie weiter. »Ich bin für diese Mission qualifiziert, und ich melde mich freiwillig. Es wäre unlogisch, wenn du mein Hilfeangebot ablehnen würdest. Du könntest einen jüngeren Offizier gut an Bord gebrauchen. In der Weltraumnavigation hat sich einiges getan, seit du vor einem Jahr Starfleet verlassen hast.«

Chekov wirkte beleidigt. Scotty sah deprimiert aus. Nur Pille lächelte.

»Entschuldigung.« Sie beruhigte sich ein wenig. »Ich wollte niemanden verletzen. Ich weiß daß Sie sich besser mit der Raumfahrt auskennen als sonstwer. Aber Sie müssen zugeben, daß Sie mich gut gebrauchen könnten.«

»Davon bin ich überzeugt, Barbara. Und das meine ich ehrlich. Du wirst eines Tages einer der besten Offiziere von Starfleet sein. Ich würde sogar wetten, daß du eines Tages ein eigenes Kommando erhältst. Ich bin überzeugt, daß du eine ruhmreiche Karriere vor dir hast. Aber unsere Mission, das heißt, unser kleiner Ausflug, hat nichts mit Starfleet zu tun. Ich habe heute angefragt, ob man mich wegen dieses Notfalls wieder in den aktiven Dienst versetzten könnte, aber meine Anfrage wurde höflich abgewiesen. Deshalb kannst du nicht mitkommen, weil du dem Befehl von Starfleet unterstehst. Ich kann nicht die Verantwortung dafür übernehmen, wenn du dich ohne Erlaubnis von der Flotte entfernst. Stell dir nur einmal vor, es geschieht etwas! Was ist, wenn wir gefangengenommen werden oder es zu Auseinandersetzungen mit den Entführern kommt? Als Starfleet-Offizier repräsentierst du gleichzeitig die Vereinte Föderation der Planeten.«

»Jim, ich habe auch noch andere Kleidung außer dieser Uniform.«

»Es könnte gefährlich werden.«

»Das laß meine Sorge sein. Sei so nett und laß mich das Risiko selbst einschätzen und meine eigene Entscheidung treffen. Versteh doch, wenn wir nicht miteinander…«

Kirk seufzte. »Also gut. Ich werde nicht für dich entscheiden. Aber wenn du noch keiner Aufgabe zugeteilt wurdest, kannst du nicht einfach davonlaufen und auf eine Privatmission gehen. Die Starfleet-Bürokratie…«

»Hat meinem Urlaubsantrag stattgegeben. Ich muß zur Beerdigung meiner Großtante.«

»Wann ist sie gestorben?«

»Es kann nicht mehr lange dauern. Ich muß mich schnellstens auf den Weg machen, da sie sehr weit von der Erde entfernt wohnt.«

Kirk wußte, daß er keine Chance mehr hatte, als er die anderen leise lachen hörte.

»Offen gesagt, Barbara, du bittest mich darum, sowohl deine Karriere als auch dein Leben aufs Spiel zu setzen. Wenn wir einmal unsere… private Beziehung außer acht lassen, muß ich sagen, daß du ein sehr junger Offizier bist. Verdammt, vor wenigen Wochen warst du noch Kadett!«

»Ich fühle mich der Aufgabe gewachsen. Du hast noch keinen Piloten. Und darin wurde ich ausgebildet. Willst du meine Akademie-Zeugnisse sehen?«

»Trotzdem...«

»Ach ja, noch etwas.« Sie zog eine kleine Silberscheibe aus ihrer Tasche.

»Was ist das?«

»Die aktuellste holographische Karte der Stadt, in der die Besatzung der *Excelsior* festgehalten wird. Sie liegt auf dem ersten der drei Planeten des Systems Beta Prometheus. Diese Daten sind streng geheim, und ihr hättet keine Chance, auf legalem Weg heranzukommen. Ihr müßtet schon die hervorragend gesicherten, internen Navigationsdatenbanken von Starfleet knacken. Und dazu würdet ihr mindestens eine Woche benötigen.«

Kirk wollte überrascht danach greifen, doch Barbara wich sofort zurück.

»Ich denke, daß diese Scheibe hier sozusagen mein Ticket ist.«

Ein längeres Schweigen trat ein. Kirk wußte nicht, was er sagen sollte. Im Gegensatz zu Pille.

»Es scheint, daß wir sie ganz gut gebrauchen könnten, Jim. Sie verfügt über eine Menge verborgener Talente.«

SIEBTER TAG

Barbara O'Marla tat in der Nacht vor ihrer ersten Reise zu den Sternen kein Auge zu. Sie war auf der Erde aufgewachsen, und ihre einzigen Erfahrungen mit der Weltraumfahrt hatte sie in den Simulatoren von Starfleet gemacht. Sie war furchtbar aufgeregt. Genauso aufgeregt war sie, wenn sie an die Leute dachte, die sie auf ihrer ersten Reise begleiten sollten. Die berühmteste Besatzung in der Geschichte von Starfleet! *Werde ich ihnen gewachsen sein?* dachte sie immer wieder, während sie sich in ihrem Bett von einer Seite auf die andere wälzte.

Kirk hatte in seinem Apartment ebenfalls nicht geschlafen, sondern die ganze Nacht damit verbracht, im Sessel vor dem Fenster zu sitzen und den Flugverkehr zu beobachten. *Ist es eine Schnapsidee? Was können wir tun, wozu die Vereinte Föderation der Planeten nicht in der Lage ist? Und dazu mit einem Luxusdampfer, der wahrscheinlich nicht einmal über Verteidigungssysteme verfügt!*

Uhura schlief zwar, wenn auch unruhig, wenn sie im Traum die harte Sprache der Promethaner hörte. Chekov brütete bis lange nach Mitternacht über den Navigationsdaten, bis auch er wegdöste. Selbst im Schlaf beschäftigte sich sein Geist mit den Sternkarten.

McCoy nippte bis tief in die Nacht an seinem Glas Merkur-Bourbon. Er hatte ein Alter erreicht, in dem man beinahe keinen Schlaf mehr brauchte, obwohl er immer wieder kurz einnickte. *Was in aller Welt denkt sich ein Arzt in meinem Alter dabei, wieder in den Weltraum vorzustoßen?*

Scotty ging in seinem Zimmer auf und ab und saß längere Zeit am elektronischen Teleskop, durch das er bis zum westlichen Stadtrand und zur *Plüschprinzessin* blicken konnte, die in der Nähe der Küste angedockt war. Er brummte ständig vor sich hin, weil er sich Sorgen wegen der ungewöhnlichen Konstruktion und der hochmodernen Systeme machte. *Ich habe mein gesamtes Berufsleben im Maschinenraum der* Enterprise *und ähnlicher Schiffe verbracht. Was ist, wenn die modernen Maschinen der jüngeren Designer zu kompliziert für mich sind? Ich könnte sehr schnell als Vollidiot dastehen.* Da er nicht ins Bett gehen wollte, schlief er eine Stunde lang in einem bequemen Sessel. Als er aufwachte, packte er seinen sorgsam gehüteten Schatz aus tragbaren Analysatoren und anderen technischen Instrumenten ein. Genauso wie die anderen nahm er zwar seine Uniform mit, zog sie aber nicht an. Sie würden als Zivilpersonen reisen, nicht als Repräsentanten von Starfleet. Das bedeutete natürlich auch, daß sie ohne die Rückendeckung und die Mittel von Starfleet auskommen mußten.

Es war vor allem dieser Gedanke, mit dem Spock sich den größten Teil der Nacht herumschlug. Mit Hilfe einer vulkanischen Entspannungstechnik schaffte er es, den Rest der Nacht zu schlafen, doch die politischen Konsequenzen ihres bevorstehenden Abenteuers gingen ihm trotzdem nicht ganz aus dem Kopf. Spock versuchte, völlig logisch ihre Vorgehensweise zu extrapolieren, wenn sie im System Beta Prometheus eingetroffen waren. Sollten sie Rücksprache mit Vertretern von Starfleet oder der Föderation halten, wenn sie Starbase 499 passierten?

Keine der Fragen, die die Besatzung in den Stunden der Dunkelheit bewegten, fand eine Antwort, doch als es dämmerte, kehrte ihre anfängliche Begeisterung sofort zurück. Alle waren innerhalb weniger Minuten aufgestanden und bereit. Schon vor Sonnenaufgang verließen sie ihre Zimmer und machten sich durch die nebligen Straßen auf den Weg zum Strand.

Um Punkt fünf Uhr betraten Kirk und Scott die *Plüschprinzessin* und besichtigten das Gefährt. Im Vergleich zur *Enterprise*, einem Schiff der Constitution-Klasse, das für viele Jahre ihre Heimat gewesen war, wirkte hier alles winzig.

Scotty fand heraus, wie man die Koordinaten in die auf Hochglanz polierten Transporterkontrollen eingab. Um 5.55 Uhr fixierte er einen Punkt im Gras einige Meter unter dem Schiff und wartete ab.

Die anderen kamen kurz vor sechs Uhr – der verabredeten Zeit. Spock traf als letzter um exakt 5.59 Uhr mit seiner Reisetasche ein. Die anderen diskutierten leise über das Aussehen des Raumschiffs. Es bestand aus einem Diskussegment, das natürlich wesentlich kleiner als das der *Enterprise* war – etwa fünfzig Meter im Durchmesser und nur zwei Stockwerke hoch – und zwei Triebwerksgondeln, die dicht unter der Hauptsektion klebten. Die Sichtluken waren oval und recht groß, aber es gab nicht sehr viele. Kirk und Scotty hatten bereits festgestellt, daß bei diesem Raumschiff mehr Wert auf die Innenausstattung als auf die äußere Gestaltung gelegt worden war. Darüber hinaus gab es keine weiteren Anbauten und auch keinen Shuttle-Hangar. Es war ein einfaches Raumschiff von klarer, aber unvollkommener Schönheit.

Nachdem Spock eingetroffen war, wurde Kirk von Scotty auf den Rasen unter dem Raumschiff gebeamt.

»Wie ich sehe, haben sich alle versammelt«, sagte Kirk. »Diese Mission – wenn sie sich überhaupt als solche bezeichnen läßt – ist absolut unkonventionell und geschieht ohne Zustimmung durch die Starfleet-Zentrale oder die Regierung der Föderation, denen gegenüber wir alle als Offiziere zur Loyalität verpflichtet sind, auch wenn wir im Augenblick nicht im aktiven

Dienst stehen. Das gilt insbesondere für Mrs. O'Marla. Sie sind ein junger Offizier, dessen Laufbahn durch eine nicht genehmigte Reise in eine Krisenregion mit instabiler politischer Lage nicht unbedingt gefördert wird. Ich möchte jeden von Ihnen noch einmal fragen, ob vielleicht irgendwer von dieser Mission zurücktreten möchte. Es könnte gefährlich werden. Die Reise könnte sogar von der Föderation als Verstoß gegen die Gesetze betrachtet werden. Und auf jeden Fall wird es keine bequeme Reise werden«, fügte er mit einem Blick auf die kleine Raumyacht hinzu. »Jetzt ist Ihre letzte Gelegenheit. Ich bin sicher, daß niemand die Achtung der anderen verlieren würde, wenn er sich entscheiden sollte, sich nicht daran zu beteiligen.«

Keiner sagte etwas. Barbara O'Marla, die Kirk während seiner Ansprache mit ausdrucksloser Miene angesehen hatte, wandte einfach nur den Blick ab und schaute zur Raumyacht hinauf.

»Wir sind dabei, Jim. Wir sind alle dabei«, sagte McCoy.

»Also gut. Vielleicht würde Mrs. O'Marla als neuestes Mitglied unserer Besatzung gerne das Signal geben.«

Barbara blickte Kirk eine Weile unsicher an, bis ihr offenbar klarwurde, was er ihr gerade angeboten hatte. Sie strahlte über das ganze Gesicht. Sie sah, daß die anderen einen engen Kreis gebildet hatten. Dann berührte sie den Kommunikator auf ihrer Brust, blickte zur Raumyacht hinauf und sagte mit heller, junger Stimme: »Beam uns rauf, Scotty!«

Die sechs entmaterialisierten gleichzeitig.

Als sie sich auf der kleinen Transporterplattform im Heck der *Plüschprinzessin* wiederfanden, redeten plötzlich alle durcheinander.

»Wo können wir unsere Sachen verstauen?«

»Wo ist die Kommandobrücke?«

»Gibt es hier einen Synthetisierer? Ich habe vergessen zu frühstücken!«

»Wie lautet unser erstes Ziel?«

»Hat diese Schönheit überhaupt Schilde?«

»O Gott, ich hoffe, wir machen den Teppich nicht schmutzig!«

»Wie seid ihr überhaupt an dieses Spielzeug gekommen?«

»Wie schnell fliegt es?«

»Wo ist die Kommunikationskonsole?«

»Alles zu seiner Zeit«, rief Kirk lachend. Dann führte er sie durch den schmalen Korridor im unteren Deck. Er mußte laut sprechen, um sich im Stimmengewirr verständlich zu machen.

»Es gibt nur vier Wohnquartiere an Bord der *Prinzessin*. Wir müssen uns die Räume teilen. Andererseits sind es ausnahmslos Luxusquartiere, so daß es vermutlich keinen Grund zur Klage gibt. Da wir insgesamt sieben sind, habe ich diesen Raum Dr. McCoy zugewiesen.« Er blieb im Korridor stehen und deutete auf eine Tür. »Weil er der… äh… dienstälteste Offizier ist.«

»Er meint, weil ich der griesgrämigste bin und man niemanden zumuten kann, ein Zimmer mit mir zu teilen. Vielen Dank, Captain.«

»Keine Ursache, Pille. Du darfst mich Jim nennen. Ich denke, wir alle können auf Titel und überflüssige Förmlichkeiten verzichten, da wir buchstäblich im selben Boot sitzen, auch wenn der Betrieb des Schiffes nach der üblichen Kommandohierarchie ablaufen sollte.« Er ging weiter, als die Tür aufglitt und Pille zögernd sein kleines, aber bestens ausgestattetes Zimmer betrat. »Auf dieser Seite gibt es eine weitere Luxuskabine mit eigenem Badezimmer, das ich Uhura und Barbara zugewiesen habe. Damit sie nicht völlig auf ihre Privatsphäre verzichten müssen.«

Als die Damen ihr Quartier betraten, blickte Uhura sich zu Barbara um.

»Ziehen Sie ein bestimmtes Bett vor?«

»Nein, suchen Sie sich eins aus.«

Uhura warf ihre Tasche auf das Bett. »Also gut. Ein hübsches Zimmer. Etwas klein, aber wir werden damit zurechtkommen.«

»Sie sind bestimmt viel größere Quartiere gewöhnt.«

»Die alte *Enterprise* war recht angenehm. Nicht so gut gepolstert, aber größer. Und die Sichtluken für die höheren Offiziere gingen bis zur Decke.«

»Sie scheinen das Schiff zu vermissen.«

»Damit könnten Sie recht haben. Ich glaube, das ist der eigentliche Grund, warum ich mich an dieser Aktion beteilige. Könnten Sie mir einen großen Gefallen tun?«

»Sicher.«

»Bremsen Sie mich, wenn ich zu sehr in Erinnerungen schwelge. Ich will nicht so werden wie die fetten alten Admirale, die im *Grog and Flag* sitzen und von den guten alten Zeiten schwärmen. Teufel auch! Sie haben wahrscheinlich eine viel bessere Ausbildung als ich erhalten.«

»Das bezweifle ich. Darf ich Ihnen auch etwas sagen?«

»Natürlich – ich bin auf Kommunikation spezialisiert.«

»Ich glaube, ich habe etwas weiche Knie. Ich war zwar schon auf einigen Trainingsflügen, aber nie außerhalb des Sonnensystems. Außer der Erde habe ich nie einen anderen Planeten betreten. Ich habe immer davon geträumt, in den Weltraum zu fliegen. Und nachdem dieser Traum jetzt Wirklichkeit wird…«

»Ich verstehe. Es ist gar nicht so lange her, als es mir genauso ging. Ich kam von verschiedenen Regionalschulen in Kenia. Ich habe eine Menge Literatur über fremde Planeten verschlungen, es aber niemals für möglich gehalten, daß ich einmal selbst ein Starfleet-Offizier werde. Ehrlich gesagt, kann ich es immer noch nicht fassen, daß ich wirklich von der Akademie angenommen wurde. Machen Sie sich keine Sorgen. Sie werden es schaffen. Sie können sich keine besseren Kameraden für Ihre erste Mission wünschen. Und es gibt keinen besseren Navigator als Chekov.«

Ein Stück weiter im Korridor hatte Kirk auf zwei Kabinen mit jeweils zwei Etagenbetten gezeigt. »Das sind unsere«, sagte er zu den übrigen drei Männern. »Wir müssen uns das Badezimmer in der Mitte zwischen den Zimmern teilen.«

Es gab eine Pause, als die vier verlegen im Vorzimmer standen, von dem die zwei Schlafzimmer abgingen. Kirk dachte für einen Moment, daß sie sich offenbar nicht sehr nahestanden, obwohl sie fünfundzwanzig Jahre lang gemeinsam auf der *Enterprise* gearbeitet und gelebt hatten. Außerhalb des Dienstes hatte es zwischen ihnen nur wenige freundschaftliche Gespräche gegeben. Er überlegte noch, was er sagen sollte, als Spock das Schweigen brach.

»Captain, Sie und ich könnten dieses Quartier nehmen, während Mr. Chekov und Mr. Scott vielleicht das andere beziehen.«

»Gut«, sagte Kirk, worauf sich die kleine Gruppe auflöste.

Alle waren damit beschäftigt, ihre Sachen zu verstauen. Da sie nur die wichtigsten Dinge mitgebracht hatten, benötigten sie nicht viel Zeit. Schließlich trat Kirk wieder auf den Korridor und stieg über die kleine glänzende Wendeltreppe nach oben, worauf er das Deck mit der Kommandozentrale erreichte. Pille war bereits dort.

»Jim, hier gibt es keinerlei medizinische Einrichtungen.«

»Dann können wir nur hoffen, daß niemand von uns ernsthaft krank wird. Du kannst im hinteren Raum eine provisorische Krankenstation einrichten, wenn du möchtest.«

»Auf dem Observationsdeck? Es sieht eher wie ein Salon aus, in dem sich die Bonzen von ihren Dienern verwöhnen lassen.«

»Zumindest ist es dort nicht zu unbequem. Aber ich fürchte, daß dieses Schiff nicht standardgemäß mit Dienern ausgestattet ist.«

Nach und nach traf auch die übrige Besatzung auf der Brücke ein. Kirk zeigte ihnen die Einrichtung.

»Uhura, ich denke, Ihr Arbeitsplatz liegt da hinten in der Ecke. Dort scheinen sich die meisten Kommunikationssysteme zu befinden. Wir werden Ihnen eine Sitzgelegenheit aus dem Salon holen. Diese drei Sessel hier sind für uns. Ich nehme den in der Mitte, wenn es recht ist. Chekov, von dort aus haben Sie den besten Zugriff auf die Navigationskontrollen des Schiffes.«

Chekov nahm sofort Platz und begann damit, dic Daten von den Disketten, die er mitgebracht hatte, in die Konsolc zu überspielen.

»Und dieser Sessel ist für unsere neue Pilotin.« Kirk war sich natürlich bewußt, daß ihre Beziehung einen neuen Charakter angenommen hatte, als Barbara sich der Besatzung angeschlossen hatte, aber er war noch nicht sicher, wie er nun zu ihr stehen sollte. »Meinen Glückwunsch zu deiner ersten Mission, auch wenn sie nicht unter regulären Bedingungen stattfindet. Bitte übernimm die Pilotenkontrollen.«

»Danke«, sagte Barbara leise und setzte sich. Während der nächsten halbe Stunde hörte sie kaum, was um sie herum vor sich ging, als sie versuchte, sich mit der Hauptkonsole und den Anzeigen und Monitoren vertraut zu machen. Allmählich gewöhnten sich ihre Finger an die Sensormatrix, und schließlich ließ sie ein

Programm laufen, mit dem die Manöverdüsen getestet wurden. Dann gab sie probeweise verschiedene Warpwerte ein und beobachtete die Subraumanzeigen. Alles schien ähnlich wie in den Simulatoren der Akademie angeordnet zu sein, und schon nach kurzer Zeit hatte sie das Gefühl, alle Systeme im Griff zu haben. Dann wurde ihr plötzlich klar, daß sie dafür verantwortlich sein würde, mit dem Schiff die Erdatmosphäre zu verlassen und es auf korrektem Kurs zum ersten Ziel zu bringen. Fast unmittelbar darauf würden sie und der Navigator es auf Warpgeschwindigkeit beschleunigen. Im Prinzip kannte sie sich mit diesen Vorgängen aus, nur daß es sich diesmal nicht um eine Simulation handelte. Winzige Schweißperlen standen auf ihrer Stirn. Sie blickte zu Chekov hinüber, der von den superschnellen Datenanzeigen der modernen Raumyacht begeistert war. Als er ihren Blick erwiderte, lächelte sie. Er zwinkerte und nickte ihr verständnisvoll zu. Sie fühlte sich bereits etwas besser.

»Es gibt keine wissenschaftliche Station, wie Sie sehen, Mr. Spock«, sagte Kirk gerade. »Aber ich dachte, Sie könnten vielleicht dort Platz nehmen.« Kirk zeigte auf einen Sessel vor einer Konsole. »Über das Terminal können Sie auf alle Informationen zugreifen, die in den Datenbanken dieses Schiffes gespeichert sind. Uhura könnte Sie vielleicht mit Memory Alpha verbinden, damit sie jede gewünschte Information abrufen können.«

»Vielen Dank, Captain. Es dürfte für meine Zwecke völlig genügen.« Spock hatte sich bereits gesetzt und überprüfte die Möglichkeiten des Schiffes zur Messung des Luftdrucks, der Gravitation und anderer Parameter.

»Es wird sicherlich alle erleichtern zu hören, daß dieses Schiff tatsächlich über Schilde verfügt. Sie würden zwar nicht einmal einen nuklearen Sprengkopf aus den Zeiten der atomaren Kriegführung abhalten, aber sie werden unsere Außenhülle vor dem üblichen Treibgut des Weltraums schützen. Also gut. Sind alle bereit?« Er sah das Nicken aller Mitglieder seiner Besatzung. »Scotty?«

»Ich glaube, ich habe die Maschinen unter Kontrolle, Captain«, meldete sich die vertraute Stimme. »Aber die Energiekapazität ist recht begrenzt. Eine Verstärkung der Schilde ist also ausgeschlossen«, warnte er Kirk. »Sie sind nicht auf die Verteidigung in einem Gefecht ausgelegt. Sie sollen nur dafür sorgen, daß die Hülle schön sauber und unversehrt bleibt, aber mehr nicht. Und wir haben nicht einen einzigen Torpedo.«

»Wir ziehen nicht in den Krieg, Scotty«, sagte Kirk. »Wir wollen uns nur ein wenig umsehen. Also dann, Barbara. Das Schiff gehört dir. Wir wollen sofort in den Erdorbit gehen. Ein Viertel Schub voraus.«

Barbara ließ ihre Finger über die Konsole fliegen. Das Schiff nahm Fahrt auf und stieß durch die Atmosphäre. Kirk beobachtete Barbara, während die Bucht unter dem Schiff zurückfiel und sich ihre Geschwindigkeit steigerte. Dann gab es einen Ruck, der das Schiff nach vorne zu reißen schien, so daß alle in ihre Sitze zurückgeworfen wurden. Als sie sich von diesem Schrecken erholt hatten, schwebte das Schiff bereits anmutig in der ewigen Finsternis des Alls.

»Tut mir leid. Ich habe für einen Moment die Kontrolle über das Schiff verloren«, entschuldigte sich Barbara bei den Anwesenden.

»Wenn man bedenkt, daß dies dein erster nicht simulierter Start mit einem unvertrauten Schiff ist, hast du es hervorragend gemacht«, sagte Kirk. Er klatschte, worauf alle anderen sich dem Applaus anschlossen. Die junge Pilotin errötete, war aber gleichzeitig stolz auf ihre Leistung. Auch Kirk empfand einen unnatürlichen Stolz auf die junge Frau. Doch er ließ sich nichts anmerken, obwohl sich bei ihrem Anblick sein Herzschlag beschleunigte.

Kurz darauf schoß die *Plüschprinzessin* durch die Galaxis und hielt direkten Kurs auf Starbase 499, nachdem Chekov die am Vortag gesammelten Daten zur Verfügung gestellt hatte. Ihr erstes Ziel war die die dem System Beta Prometheus nächste Föderationsbasis.

Sulu kam nur langsam wieder zu Bewußtsein. Zuerst spürte er den harten Boden, auf dem er lag, dann das weichere Material, auf dem sein Kopf ruhte.

»Captain?« flüsterte eine Stimme. Dann noch einmal und etwas lauter: »Captain?«

Sulu sah, daß Dr. Bernard Hans neben ihm auf dem Boden kniete.

»Alles in Ordnung?« fragte Hans.

Sulu richtete sich mühsam ein Stück auf. Er hörte, wie seine Gelenke knackten.

»Sie wurden betäubt«, sagte Hans. »Wie fühlen Sie sich?«

»Wie soll ich mich schon fühlen?« erwiderte Sulu stöhnend. »Wie jemand, der betäubt wurde. Wo sind die anderen?«

»Hier. Zumindest die Männer. Man hat Fähnrich Violet Bays und Ingenieur Nora Schmidt weggebracht.«

»Jetzt erinnere ich mich. Wo sind wir?«

»In einer Art Verlies. Machen Sie sich keine Sorgen. Für uns ist es genauso dunkel wie für Sie. Es gibt hier keine Fenster.«

Sulu blickte sich um. In der Dunkelheit konnte er schemenhaft die Gestalten von Lieutenant Roose, Kadett Spiros Focus, Chefingenieur Norquist Svenson und den anderen erkennen. Er rappelte sich auf, wobei ihm mehrere Hände zu Hilfe kamen.

»Wenn ich ehrlich bin«, beklagte er sich, »glaube ich, daß der harte Boden schlimmer als der Phaserschuß war. Wie lange habe ich bewußtlos dagelegen?«

»Zwölf bis vierundzwanzig Stunden. Es ist schwer einzuschätzen. Wir habe keine Chronometer, und das wenige Licht, das es hier gibt, scheint sich niemals zu verändern.«

»Haben Sie eine Ahnung, wo wir uns befinden?«

»Eigentlich nicht. Maldari ist noch einmal mit einem Haufen klingonischer Krieger zurückgekommen...«

»Klingonen!«

»Ich fürchte, ja. Er und ein ganz in Schwarz gekleideter Promethaner haben sie hereingebracht. Wir wurden aus dem Shuttle über ein freies Feld in ein klingonisches Schiff geführt. Ein Kampfkreuzer. Wir haben Sie getragen, Captain. Dann sind wir auf einer Art Frachtraumhafen gelandet. Aber es war nicht sehr viel los. Man hat uns unbemerkt in ein Lagerhaus gebracht und in diesen Raum gesperrt.«

»Gibt es einen Ausgang?«

»Sie hätten nicht einen Tag und eine Nacht lang auf dem harten Boden mit meiner Jacke als Kopfkissen liegen müssen, wenn wir einen gefunden hätten«, sagte Hans, als er seine Jacke nahm und ausschüttelte. »Die anderen haben jeden Quadratzentimeter dieses Raumes untersucht. Sogar da oben.« Er zeigte zur Decke. »Einer hat sich auf die Schultern der anderen gestellt. Sie hätten ihre akrobatischen Verrenkungen sehen sollen. Aber sie haben nichts entdeckt. Unsere Entführer benutzen die einzige Tür. Sie ist so stabil wie Felsgestein. Das heißt, noch viel härter. Auf unserer Seite gibt es nicht einmal einen Türgriff. Sie bringen uns von Zeit zu Zeit etwas zu essen und das Zeug hier zu trinken, aber weiter nichts.« Hans reichte Sulu einen Becher mit einer dicken Flüssigkeit. »Es ist gar nicht so schlecht. Sie sollten etwas davon trinken.«

Sulu blickte der Reihe nach alle seine Männer an.

»Sind alle in Ordnung?« Sie nickten. »Spiros, was macht Ihr Arm?«

»Ich habe keine Probleme, Commander.«

»Jetzt sitzen wir also hier fest«, sagte Sulu. Obwohl alle seine Offiziere tapfere Menschen waren und jeder von ihnen eine hervorragende Ausbildung in Überlebenstechniken auf fremden und unwirtlichen Planeten erhalten hatte, waren sie dennoch in erster Linie Wissenschaftler, Ingenieure und Navigatoren. Er konnte sich nicht vorstellen, daß sie unter unmenschlichen Bedingungen lange durchhalten würden. Er fühlte sich für ihr Schicksal verantwortlich. »Und es ist nur meine Schuld«, fügte er zerknirscht hinzu.

Die anderen widersprachen ihm sofort.

»Nein, das stimmt nicht! Sie dürfen sich keine Vorwürfe machen«, sagte Hans. »Es gehört zu unserer Mission.« Er blickte sich mit einem verbissenen Lächeln im düsteren Raum um.

»Woran liegt es, daß man uns immer noch nicht herausgebeamt hat?« fragte Lieutenant Roose. »Ich meine, wo ist Sencus, und warum warten sie so lange?«

»Wahrscheinlich haben diese Hunde damit gedroht, uns etwas anzutun, wenn Sencus sich nicht zurückzieht«, sagte Hans. »Und was das Beamen betrifft, nun, man hat uns die Kommunikatoren abgenommen, und auf der *Excelsior* hat man möglicherweise keine Ahnung, wo wir stecken. Man hat uns weggebracht, kurz nachdem Sven die Koordinaten gesendet hat. Außerdem befürchte ich, daß diese Wände gegen Transporter abgeschirmt sind. Das wäre zumindest eine wichtige Voraussetzung für ein gutes Gefängnis. Ich bin sicher, daß Starfleet uns früher oder später herausholen wird. Es könnte allerdings sein, daß wir vorher noch einige Zeit totschlagen müssen.«

»Ich habe eine Idee«, sagte Sulu. »Während wir warten, könnte Sven uns doch einige Gymnastikübungen zeigen.«

Von den weniger sportlichen Mitgliedern der kleinen Gruppe kam leises Murren.

»Na los! Alle zusammen«, sagte Sulu, dem seine Rolle als Vorturner überhaupt nicht gefiel. »Auf diese Weise werden wir fit bleiben. Und etwas Sport ist wichtig für die geistige Gesundheit.«

Starbase 499

Die künstliche Stadt schwebte in einigen Lichtjahren Entfernung vom System Beta Prometheus in einem stationären Orbit. Auf den fünfzig Decks herrschte auch zu normalen Zeiten viel Betrieb. Nach dem Eintreffen der Einsatzteams, die wegen des Prometheus-Zwischenfalls hierherbeordert worden waren, ging es dort ziemlich hektisch zu. So kam es, daß die Ankunft der kleinen Raumyacht namens *Plüschprinzessin* kaum Aufmerksamkeit erregte. Der Commander des Raumdocks war nicht einmal in der Zentrale, als Uhura ruhig um die Andockgenehmigung bat.

»Hier ist die *Plüschprinzessin*. Wir benötigen eine Andockschleuse«, sagte sie, als sie in Sichtweite der Raumstation kamen.

»Wie lautet der Zweck Ihres Besuches?« fragte der stellvertretende Leiter routinemäßig. Uhura blickte zu Kirk auf, der die Stirn runzelte.

»Wir machen Urlaub«, antwortete sie schließlich ohne große Begeisterung. Es gab eine Pause, während sich der Stationsoffizier anscheinend fragte, wozu jemand in diesem abgelegenen Teil des Universums Urlaub machen wollte. Doch zum Glück für Kirk und seine Besatzung mußte er sich gleichzeitig um andere und größere Schiffen kümmern.

»Genehmigung erteilt«, meldete er sich zurück. In

Anbetracht der Größe der *Plüschprinzessin* wies er ihr eine der kleineren Nebenschleusen zu, gab die Koordinaten durch und hatte sie schon kurz darauf wieder vergessen. Doch vorher fragte er noch nach dem Namen des Captains.

»James Kirk«, sagte Uhura. Dann glitt die Yacht durch das große Tor und steuerte den zugewiesenen Andockplatz an. Gleichzeitig beobachtete die gesamte Besatzung durch die Sichtluken die drei großen Föderationskreuzer, die bewaffnet und einsatzbereit neben der Starbase im Weltraum hingen. Hinter den hell erleuchteten Luken schien sich hektische Aktivität zu entfalten.

Die *Plüschprinzessin*, die im Innern des Raumdocks nur noch mit Hilfe der Manövrierdüsen flog, kam zum Halt, und Kirk ordnete an, daß alle Systeme bis auf die Schwerkraft und die Lebenserhaltung abgeschaltet wurden.

»Ich glaube, wir sollten jetzt Kadett O'Marla zu dem erfolgreichen Abschluß ihres ersten Weltraumfluges gratulieren«, sagte Mr. Spock leise von seiner Station im hinteren Bereich des Kontrolldecks.

»Gut gemacht«, sagte Kirk.

»Bisher lief ja alles bestens«, sagte McCoy, als er vom Hecksalon in die Zentrale kam.

Barbara platzte fast vor Stolz. »Vielen Dank«, sagte sie.

Nach einer kurzen Pause stellte Uhura die Frage, die ihnen allen auf den Nägeln brannte.

»Und was jetzt?«

Kirk stand auf und registrierte, daß sich alle auf der Brücke versammelt hatten. Dann gab er den Plan bekannt, den er seit ihrem Start ausgebrütet hatte.

»Ich denke, wir alle haben uns als erstes einen Drink verdient.«

»Gute Idee«, sagten McCoy und Scotty fast gleichzeitig.

»Aber Captain«, sagte Chekov. »Wir haben einen sehr weiten Flug unternommen. Sollten wir nicht… wie soll ich es sagen?… irgend etwas *unternehmen*?«

»Das werden wir«, sagte Kirk. »Denn fast alles, was in einer Starbase vor sich geht, wird auf dem Freizeitdeck besprochen. Wenn wir uns dort eine Weile aufhalten, dürften wir eine Menge Klatsch hören. Also können wir genausogut dort anfangen. Halten Sie die Ohren offen, vor allem, wenn es um den Stand der Verhandlungen über die Freilassung der Geiseln geht. Ich bin sicher, daß ständig der eine oder andere Diplomat in der Bar Hof hält. Dort halten sich Diplomaten nämlich die meiste Zeit ihres Lebens auf. Wir wollen uns in, sagen wir, einer Stunde wiedertreffen.«

Die Besatzung versammelte sich im Transporterraum, ließ sich nach 499 hinüberbeamen und begann mit der Erkundung des Labyrinths aus Hallen und Gängen, während sie für jeden Passanten wie eine Gruppe frisch eingetroffener Touristen wirkte.

Kirk und seine Freunde trafen während der späten Abendschicht der Station ein, so daß sich viele Menschen und Aliens auf dem lauten Freizeitdeck tummelten. Kirk bemerkte, daß gerade ein Tanzwettbewerb veranstaltet wurde, aber er hatte keine Ahnung, wie die Jury zu einem Urteil kommen wollte, wenn man die Variationen in Stil und Anatomie der Wettbewerber betrachtete. Die Musik war altertümlich, eine Mischung aus synthetischen Klängen und harten Rhythmusschlägen, die eine pentatonische Skala wiederholten. Obwohl Kirk keine besondere Beziehung zu dieser Art von Musik hatte – er empfand sie eigentlich nur als Lärm –, schienen die jungen Menschen und Aliens, die sich ohne Scheu auf der Tanzfläche mischten, trotz aller kulturellen Unterschiede in dieser Musik zumindest für den Augenblick eine Gemeinsamkeit zu finden.

Die Gruppe von der *Plüschprinzessin* trennte sich. Kirk, Scotty und Chekov durchquerten gerade den Raum, als Scotty jemanden entdeckte, den er kannte. Obwohl er mit dem Rücken zu ihm stand, identifizierte Scotty sofort den vollen Bauch und das rote Haar des Mannes, den er schon seit seiner Akademiezeit kannte.

»Flanny, du alter Zecher!« tönte Scotty, als er dem Mann kräftig auf den Rücken schlug. »Ich dachte, man hätte dich längst unter die Erde gebracht!«

Der Ingenieur drehte sich um und verzog sein rötliches Gesicht zu einem zerfurchten, breiten Grinsen.

»Sieh mal einer an! Montgomery Scott, der zweitbeste Ingenieur aus dem Abschlußjahrgang 2241. Ich dachte, du hättest dich inzwischen zur Ruhe gesetzt. Moment mal! Wo ist denn deine Uniform?«

»In der Mottenkiste. Ich bin vorübergehend außer Dienst, Flanny. Und es ist das reinste Vergnügen, das kann ich dir sagen. Aber ich rechne jederzeit mit einer neuen Mission. Ich wette, sobald ich zurück bin, wird man mir ein nagelneues Schiff anbieten.« Er blinzelte. »Das sind James Kirk und Pavel Chekov, meine alten Kameraden.« Die Männer schüttelten sich reihum die Hände. »Garth Flanagan und ich haben vor über fünfzig Jahren gemeinsam die Akademie besucht. Wie findet ihr das?«

»Mußtest du unbedingt diese Zahl erwähnen, Scotty? Es ist schlimm genug, daß wir uns zu einem Haufen alter Dinosaurier entwickeln.«

»Unsinn. Wir beide sind kerngesund. Und die jüngeren Offizier werden noch Jahrzehnte brauchen, bis sie sich mit unserer Erfahrung messen können. Darf ein Reserveoffizier dir und deinen Freunden eine Runde spendieren?«

»Vorher würden wir dich auf keinen Fall gehen lassen, Scotty«, erwiderte der Mann und zwinkerte mit den freundlichen Augen. »Setzt euch, setzt euch, dann verratet uns, was euch zu dieser Starbase am Arsch der Welt führt.«

Sie nahmen am Tisch Platz, und Scotty bestellte eine Runde. Er erzählte den Ingenieuren, daß er und seine Freunde gekommen waren, um Neuigkeiten über die Situation im System Beta Prometheus zu erfahren, da ein alter Freund von ihnen unter den Geiseln war. Es stellte sich heraus, daß die Männer am Tisch von den Starfleet-Schiffen kamen, die vor kurzem eingetroffen waren.

»Sie sind bis an die Zähne bewaffnet, Scotty«, sagte Flanagan in vertraulichem Tonfall. »Sie könnten den gesamten Planeten innerhalb weniger Minuten in einen Asteroidengürtel verwandeln. Und ich glaube, genau das würde der Admiral lieber heute als morgen machen.«

»Der Admiral?« fragte Scotty.

»Die Raumschiffe stehen unter dem Kommando von Admiral Julius Fesidas.«

»Fesidas?« warf Kirk neugierig ein. »Ich kenne diesen Mann. Ich bin ihm gelegentlich in San Francisco begegnet. Er hat das Kommando?«

»Es ist sein Sohn.«

»So ein Zufall«, sagte Kirk.

»Das glaube ich kaum«, sagte Chekov. »Auch in der Föderation fällt der Apfel nicht weit vom Stamm.«

»Auf jeden Fall glaube ich«, erzählte Flanagan weiter, »daß der junge Fesidas es gar nicht erwarten kann, sich ins Getümmel zu stürzen und die Geiseln herauszuholen. Er würde gerne zeigen, was in ihm steckt.«

»Und warum hat er es noch nicht getan?« fragte Scotty.

»Weil auch er seine Befehle hat. Nur der Rat der Föderation oder der Präsident können einen militärischen Einsatz anordnen. Aber es gibt noch ein anderes Problem.«

»Welches?« wollte Kirk wissen.

»Nach meiner bescheidenen Meinung...«, begann Flanagan.

»An der Akademie war deine Meinung keineswegs bescheiden«, unterbrach ihn Scotty.

»Das kann schon sein«, sagte Flanagan leise mit seiner tiefen Stimme, während seine Augen glitzerten. »Auf jeden Fall können sich unsere Raumschiffe nicht in einem schwarzen Loch verstecken. Wenn sie kommen, sind sie einfach nicht zu übersehen. Was würde dann mit den Geiseln geschehen? Natürlich könnten wir eine Eliteeinheit hinunterbeamen, aber damit würden wir unseren Vorteil der überlegenen Feuerkraft aufgeben. Wir wären sogar im Nachteil, weil das Gelände auf Archnos, wo die Geiseln allem Anschein nach festgehalten werden, ziemlich unwirtlich ist. Es ist felsig, öde und zu dieser Jahreszeit eiskalt. Die Piraten, die euren Freund geschnappt haben, mögen vielleicht ein Haufen primitiver Dummköpfe sein, aber sie haben einen klaren Heimvorteil, falls euch dieser Ausdruck geläufig ist.«

»Dann glauben Sie also nicht, daß es eine Invasion geben wird?« sagte Kirk.

»Nein, Captain. Aber ich muß Ihnen wohl nicht erzählen, daß die Leute im Maschinenraum immer als letzte erfahren, was geschieht. Das ist natürlich nur meine unbedeutende Meinung«, sagte er stolz, »die ich mir im Laufe von fast vier Jahrzehnten Dienst gebildet habe.« Er klopfte sich auf das Starfleet-Abzeichen an seiner Uniform. »Ich weiß nicht, was geschehen wird. Aber wir sind bereit, und wir werden tun, was man von uns verlangt. Nicht wahr, meine Herren?« Er hob sein Glas.

Die anderen Ingenieure stimmten ihm lauthals zu und stießen mit ihm an. Scotty, Kirk und Chekov hoben ebenfalls die Gläser. Dann entschuldigte sich Kirk und verließ die fröhliche Gruppe.

Mr. Spock trat wieder in den Turbolift und fuhr zu einem weniger überlaufenen Deck der Starbase hinauf, das dem Andockplatz ihrer Raumyacht gegenüber lag. Er blieb vor einem großen Sichtfenster stehen. Neben der Station hing die U.S.S. *Excelsior* im All. Dann ging er zum Transporterraum in der Nähe, wo er auf einen jungen technischen Offizier traf.

»Mein Name ist Spock«, sagte er ruhig. »Ich suche nach einem Vulkanier. Sein Name ist Sencus.«

»Er befindet sich an Bord der *Excelsior*, Captain. Er hat das Kommando über das Schiff, solange Captain Sulu abwesend ist.«

»Ich verstehe. Dann hätte ich gerne die Erlaubnis, an Bord gehen zu dürfen.«

»Selbstverständlich, Captain. Treten Sie bitte auf die Plattform, dann werde ich Sie hinüberbeamen.«

»Sollten Sie sich nicht vorher über meine Identität vergewissern? In meinem alten Raumschiff haben wir nicht ohne weiteres jeden an Bord gelassen.«

Der junge Offizier lächelte. »Mr. Spock, Sie können mich durch Ihre Zivilkleidung nicht täuschen. Ich habe Sie erkannt. Ich wünschte mir nur, Ihr Freund Mr. Sulu wäre hier, um Sie persönlich begrüßen zu können.«

Spock nickte nur und trat auf die Transporterplattform. Kurz darauf befand er sich in der vertrauten Umgebung eines Starfleet-Raumschiffs, auch wenn es sich in diesem Fall um eines der *Excelsior*-Klasse handelte, das sogar noch größer als sein altes Schiff war.

Der Transportertechniker war offenbar durch seinen Kollegen auf der Starbase über den Besucher informiert worden.

»Guten Morgen, Mr. Spock. Willkommen an Bord der *Excelsior*. Ich habe Captain Sencus mitgeteilt, daß Sie gekommen sind. Er erwartet sie auf der Brücke.«

»Vielen Dank.« Spock nickte. Er stieg von der Plattform und machte sich auf den Weg. Obwohl er grundsätzlich mit den Korridoren eines Raumschiffs vertraut war, wußte er, daß er sich nicht auf der *Enterprise* befand. Daher war er sich nicht sicher, in welche Richtung er gehen mußte.

»Nach rechts zum Turbolift, Mr. Spock. Er wird Sie direkt ans Ziel bringen. Deck eins, selbstverständlich.«

»Danke«, sagte Spock und folgte den Anweisungen des Mannes.

Wenig später trat er auf eine Brücke, die sich kaum von der seines alten Raumschiffs unterschied. Er war seit über neun Monaten nicht mehr auf einem Starfleet-Schiff gewesen, doch es sah noch fast alles genauso aus, sogar die Uniformen, die er selbst und die anderen jahrelang getragen hatten. Er warf einen Blick zur Seite und sah einen jungen weiblichen Offizier an der Kommunikationsstation. Er sah den Kommandosessel in der Mitte, der zur Zeit jedoch leer war. Einige Offiziere waren an ihren Stationen und führten Routineüberprüfungen durch, aber die Konsolen des Piloten und Navigators waren unbesetzt.

An der wissenschaftlichen Station stand ein Vulkanier auf, der schlanker und größer als Spock war. Er kam ihm mit erhobener Hand entgegen.

»Mr. Spock. Wir sind uns noch nie begegnet, aber ich habe schon sehr viel von Ihnen gehört. Ich bin Sencus, der Wissenschaftsoffizier der *Excelsior*.«

Spock und Sencus begrüßten sich auf traditionelle vulkanische Art. »Glück und langes Leben!« sagten sie leise.

»Sie waren der erste Vulkanier, der die Starfleet-Akademie abgeschlossen hat«, sagte Sencus. »In jenen Tagen wurden Sie unter meinen Freunden an der vulkanischen Akademie der Wissenschaften genauso eingeschätzt wie jemand, der von zu Hause fortläuft und sich einem Weltraumzirkus anschließt. Wir alle kannten die Legende.«

»Wirklich? Interessant…«, erwiderte Spock. »Sencus, ich würde gerne von Ihnen hören, was geschehen ist. Damit ich über Informationen aus erster Hand verfüge.«

»Natürlich«, sagte Sencus und kam einen Schritt näher. »Vor sieben Tagen empfingen wir einen Notruf…« Dann faßte Sencus schnell die Ereignisse für Spock zusammen. Erst danach nahm er wieder in seinem Sessel Platz. »Schließlich wurde uns befohlen, zur Starbase zurückzukehren«, sagte er. »Seitdem hat es keine weiteren Vorfälle gegeben. Die Verhandlungen der Föderation sind tatsächlich in eine Sackgasse geraten. Unsere Botschafter sind sehr unzufrieden. Und ich fürchte, daß die große Anzahl der Zivilisationen, die in diesem Teil des Universums Handel miteinander treiben, es praktisch unmöglich macht, ein wirksames Embargo zu verhängen. Es gibt zu viele andere, die die Ansicht vertreten, daß sie nichts mit diesem Problem zu tun haben, und nicht daran interessiert sind, ihre Handelskontakte einzuschränken.«

»Woran sind die Promethaner Ihrer Ansicht nach wirklich interessiert?« fragte Spock. »Sie können doch nicht ernsthaft davon überzeugt sein, daß die Besatzung der *Excelsior* spioniert hat.«

»Der Captain der *Sonnentau*, ein Promethaner namens Maldari, versuchte irgendein Lösegeld von uns zu erpressen. Ich mußte dies natürlich entsprechend der Allgemeinen Order ablehnen. Danach wurde die Situation immer schlimmer. Hinter dem Ganzen scheint keinerlei geplante Strategie zu stehen«, vermutete Sencus. »Nach dem, was unsere Diplomaten von den verschiedenen Repräsentanten der Herrschenden Familie erfahren haben, wird die Geiselnahme von ihnen keineswegs befürwortet, sondern es scheint sich eher um eine Wahnsinnstat Maldaris zu handeln.«

»Und welche Interessen verfolgen sie jetzt mit den Geiseln?«

»Die wichtigste Frage scheint für sie zu sein, wie sie unsere Leute wieder loswerden können, ohne dabei ihr Gesicht zu verlieren. Die Diener des Weges versuchen die Bevölkerung in einer Kampagne davon zu überzeugen, daß die Föderation ihr Feind ist.« Sencus, der einige Jahre älter als Spock war, überlegte sich seine Worte genau, bevor er weitersprach. »Nach dem, was wir über ihre Zivilisation wissen, kontrollieren die Diener des Weges als religiöse Führer die Konklaven, doch die Trennung zwischen ihrem Glaubenssystem und den politischen Strukturen ist wie bei den meisten Religionen nicht sehr deutlich ausgeprägt. Um das Volk unter Kontrolle zu halten, ist es nötig, die Kräfte und in manchen Fällen auch den Zorn des Volkes zu kanalisieren, da sowohl die Vertreter des Einzigen Weges als auch die Herrschende Familie einen beträchtlichen Anteil der Ressourcen kontrollieren. Die Föderation ist ihnen als Sündenbock geradezu in den Schoß gefallen, wie es scheint. Und sie wurden erst durch eine ganz andere Gruppe in diese Lage gebracht, die offenbar die Gelegenheit genutzt hat, um die Geiseln für ihre eigenen Zwecke zu verwenden. Diese Gruppe versucht die Promethaner davon zu überzeugen, daß sie von der Föderation nur ausgebeutet werden.«

»Was für eine Gruppe?« fragte Spock.

»Die Klingonen«, antwortete Sencus. Spock hob eine Augenbraue.«

»Die Klingonen?«

»Heute abend soll in Archnos eine Versammlung stattfinden. Wir machen uns Sorgen, daß man dort vielleicht die Geiseln präsentiert. Es könnte sehr gefährlich für sie werden.«

»Eine Versammlung?« sagte Spock. »Zu welchem Zweck?«

»Es ist eine Kampagne gegen die Föderation, die gemeinsam von der Priesterschaft und den Klingonen gefördert wird. Und eine Kampagne gegen die Regierung, um genau zu sein. Vermutlich will man Druck auf die Herrschende Familie ausüben.«

»Verfolgen sie schon seit längerer Zeit gemeinsame politische Interessen?«

»Keineswegs. Sie scheinen sich erst im Laufe der vergangenen Woche zusammengefunden zu haben. Trotzdem ist es eine gefährliche Allianz. Man wird den Haß schüren.«

»Um die Aufmerksamkeit des Lichtvolkes von den hausgemachten Problemen abzulenken, vor allem von der ungleichmäßigen Verteilung der Profite aus dem Dilithiumhandel«, setzte Spock hinzu.

»Genau«, sagte Sencus. »Wir sind bisher noch nicht nahe genug an Archnos herangekommen, um das Gefängnis zu lokalisieren, in dem die Offiziere gefangengehalten werden. Eins unserer größten Probleme ist die einheitliche Kultur im System Beta Prometheus. Wir können nicht einfach jemanden einschleusen, weil jeder Angehörige eines Volkes der Föderation dort genauso auffallen würde wie ein Melkotianer auf einem Festival der Caitianer. Andernfalls hätte der Starfleet-Geheimdienst längst Sicherheitsteams an den Brennpunkt gebracht. Natürlich auch Vulkanier.«

Sencus war zur Gänze Vulkanier, und daher erwartete Spock von ihm nicht, daß er irgendwelche Gefühle zeigte. Doch er konnte an seinem Tonfall erkennen, daß Sencus sehr unzufrieden mit der Situation war.

»Sie haben es versucht?«

»Ein Offizier der *Excelsior* hat sich freiwillig dafür gemeldet. Wir haben ihn auf den Planeten gebeamt. Nach fünf Minuten hatte er so viel Aufmerksamkeit erregt, daß wir ihn zurückholen mußten.«

»Aber es gibt viele Besucher auf dem Planeten. Aus anderen Zivilisation, meine ich.«

»Richtig. Die Promethaner handeln mit insektoiden Kaferianern, Aurelianern und einigen anderen Spezies. Wir haben einige Kontakte, die uns bis jetzt noch nicht weitergeholfen haben. Und sie treiben sehr viel Handel mit den Klingonen, die sich geweigert haben, das Embargo der Föderation zu unterstützen.«

»Wie zu erwarten war. Das könnte jedoch ein vielversprechender Aspekt sein. Glauben Sie, daß ein Klingone nach Archnos gelangen und einige der Gebäude untersuchen könnte, in denen wir unsere Leute vermuten?«

»Sie haben zu vielen Bereichen Zugang, vor allem zu den Lagervierteln, wo sie ihre Geschäfte abwickeln. Aber welcher Klingone würde als Spion für die Föderation arbeiten?«

»Ich wüßte keinen.« Dennoch schien Mr. Spock über einen Plan nachzudenken.

»Inwiefern sollte uns dieser Aspekt dann nützlich sein?«

»Vielleicht wenn die betreffende Person lediglich einem Klingonen ähnelt...«

Sencus lächelte. »Sie meinen, wir sollen jemanden schicken, der sich als Klingone getarnt hat? Ich glaube, ich verstehe.«

»Es ist eine Möglichkeit.«

»Zu schade, daß wir keinen Gestaltwandler an Bord haben. Vielleicht könnten wir einen kommen lassen. Ich glaube, es gibt ein Volk von Chamäloiden, die ihr Aussehen nach Belieben verändern können.«

»Ja, aber sie sind nicht sehr freundlich. Und keinesfalls vertrauenswürdig, wie ich Ihnen versichern kann«, sagte Spock, als er an den Gestaltwandler dachte, der während ihrer letzten Mission Captain Kirks Rolle übernommen hatte.

Spock verbrachte noch eine halbe Stunde auf der Brücke und sprach mit Sencus. Dann machte er sich zum Aufbruch bereit.

»Mr. Spock«, sagte Sencus. »Dürfte ich Ihnen noch eine Frage stellen? Sie ist eher persönlicher Natur.«

»Natürlich«, erwiderte Spock.

»Ich bin erst seit einem knappen Jahr an Bord der *Excelsior*. Aber Sie haben fast drei Jahrzehnte lang für Starfleet gearbeitet, hauptsächlich an Bord der *Enterprise*. Hat es sich gelohnt?«

Spock blieb vor der Tür stehen und dachte über die Frage nach.

»Ob es sich gelohnt hat? Ich weiß es nicht, Mr. Sencus. An welchem Wert wollen Sie es messen? Ich weiß nicht einmal, wie ich den Wert des Lebens einschätzen soll. Es gibt keinen Vergleichsmaßstab. Aber eins weiß ich mit Bestimmtheit«, sagte er.

Sencus blickte ihn neugierig an.

»Wenn Sie es nicht weitersagen, kann ich Ihnen verraten, daß es niemals uninteressant war.« Dann nahm Spock wieder seinen gewohnten nüchternen Gesichtsausdruck an. »Guten Tag«, sagte er und verschwand im Korridor.

Kirk entdeckte McCoy an einem Tisch mit jungen Medooffizieren, die allesamt weiblichen Geschlechts waren. Er ging hinüber, um den Arzt zu holen.

»Eins kann ich Ihnen sagen«, hörte Kirk ihn erzählen, während er näher kam, »als ich das rosafarbene Blut sah, wußte ich, daß ich in Schwierigkeiten war.«

»Entschuldigung, Doktor«, sagte Kirk, bevor McCoy mit einer neuen Geschichte beginnen konnte, »aber wir müssen zurück aufs Schiff. Tut mir leid, meine Damen.«

McCoy warf Kirk einen bösen Blick zu, seufzte und stand auf. Er verabschiedete sich mit einer Verbeugung von seinen Zuhörerinnen und schlenderte Kirk hinterher.

Während sie den Raum durchquerten, suchte Kirk in der Menge nach Barbara, konnte sie aber nirgendwo entdecken. Er spürte einen leichten Stich. Hatte er richtig gehandelt, als er ihr erlaubt hatte, sie auf dieser Reise zu begleiten? Sie hatte sich zwar als fähige Pilotin erwiesen, aber Kirk wußte, daß es keine allzu schwierige Aufgabe war, eine kleine Raumyacht durch sichere und gut erkundete Regionen des Weltraums zu einer Starbase zu navigieren. Er hatte unter vier Augen mit Chekov über sie gesprochen und festgestellt, daß Barbara inzwischen das Vertrauen des Navigators genoß – allerdings unter dem Vorbehalt, daß es sich um einen ereignislosen Flug gehandelt hatte. Erst wenn sie in unvorhergesehene Situationen gerieten, würden sie erkennen, wie gut Barbara wirklich war, hatte Chekov gesagt. Wieder empfand er einen unnatürlich starken Beschützerinstinkt. Während ihm diese Gedanken durch den Kopf gingen, suchte er unkonzentriert weiter.

»Ich habe sie auch nicht gesehen, Jim«, sagte McCoy plötzlich.

»Ich habe doch gar nicht gefragt...«

»Aber du wolltest es tun.«

»Dr. McCoy, haben Sie seit unserer letzten gemeinsamen Reise telepathische Fähigkeiten entwickelt?«

»Ich habe nur dein Verhalten beobachtet und deinen Gesichtsausdruck bemerkt, mit dem du die Tanzfläche abgesucht hast.«

»Ich fühle mich eben für sie verantwortlich. Vielleicht sollte ich...«

»Das ist völlig unnötig, Jim. Sie ist allem Anschein nach ein willensstarker und sehr fähiger Offizier. Was deine Beziehung zu ihr betrifft, muß ich sagen, daß ich dich darum beneide. Du kannst dich auf meine Erfahrung in diesen Dingen verlassen. Bedränge sie nicht zu sehr.«

»Es ist nicht meine Gewohnheit, meine privaten Angelegenheiten mit Starfleet-Offizieren zu besprechen«, sagte Kirk.

»Jim, du bist es nicht gewohnt, mit irgend jemandem über deine privaten Angelegenheiten zu sprechen – dich selbst eingeschlossen. Aber jetzt bist du Zivilist. Jemand anderer hat das Kommando über die *Enterprise*, wenn ich richtig informiert bin. Du solltest etwas lockerer werden, damit aus dir nicht genauso ein alter Griesgram wie ich wird.«

»Danke für den freundlichen Rat. Aber ich möchte noch sagen, daß ich dich keineswegs für einen alten Griesgram halte, Pille.«

»Vielen Dank.«

»Wir sollten häufiger solche Ausflüge unternehmen, Doktor. Es scheint uns allen ganz gutzutun.«

»Das war mit Sicherheit mein letzter Ausflug«, brummte McCoy und verließ die überfüllte Bar.

Normalerweise ging es auf Starbase 499, die im hintersten Winkel der Föderation lag, sehr geruhsam zu, doch jetzt herrschte rund um die Uhr hektische Aktivität. Die Ankunft der drei Föderationsschiffe und der Diplomaten hatte alles noch chaotischer werden lassen. Zu jeder Uhrzeit waren überall Menschen und Aliens unterwegs.

In diesem bunten Treiben war es selbst für einen Promethaner nicht schwierig, unauffällig durch die Korridore zu streifen, Gerüchte aufzuschnappen und Bekanntschaften zu schließen. In diesem Moment hockte Taras Tarquin in einer schwach erleuchteten Ecke des Freizeitdecks und beobachtete das Kommen und Gehen. Sein gedrungener promethanischer Körper schien überhaupt nicht zum humanoiden Gesicht, den geraden Zähnen und dem aufrichtigen Lächeln zu passen. Auf allen anderen Welten des Systems Beta Prometheus wurde er als unwillkommene Mißgeburt angesehen, doch hier war er nur irgendeine Zutat im Schmelztiegel der mehr oder weniger humanoiden Völker.

Als er die Besatzung der *Plüschprinzessin* entdeckte, zog er bei seinen Bekannten in der Raumstation Erkundigungen ein. Er erfuhr, daß es sich um Starfleet-Offiziere im Ruhestand handelte, die nach 499 gekommen waren, weil sie irgendeine Beziehung zu einer der Geiseln hatten. Also wartete er ab, bis sie das Freizeitdeck verließen, und folgte ihnen dann bis zum Andockplatz, wo er vor das große Sichtfenster trat und die *Plüschprinzessin* bewunderte.

Während die Besatzung der *Prinzessin* sich auf dem Freizeitdeck umsah, nutzte Barbara O'Marla die Gelegenheit, um sich unauffällig von den anderen zu entfernen und die Bibliothek der Starbase aufzusuchen. Im menschenleeren Raum setzte sie sich an ein Terminal und schaltete den Monitor ein. Dann arbeitete sie sich durch das System, bis sie Zugriff auf die Kommunikationseinrichtungen der Station hatte. Sie gab ein persönliches Paßwort ein, um einen privaten Kanal zu öffnen. Dann sprach sie leise eine Nachricht, die nur aus zwei Worten bestand: »Eingetroffen. Barbara.« Sie kodierte die Nachricht, stand auf und kehrte zur *Prinzessin* zurück.

»Da wäre noch eine Sache«, sagte Scotty. »Es ist mir gelungen, etwas Ausrüstung zu organisieren. Der Ingenieur war so freundlich, uns ein paar Photonentorpedos und ein mobiles Katapult zur Verfügung zu stellen. Ich habe alles an Bord gebracht und denke, daß ich es an unsere Energiesysteme anschließen kann, um die Torpedos abfeuern zu können. Nur für den Fall, daß wir auf jemanden feuern müssen. Auch wenn ich mir im Moment nicht vorstellen kann, auf wen.«

Kirk lächelte. »Nie um eine Lösung verlegen, unser Mr. Scott. Aber wir sollten nicht versuchen, einen galaktischen Krieg anzuzetteln. Schließlich wurden wir alle freundlich darum geben, aus dem aktiven Dienst auszuscheiden, nachdem wir vor einem Jahr fast einen Krieg mit den Klingonen provoziert hätten.«

Sechs der sieben Reisenden waren auf die *Plüschprinzessin* zurückgekehrt und hatten sich im Hecksalon versammelt, um zu berichten, was sie in Erfahrung gebracht hatten. Nur Kirk bemerkte, daß Barbara verspätet eintraf.

»Was geschieht jetzt, Jim?« fragte McCoy und lenkte seine Aufmerksamkeit ab.

»Nun, das hängt ganz davon ab. Mr. Spock hat eine Idee angedeutet, die vielleicht einen Versuch wert wäre. Es scheint, daß die einzige humanoide Spezies, die in der Bevölkerung von Archnos häufiger anzutreffen ist, die Klingonen sind. Obwohl im Augenblick ein mehr oder weniger stabiler Waffenstillstand zwischen uns herrscht, weiß jeder von uns, daß die Klingonen nicht mit der Föderation zusammenarbeiten. Also ignorieren sie das Embargo und machen nach wie vor ihre Geschäfte mit den Promethanern. Auf dem Planeten dürften sich mehrere hundert Klingonen aufhalten oder sogar dort leben. In erster Linie Händler.«

»Und was nützt uns das?« fragte McCoy. »Wir werden kaum einen Klingonen dazu überreden können, uns zu helfen.«

»Nein, das ist richtig. Aber vielleicht könnte sich einer von uns als Klingone maskieren.«

»Was?« riefen mehrere der Anwesenden gleichzeitig.

»Es war Mr. Spocks Idee«, sagte Kirk zu seiner Entschuldigung.

»Ich habe von kosmetischen Operationen gehört«,

sagte Barbara. »Aber ließen sie sich wieder rückgängig machen?«

»Das war eine primitive medizinische Technik, die in einer Phase des allgemeinen Schönheitswahns im zwanzigsten Jahrhundert verbreitet war«, sagte McCoy. »Man könnte eine kosmetische Operation rückgängig machen, aber dazu fehlt mir die nötige Ausrüstung. Und selbst wenn ich sie hätte, würde ich niemandem die Grausamkeit antun, ihn in einen Klingonen zu verwandeln.«

»Wir dachten eher an eine nicht so dauerhafte Lösung. Zum Beispiel Theatermasken.«

»Masken?«

»Vielleicht darf ich darauf hinweisen«, meldete sich Mr. Spock zu Wort, »daß ich einige Erfahrungen auf diesem Gebiet gesammelt habe. Als Schauspieler in einer kleinen Theatergruppe.«

»Sie haben sich als Schauspieler betätigt?« fragte Chekov.

»Es war für einige Zeit mein Hobby. Einmal haben wir eine Inszenierung von *Romeo und Julia* vorbereitet. Bedauerlicherweise hatten wir einen recht exzentrischen Bühnenregisseur, dessen Phantasie stärker ausgeprägt war als seine Logik.« Jeder spürte bei diesen Worten, daß Spock eine sehr höfliche Formulierung gewählt hatte. »Denn er hatte die Idee, die Capulets als Klingonen auftreten zu lassen. Es sollte eine... moderne Inszenierung werden, wie er sich ausdrückte. Wir haben Wochen damit verbracht, ein klingonisches Make-up zu entwickeln. Aber es hat nicht funktioniert.«

»Und was soll es uns nützen, wenn es nicht funktioniert hat?« fragte Scotty.

»Ich wollte damit sagen, daß die Inszenierung ein künstlerischer Fehlschlag war. Wie Sie wissen, genießen die Klingonen in der Föderation kein besonders gutes

Ansehen, so daß die Sympathie des Publikums eindeutig auf der Seite der Montagues lag. Dadurch erhielten die Figuren den Charakter von Helden und Schurken, was im Fall dieses Stückes bestimmt nicht Shakespeares Intention war, wie Sie mir sicher zustimmen werden. Doch die Masken waren äußerst überzeugend. Fast.«

»Wieso fast?« fragte Kirk.

»Nun, wir Vulkanier haben sehr charakteristische Ohren. Wir hatten große Probleme, sie zu kaschieren.«

»Wenn es nur das ist«, sagte Kirk, »werde ich mich in einen Klingonen verwandeln lassen. Ich werde nach Beta Prometheus gehen und an dieser Versammlung teilnehmen.«

»Ich werde dich begleiten«, sagte Barbara. »Für eine Person wäre die Gefahr zu groß. Es sollten mindestens zwei auf diese Mission gehen, falls es zu einem Zwischenfall kommt.«

»Das ist eine ausgezeichnete Idee, Kadett O'Marla«, sagte Spock. »Und vielen Dank, daß Sie sich freiwillig gemeldet haben. Ihr Engagement für unsere Sache ist bewundernswert. Allerdings brauchen wir einen Piloten an Bord des Schiffes, falls wir im System Beta Prometheus entdeckt werden.«

»In diesem Fall...«, begann Uhura und stand auf.

»Und wir brauchen außerdem einen guten Kommunikationsoffizier, der hier an Bord verfügbar ist«, sagte Spock schnell. »Jemand, der nötigenfalls mit den Promethanern kommunizieren kann.«

Uhura setzte sich wieder.

»Dann werde ich gehen«, sagte Chekov.

»Es wäre mir lieber, wenn Sie uns als Navigator zur Verfügung stehen. Sie und O'Marla müssen die *Prinzessin* auf Transporterreichweite an Archnos heranbringen, und das könnte nicht ungefährlich werden. Auf Sie, Mr. Scott, können wir auch nicht verzichten«, sagte Spock zum Chefingenieur, bevor dieser sich zu Wort melden konnte. »Wir brauchen Ihre Fähigkeiten hier, vor allem im Transporterraum. Sie müssen sich bereithalten, um unsere Leute sofort herauszuholen, wenn irgend etwas schiefgeht.«

»Dann wollen wir mal sehen, wer noch übrigbleibt«, sagte Dr. McCoy und blickte sich um. »Wenn ich mich nicht täusche… äh…« Er bemerkte, daß alle ihn ansahen. »Etwa ich?« Er sprang plötzlich von seinem Sitz auf. »Einen Augenblick! Als ich das letzte Mal mit Klingonen zu tun hatte, wurde ich in Ketten gelegt und habe mir den Hintern abgefroren!«

McCoy blickte sich noch einmal um, seufzte dann und setzte sich wieder. »Ich schätze, ich sollte mich freiwillig melden«, sagte er ohne Begeisterung.

»Damit stehen die nächsten Schritte fest«, sagte Kirk. »Während wir uns Spocks geschickten Händen anvertrauen, werden Uhura und Barbara sich in der Starbase nach geeigneter Kleidung umsehen.«

»Klar«, brummte McCoy. »Dort wird es wohl eine klingonische Boutique geben.«

Zwei Stunden später kamen Kirk und McCoy aus dem Badezimmer. Kirk hatte nun eine imposante Stirn, deren tiefe Furchen sich bis zum Nasenrücken hinunterzogen. McCoys fast kahler Schädel wurde von drei vertikalen Knorpeln geziert. Beide hatten dunklere Haut, und McCoy trug einen furchteinflößenden Kinn- und Schnurrbart. Ihre Kleidung bestand aus dunklen, metallbeschlagenen Lederjacken, und durch die dicken Stiefel waren sie einige Zentimeter größer. Sie stiegen über die Treppe auf das Kontrolldeck und traten in die Zentrale. Scotty sprang von seinem Sitz auf.

»Gütiger Himmel!« sagte er lächelnd. »Ich habe noch nie klingonischere Klingonen gesehen! Selbst General Chang könnte den Unterschied nicht riechen. So etwas habe ich noch nie gesehen!« tönte er.

»Ich bin noch nie persönlich einem Klingonen begegnet«, sagte Barbara, »aber ihr seht genauso wie die Holographien aus. Mr. Spock, Sie haben Unglaubliches geleistet.«

»Vielen Dank«, sagte Spock. »Meine Modelle waren sehr geduldig. Ich hoffe, ich konnte die Physiognomie korrekt nachbilden. Ich glaube, jetzt können sie sich unter die einheimische Bevölkerung mischen, ohne Verdacht zu erregen. Zumindest in den Handelszonen, wo Klingonen an der Tagesordnung sind.«

»Und was geschieht, wenn sie angesprochen werden?« fragte Barbara.

»Auch das Problem konnten wir lösen. Ich hoffe es zumindest. Wir haben automatische Translatoren unter der Kleidung versteckt. So können sie jeden verstehen und auf klingonisch antworten. Sie sollten nur achtgeben, nicht zuviel zu sprechen«, warnte Spock sie. »Ihre Stimmen sind viel weicher als die von Klingonen, und Sie sind nicht allzu intensiv mit ihren Sitten und ihrer Kultur vertraut.«

»Stimmt«, sagte Kirk.

»Ich hoffe nur, daß wir keinem Bekannten begegnen«, sagte McCoy.

»Das dürfte in dieser Region der Galaxis äußerst unwahrscheinlich sein«, sagte Spock. »Außerdem wird man Sie kaum wiedererkennen. Dennoch sollten Sie Ihre Kommunikatoren jederzeit aktiviert lassen, damit wir ständig über ihren Aufenthaltsort informiert sind.«

»Ich dachte eher an die peinliche Situation als an Fragen der Sicherheit«, knurrte McCoy.

Chekov und Uhura kamen in die Kontrollzentrale, während Scotty zum Maschinenraum hinabstieg. Chekov blieb wie angewurzelt stehen, und Uhura stieß einen überraschten Schrei aus.

»Keine Angst, wir sind es«, sagte McCoy.

»Ich fasse es nicht! Ein schrecklicher Anblick!« sagte Chekov.

»Vielen Dank für das Kompliment, Chekov«, sagte Kirk. »Gibt es etwas Neues?«

»Wir haben die Koordinaten des Versammlungsortes lokalisiert, anhand der Daten über Archnos, die Barbara mitgebracht hat.« Er tippte etwas in seine Konsole ein, worauf eine Straßenkarte von Archnos auf dem Monitor erschien.

»Dann sollten wir uns auf den Weg machen«, sagte Kirk. »Die Sonne von Beta Prometheus dürfte dort noch einige Stunden scheinen.« Er setzte sich in den Kommandosessel, bemerkte dann jedoch, daß ihn immer noch alle anstarrten. »Was ist los?« wollte er wissen.

»Ach, nichts, Captain«, sagte Chekov. »Es ist nur so, daß ich noch nie einen Klingonen im Kommandosessel eines Starfleet-Raumschiffs gesehen habe. Nicht einmal in einem inoffiziellen.« Er grinste und nahm vor seiner Navigationskonsole Platz.

Wenige Minuten später hatte die *Prinzessin* einen Orbit um Beta Prometheus 1 eingeschlagen. Kirk stand auf. »Also gut, Mr. Spock. Sie haben das Kommando. Pille, wir gehen runter und werden uns ein wenig umsehen.«

»Jim, meinst du, jemand könnte uns als Menschen erkennen?«

Kirk drehte sich zu McCoy um und musterte ihn von oben bis unten.

»Pille«, sagte er. »Selbst ich erkenne an dir nichts Menschliches mehr. Du siehst wie ein Klingone aus. Du klingst wie ein Klingone. In dieser Kleidung riechst du bereits wie ein Klingone. Glaub mir, die einzige Gefahr droht uns von Leuten, die Klingonen hassen. Komm jetzt!«

Scotty wartete bereits auf sie, als er und McCoy im Transporterraum eintrafen.

»Wenn Sie beide nicht als Klingonen durchgehen, bin ich nicht mehr der Sohn meiner Mutter«, sagte Scotty, während er die Kontrollen bediente. »Also dann, viel Glück!«

Die zwei Klingonen entmaterialisierten von der Plattform.

Archnos, Beta Prometheus 1

Auf Beta Prometheus 1 war die Luft recht kühl, und die blaue Sonne stand tief am Himmel, als Kirk und McCoy eintrafen. Die modernsten Gebäude in der Umgebung schienen fast keine Fenster zu besitzen und bestanden aus glänzendem Metall. Die Straßen waren nicht sehr breit. Die beiden Männer versuchten, auf möglichst direktem Weg zum Versammlungsort zu gelangen, aber viele Straßen waren sehr gewunden. Diese Stadt war keineswegs auf dem Reißbrett entworfen worden, sondern im Laufe der Jahrhunderte natürlich gewachsen.

Überall waren Plakate mit dem Zeichen des Einzigen Weges zu sehen. Die Bürger wurden ermahnt, sich täglich in den Konklaven einzufinden, ihre Kinder gemäß der Höheren Berufung zu erziehen und den Lehren des Buches Muharbar zu folgen. Sie bezeichneten sich selbst als das Lichtvolk, obwohl es für McCoy als unverbesserlichen Skeptiker in bezug auf jeden organisierten Kult einen krassen Widerspruch darstellte, von ›Licht‹ zu sprechen, wenn es um künstliche Glaubenssysteme ging.

Promethaner wieselten auf ihren vier kurzen Beinen hin und her. Auch andere Aliens bevölkerten die Straßen. Es gab genug Klingonen, um den beiden Menschen ein gewisses Gefühl der Sicherheit zu geben, obwohl sie zusammenzuckten, als sie das erste Mal an einer Gruppe vorbeikamen. Zum Glück waren die Klingonen untereinander genauso unfreundlich wie zu Menschen, so daß Kirk und McCoy sich nicht in ein Gespräch verwickeln lassen mußten.

»Hier entlang, glaube ich«, sagte Kirk und marschierte los.

»Großartig«, brummte McCoy und folgte ihm. »Ich liebe einen gemütlichen Stadtbummel.«

Sie legten ein zielstrebiges Tempo vor und bemühten sich, möglichst arrogant zu wirken. Nach einer Weile kamen sie auf eine stärker bevölkerte Straße, auf der sie in dieselbe Richtung wie die meisten anderen Passanten gingen. Schließlich erreichten Kirk und McCoy ein Viertel voller Lagerhäuser, Docks und Landeplätze für Shuttles. Überall gab es Anzeichen für einen regen interstellaren Handel.

»Dort ist die Versammlung, im großen Gebäude direkt vor uns«, sagte Kirk.

Die Massen strömten jetzt nicht nur auf die Gehwege, sondern auch über die Fahrbahnen. Kirk und McCoy ließen sich einfach mittreiben. Es war gut, daß es auch einige Klingonen und andere zweibeinige Spezies unter den Fußgängern gab, denn die Massen der Promethaner bewegten sich mit ihren vier kräftigen Beinen und dem tieferen Körperschwerpunkt dreimal so schnell wie die anderen. Die Promethaner wichen immer wieder auf die Straße aus, um die langsameren Lebensformen zu überholen. Als sie ihrem Ziel näher kamen, schoben sich die Promethaner an echten Klingonen vorbei, die langsamer gingen und ihre Umgebung aus Überheblichkeit gar nicht wahrzunehmen schienen.

Kirk lief weiter. »Vergiß nicht«, sagte er leise zu McCoy, als sie nur noch einen halben Block entfernt waren, »den Translator auszuschalten, wenn wir miteinander reden, und ihn einzuschalten, wenn wir uns mit jemandem unterhalten möchten. Am besten, du versuchst, überhaupt nicht zu sprechen.«

Doch sie hatten ohnehin kaum noch die Möglichkeit, sich zu unterhalten. Als sie zwanzig Meter vor dem Eingang des Lagerhauses waren, wurde die Menge so dicht, daß sie jetzt nicht mehr hätten umkehren und zurückgehen können. Die Türen standen offen, und darüber hing ein Schild, auf dem etwas in fremder Schrift stand.

»Was heißt das?« fragte McCoy.

»Keine Ahnung. Ich kann die promethanische Schrift auch nicht lesen«, sagte Kirk. »Komm weiter.«

Gemeinsam mit hundert anderen traten sie in einen Vorraum. Hier standen mehrere Tische, an denen junge Promethaner saßen. Die Wände waren mit Plakaten tapeziert, auf denen weitere Slogans oder Ankündigungen standen, ähnlich wie auf dem Schild über der Eingangstür.

Die jungen Promethaner lächelten freundlich und nickten, und mehrere begrüßten Kirk und McCoy auf klingonisch. Die Männer erwiderten den Gruß und traten durch eine weitere Tür, die von zwei Klingonen bewacht wurde. Sie lächelten nicht, sondern stampften mit den Füßen, als Kirk und McCoy vorbeikamen.

Der Innenraum war riesig, und es hatten sich viele Interessierte versammelt. Es waren einige hundert Individuen, hauptsächlich Promethaner, aber auch Klingonen und andere Aliens, die auf ein Podium an der hinteren Wand des Raumes starrten. Dort standen mehrere Vertreter verschiedener Spezies. Ein Klingone redete auf die Menge ein. Sein Vortrag wurde regelmäßig von Rufen und Beifallskundgebungen begleitet. Kirk und McCoy wurden im Getümmel voneinander getrennt, und Kirk kämpfte sich weiter vor, bis er direkt vor der Plattform stand.

Die verschiedenen Redner verurteilten die Föderation als imperialistischen Aggressor und denunzierten die Geiseln als Spione. Die Klingonen warnten ihre ›Arbeitskameraden‹ vor der Föderation, die angeblich nur die Kontrolle über die Dilithiumminen und anschließend über die ganze promethanische Gesellschaft erlangen wollte, um sie zu unterjochen. Die Geistlichen schilderten die Föderation als heidnische Kultur ohne jede Moral, die ihre dekadente Lebensweise über die ganze Galaxis ausbreiten wollte.

Es dauerte nicht lange, bis die Redner die Menge in Raserei versetzt hatten, und sogar Kirk reckte seine Faust hoch und pries die Reinheit des promethanischen Volkes und seiner klingonischen Freunde. Er nutzte den Aufruhr, um sich umzusehen, und entdeckte McCoy in den vorderen Rängen.

Verdammt, wenn wir zu weit voneinander getrennt werden, könnte ich Pille in der Menge verlieren. Er schob sich durch die Promethaner, bis er neben McCoy stand.

»Außerdem«, sagte der Klingone auf dem Podium gerade, »will die Föderation dem gesamten Universum ihre Vorschriften aufzwingen! Sie will dem gesamten Universum ihre verdorbene Kultur aufdrängen! Sie will jedes Volk unterwerfen, das sich ihr nicht anpaßt! Sie will jede andere Gesellschaft vernichten und das Zentrum eines einheitlichen Föderationskosmos bilden!«

Die Menge gab lauthals ihre Zustimmung kund.

»Sie haben ihre Kriegsschiffe in unmittelbare Nähe dieses Systems geschickt! Sie haben Spione eingeschleust, um den Angriff vorzubereiten! Aber wir lassen uns nicht täuschen!«

Wieder jubelte die Menge.

»Wir müssen auf der Hut sein! Diese Pest muß ausgerottet werden. Wir müssen eine galaktische Armee aufstellen, die in der Lage ist, die imperialistische Föderation zurückzuschlagen!«

Wieder tobte die Menge. Kirk verspürte bereits eine leichte Klaustrophobie. Und seine schwere Maske war nicht dazu angetan, dieses Gefühl zu erleichtern.

»Meine Freunde, hört mir zu«, sprach der Klingone weiter. »Erst vor wenigen Tagen sind ein Dutzend Spione mit einem Starfleet-Kriegsschiff gekommen, um den Boden für die Invasion vorzubereiten.« Er drehte sich um und gab seinen Artgenossen auf der Plattform ein Zeichen. Die Gruppe der Klingonen eilte zur Hintertür. Als sie sie öffneten, kamen einige bewaffnete Promethaner heraus. Sie führten Sulu und seine acht Besatzungsmitglieder in einer dichtgedrängten Gruppe auf das Podium.

Der klingonische Redner forderte die Menge auf, sich mit eigenen Augen davon zu überzeugen, daß die Föderation Spione ins System Beta Prometheus eingeschleust hatte.

»Obwohl wir diese Spione gefangennehmen konnten, schmiedet der Feind auf einer nicht weit entfernten Raumstation der Föderation neue Pläne. Dutzende von Kriegsschiffen bereiten sich dort auf einen Angriff gegen Beta Prometheus vor. Nur die schlagkräftige klingonische Verteidigung kann sie noch aufhalten. Erst wenn jedem Starfleet-Kreuzer ein überlegenes klingonisches Kampfschiff gegenübersteht, ist das Kräftegleichgewicht wiederhergestellt. Der Waffenstillstand zwischen den Klingonen und der Föderation muß aufgekündigt werden! Die Klingonen sind eure Freunde! Sie werden sich Schulter an Schulter mit euch den imperialistischen Aggressoren entgegenstellen! Ihr müßt um den Erhalt der promethanischen Zivilisation kämpfen, damit sie nicht untergeht wie all die anderen Kulturen, die bereits von der Föderation vernichtet oder unterworfen wurden.«

Kirk blickte sich um. Er fühlte sich hier nicht sicher, aber die Logik sagte ihm, daß ihm keine unmittelbare Gefahr drohte. In der Menge hielten sich mehrere Klingonen auf, und außerdem war das Publikum so aufgeregt und chaotisch, daß niemand auf ihn und McCoy achtete. Er senkte seine Stimme und sagte so emotionslos wie möglich: »Laß uns etwas näher rangehen.« Er schob sich nach vorne, und McCoy folgte ihm.

Schließlich war er nur noch wenige Meter von Sulu entfernt. Sulu stand ohne jede Regung mit erhobenem Kopf da. Er blickte nicht in Kirks Richtung.

»Föderationsspion«, sagte Kirk ohne Boshaftigkeit zu ihm.

Sulu ließ sich nichts anmerken. Aber er runzelte leicht die Stirn, so daß Kirk wußte, daß er die in Föderations-Standard gesprochenen Worte gehört hatte.

»Föderationsspion!« wiederholte Kirk und hoffte, daß es für die Umstehenden wie ein drohendes Knurren auf klingonisch klang. »Deine Kameraden von Starfleet kommen. Wir werden bereit sein. Hast du verstanden?«

Sulu beobachtete die Gesichter in der Menge vor ihm. Aber er sah nur Promethaner, Klingonen und Vertreter verschiedener anderer Spezies.

»Im Gedenken an General Chang«, sagte Kirk etwas lauter, »wir vom wahren Klingonischen Imperium werden siegen«. Er hob seine Hand und zeigte mit einem Finger auf sich. Jetzt blickte Sulu ihn an. Kirk nickte unmerklich. Aber er war sich nicht sicher, ob der Captain der *Excelsior* ihn verstanden oder erkannt hatte.

»Ich wiederhole. Hier spricht die Raumverkehrskontrolle von Beta Prometheus. Identifizieren Sie sich!«

An Bord der *Plüschprinzessin* saßen alle völlig still da, als die Stimme zum zweiten Mal aus den Lautsprechern der kleinen Zentrale drang.

Uhura blickte zögernd auf.

»Was soll ich antworten, Mr. Spock?« fragte sie.

»Wie wäre es mit: ›Wir sind die Besatzung der *Enterprise* und werden euch die Hölle heiß machen, wenn euer mieser kleiner Planet Mr. Sulu nicht herausrückt‹«, schlug Scotty vor.

»Mr. Scott!« sagte Spock tadelnd.

»Entschuldigung«, erwiderte Scotty.

Die Stimme meldete sich zurück. »Achtung, *Plüschprinzessin*! Sie sind ohne Genehmigung in den Sektor Beta Prometheus eingedrungen. Ein promethanisches Schiff wird sich nähern und Sie überprüfen.«

»Ich werde mit ihm reden«, sagte Spock.

Uhura nahm ein paar Schaltungen vor und nickte dann.

»Hier ist Spock, der Captain der *Plüschprinzessin*«, sagte Spock mit weinerlicher Stimme. »Wir machen eine Urlaubsreise und kommen mit unserer Raumyacht von Talos. Haben Sie eben etwas von Beta Prometheus gesagt?«

»Völlig richtig.«

»Oh, dann scheinen wir einen schweren Navigationsfehler begangen zu haben«, sagte Spock entschuldigend. »Wir wollten zum System Delta Triciatu. Um dort Urlaub zu machen.«

»Bleiben Sie, wo Sie sind, bis unser Raumschiff gekommen ist und Ihnen die Erlaubnis zum Weiterflug gibt«, erwiderte die Stimme unwirsch.

»Sie könnten die zwei Torpedos entdecken, die ich ausgeborgt habe«, flüsterte Scotty.

Spock warf dem Ingenieur einen Blick zu und hob eine Augenbraue.

»Ich habe davon erzählt«, sagte Scotty. »Für den Notfall konnte ich zwei Torpedos organisieren. Ich habe sie an der Unterseite des Diskussegments befestigt.«

»Wir wollten gerade weiterfliegen«, sagte Spock zum Promethaner. »Wir wollten Ihnen wirklich keinen Ärger machen. Ich glaube, wir haben da einige Koordinaten verwechselt.«

»Verlassen Sie dieses System nicht, bevor das...«

»*Plüschprinzessin* Ende.« Spock nickte Barbara zu, die ihn aufmerksam beobachtet hatte. Dann drehte sie ihren Sessel herum und gab schnell einige Befehle in ihre Pilotenkonsole ein. Die *Prinzessin* drehte nach rechts ab, verließ den weiten Orbit um Beta Prometheus und beschleunigte. Damit entfernte sich das Schiff natürlich zu weit vom Planeten, um Kirk und McCoy noch mit dem Transporter erfassen zu können.

»Tod der Föderation!« rief der Klingone auf dem Podium.

»Tod der Föderation!« antwortete die Menge.

»Tod den imperialistischen Aggressoren!«

»Tod den imperialistischen Aggressoren!« antwortete die Menge.

»Lang lebe das Klingonische Imperium!«

»Lang lebe das Klingonische Imperium!«

»Also frage ich euch, Freunde der Klingonen, was sollen wir der Herrschenden Familie sagen? Wollen wir uns zu Boden werfen und vor der Föderation im Staub kriechen, oder wollen wir gegen sie kämpfen?«

»Wir wollen kämpfen!« kam die Antwort zurück.

»Und was sollen wir tun, wenn die Herrschende Familie sich nicht für das Volk von Beta Prometheus und alle anderen nichtmenschlichen Spezies in der Galaxis einsetzt?«

»Sie entmachten!«

»Und was sollten wir mit den Spionen aus der Föderation tun?«

»Sie töten!« hallte der Schrei der Menge durch den großen Saal.

»Meine Freunde, laßt uns den Imperialisten der Föderation ein Versprechen geben. Die Föderation muß sich aus diesem Sektor der Galaxis zurückziehen. Für jeden Tag, den sie zögert, werden wir einen der Spione hinrichten.«

Jetzt schrie die Menge chaotisch durcheinander, nachdem der Redner die Versammelten in Rage gebracht hatte. Der Klingone brüllte etwas, doch die Verstärkeranlage kam nicht mehr gegen den allgemeinen Lärm an. Die Menge drängte nach vorn, stieß dabei Kirk und McCoy gegen die Plattform. Kirk bemerkte, daß die neun Menschen auf dem Podium von Promethanern und nicht von Klingonen bewacht wurden, aber sie hatten immer größere Schwierigkeiten, die Menge zurückzuhalten. Ein Promethaner, der der Anführer der Wachen zu sein schien, rief seinen Leuten etwas zu, aber Kirk konnte im Lärm kein Wort verstehen.

»Und wir wollen gleich damit anfangen!« rief der klingonische Redner. Bevor Kirk reagieren konnte, zog der Klingone seinen Disruptor und feuerte auf den Kopf des Starfleet-Offiziers, der ihm am nächsten stand. Als der junge Mann getroffen wurde, ging er zuckend zu Boden.

Dann brach endgültig das Chaos aus. Kirk hörte, wie Sulu »Spiros!« rief und losstürmte, um dem Mann zu Hilfe zu kommen. Die Klingonen auf dem Podium stimmten einen Sprechgesang an: »Tod den Spionen der Föderation! Tod den Spionen der Föderation!« Die Menge tobte und versuchte, sich auf die anderen Offiziere zu stürzen. Die promethanischen Wachen bildeten einen Kreis um die Menschen und trieben sie zum Ausgang zurück. Kirk wollte zu Sulu gelangen, doch er konnte sich in der Menge kaum von der Stelle bewegen. Der getötete Starfleet-Offizier wurde von den Promethanern bespuckt. Kirk bemerkte, daß die Wachen von einem schreienden Promethaner aufgefordert wurden, die Geiseln vom Podium wegzubringen. *Das muß Maldari sein,* dachte er, *der Pirat, dem wir alles zu verdanken haben. Aber jetzt scheint er nicht allzu glücklich über die Situation zu sein.* Kirk versuchte, die Menschen im Auge zu behalten, als Maldari und ein anderer Promethaner Sulu packten und von der Leiche des jungen Offiziers wegzerrten. Dann sah er nur noch, wie sich die Hintertür öffnete und die Geiseln von den Wachen hindurchgetrieben wurden. Nachdem die Wachen die Tür geschlossen hatten, sprach der klingonische Redner sofort wieder zur Menge. Kirk war nun von Klingonen, Promethanern und anderen Aliens umgeben, die die Arme hochrissen und schrien. Er tat es ihnen nach.

»Tod der Föderation! Lang lebe das Imperium!« rief er. McCoy runzelte die Stirn, doch dann verstand er und stimmte in Kirks Rufe ein.

Einige Minuten lang ging es so weiter. Schließlich schien sich die Menge ein wenig zu beruhigen, und die ersten Zuhörer verließen das Gebäude.

Als sich der Saal bis auf ein Drittel des ursprünglichen Publikums geleert hatte, stand Kirk neben McCoy. Beide taten so, als würden sie den Text eines Plakats am Podium lesen.

»Sie sind durch diese Tür hinausgebracht worden?« sagte er, so leise er konnte, obwohl er den automatischen Translator abgeschaltet hatte und bezweifelte, daß irgend jemand in der Nähe sie verstehen konnte.

»Ja«, antwortete McCoy nickend. »Laß uns von hier verschwinden, Jim.«

Kirk und McCoy ließen sich vom Strom zum Ausgang treiben. Sie warteten, bis sie die Straße erreicht hatten und weit genug vom Gebäude und der Menge entfernt waren, bevor sie wieder sprachen. Gelegentlich riefen sie »Nieder mit der Föderation!«, falls sich jemand in Hörweite befinden sollte. Dann eilten sie um das Gebäude herum zum Hinterausgang. Dort sahen sie, wie die Starfleet-Offiziere von den promethanischen Wachen in ein Shuttle getrieben wurden und sich kurz darauf die Tür schloß. Schon im nächsten Augenblick startete das kleine Raumschiff. Plötzlich war es still. Die Straßen in der Umgebung waren wieder leer, es begann zu dämmern, und Kirk hatte ein ungutes Gefühl.

»Der arme Junge«, sagte McCoy. »Wir hätten die Wachen abknallen und Sulu heraushauen sollen. Wir haben schließlich unsere Phaser dabei.«

»Vielleicht hast du bemerkt, daß wir etwa im Verhältnis von fünfhundert zu zwei unterlegen waren.«

»Auf jeden Fall wissen wir jetzt, daß die Klingonen in der Sache drinstecken«, sagte McCoy.

»Nicht offiziell, würde ich sagen. Ich wette, es handelt sich hier nur um den militanten Flügel der Klingonen, die mit dem Waffenstillstand unzufrieden sind. Sie würden diesen Zwischenfall gerne dazu nutzen, um ihn zu brechen. Wenn sie das Volk der Promethaner auf ihre Seite ziehen und einen Krieg anzetteln können, hätten sie genau das erreicht, was sie wollen. Oh, schau mal, wer da kommt!«

Kirk und McCoy starrten auf den klingonischen Redner und zwei seiner Krieger, die hinter dem Gebäude mit den promethanischen Piraten gesprochen hatten. Jetzt kamen sie direkt auf die zwei Männer zu.

»Bleib einfach ganz freundlich«, sagte Kirk. »Vergiß nicht, auch wir sind Klingonen.«

»Klingonen sind nicht freundlich, nicht einmal untereinander. Sie wollen wissen, wer wir sind und was wir hier machen. Welche Antwort sollen wir ihnen geben?« fragte McCoy.

»Ich werde mir etwas ausdenken«, sagte Kirk, während die drei Klingonen immer näher kamen. Er mußte sich zusammenreißen, um nicht zu lächeln.

»Habt ihr meine Ansprache gehört?« fragte der Klingone.

»Ja«, antwortete Kirk, als er sich daran erinnerte, daß Klingonen sich in der Regel nicht begrüßten. »Sie war ausgezeichnet.«

»Sie hat unseren Kampfwillen gestärkt«, fügte McCoy hinzu.

»Ihr seid nicht vom Kampfkreuzer *Krogshat*?«

»Nein«, sagte Kirk. Er versuchte verzweifelt, sich an die grammatische Struktur der klingonischen Sprache zu erinnern, damit seine Worte nicht zu sehr nach einer Übersetzung klangen.

»Woher seid ihr?« fragte der Klingone.

»Von Qo'noS«, sagte Kirk.

Genial, dachte McCoy.

»Wie seid ihr hierhergekommen?« wollte der Klingone wissen.

»Ach, wir sind schon länger hier«, sagte Kirk. »Wir sind Händler. Dilithiumhändler. Wir arbeiten hier.« Kirk deutete mit einem Kopfnicken in die Richtung der Lagerhäuser.

»Der Dilithiumhandel ist nur bestimmten Klingonen erlaubt«, sagte der Klingone. »Für welches Schiff arbeitet ihr?«

Kirk starrte ihn an. »Für die *Kerla*«, sagte er schließlich.

Es gab eine kurze Pause.

»Ich habe noch nie von der *Kerla* gehört«, erwiderte der Klingone mißtrauisch.

»Es ist nach dem Brigadier Kerla benannt. Sie haben sicher schon von ihm gehört. Er starb ehrenvoll bei der Verteidigung des Klingonischen Imperiums gegen die gemeinen Mörder von der *Enterprise*.«

»Dann ist es kein Schiff unseres Kontingents. Es ist kein Kampfkreuzer«, sagte der Klingone ernst.

»Nein, es ist... ein Handelsschiff. Wir transportieren Fracht. Kein ruhmreiches Kriegsschiff. Nur ein bescheidenes...« Doch Kirks Erklärung wurde rüde unterbrochen.

»In diesem Fall«, brüllte der Klingone, »seid ihr wegen illegalen Handels mit Dilithium verhaftet, der nur den Mitgliedern der Dilithium-Bergbaugesellschaft erlaubt ist. Ergreift sie!« sagte er zu den beiden Klingonen, die neben ihm standen.

Kirk dachte, daß es höchste Zeit für ihn und McCoy war, die Stadt Archnos zu verlassen. Er griff unter seine Kleidung und schaltete den Translator aus. Dann berührte er seinen Kommunikator. »Scotty, wir sind es«, sagte er leise. »Hol uns hier raus!«

Aber nichts geschah.

Die *Plüschprinzessin* war zu weit von Beta Prometheus 1 entfernt, um Kirk und McCoy an Bord beamen zu können, als sie mit einem abrupten Manöver abdrehte und anhielt. Sie hing hinter einem großen Asteroiden, während das promethanische Kampfschiff vorbeischoß.

»Ein brillantes Manöver«, meldete sich Scotty aus dem Maschinenraum. »Aber es war gut, daß ich mich irgendwo festgehalten habe.«

»Entschuldigung«, sagte Barbara zu allen. »Ich habe den Asteroiden erst im letzten Moment gesehen und wollte die Gelegenheit nutzen. Ich dachte, hier wäre ein gutes Versteck. Wir hätten ihnen nicht entkommen können, ohne auf Warpgeschwindigkeit zu gehen, und ich mache mir Sorgen, daß wir uns zu weit von Captain Kirk und dem Doktor entfernen.«

»Es war eine bewundernswerte List«, sagte Mr. Spock, nachdem er wieder auf die Beine gekommen war. »Wir wollen einen Moment abwarten, ob das Schiff die Verfolgung aufgibt«, setzte er hinzu. Keiner wagte sich zu rühren, während das Schiff sich hinter dem Asteroiden verbarg. Schließlich brach Spock das Schweigen.

»Uhura?« sagte er nur.

»Sie haben ihrer Basis Meldung gemacht. Sie sagten, wir hätten ihr System verlassen. Sie hätten auf uns gefeuert, worauf wir offenbar mit Warpgeschwindigkeit geflohen sind.«

»Gut. Mr. Chekov?«

»Wir haben uns etwa ein halbes Lichtjahr entfernt«,

antwortete er sofort. »Auf diese Distanz können wir sie nicht mehr hören oder mit dem Transporter erfassen.«

»Also gut. Wir werden in bestimmten Zeitabständen zurückfliegen und horchen. Wenn wir ein Signal empfangen, werden wir sie zurückholen. Wenn nicht, ziehen wir uns wieder zurück. Wir müssen ein wenig Katz und Maus mit diesem Kriegsschiff spielen, bis wir wieder verschwinden können.«

Leider waren sie gerade nicht in Reichweite, als Kirk sein erstes Signal sendete.

McCoy seufzte. Er und McCoy waren von Klingonen umgeben, die sie über die Straße trieben.

»Toll! Wir werden schon wieder in einem klingonischen Gefängnis landen. Vielleicht sollten sie sich diesmal die Gerichtsverhandlung sparen«, sagte McCoy, während ihnen immer wieder klingonische Disruptoren in den Rücken gedrückt wurden. »Ich glaube, ein Freispruch ist in ihrem Rechtssystem ohnehin nicht vorgesehen.«

»*Prinzessin*, hört ihr mich?« sagte Kirk leise. »Kirk und McCoy hier. Wir sind zum Beamen bereit.«

»Sie haben uns im Stich gelassen und sind zur Starbase zurückgekehrt«, flüsterte McCoy.

»Warum sollten sie so etwas tun?« fragte Kirk. »Nein, sie stecken in Schwierigkeiten.«

»Wir auch«, sagte McCoy.

»Pille, wenn wir an der nächsten Ecke sind, werde ich dem übergewichtigen Schläger neben mir ein Bein stellen. Lauf sofort los und misch dich unter die Menge auf der Straße. Vielleicht werden sie nicht auf uns schießen, wenn so viele Promethaner in der Nähe sind.«

»Du willst dich auf die Menschlichkeit der Klingonen verlassen? Ein ausgezeichneter Plan«, lästerte McCoy. Er empfand eine zunehmende Beunruhigung, aber nicht so sehr wegen ihrer gefährlichen Lage. Er war mit Kirk schon häufig in gefährliche Situationen geraten und im Grunde froh, sich zur Abwechslung nicht die Sorgen irdischer Zivilisten anhören zu müssen. Aber der Gedanke, daß ihm voraussichtlich eine weitere Nacht in einem klingonischen Gefängnis bevorstand, gefiel ihm überhaupt nicht.

»Im Augenblick fällt mir nichts Besseres ein«, flüsterte Kirk.

»Wie du meinst. Ich mache mit«, antwortete McCoy. Einer der Klingonen schrie etwas und versetzte ihm einen Stoß, so daß er stolperte, aber er blieb auf den Beinen.

Ein paar Schritte weiter trat der Anführer vom Gehweg auf die Straße. Der Niveauunterschied betrug etwa dreißig Zentimeter, womit die vierbeinigen Promethaner offenbar keine Schwierigkeiten hatten. Als Kirk diese Stelle erreichte, nahm er die Stufe und stellte dann dem Wächter an seiner Seite ein Bein. Ein zusätzlicher Stoß in den Rücken sorgte dafür, daß der große Klingone stolperte und gegen den Anführer prallte. Beide stürzten gemeinsam zu Boden. Kirk und McCoy verschwanden sofort um die Ecke. In der vorübergehenden Deckung des Gebäudes rannten sie ein Stück, bis sie in einen Strom von Passanten gerieten.

»Scotty!« rief Kirk in seinen Kommunikator. »Was zum Teufel treibt ihr?«

»Wo zum Teufel sind wir überhaupt?« fragte McCoy keuchend, während sie durch die Straßen liefen und versuchten, in der Nähe von Promethanern und anderen Außerirdischen zu bleiben. Kirk und McCoy überholten die huschenden Promethaner, von denen sich viele über die beiden Klingonen in Eile wunderten.

McCoy blickte sich um, als ein gutturales Bellen hinter ihnen zu hören war.

»Da kommen sie, Jim«, schnaufte er. Dann hörten sie

das Zischen eines Disruptors. Kirk sah sich um. Die Klingonen kämpften sich mit gezückten Waffen durch die Menge. Da die durchschnittliche Körpergröße eines Promethaners unter der eines Menschen und weit unter der eines Klingonen lag, hatten die Verfolger freies Schußfeld.

»In Deckung!« rief Kirk und machte es vor. Er eilte tief gebückt weiter. Wieder zischte ein heißer Disruptorstrahl durch die Luft. Hinter ihnen wurde ein Promethaner getroffen und stürzte zu Boden. McCoy vermutete, daß die Geräusche, die er von sich gab, ein heftiges Fluchen waren. Die Menge geriet allmählich in Panik, während die Klingonen sich rücksichtslos hindurchschoben.

»Soviel zum Thema Sicherheit in der Menge«, sagte McCoy.

Auf der Kreuzung vor ihnen hatte sich der Verkehr gestaut. Die Passanten wurden aufgehalten und wichen nach den Seiten aus. Kirk blickte sich erneut um. Mehrere klingonische Soldaten befanden sich in Feuerreichweite. Sie zielten im Laufen auf sie.

»Scotty, hol uns hier raus! Jetzt wäre der beste Zeitpunkt. Kirk und McCoy an Scotty! Ich sagte…«

Dann spürte Kirk das Kribbeln der einsetzenden Entmaterialisierung und wußte, daß er in wenigen Sekunden wieder an Bord der *Plüschprinzessin* sein würde. Ihre Verfolger stürmten den Gehweg entlang, auf dem sie zuletzt die verdächtigen Klingonen gesehen hatten, die behaupteten, mit Dilithium zu handeln. Die Promethaner machten ihnen Platz. Schließlich standen die Klingonen mitten auf der Kreuzung und sahen sich wütend und enttäuscht um.

»Das war wieder mal haarscharf«, sagte McCoy, als er von der Transporterplattform trat. »Was zum Teufel war mit euch los?« sagte er gereizt zu Scotty.

»Entschuldigung«, antwortete Scotty, »aber wir waren außer Reichweite. Eine kleine Auseinandersetzung mit einem promethanischen Kampfschiff.«

Die drei Männer gingen sofort in die Kontrollzentrale, wo die anderen bereits warteten. Kirk und McCoy blieben in der Tür stehen.

»Also gut, Leute, zurück zur Starbase 499«, sagte Kirk.

»Würden Sie gerne wieder Ihren Platz übernehmen, Captain?« fragte Mr. Spock.

»Nein, zuerst würde ich mich gerne abschminken. Spock, Sie könnten uns helfen, diese idiotischen Masken loszuwerden.« Er drehte sich um und machte sich auf den Weg zum Badezimmer ihres Quartiers.

Barbara besprach sich schnell mit Chekov und gab dann ihren sofortigen Aufbruch bekannt. Ihre Finger flogen über die Pilotenkonsole, als sie die *Plüschprinzessin* auf direkten Kurs zur Raumstation brachte.

»Geschätzte Ankunftszeit bei Starbase 499 in etwa dreißig Minuten«, teilte Mr. Chekov mit.

»Wußten Sie, daß sie es tun würden? Haben Sie es gewußt?« Maldari schrie Dramin an.

»Nein, ich wußte es nicht«, sagte Dramin ernst.

»Ich glaube Ihnen nicht! Sie haben es mit den Klingonen abgesprochen! Es sind meine Gefangenen! Sie und dieser Fanatiker hatten kein Recht dazu!« Maldaris graue Haut war vor Wut schwarz geworden.

Dramin zuckte die Schultern. »Glauben Sie mir, ich hatte keine Ahnung, daß sie beabsichtigten, einen der Offiziere zu exekutieren. Aber das ist ohne Bedeutung. Ein Ungläubiger weniger in der Galaxis.«

Maldari versuchte, seinen Zorn unter Kontrolle zu bringen. Und er versuchte nachzudenken.

»Es wird keine Versammlungen mehr geben. Ich lasse nicht zu, daß die Gefangenen noch einmal von den Klingonen benutzt werden. Auch nicht von der Priesterschaft.«

»Was wollen Sie mit ihnen machen?« fragte Dramin.

»Sie verkaufen. Genauso wie ich schon die Frauen verkauft habe.«

»Das geht nicht. Sie haben nur wenig Wert. Für die Sache sind sie viel nützlicher.«

»Für welche Sache?« fragte Maldari mißtrauisch. »Was erhoffen Sie sich hiervon?«

»Ich persönlich gar nichts. Aber Beta Prometheus muß von den Anhängern des wahren Glaubens beherrscht werden.«

»Womit Sie die Diener des Weges meinen«, sagte Maldari.

»Die Herrschende Familie ist nicht genügend von der Wahrheit des Einzigen Weges überzeugt.«

»Aber Sie glauben, daß die Klingonen es sind?«

»Die Klingonen sind uns nur vorübergehend von Nutzen. Sobald die Herrschende Familie gestürzt und Beta Prometheus vom Einfluß der Föderation isoliert ist, werden die Diener des Weges unser System beherrschen. Die Klingonen sind irrelevant.«

»Das ist es also. Sie hoffen, die Herrschende Familie zu entmachten.« Maldari fragte sich, warum er das nicht von Anfang an erkannt hatte. »Und Sie benutzen meine Geiseln, um dieses Ziel zu erreichen.«

»Die Geiseln sind Gefangene des Staates. Es sind Spione aus der Föderation, die für ihr Vergehen zur Rechenschaft gezogen werden müssen.«

Maldari wollte zu Dramin sagen, daß er in seiner Gegenwart auf solche Phrasen verzichten konnte, aber als er das Leuchten in den Augen des Fanatikers sah, wußte er, daß es sinnlos gewesen wäre. Er seufzte nur. Dramin blickte ihn an.

»Sie haben mit dem Verkauf der Frauen einen guten Gewinn erzielt«, sagte Dramin. »Ihre Besatzung ist zufrieden. Geben Sie mir die Männer, und dann können Sie wieder in den Weltraum aufbrechen und neue Geschäfte machen.«

»Im Augenblick kann ich keine Geschäfte machen! Die Herrschende Familie hat mir durch meinen Frachtmeister mitgeteilt, daß ich kein Dilithium von unserem Planeten fortbringen darf, bis diese Angelegenheit geklärt ist. Meine Frachträume sind praktisch leer, und ich mußte das Geld, das ich für die Frauen erhalten habe, mit meiner Besatzung teilen, um mir ihre Treue zu erkaufen. Ich habe nicht einmal ein Raumschiff. Und Ihre politischen Spießgesellen haben gerade ein Neuntel meiner einzigen Einnahmequelle eliminiert.«

»Ich bin überzeugt, daß die Geistlichen Ihnen genügend Mittel geben, damit Sie Ihre Geschäfte wiederaufnehmen können, wenn Sie ihre Loyalität unter Beweis gestellt haben.«

Maldari starrte Dramin an. »Was verlangt man von mir?« fragte er schließlich.

»Geben Sie uns die Geiseln.«

»Damit Sie eine pro Tag erschießen können, bis es zum Krieg mit der Föderation kommt?«

»Geben Sie uns die Geiseln, und wir werden dafür sorgen, daß Sie die Erlaubnis erhalten, weiterhin Handel zu treiben. Ihre Frachträume werden mit ausreichend Dilithium gefüllt sein. Was kümmert es Sie, was mit den Geiseln geschieht?«

»Händler können einen Krieg nicht gebrauchen. Ihr letzter heiliger Krieg hat uns große finanzielle Verluste gebracht.«

»Es wird keinen Krieg geben. Sobald die Herrschende Familie abgelöst wurde, werden sich die Diener des Weges bei der Föderation entschuldigen und die übrigen Geiseln zurückgeben.«

»Wenn dann noch welche übrig sind.«

»Auch das ist nur von geringer Bedeutung.«

»Ich werde darüber nachdenken.« Maldari entfernte sich ohne den üblichen Abschiedsgruß der Promethaner von Dramin.

Als die siebenköpfige Besatzung der *Plüschprinzessin* ihr Raumschiff verließ und Starbase 499 betrat, stellten sie fest, daß sich das Gerücht von der Hinrichtung einer Geisel bereits verbreitet hatte. In den drei Föderationsschiffen herrschte Hochbetrieb. Auf dem Freizeitdeck wurden erhitzte Gespräche geführt. Die offizielle Reaktion der Föderation, eine kurze Mitteilung, in der die Aktion verurteilt wurde, hinterließ einen bitteren Nachgeschmack für Kirk, der die Ermordung des jungen Offiziers mit eigenen Augen gesehen hatte.

»Sie haben geschworen, jeden Tag eine Geisel zu exekutieren, bis sich die Föderation aus diesem Sektor der Galaxis zurückzieht«, sagte Kirk verbittert, als er seinen Freunden einen detaillierten Bericht von der Versammlung gab. »Wir müssen diese Drohung ernst nehmen. Damit haben wir weniger als vierundzwanzig Stunden, bis der nächste Starfleet-Offizier getötet wird. Wir müssen die Geiseln befreien!« sagte Kirk und schlug mit der Hand auf den Tisch.

Aus einer dunklen Ecke des Freizeitdecks hatte ein Promethaner die Gruppe beobachtet, seit sie von Archnos zurückgekehrt war. Daher wurde er durch Kirks plötzlichen Ausbruch nicht überrascht. Er meinte, daß jetzt die Zeit zum Handeln gekommen war. Er hatte herausgefunden, wer die Reisenden waren – Offiziere im Ruhestand, die zur Besatzung der *Enterprise* gehört hatten, und damit ehemalige Kameraden des jetzigen Captains der *Excelsior*. Der Umstand, daß sie nicht in Uniform waren, machte sie zu einem geeigneten Ziel für sein Vorhaben. Er sammelte seinen Mut, rutschte von seinem Sitz, durchquerte den Raum und trat neben den Vulkanier.

»Entschuldigen Sie bitte, aber ich würde mich Ihnen gerne vorstellen«, begann er. »Ich bin ein promethanischer Händler. Ein ehrlicher, wie ich hinzufügen möchte.«

Die Besatzung starrte ihn an. Kirk wirkte mißtrauisch.

»Und Sie sind die Besatzung der *Enterprise*, vermute ich«, sprach er weiter.

»Der *Plüschprinzessin*«, sagte Scotty. »Und wir sind im Augenblick nicht an Handelsgeschäften interessiert. Wenn Sie glauben, daß Sie uns etwas verkaufen können, vergeuden Sie nur Ihre Zeit.«

»Ich verstehe Ihr Mißtrauen. Aber ich habe tatsächlich etwas zu verkaufen, und ich denke, daß Sie durchaus an diesem Geschäft interessiert sein könnten. Ob ich wohl…«

»Setzen Sie sich«, sagte Spock zur Überraschung seiner Freunde.

»Eigentlich haben wir im Augenblick nicht viel Zeit…«, warf Kirk ein, doch Spock ignorierte ihn und sprach direkt zum Händler von Beta Prometheus.

»Da Sie uns seit unserer Ankunft auf Starbase 499 beobachtet haben, wissen Sie sehr gut, wer wir sind. Ich glaube, es wäre nur gerecht, wenn Sie uns jetzt sagen, wer Sie sind.«

Kirk und die anderen waren zu verdutzt über Spocks Erklärung, um reagieren zu können, als sich der Halb-Promethaner auf einen Stuhl setzte.

»Ich bin Taras Tarquin«, sagte er leise. »Und ich kann für Sie den Freikauf der Geiseln arrangieren.«

Der Lärm auf dem Freizeitdeck übertönte die verblüfften Reaktionen der Gruppe.

»Natürlich werden wir gehen. Aber ich werde anstelle von Uhura gehen«, sagte Kirk, nachdem Taras Tarquin sie allein gelassen hatte, damit sie in Ruhe über sein Angebot reden konnten.

»Einen Augenblick, Captain«, sagte Uhura und stand auf. »Er hat ausdrücklich von Spock und mir gesprochen.«

»Es könnte sehr gefährlich werden.«

»Ja, das ist möglich. Aber es könnte noch gefährlicher werden, wenn wir ihre Anweisungen ignorieren.«

Kirk seufzte. Doch bevor er sich ein Gegenargument überlegen konnte, sprach Uhura bereits weiter.

»Sie selbst haben gesagt, daß keine Notwendigkeit besteht, sich in jedem Punkt an die Starfleet-Vorschriften zu halten. Und da mir niemand Befehle geben kann und man ausdrücklich mich genannt hat, werde ich auch gehen.«

»Ihnen sollte bewußt sein, Captain«, unterbrach Spock ihre Diskussion, »daß jeder von uns ganz allein seine Risiken einschätzen muß, da wir streng genommen Zivilisten sind. Und wenn Uhura diese Einladung annehmen möchte...«

»Völlig richtig«, warf Uhura ein.

»...sollten wir sie nicht daran hindern.« Es gab eine kurze Pause, in der Kirk eine finstere Miene zog. »Andererseits«, sprach Spock weiter, »glaube ich, daß wir es mit dem Prinzip der Unabhängigkeit nicht übertreiben sollten. Schließlich braucht jedes gute Unternehmen einen Anführer, und ich denke, daß wir alle einstimmig der Meinung sind, daß Captain Kirk der Beste für diese Aufgabe ist.«

Kirk blickte zu ihm auf. Er war froh, daß Spock ihm die Autorität zurückgegeben hatte.

»Wenn Sie also wirklich einen schwerwiegenden Einwand haben, Captain, sollten wir noch einmal ernsthaft darüber nachdenken.«

»Nein, ich fürchte, Sie haben recht«, sagte Kirk seufzend. »Wenn er um ein Treffen mit Uhura gebeten hat, aus welchen Gründen auch immer, sollten wir uns daran halten. Aber seien Sie vorsichtig.«

»Im Laufe der Jahre hatte ich es schon mit viel gefährlicheren Situation zu tun«, sagte Uhura zu Kirk. »Machen Sie sich keine Sorgen.«

»Wollen Sie etwa andeuten, ich würde mich nur von meinem Beschützerinstinkt leiten lassen?«

»Genau.«

»Also gut. Aber wir halten ständig Verbindung über die Kommunikatoren. Wir werden uns im Schiff bereithalten, falls Sie uns brauchen.«

Kirk nahm sich resigniert vor, sich keine Sorgen zu machen. Er stand auf und sah sich um. Tarquin hielt sich am Ende des Raumes auf und beobachtete sie. Kirk nickte, um sein Einverständnis zu signalisieren, worauf Tarquin davoneilte. Kirk nahm Spock beiseite und sprach leise zu ihm.

»Ich kann ja verstehen, daß dieser Maldari Sie als Vermittler haben möchte. Die Vulkanier haben schließlich den Ruf, ehrlich und vertrauenswürdig zu sein. Aber warum will er unbedingt Uhura dabeihaben?« fragte Kirk.

Spock zuckte die Schultern. »Vielleicht fühlt er sich durch eine Frau nicht so bedroht. Oder vielleicht hat er sie vor einer Weile auf der Tanzfläche gesehen und sich in sie verliebt.«

Kirk, McCoy, Barbara, Chekov und Scotty sahen zu, wie Spock und Uhura das Freizeitdeck verließen. Dann kehrten sie zur *Plüschprinzessin* zurück, um dort abzuwarten. Dabei fragte sich Kirk nicht zum ersten Mal, ob Mr. Spock möglicherweise doch über etwas menschlichen Humor verfügte.

Spock und Uhura nahmen den Turbolift, um in den Andockbereich zu gelangen. Sie folgten Tarquins Anweisungen und fanden schließlich ein altertümliches Shuttle, das auf einer verlassenen Plattform wartete und einen starken Kontrast zu den anderen betriebsamen Andockplätzen bildete.

Tarquin stand neben einer Reihe von Frachtschlitten. Mehr noch als seine ungewöhnlich geraden Zähne war sein Lächeln ein deutlicher Hinweis auf seine menschlichen Gene.

»Mr. Spock, es freut mich sehr, daß Sie sich als Unterhändler zur Verfügung stellen. Wir wollen versuchen, eine möglichst baldige Rückkehr Ihrer Starfleet-Kollegen zu erreichen.«

»Darf ich fragen, wen Sie repräsentieren?«

»Oh, ich möchte nicht so formell auftreten. Ich will keinen falschen Eindruck erwecken. Ich bin lediglich ein Promethaner, der sich wünscht, daß unsere Zivilisationen sich etwas näherkommen. Oder zumindest nicht auf so gefährliche Weise auseinanderdriften.«

»Also repräsentieren Sie nicht die Regierung?«

»Die Herrschende Familie? Aber nein. Man muß in diese Kreise hineingeboren werden, um eine offizielle Position übernehmen zu können.«

»Vielleicht die Priesterschaft?«

»Wir bezeichnen sie als die Diener des Weges. Zumindest ist das die bestmögliche Übersetzung in Ihrer Sprache. Nein, auch damit habe ich nichts zu tun, da sie für meinen Geschmack viel zu dogmatisch sind. Wußten Sie zum Beispiel...« Er warf Uhura einen Blick zu. »...daß Frauen auf Beta Prometheus keinen Vornamen haben? Sie dürfen nur den Familiennamen ihres Vaters und später den ihres Ehemannes tragen. Ist es nicht ein Charakteristikum jeder Religion, daß Frauen zu Bürgern zweiter Klasse abgestempelt werden?«

»Wir Vulkanier sind nicht...«

»Natürlich nicht. Ich meinte vielmehr die Kultur der Erde. Aus diesem Grund habe ich darum geben, daß Sie mitkommen, Miss Uhura. Sie werden für sie keine Bedrohung darstellen.«

»Sie?« fragte Uhura.

»Die Personen, die ich repräsentiere. Oder vielleicht ist das ein zu starker Ausdruck. Ich möchte nicht, daß Sie glauben, ich würde für diese Personen sprechen. Ich werde eher zu diesen Personen sprechen, wie Sie sehen werden. Ohne mich oder jemanden wie mich wären Sie kaum dazu in der Lage.«

»Dann repräsentieren Sie …?«

»Ja. Die Piraten.«

»Endlich kommen wir weiter«, sagte Uhura optimistisch.

»Das würde ich nicht sagen. Diese Promethaner unterscheiden sich sehr von Bürgern der Föderation. Sie sind sehr unabhängig.«

»Taras, wir Bürger der Föderation, wie Sie sagen, sind in Wirklichkeit stolz auf unsere Unabhängigkeit. Wir wählen Repräsentanten in den Rat der Föderation, und unsere Rechte …«

»Natürlich, ich wollte Sie nicht beleidigen. Die Föderation ist der Stolz der ganzen Galaxis. Ich persönlich würde die Mitgliedschaft meines Planeten befürworten, während viele Promethaner aus egoistischen Gründen dagegen sind. Ich wollte damit sagen, daß die meisten Promethaner – und insbesondere die Besatzung der *Sonnentau*, die Ihre Kollegen gefangengenommen hat – der Ansicht sind, daß Gesetze, Regeln und Vorschriften nur dann befolgt werden sollten, wenn es zu ihrem persönlichen Nutzen geschieht. Wie soll ich es Ihnen am besten erklären? Mit Ausnahme der Diener des Weges, denen gegenüber der durchschnittliche Promethaner bestenfalls ein Lippenbekenntnis ablegt, ist niemand der Meinung, daß eine Zusammenarbeit der Mitglieder unserer Gesellschaft zu einem besseren Leben für alle führen würde. Im Prinzip kümmert sich jeder nur um seine eigenen Angelegenheiten.«

»Es scheint so«, sagte Spock.

»Diese Leute hatten keine Ahnung, daß sie einen galaktischen Konflikt heraufbeschwören, als sie die Offiziere der Föderation gefangennahmen.«

»Mit anderen Worten«, hakte Spock nach, »diese Piraten haben sich mit den Geiseln im Grunde nur ein gutes Geschäft erhofft.«

»So sieht es aus.«

»Und wie lauten ihre Forderungen?«

»Darüber würden sie gerne persönlich mit Ihnen sprechen.«

»Gut. Dann lassen Sie uns sofort aufbrechen.«

»Ich fürchte, es ist nicht ganz so einfach. Nur einer von Ihnen beiden kann mitkommen. Und zwar Miss Uhura.«

Spock runzelte die Stirn. »Ich könnte allein gehen, wenn Sie möchten, oder Sie können uns beide mitnehmen, aber ich werde nicht…«

»Es ist der Einzige Weg, wie eine sehr bedeutungsvolle promethanische Redensart besagt. Sie bezieht sich auf unsere Religion und viele andere Dinge, die wir recht unbedacht betreiben, wenn Sie mich fragen. Doch in diesem Fall meine ich es wörtlich. Sie wollen mit nur einer Person verhandeln, und um ganz offen zu sein, sie würden sich vor einem Vulkanier fürchten. Sie hätten Angst vor Ihren geistigen Kräften, die ihnen geradezu mystisch erscheinen. Es ist ein recht primitives Volk, wie Sie vielleicht wissen, und sie haben nur wenig Erfahrung mit Telepathen.«

»Wir sind keine Telepathen im eigentlichen Sinne.«

»Die berühmte vulkanische Mentalverschmelzung. Sie macht ihnen angst. Und wie ich schon andeutete, sind sie nicht sehr intelligent. Nur Miss Uhura. Ich werde dafür sorgen, daß ihr nichts geschieht.«

Es gab ein kurzes Schweigen. Taras blickte sich um und wechselte zu belanglosen Themen, offenbar um Spock Zeit zu geben, darüber nachzudenken.

»Dieses Dock wird nur selten benutzt. Es ist zu klein

für die meisten Container und Shuttles. Mein eigenes Fahrzeug ist, wie Sie sehen können, leider schon älteren Datums. Doch es erfüllt seinen Zweck und ist völlig sicher.«

»Uhura, Sie müssen sich nicht...«, begann Spock.

»Kein Problem, Mr. Spock. Deshalb sind wir hergekommen.« Sie wandte sich an Taras. »Ich werde Sie begleiten.«

»Zunächst müßte ich noch einige Bedingungen stellen. Sie werden Ihren Phaser zurücklassen. Ich gehe davon aus, daß Sie einen bei sich tragen, obwohl ich keinen sehe. Schließlich gehörten Sie in der Vergangenheit der ruhmreichen Föderationsflotte an.«

Uhura zog den Phaser aus einer Tasche ihres zivilen Overalls und gab ihn Spock.

»Und Ihren Kommunikator.«

»Ich protestiere...«, begann Spock.

»Ich fürchte, man wird darauf bestehen. Man wird Sie vermutlich zu den Geiseln bringen, und dann könnten Sie die Position über Ihren Kommunikator durchgeben. Das auch«, fügte er hinzu und deutete auf den automatischen Translator an ihrem Kragen.

»Das ist mein Translator. Ohne das Gerät kann ich nicht verstehen, was die Promethaner sagen.«

»Ich werde Ihr Translator sein.«

Uhura nahm das Gerät ab und reichte es Spock.

»Und als nächstes verlangen Sie vermutlich, daß ich meine Kleidung ablege.«

»Nein, das ist nicht nötig. Hier gibt es in der Tat Zivilisationen, die so primitiv sind, daß es ihren Frauen verboten ist, Kleidung zu tragen. Doch für die Promethaner gilt das genaue Gegenteil. Frauen müssen ihren Körper vollständig verhüllen. Gegen Ihre Kleidung ist nichts einzuwenden, Miss Uhura. Gehen wir?«

»Taras«, sagte Spock ernst. »Ich werde Sie persönlich für Uhuras Sicherheit verantwortlich machen. Sie ist eine Botschafterin und keine potentielle Geisel. Wenn ihr irgend etwas zustoßen sollte, werde ich mich an Sie halten.«

»Das ist eine ungewöhnlich dramatische Drohung für einen Vulkanier, glaube ich. Aber ich habe gehört, daß Sie zum Teil menschlich sind.«

»Ich spreche keine leeren Drohungen aus, Taras. Sie werden dafür sorgen, daß Uhura niemals in Gefahr gerät und in weniger als drei Stunden wieder hier ist. Andernfalls werde ich Sie persönlich zur Rechenschaft ziehen.«

»Ich verstehe, Mr. Spock. Ich denke, wir können uns darauf verlassen, daß die Piraten nach ihren eigenen Interessen handeln werden. Und in diesem Fall ist es ihr Interesse, durch Miss Uhura mit Ihnen zu kommunizieren. Ich werde sie so schnell wie möglich zurückbringen.« Dann führte er Uhura über eine kleine Rampe, und Spock sah, wie sie im Shuttle verschwanden. Nach einigen Minuten stieg das Fahrzeug auf und schwebte durch das Raumdock zu den großen Hangartoren, wo es sich in den Verkehrsstrom der anderen und größeren Raumschiffe mischte.

Uhura hatte keine Ahnung, wo sie war, da es keine Sichtluken im Shuttle gab. Sie saß leicht verkrampft da, während sie spürte, wie das Shuttle beschleunigte, dann abbremste und schließlich landete. Sie hörte, wie das tiefe Summen der altertümlichen Maschinen erstarb. Tarquin nahm sie am Ellbogen und führte sie durch die Tür nach draußen. Unter ihren Füßen war nur harter Fels, Staub und Dreck. Schließlich brachte man sie in ein Gebäude.

Das Licht, das von außen in den Raum drang, war gelblich. Uhura war von einem halben Dutzend Promethaner umgeben; sie sah sofort den Unterschied zwischen Taras und den reinrassigen Exemplaren dieser

Spezies. Die anderen hatten häßliche, scharfe Zähne, die in verschiedene Richtungen wuchsen, und eine gesprenkelte graue Haut, während Taras blasser war. Er genoß offensichtlich nur ein geringes Aussehen unter diesen Piraten, weil er sich abseits von der Gruppe um den Anführer hielt, die eine angeregte Diskussion führte.

Dann trat der Promethaner vor, der der Anführer zu sein schien, und sagte etwas in seiner harten, gutturalen Sprache zu ihr.

»Er möchte sich Ihnen vorstellen«, sagte Taras aus dem Hintergrund. »Sein Name ist Maldari, und er ist... er war der Captain der *Sonnentau*. Das ist das Raumschiff, in dem die Offiziere gefangengenommen wurden.«

Wieder sagte der Captain etwas.

»Er möchte wissen, ob Sie die Föderation repräsentieren.«

»Sagen Sie ihm, daß ich die *Plüschprinzessin* repräsentiere. Sie steht unter dem Kommando von James T. Kirk.«

Maldari sprach mehrere lange Sätze.

»Er sagt, daß es Sie vermutlich interessiert, ob es den Geiseln gutgeht. Er möchte Ihnen versichern, daß alles in Ordnung ist. Sie befinden sich an einem sicheren Ort, und alle sind bei guter Gesundheit. Er will sie freilassen, wenn Sie sich mit einigen Dingen einverstanden erklären. Nicken Sie, lächeln Sie oder sagen Sie ja.«

Uhura tat es. »Was verlangen sie?« fragte sie. Da offenbar kein großer Wert auf höfliche Umschreibungen gelegt wurde, kam sie ebenfalls gleich zur Sache.

Taras redete mit Maldari in seiner Sprache. Maldari antwortete, dann ging es noch ein paarmal hin und her, bis Taras sich an Uhura wandte.

»Sie wollen Waffen. ›Mächtige Starfleet-Waffen‹, wie er sich ausgedrückt hat.«

»Es ist der Föderation verboten, Nichtmitgliedern Waffen zu verkaufen oder sonstwie zugänglich zu machen.«

»Er behauptet, daß die Waffen, die sie wollen, keinen Handelsbeschränkungen unterliegen. Sie handeln meistens mit Dilithium und anderen Gütern, aber da der Dilithiumhandel durch die Herrschende Familie kontrolliert wird, ist ihr Gewinnanteil nur gering. Sie wissen, daß sie in der Galaxis ein Vermögen mit Starfleet-Waffen machen können, selbst mit Handphasern.«

»Und sie können sie dazu einsetzen, weitere Starfleet-Offiziere zu entführen.«

Taras zuckte nur die Schultern.

»Sagen Sie ihm, daß ich ihre Forderungen an Captain Kirk weitergeben werde.«

Taras sprach mit Maldari.

»Und jetzt sagen Sie ihm, daß ich Captain Sulu und seine Leute sehen möchte.«

Es gab eine Pause.

»Sie werden an einem anderen Ort gefangengehalten«, sagte Taras. »Das hier ist ein praktisch unbewohnter Mond auf der anderen Seite des Systems. Die Offiziere befinden sich in einem Gefängnis in Archnos. Das ist recht weit von hier.«

»Trotzdem«, sagte Uhura.

Taras seufzte. »Also gut«, sagte er.

Dann sprach er wieder mit Maldari, der eine wütende Antwort gab. Taras redete geduldig weiter. Er nickte und zeigte auf Uhura. Maldari trat vor und blieb direkt vor Uhura stehen. Sie konnte seine braunen Zähne und sein Lächeln sehen, obwohl sie gar nicht genau wußte, was es in seinem Volk zu bedeuten hatte. Er verströmte einen ranzigen Geruch. Man sollte Badezimmer nach Beta Prometheus exportieren, dachte sie. Aber sie wich nicht vor ihm zurück. Maldari sprach sie direkt an.

»Er sagt, er hat Ihnen sein Wort gegeben, daß die Geiseln in Sicherheit sind. Sie können keine Forderungen stellen.«

»Es ist keine Forderung. Ich will sie sehen, sonst kann ich Captain Kirk nicht versichern, daß es ihnen gutgeht. Wie soll Captain Kirk sein Angebot ernst nehmen? Wir wissen nicht einmal, ob Sie die Geiseln wirklich haben.«

Taras zögerte, bevor er dolmetschte. Maldari starrte Uhura an, während er zuhörte.

»Und sagen Sie ihm, daß die Föderation niemals ein Lösegeld für die Geiseln bezahlen wird, um weitere Erpressungsversuche zu entmutigen. Aber Captain Kirk ist dafür bekannt, daß er sich nicht immer an die Regeln hält. Sagen Sie ihm, daß er vor der einzigen Person steht, die ihm aus dieser Situation heraushelfen könnte, weil Starfleet ihm irgendwann die Hölle heiß machen wird, womit niemand etwas gewonnen hätte. Wenn er ein Händler ist, müßte er es verstehen. Das mit der Hölle können sie auslassen.«

Taras lächelte und sprach schnell mehrere Sätze. Maldari runzelte die Stirn. Doch dann drehte er sich um und sprach zu seinen Leuten. Sie traten sofort vor. Einer packte Uhuras Arm und zerrte sie fort.

»Moment mal, was…?«

»Sie sind einverstanden. Man erlaubt Ihnen, die Geiseln zu sehen.«

Uhura gab sich Mühe, ruhig zu bleiben.

»Man wird sie in die Stadt Archnos auf Beta Prometheus 1 bringen. Ich werde hier auf Sie warten.«

»Sie kommen nicht mit?«

»So ist es besser für mich. Ihnen ist vielleicht aufgefallen, daß ich hier als Außenseiter betrachtet werde. Mein unreines Blut macht mich beinahe zu einem Ausgestoßenen. Ich war für sie als Unterhändler sehr nützlich, aber sie vertrauen mir nicht, und ich weiß nicht, wo man Ihre Freunde gefangenhält. Tun Sie einfach, was man Ihnen sagt.« Er redete kurz mit Maldari. »Man wird Sie in Kürze hierher zurückbringen.«

Uhura wurde aus dem Raum und in einen Korridor geführt. Dann verließen sie das Gebäude, gingen ein Stück im Freien und betraten dann das Shuttle. Ein halbes Dutzend Promethaner gingen mit ihr an Bord. Das Schott schloß sich mit einem dumpfen Knall. Sie spürte, wie das Shuttle startete, und versuchte sich dann zu entspannen.

Ihr Herz klopfte. *Ich weiß, daß ich mich schon in viel gefährlicheren Situationen befunden habe,* dachte sie. *Aber im Augenblick fällt mir keine ein.*

Das Shuttle war gelandet. Die Promethaner besprachen sich kurz, dann wurde die Tür geöffnet. Uhura blinzelte im grellen Sonnenlicht. Bevor sie sich umschauen konnte, hatten die Promethaner sie aus dem Shuttle getrieben. Es ging über einen kurzen gepflasterten Weg und in ein dunkles Gebäude. Die Tür wurde sofort geschlossen.

Als sich ihre Augen an das schwache Licht gewöhnt hatten, erkannte sie, daß sie sich in einem Lagerhaus mit großen Transportcontainern befanden. Sie gingen an gestapelten Kisten vorbei durch einen Korridor und bogen um eine Ecke. Es war beinahe ein Labyrinth, da die Container scheinbar wahllos plaziert waren. Sie versuchte, sich den Weg zu merken. Zuerst rechts, dann an der zweiten Ecke nach links, dann die nächste rechts … Schließlich kamen sie an eine Tür, vor der zwei Promethaner Wache hielten. Ihre Begleiter wandten sich ihr zu und tasteten ihre Kleidung und ihren Körper ab. Ein wenig zu gründlich, wie sie fand. Aber sie riß sich zusammen. Wieder wurden einige Worte in ihrer unverständlichen Sprache gewechselt, dann öffneten die Wachen die Tür. Im Zwielicht erkannte sie die

Konturen mehrerer Starfleet-Uniformen. Man schob sie in den Raum und schloß hinter ihr sofort die Tür. Acht Starfleet-Offiziere starrten sie an.

»Uhura!« hörte sie die Stimme des früheren Piloten der *Enterprise*. Dann kam Sulu zu ihr gestürmt, ein breites Lächeln auf dem Gesicht. »Was...? Wie...?« Sein Lächeln verblaßte. »Erzählen Sie mir nicht, man hat Sie auch entführt!« sagte er.

»Nein, Sulu. Ich wurde hierhergebracht, um mich zu vergewissern, daß mit Ihnen alles in Ordnung ist. Es ist schön, Sie wiederzusehen.«

»Können Sie uns sagen, was man unsretwegen unternimmt?« fragte Dr. Hans.

»Zuerst möchte ich Sie miteinander bekannt machen«, sagte Sulu schnell. »Das ist Uhura. Wir haben zusammen an Bord der *Enterprise* gedient. Trotz ihrer Kleidung ist sie ein Starfleet-Commander.«

»Aber außer Dienst. Ich muß Sie sogar warnen, denn mein Besuch ist inoffiziell.«

»Was soll das heißen?« wollte ein grauhaariger, aber noch sehr junger Offizier wissen.

»Das ist Lieutenant Roose, mein Kommunikationsoffizier. Das ist unser Bordarzt Dr. Hans. Unser Chefingenieur...« Sulu stellte der Reihe nach die acht Offiziere seiner Besatzung vor.

»Ich wünschte mir, ich könnte alle Ihre Fragen beantworten. Aber ich fürchte, ich kann Ihnen nicht viel sagen. Die Föderation steht in Verhandlung mit der Herrschenden Familie von Beta Prometheus. Aber eine diplomatische Lösung braucht ihre Zeit. Falls es irgendwelche Fortschritte gibt, dringt zumindest nichts davon an die Öffentlichkeit. Aber ich bin sicher, daß man vorwärtskommt«, fügte sie schnell hinzu. Die Gesichter wirkten erschöpft und müde, aber sie war froh, daß alle offensichtlich gesund waren. »Werden Sie gut behandelt?«

»Wir alle sind in guter Verfassung«, antwortete Sulu. »Aber man hat bereits einen Offizier exekutiert. Und die zwei Frauen wurden an einen anderen Ort gebracht.«

»Wir wissen vom Schicksal des Offiziers«, sagte Uhura. »Eine traurige Geschichte. Aber die beiden Frauen sind in Sicherheit. Sencus konnte sie mit der *Excelsior* befreien. Und wir wollen versuchen, Sie hier herauszuholen.«

»Wie meinten Sie das, als Sie sagen, Ihr Besuch sei inoffiziell?« fragte Sulu.

»Es ist keine Starfleet-Mission. Kirk...«

»Captain Kirk ist hier?«

»Kirk, Spock, McCoy, Scotty und Chekov. Außerdem eine junge Pilotin, die gerade die Akademie absolviert hat, und ich. Wir haben uns auf eigene Faust auf den Weg gemacht. Wir haben nicht einmal ein Starfleet-Raumschiff. Wir mußten uns eine Luxusyacht organisieren.«

Es war still. Die Enttäuschung der Anwesenden war beinahe körperlich zu spüren.

»Aber in der Nähe halten sich einige Starfleet-Raumschiffe bereit«, setzte sie hinzu.

»Trotzdem zieht es die Föderation vor, einem galaktischen Konflikt auszuweichen«, sagte Dr. Hans leise. »Und man ist nicht bereit, mit Erpressern zu verhandeln. Also verhandelt man, ohne zu verhandeln.«

»Ich bin sicher, daß es bereits Fortschritte gibt«, versuchte Uhura die Stimmung aufzubessern.

Plötzlich öffnete sich die Tür, und vier bewaffnete Wachen stürmten herein. Sie packten Uhura an den Armen und zerrten sie hinaus.

»Grüßen Sie Captain Kirk!« sagte Sulu, bevor die Tür hinter ihr zugeschlagen wurde.

Die Wachen brachten Uhura durch die Gänge zwischen den gestapelten Containern zurück. Sie zählte die Ecken mit und versuchte sie sich einzuprägen. Dann erreichten sie eine Tür, die plötzlich aufgerissen wurde. Im grellen Licht erkannte sie ein kuppelförmiges Gebäude am Horizont. Kurz darauf wurde sie ins wartende Shuttle gedrängt. Das Schott schloß sich, und sie spürte, wie das Gefährt abhob.

Nachdem sie wieder auf dem Mond gelandet waren, sprach jemand sie auf promethanisch an. Taras übersetzte.

»Er sagt, Sie sollen Captain Kirk mitteilen, daß es ihren Freunden gutgeht. Und daß man sie an die Diener des Weges übergeben wird, wenn die Waren nicht wie besprochen geliefert werden.«

Zehn Minuten später lag das Shuttle wieder am Andockplatz der Starbase. Taras war ihr beim Aussteigen behilflich.

»Da wären wir«, sagte Taras. Spock saß auf einem unbenutzten Frachtcontainer. Er stand auf und kam zu ihnen.

»Alles in Ordnung?«

»Ja«, sagte Uhura. »Man hat mich zu Sulu und seinen Leuten gebracht.«

»Ausgezeichnet. Wie geht es ihnen?«

»Sie scheinen in guter Verfassung zu sein. Erschöpft und sehr besorgt. Vor allem, nachdem ich ihnen nur wenig neue Hoffnung machen konnte.«

»Im Augenblick können wir nicht mehr tun. Wir müssen Captain Kirk Bericht erstatten. Taras, ich möchte Ihnen danken, daß Sie den Kontakt hergestellt haben. Ich würde Ihnen gerne sagen, was wir jetzt tun werden, aber das kann ich noch nicht.«

»Ich stehe weiterhin zu Ihren Diensten. Ich werde vorerst auf 499 bleiben.«

Gemeinsam kehrten sie durch die Halle zurück und bestiegen den Turbolift.

»Taras«, sagte Spock. »Sie sind zur Hälfte Promethaner. Was halten Sie von der ganzen Angelegenheiten?«

Taras' Gesicht, das normalerweise einen entgegenkommenden Ausdruck zeigte, wurde ernster.

»Das ist schwer zu sagen. Diese Piraten sind in den Besitz einer Ware gelangt, die sie nur schwer gegen einen angemessenen Wert eintauschen können. Sie hatten zweifellos auf ein schnelles Geschäft gehofft, dabei jedoch die Position der Föderation unterschätzt. Sie stecken jetzt genauso in der Klemme wie Sie. Wenn sie die Geiseln einfach freilassen, werden sie in den Augen aller anderen promethanischen Händler als komplette Idioten dastehen.«

Spock dachte darüber nach. »Und Sie?«

»Ich?« fragte Taras.

»Auf welcher Seite stehen Sie, wenn ich fragen darf?«

»Ich bin nur ein Mittelsmann, Mr. Spock. Ich kann mich glücklich schätzen, daß ich überhaupt mit Maldari und den Piraten sprechen darf. Ich würde nicht behaupten, daß sie mir vertrauen, aber sie werden sich den Umständen fügen und den Kontakt mit mir aufrechterhalten.«

»Ein Mittelsmann erhält gewöhnlich einen gewissen Prozentsatz des Gewinns«, sagte Spock.

»So ist es gewöhnlich«, sagte Taras lächelnd. Die Tür des Turbolifts glitt auf. »Bitte lassen Sie es mich wissen, wie Sie vorgehen möchten. Sie finden mich auf dem Freizeitdeck.« Dann schloß sich die Tür zwischen ihnen.

»Jetzt wissen wir wenigstens, daß er sich nicht wegen seiner menschlichen Vorfahren in dieser Sache engagiert«, sagte Uhura.

»Das ist richtig«, sagte Spock. »Aber das hatte ich bereits vermutet. Ich wollte nur klarstellen, womit wir rechnen müssen.«

»Und womit müssen wir rechnen?« fragte Uhura.

»Daß wir niemandem vertrauen können«, antwortete Spock.

»Es gibt etwas, das ich noch gar nicht erwähnt habe, Mr. Spock«, sagte Uhura, als sich die Besatzung der *Plüschprinzessin* auf dem Aussichtsdeck versammelt hatte. »Ich habe einen Blick auf das Gebäude werfen können. Ich wollte es nicht in Taras' Gegenwart ansprechen, weil ich mir nicht sicher war, ob ich es wissen sollte.«

»Gut gemacht, Uhura. Glauben Sie, daß Sie es identifizieren könnten?«

»Ich könnte es vielleicht wiedererkennen, wenn ich es noch einmal aus einem ähnlichen Blickwinkel sehe. Es hängt davon ab, wie viele Gebäude auf Beta Prometheus ähnlich aussehen. Aber da waren noch ein paar weitere Dinge. Auf dem Weg ins Gebäude konnte ich mich kurz umsehen. Das nächste höhere Gebäude hinter dem Lagerhaus hatte eine Art Kuppeldach.«

»Das ist eine der Konklaven. Es sind religiöse Versammlungsstätten. Es gibt eine ganze Menge davon. Trotzdem könnte das ein nützlicher Hinweis sein.«

»Auf dem Rückweg habe ich mich ebenfalls umgesehen. Doch ich konnte nur einen hohen Turm erkennen.«

»Sie meinen, so etwas wie ein Wolkenkratzer?« fragte Kirk.

»Nein, eher ein Kommunikationsturm. Sehr schmal, und auf der Spitze waren Antennen. Es war in dieser Richtung bei weitem das höchste Gebäude am Horizont. Es lag etwa dreißig Grad links. Mehr habe ich leider nicht gesehen. Es tut mir leid, daß es nur sehr wenig ist.«

»Ganz im Gegenteil«, sagte Spock. »Es könnte sehr nützlich für uns sein, wie jeder Navigator weiß. Korrekt, Mr. Chekov?«

»Korrekt, Mr. Spock.« Chekov lächelte Uhura an.

»Mit Hilfe zweier Punkte müßte ich eigentlich auch den dritten entdecken können. Es ist nur eine Frage der Geometrie. Ich wette, daß wir jetzt das Gefängnis finden können, wenn es nötig ist.«

»Vielen Klingonen«, sagte Sencus ruhig, »wäre es sicherlich angenehm, wenn die Spannungen zwischen der Föderation und Beta Prometheus eskalieren.« Kirk und Spock saßen auf der Brücke der *Excelsior* und hörten Sencus zu. »Zweifellos ist es dieselbe politische Fraktion, die im vergangenen Jahr für das Attentat auf Gorkon und die Behinderung des Friedensprozesses verantwortlich war. Die Priesterschaft verfolgt andere Ziele. Sie will die Herrschende Familie stürzen und einen theokratischen Staat errichten, in dem sie an der Spitze steht. Alles, was die Familie schwächt, könnte diese Entwicklung fördern. Daher haben diese zwei Gruppen vorläufig ein gemeinsames Ziel, sehr zum Bedauern der Herrschenden Familie, die unter großem Druck steht. Die Familie könnte die Unzufriedenheit beschwichtigen, indem sie einen größeren Anteil der Profite aus dem Dilithiumhandel an die Gesellschaft weitergibt, aber eine solche Umverteilung des Kapitals ginge zwangsläufig Hand in Hand mit mehr Demokratie und Freiheit, wodurch letztlich die Machtbasis der Herrschenden Familie zerstört würde.

Außerdem weiß die Herrschende Familie nicht, ob sie die Piraten ohne den Einsatz von Regierungstruppen zur Zusammenarbeit bewegen kann. Damit könnte die öffentliche Meinung im Sinne der Priesterschaft beeinflußt werden. Daher befinden sich die Piraten in einer unhaltbaren Situation. Wir können ihnen nicht geben, was sie gerne hätten, weil wir uns damit erpressen lassen würden. Allerdings glaube ich inzwischen, daß ein junger Kadett noch am Leben wäre, wenn ich unverzüglich das Lösegeld bezahlt hätte.«

Sencus verstummte. Die *Excelsior* war angedockt, und sie waren nur zu dritt auf der Brücke.

»Wie ich die Lage einschätze«, sagte Kirk, »bleibt uns kaum eine andere Wahl, wenn wir Sulus Freilassung erreichen wollen. Wir müssen ihnen geben, was sie haben wollen.«

»Jeder Waffenhandel mit Promethanern wäre eine klare Verletzung der Ersten Direktive, Captain«, sagte Spock. »Die Föderation kann etwas Derartiges unter keinen Umständen gutheißen.«

»Das ist völlig richtig«, sagte Kirk. »Aber wir stehen nicht mehr in Diensten der Föderation.« Er zupfte grinsend an seiner Zivilkleidung. »Und ich sehe für uns keine andere Möglichkeit. Der Föderation sind die Hände gebunden. Verdammt, auch die Herrschende Familie von Beta Prometheus ist handlungsunfähig. Solange es nicht zum Krieg kommt, können sich die Diplomaten gegenseitig auf die Schulter klopfen und sich versichern, daß sie gute Arbeit leisten. Aber unser Freund und seine Kollegen werden diese Pattsituation nicht lange überstehen. Ich weiß, daß wir die Vorschriften der Föderation verletzen, aber ich sehe keine andere Möglichkeit. Bevor wir unser Leben und das der Geiseln mit einem direkten Angriff aufs Spiel setzen, möchte ich etwas anderes versuchen. Wir werden ihnen besorgen, was sie haben wollen – in diesem Punkt habe ich auch schon eine Idee –, und dann werden wir die Übergabeformalitäten regeln.« Kirk stand auf und nickte Sencus zu. Dann verließ er zusammen mit Spock die *Excelsior*.

»Wir, äh, werden uns nicht alle daran beteiligen müssen, versteht sich. Es wäre mir lieb, wenn du auf der Starbase bleiben würdest, Barbara.« Die Verschwörer hatten sich wieder im Hecksalon versammelt.

Barbara blickte überrascht auf. »Ich bin dabei. Ich war von Anfang an dabei. Ich habe mich freiwillig für diese Mission gemeldet, und jetzt werde ich deinetwegen keinen Rückzieher machen, Jim. Es ist nur dein Beschützerinstinkt, weil du…«

»Nein, es ist mein gesunder Menschenverstand. Wir hintergehen die Verhandlungen der Föderationsdiplomaten und werden ohne Erlaubnis von Starfleet tätig. Jeder von uns sechs kann auf eine erfolgreiche Karriere zurückblicken. Wir haben nicht soviel zu verlieren wie du. Wenn etwas schiefgeht, werden wir wie die letzten Trottel dastehen. Wenn wir Erfolg haben, wird man uns vermutlich vor Gericht stellen. Damit werden wir uns auseinandersetzen, wenn es soweit ist. Ich vermute, daß wir zumindest unehrenhaft aus Starfleet entlassen werden. Du dagegen hast deine ganze Karriere noch vor dir. Du hast uns sehr geholfen, und dafür sind wir dir sehr dankbar, aber für diese Aktion brauchen wir dich wirklich nicht, und ich würde mich wesentlich besser fühlen, wenn sich unsere Wege hier trennen. Du bittest mich darum, deine Zukunft zu ruinieren, und ich kann dir diesen Gefallen einfach nicht tun.«

Es war sehr still, nachdem Kirk seine Ansprache beendet hatte. Es behagte ihm nicht, aber er mußte es sagen. Barbara stand entschlossen auf.

»Ich mache einen Vorschlag«, sagte sie. »Du schläfst noch einmal darüber, und dann werde ich morgen früh verschwinden, wenn du es dann immer noch willst.«

»Kein Problem«, sagte Kirk. »Jetzt sollten Mr. Spock und Uhura losgehen und Taras Tarquin aufsuchen, um Ort und Termin der Übergabe zu vereinbaren. Machen Sie ihm klar, daß wir nicht an einem öffentlichen Ereignis interessiert sind. Ich überlasse alles weitere Ihnen«, schloß Kirk und nickte Spock und Uhura zu.

»Verstanden, Captain«, erwiderte Spock. Er und Uhura erhoben sich und machten sich auf den Weg zu ihrem Kontaktmann auf der Starbase.

Kirk wandte sich an McCoy.

»Wir beide werden auch noch einmal die Starbase besuchen. Wir brauchen einen Zugang zu Memory Alpha, um ein paar Waffen zu finden, die den Piraten gefallen werden.«

»Sie werden sich nicht mit Bildern und Gebrauchsanweisungen zufriedengeben, Jim«, sagte McCoy irritiert.

»Das nicht, aber zwei hochrangige Starfleet-Offiziere wie wir sollten in der Lage sein, eine Bestellung aufzugeben. Was meinen Sie, Mr. Scott?«

Scott, der von einem bequemen Sessel aus zugehört hatte, rührte sich. »Das wäre schon möglich. Aber ich schätze, Sie sollten nicht unbedingt zum Leiter der Versorgungsabteilung gehen und ihm sagen, daß Sie ein paar eindrucksvolle Waffen brauchen, um sie gegen die Geiseln einzutauschen.«

»Das habe ich auch nicht vor«, entgegnete Kirk.

»In diesem Fall…«, sagte Scotty nachdenklich. »Nun, es gibt eine Menge Starfleet-Offiziere in dieser Raumstation. Man müßte sich einmal umhören, wer uns vielleicht behilflich sein könnte. Und wer den Mund halten wird.«

Scotty machte sich auf den Weg.

Kurz darauf stöberten Kirk und Pille in der Bibliothek der Starbase. Kirk ging die Informationskataloge durch, bis er gefunden hatte, wonach er suchte. Er war es gewohnt, klare Entscheidungen zu treffen und Befehle zu erteilen, aber er hatte gewisse Schwierigkeiten mit den technischen Eigenschaften der Datenbanken, um die sich größtenteils sein Wissenschaftsoffizier oder sein Navigator gekümmert hatten. Daher brauchte er einige Zeit, um der Spur zu folgen. Schließlich schien er mit dem Ergebnis zufrieden zu sein.

»Ich glaube, ich bin fündig geworden«, sagte er vorsichtig zu McCoy, der ihm schon seit einiger Zeit über die Schulter gesehen hatte. »Schau dir das an!«

Sie sahen sich die Darstellungen futuristischer Waffen an, von kleinen Handeinheiten bis zu großen Geschützen, die auf der Schulter getragen wurden und Rückentornister als Energiequelle benötigten. Ihre Reichweite betrug mehrere hundert Meter, und ihre Ladung hielt sehr lange Zeit vor. Es gab Laserzielvorrichtungen, und alles sah aus, als wäre es aus unzerstörbarem Titanium hergestellt. Zahlreiche Leuchtanzeigen und Computerfunktionen erlaubten eine schnelle Einschätzung von Reichweite, Ladung und Energie und deuteten auf ihre universellen Einsatzmöglichkeiten hin. Die meisten Waffen hatten ein elegantes Design, und einige ließen sich zur besseren Kontrollierbarkeit am Arm des Benutzers festschnallen.

Pille studierte den Katalog und lächelte. »Perfekt«, sagte er. »Du altes Schlitzohr.« Dann machte er sich auf die Suche nach einem Thema, das interessanter als Waffensysteme war. Kirk wandte sich wieder seinem Terminal zu und kopierte ausgewählte Daten in seinen Tricorder. Er brauchte fast eine halbe Stunde, um die benötigten Informationen zusammenzustellen. Danach trennte er die Verbindung zu Memory Alpha, schaltete das Terminal ab und suchte nach McCoy. Der Arzt hatte sich an einen anderen Bildschirm gesetzt und einen Artikel über die medizinischen Wirkungen einer außerirdischen Vegetation gelesen.

Kirk blickte ihm über die Schulter und betrachtete das Bild, das ein Feld voller Pilze im Sonnenschein zeigte.

»Was ist das?« fragte er. »Sieht gut aus.«

»Pilze. Sie kommen nur auf Cytrops 469 vor, einem Planeten im System Deuteronimus.«

»Sie sehen sehr appetitlich aus. Pilze habe ich schon immer gemocht. Sie sind doch nicht giftig, oder? Ich schätze, wenn sie giftig wären, müßten sich die Bewohner dieses Planeten vor ihnen in acht nehmen.«

»Sie sind nicht giftig. Um genau zu sein: Die Pilze sind die Bewohner dieses Planeten. Sie haben eine komplexe Radarsprache aus über einhundertvierzigtausend Wörtern und abstrakten Begriffen entwickelt. Und sie verfügen über telepathische Fähigkeiten. Starfleet hat bereits mehrere Gespräche über Subraum mit ihnen geführt, und es ist geplant, in den nächsten fünf Jahren eine Expedition hinzuschicken.«

»Oh!« sagte Kirk und blickte skeptisch die gedrungenen Pilze an, die sein gastronomisches Interesse geweckt hatten. »Ich glaube, ich werde mir in nächster Zeit keine Pilzgerichte bestellen«, sagte er.

Spock und Uhura entdeckten Taras Tarquin in einem düsteren Winkel des Freizeitdecks und winkten, als sie den Raum betraten.

»Mr. Spock, was kann ich für Sie tun?«

»Wir haben beschlossen, mit diesem Maldari und seiner Besatzung ins Geschäft zu kommen«, sagte Spock leise. »Wo können wir ungestört reden?«

Tarquin blickte sich im Raum um, in dem sich Menschen und Aliens aus allen Teilen des Universums aufhielten.

»Ich glaube kaum, daß uns hier jemand belauschen kann«, sagte er.

»Ich würde es vorziehen, wenn wir nicht in aller Öffentlichkeit zusammen gesehen werden. Bitte nehmen Sie es nicht persönlich.«

Taras lächelte. »Folgen Sie mir!« Er führte sie nach draußen und durch einen Korridor, bis sie einen kleinen Turbolift erreichten. Sie fuhren zu einem höhergelegenen Deck hinauf, stiegen aus und folgten einem engeren Korridor bis fast zum Ende. Dann führte er sie durch eine Tür in ein Aussichtszimmer, in dem sich niemand aufhielt.

»Es ist unwahrscheinlich, daß wir hier gestört werden, vor allem zu dieser Tageszeit«, sagte Tarquin und deutete auf zwei Sessel, während er selbst auf einem Hocker Platz nahm.

»Sie scheinen sich sehr gut in den Winkeln dieser Raumstation auszukennen, Mr. Tarquin«, sagte Spock.

»Ich bin sehr oft hier. Ich treibe Handel im gesamten Sektor der Galaxis. Ich komme gerne hierher, weil es meistens ruhig ist und man einen hervorragenden Ausblick hat. Da drüben ist Magellansche Wolke. Ist sie nicht wunderschön? Also, was soll ich meinen Geschäftspartnern sagen?«

»Wir sind bereit, ihre Forderungen zu erfüllen, die sie an die Freilassung der acht Starfleet-Offiziere geknüpft haben.«

»Ausgezeichnet«, sagte Tarquin.

»Aber ich möchte noch einmal die Situation klarstellen. Diese Angelegenheit hat nichts mit Starfleet zu tun. Ich repräsentiere weder Starfleet noch die Föderation. Man hat keine Ahnung, daß wir mit Ihnen verhandeln. Wir werden niemandem etwas davon sagen, und wenn Sie oder die Geiselnehmer es tun, ist das Geschäft geplatzt, denn die Föderation würde zweifellos intervenieren. Wir sind uns bewußt, daß wir uns außerhalb der Gesetze bewegen, genauso wie Sie. Unsere Abmachung ist eine private Angelegenheit, nur zwischen Ihnen und uns. Wir werden Ihnen, sagen wir, acht Transportcontainer mit den gewünschten Waren liefern, und im Austausch dafür erhalten wir die acht Starfleet-Offiziere, die gefangengehalten werden.«

»Neun Container.«

»Ich denke, acht ist eine gute… oh, ich verstehe. Wir sollten Ihre Provision nicht vergessen. Ich hatte mich schon gefragt, wann wir auf diesen Punkt zu sprechen kommen würden.«

»Mr. Spock, glauben Sie mir, ich habe nur die besten Absichten. Meine Mutter war eine Bürgerin der Föderation. Meine Loyalität steht außer Frage. Es ist nur so, daß ich sehr hohe Risiken eingegangen bin, und ich bin schließlich von Beruf Geschäftsmann. Ich glaube, auf diese Weise läßt sich die Angelegenheit am einfachsten regeln.«

»Also gut, neun. Und der Austausch muß morgen früh stattfinden. Uns ist sehr an einer schnellen Abwicklung gelegen.«

»Das ist sehr kurzfristig. Ich muß zuerst…«

»Sie werden das regeln. Wenn Sie ihre Provision wert sind.«

»Gut, einverstanden.«

»Wir sollten den Austausch an einem ungestörten Ort durchführen.«

»Dazu hätte ich einen Vorschlag«, sagte Tarquin. »Beta Prometheus 3 hat einen Mond. Er ist nicht weiter von hier entfernt als der Hauptplanet, aber unbewohnt. Ein stürmischer und unwirtlicher Ort, also bestens für das Vorhaben geeignet. Ich werde Ihnen die Koordinaten und den genauen Zeitpunkt übermitteln.«

»Morgen früh.«

»Wie Sie wünschen. Ich möchte noch sagen, daß Sie meiner Ansicht nach genau das Richtige tun, Mr. Spock. Allerdings sollten Sie äußerste Vorsicht walten lassen.«

»Sie müssen mich nicht davor warnen, daß Maldari keine sehr ehrenhafte Person ist.«

»Gut. Wir wissen, womit wir es zu tun haben. Trotzdem bin ich davon überzeugt, daß die Piraten froh über diese Gelegenheit sind, die Verantwortung für die Geiseln loszuwerden. Sie geraten allmählich in die Situation von jemanden, der versucht, einen berengarianischen Drachen am Schwanz festzuhalten. Aber Sie müssen sich bewußt machen, daß die Promethaner gerne jammern und feilschen. Und zwar nicht unbedingt auf ehrenhafte Weise, wie Sie sagen würden.

Wenn ein Promethaner bei einem Geschäft besser als Sie abschneidet, hält er Sie für einen Dummkopf. *Caveat emptor*, heißt es wohl bei Ihnen.«

»Soll der Kunde achtgeben.«

»Etwas in der Art. Es gibt ein promethanisches Sprichwort: *Grog optoman, nokt ingo*. Frei übersetzt bedeutet es: Wer einen Feind zum Narren hält, trickst einen Narren aus. Sie haben ein völlig anderes ethisches und moralisches System. Es ist einfach eine andere Kultur. Sie glauben, daß die Bewohner der Föderation, insbesondere die Menschen, Dummköpfe sind, wenn sie in einem Handel gleichwertige Dinge tauschen. Ich würde Ihnen raten, daß Sie die Tauschwaren zur Verfügung haben, bevor Sie sich auf den Weg machen. Wenn Sie mich jetzt entschuldigen würden – ich muß Kontakt mit der anderen Seite aufnehmen. Das ist nicht immer einfach. Rechnen Sie in einigen Stunden mit einer Nachricht an Ihre Raumyacht.« Taras Tarquin nickte Uhura höflich zu und verließ den Aussichtsraum.

Spock und Uhura warteten noch einige Minuten, bevor auch sie sich auf den Rückweg machten.

Kirk und McCoy trafen sich auf Deck vierundzwanzig in der Nähe des Zentralschachts der Starbase mit Scotty. Der Raum beherbergte im wesentlichen einen größeren Synthetisierer, doch zu dieser späten Stunde war er verschlossen. Diagonale Streifen und die Worte ZUTRITT NUR FÜR BEFUGTES STARFLEET-PERSONAL bildeten eine abschreckende Barriere vor der Tür. Als Kirk und McCoy durch den Korridor kamen und den Treffpunkt erreichten, wartete Scotty bereits mit einem Bekannten auf sie.

»Sie erinnern sich bestimmt an Garth Flanagan«, sagte Scott. »Flanny, das ist unser Bordarzt Leonard McCoy.« Flanagan und McCoy schüttelten sich die Hände. »Zufällig ist mein alter Freund für die technische Versorgung der Starbase zuständig«, sagte Scotty grinsend.

Flanagan schob eine dünne Karte in einen Schlitz neben der Tür, worauf sie sich öffnete. Als sie dem Mann in den Raum gefolgt waren, verriegelte er die Tür sorgsam.

»Mein Freund hat uns gütigerweise erlaubt, einen seiner Synthetisierer zu benutzen«, erklärte Scott. »Ich habe ihm erzählt, daß wir erst an Bord unseres Spielzeugraumschiffs bemerkt haben, daß es nicht sehr gut ausgerüstet ist. Aber es sind nur ein paar Kleinigkeiten, die wir für die *Plüschprinzessin* brauchen.«

»Hier ist es«, sagte Flanagan. »Ihr könnt ihn jetzt ganz nach Belieben benutzen. Es wird keine Aufzeichnungen über den Vorgang geben, da ich den Transmitter abgeschaltet habe. Ich werde ihn wieder einschalten, wenn ich morgen früh mit meiner Arbeit beginne.«

»Du bist ein echter Kumpel, Flanny«, sagte Scott. »Das warst du schon immer.«

»Es tut gut, einen alten Landsmann wiederzusehen. Aber noch besser wäre es, wieder einmal die schottische Heide zu sehen.«

»Zufällig gibt es in der Nähe meines Hauses jede Menge davon. Wenn du deine langweilige Arbeit hier an den Nagel hängst, mußt du mich einmal besuchen. Ich bin dir noch eine Runde schuldig.«

»Keine Sorge, du wirst sie mir schon bald ausgeben können. Ich gehe jetzt. Aber hinterlaßt mir keinen Saustall! Hier gibt es jede Menge Transportcontainer, und wenn ihr den Antigravschlitten da drüben benutzt, müßtet ihr eure Ausrüstung mühelos in euer Schiff schaffen können. Was mich betrifft, ich habe euch heute abend nicht gesehen.« Er winkte und verließ den Raum. Die drei Verschwörer warteten ab, bis sich die Tür hinter ihm geschlossen hatte.

»Scotty, Sie alter Fuchs!« sagte McCoy.

»Wenn Sie das sagen, Doktor, muß ich es als großes Kompliment nehmen. Man kann kreuz und quer durch die Galaxis reisen, aber wenn es hart auf hart kommt, verläßt man sich immer noch am besten auf einen Landsmann. Wenn Sie die Spezifikationen für die Sachen haben, Captain, können wir anfangen. Es könnte ein paar Stunden dauern.« Seine erfahrenen Finger bedienten die Kontrollen des Synthetisierers, und die Maschine erwachte zum Leben. »Wo ist unsere Einkaufsliste?« fragte er.

Einige Zeit, nachdem Mr. Spock und Uhura sich wieder auf der *Prinzessin* eingefunden hatten, erhielten sie auf einer privaten Frequenz eine Nachricht.

»Mr. Spock«, sagte Uhura, die an ihrer Station saß. »Ich habe Koordinaten von Taras Tarquin empfangen. Keinen Text, nur die Position.«

»Das bedeutet höchstwahrscheinlich, daß man mit dem Austausch einverstanden ist. Sonst noch etwas?«

»Einen Moment... Ja, eine Uhrzeit. Punkt fünf Uhr. Das ist alles.«

»Gut. Ort und Zeit. Das ist die Bestätigung, auf die wir gewartet haben. Wollen wir hoffen, daß wir rechtzeitig das Lösegeld zur Verfügung haben.«

Anderthalb Stunden später schaltete Scotty den Synthetisierer aus, während Kirk und McCoy den letzten Transportcontainer auf den Antigravschlitten bugsierten. Die gesamte Ladung sah aus, als würde sie ein durchschnittliches Frachtshuttle füllen. Das bedeutete, daß sie eins benötigten, wenn sie alles in die *Plüschprinzessin* bringen wollten.

McCoy sicherte den letzten Behälter mit den Waffen, dann trat er zurück und rieb sich die Hände. »Und was jetzt, Jim?« fragte er. »Spazieren wir einfach mit all dem Zeug nach draußen?«

Kirk steuerte den Antigravschlitten direkt vor die Tür und grinste McCoy an.

»Genau das werden wir tun. Wir werden einfach losmarschieren.«

Scotty und McCoy grinsten zurück. McCoy schüttelte den Kopf und lachte. »Okay, Jim«, sagte er und ging voraus, um die Tür zu öffnen.

»Wenn mich mein Orientierungssinn nicht täuscht«, sagte Scotty, »können wir diesen Korridor nehmen. Hinter der Biegung befindet sich ein Frachtturbolift, mit dem wir direkt zum Frachtdock der Raumstation kommen. Da gibt es jede Menge Shuttles.«

Sie manövrierten den Schlitten in den Korridor und um die Ecke, bis sie vor den großen Türen standen. Zu dieser späten Stunde waren nur wenige Leute unterwegs, von denen sich niemand für die drei Männer interessierte, die ihre Ladung zielstrebig durch die Korridore von Starbase 499 beförderten. In der Liftkabine waren sie allein. Doch als sie ausstiegen und auf das offene Frachtdock am Rand der riesigen Raumstation traten, vor der zahlreiche größere und kleinere Raumschiffe hingen, sah es schon etwas anders aus. Hier kam die Starbase niemals zur Ruhe. Shuttles flogen hin und her und stellten die Verbindung zwischen den großen Raumschiffen und der Station her. Obwohl die Nachtschicht mit weniger Personal als die Tagschicht besetzt war, ging es genauso betriebsam zu. Mehrere Starfleet-Angehörige hielten sich hier auf. Kirk blickte sich um und entdeckte einen großen, jungen Afrikaner in Starfleet-Uniform, der den Eindruck machte, als hätte er etwas zu sagen. Kirk ging zu ihm.

»Entschuldigen Sie, ich bin James T. Kirk von der…«

»*Enterprise*. Es ist mir ein Vergnügen, Admiral. Ich bin Frachtoffizier B'huto.«

»Genau genommen bin ich gar kein Ad…«

»Wenn ich irgend etwas für Sie tun kann, zögern Sie

nicht, es mir zu sagen. Entschuldigung, ich habe Sie unterbrochen.«

»Ach, nichts, schon gut. Ich hatte mich nur gefragt, ob wir uns vielleicht ein Shuttle ausleihen könnten. Nur für ein paar Minuten. Wir müssen ein paar Sachen in... unser Schiff bringen. Mein Chefingenieur ist ein ausgezeichneter Shuttle-Pilot, also würden wir...«

»Das kommt überhaupt nicht in Frage, Admiral!«

»Aber...«

»Wir werden das übernehmen. Meine Männer werden diese Aufgabe mit höchster Priorität erledigen.«

»Oh, vielen Dank. Aber Sie müssen sich unsretwegen wirklich keine Umstände machen. Es ist nur ein Haufen Krempel, dies und das, Sie wissen schon. Für die Heimreise. Nichts von Bedeutung. Wir kommen schon damit zurecht. Wir haben alles auf einen Antigravschlitten geladen, und Scott ist ein hervorragender Shuttle-Pilot, wie ich schon sagte.«

»Der Frachtmeister würde mich umbringen, wenn Sie die ganze Arbeit allein machen müßten. Diese Container hier?«

»Ja. Nur dieser Schlitten. Es ist überhaupt kein Problem...«

»Also, das sind Handler und A'ron, die besten Shuttle-Piloten von 499. Meine Herren, das ist Admiral James T. Kirk. Bitte bringen Sie ihn und seine Besatzung samt dieser Fracht sofort zu ihrem Raumschiff.«

»Hier entlang bitte, Admiral«, sagte einer der beiden jungen Männer.

»Vielen Dank, Mr. B'huto, das ist sehr freundlich von Ihnen«, sagte Kirk zum Offizier.

»Keine Ursache. Wenn ich noch etwas für Sie tun kann, lassen Sie es mich wissen.«

»Danke, im Augenblick nicht«, sagte Kirk und folgte den beiden Shuttle-Piloten.

Als sie sich Scotty und McCoy näherten, standen die Männer nervös auf.

»Sind das Ihre Sachen?« fragte ein Pilot.

»Ja, das sind sie. Alles, was sich auf diesem Schlitten befindet. Wir sind zur Zeit mit der *Plüschprinzessin* unterwegs. Die Raumyacht liegt im hinteren Bereich der Andockplätze.«

»Gut, ich werde ein Shuttle besorgen.« Er machte kehrt und ging zu einem Fahrzeug, das am Rand der freien Fläche stand.

»Ich habe uns eine Transportmöglichkeit beschafft«, sagte Kirk zu Scotty und McCoy, die ihn unsicher anstarrten. »Sehr nett von diesen Leuten. Sie haben den roten Teppich für einen alten Starfleet-Admiral ausgerollt.« Er lächelte. »Wir werden in einer Minute an Bord sein.«

Scotty starrte Kirk mit aufgerissenen Augen an, brachte aber keinen Ton hervor. McCoy blickte immer wieder mißtrauisch zu den Transportcontainern hinüber, sagte aber auch nichts. Die Piloten flogen das Shuttle direkt vor den Schlitten und setzten es in wenigen Zentimetern Entfernung ab. Im Heck öffnete sich ein Schott. Kirk ließ den Schlitten aufsteigen und steuerte ihn in den Frachtraum des Shuttles. Dann stieg er selbst ein. Er winkte Scotty und McCoy zu, die immer noch draußen auf dem Frachtdeck standen.

Sie folgten ihm, dann schloß sich das Schott. Kurz darauf sahen sie die *Plüschprinzessin* durch die Steuerbord-Sichtluken. Dann hörten sie die Stimme des Piloten.

»*Plüschprinzessin*, bitte öffnen Sie das Schott. Wir haben eine Lieferung für Sie.«

Sie hörten Chekovs Antwort und sahen dann, wie eine Tür im hinteren Bereich des Diskussegments zur Seite glitt. Der Shuttle-Pilot wendete sein Fahrzeug um 180 Grad und schob es heran, bis es die *Prinzessin* berührte.

»Da wären wir, Admiral. Ich hoffe, es hat nicht zu lange gedauert.«

»Nein, keineswegs. Vielen Dank.« Kirk stieg aus und nahm den Schlitten mit. Scotty und McCoy sprangen ebenfalls in den Frachtraum. Das Heckschott des Shuttles schloß sich, und das Gefährt flog zum Frachtdeck zurück. McCoy drehte sich zu Kirk um.

»Admiral?« sagte er mit hochgezogenen Augenbrauen.

»Man hat mich offenbar mit meinem früheren Ich verwechselt. Ich wollte die Leute nicht enttäuschen. Vermutlich bekommen sie hier auf dem Frachtdeck nur wenige echte Admirale zu sehen.«

»Und noch weniger falsche Admirale«, warf Scotty amüsiert ein. »Wir haben noch einiges vor uns. Wollen wir mal nachsehen, ob Mr. Spock schon zurück ist.«

»Wir haben Kontakt mit der Besatzung der *Sonnentau* aufgenommen«, sagte Barbara leise, während sie mit dem Rücken zur Theke in einem dunklen Winkel des Freizeitdecks saß. Der Mann, zu dem sie gesprochen hatte, war im Schatten kaum zu erkennen.

»Tatsächlich?« sagte er.

»Kirk plant einen Freikauf der Geiseln. Er befürchtet, daß man morgen einen weiteren Offizier exekutieren wird. Und es besteht nach wie vor die Gefahr, daß man die Geiseln an einen anderen Ort bringt oder stärker bewachen läßt. Er ist nicht gerade ein Mann von großer Geduld.«

»Wann und wo?«

»Ich weiß es noch nicht. In den frühen Morgenstunden, schätze ich.«

»Werden Sie mitgehen?«

»Ja. Kirk ist dagegen, aber ich werde ihn schon noch überreden. Ich schicke Ihnen eine Nachricht an Ihr Terminal. Ich sollte mich jetzt auf den Weg machen, damit niemand mißtrauisch wird, weil ich so lange fort bin. Warten Sie mindestens zehn Minuten, bis Sie gehen.«

Nach diesem vertraulichen Gespräch mit ihrem Kontaktmann kehrte Barbara auf die *Prinzessin* zurück.

Die Besatzung hielt eine kurze Besprechung im Hecksalon ab und überprüfte die Ausrüstung des Raumschiffs. Dann zog sich die Gruppe zur Nacht in ihre Quartiere zurück.

Spock stieg gerade über die Leiter in seine obere Koje, als Barbara die Kabine betrat.

»Jim, ich würde gerne mit dir reden«, sagte sie leise.

Spock blickte zunächst auf sie und dann auf Kirk, der aus der Sichtluke gestarrt hatte.

»Vielleicht sollte ich mich aufs Aussichtsdeck begeben und mit Dr. McCoy über das *Wetter* reden«, sagte er. Er stieg wieder nach unten und verließ den Raum.

»Mr. Spock, ich mag vielleicht noch nicht lange im Weltraum sein«, sagte Barbara, »aber da es hier draußen keine Atmosphäre gibt, können Sie sich wohl kaum über das Wetter unterhalten.«

»Das ist richtig. Andererseits denke ich, daß es wohl kaum eine Rolle spielen dürfte. Guten Abend.« Er ging nach draußen.

Kirk war seit Beginn ihrer Reise nicht mehr mit Barbara allein gewesen. Er hatte bewußt seine ursprünglichen Gefühle für sie verdrängt, weil er nicht wollte, daß sein Urteilsvermögen durch ihre Beziehung beeinträchtigt wurde. Er hatte dies oft genug bei anderen Offizieren erlebt. Gelegentlich war es sogar ihm selbst zugestoßen, allerdings nur, wenn er unter dem Einfluß einer außerirdischen Lebensform gestanden hatte. Er spürte, daß auch Barbara sich auf Distanz hielt, sowohl körperlich als auch seelisch.

Jetzt konnte er ihr in der kleinen Kabine nicht mehr entfliehen. Er atmete ihren Duft ein, an den er sich noch gut erinnern konnte, als sie sich in San Francisco zum ersten Mal nähergekommen waren. Er wußte nicht, was er sagen sollte, also wartete er ab, daß sie das Gespräch eröffnete.

»Jim, du brauchst einen guten Piloten. Du hast keinen, und du wirst keinen ohne Schwierigkeiten von Starfleet oder von der Station bekommen. Also mußt du mich nehmen.«

»Scotty ist ein ausgezeichneter Pilot.«

»Chekov auch. Ich habe schon viel von ihm gelernt. Aber du brauchst Scotty im Maschinenraum und am Transporter. In einer so kritischen Situation kannst du ihn nicht ständig hin und her scheuchen. Wer weiß, was geschieht, wenn wir diesen Mond erreichen? Und du weißt auch, daß Chekov nicht beide Aufgaben gleichzeitig übernehmen kann, ohne Zeit zu verlieren. Und Zeit könnte für uns sehr wichtig sein.«

»Auch ich habe mich schon als Pilot betätigt. Ich habe nicht immer in meinem Sessel gesessen und Befehle erteilt.«

»Ich bin sicher, daß du ein phantastischer Pilot warst. Vor fünfundzwanzig Jahren.«

Kirk runzelte die Stirn.

»Entschuldigung, Jim. Ich wollte dich nicht beleidigen. Aber du hast schon lange nicht mehr an einer Pilotenkonsole gesessen, und du kennst die *Prinzessin* noch nicht. Das morgige Unternehmen ist nicht gerade die beste Gelegenheit, um sich in aller Ruhe mit dem Schiff vertraut zu machen. Warum willst du unnötige Risiken eingehen?«

»Ich verstehe, wie du dich fühlst, Barbara. Und deine Entschlossenheit und Loyalität beeindruckt mich sehr. Aber ich kann deine Karriere nicht aufs Spiel setzen. Wir werden es schon schaffen.« Er schaute aus der Sichtluke, weil er ihr nicht in die Augen sehen konnte.

»Du hast gesagt, du hättest nichts zu verlieren«, versuchte es Barbara erneut. »Aber das stimmt nicht. Wenn meine Zukunft auf dem Spiel steht, gilt das genauso für deine Vergangenheit. Deinen Ruf. Bei Starfleet bist du eine Legende, auch wenn du dich nicht immer an die Vorschriften gehalten hast. Du bist als ein Offizier bekannt, der seinen eigenen Kopf benutzt und schnelle Entscheidungen trifft. Du bist der gewitzte Kadett, der den *Kobayashi Maru*-Test geknackt hat. Aber wir beide wissen, daß es hier um etwas anderes geht. Man könnte dir Arroganz und Egoismus vorwerfen. Du könntest den Frieden gefährden, den du selbst in die Wege geleitet hast. Und du tust es nur wegen eines einzigen Mannes. Ein Mann, der genau wußte, daß er eines Tages sein Leben in Gefahr bringen könnte, als er vor dreißig Jahren seinen Dienstvertrag bei Starfleet unterschrieb. Er hat sich Starfleet gegenüber verpflichtet. Und was ist mit deiner Verpflichtung? Warum tust du das alles?«

Kirk dachte sehr lange über ihre Worte nach, bis er ihr eine Antwort geben konnte.

»Die Föderation und Starfleet bedeuten mir sehr viel. Daran wird sich nie etwas ändern. Ich stehe hinter den Zielen, für die sie eintreten, für die Demokratie, die Freiheit und das Wohl der Gemeinschaft. Ich habe diesen Idealen über vierzig Jahre lang gedient, nicht nur wegen des Abenteuers, sondern weil ich an der Verwirklichung des großen Ziels mitarbeiten wollte, an der Verwirklichung der Zukunft. Aber es gibt etwas, das mir noch mehr bedeutet, und zwar meine Treue zu einem einzelnen Menschen. Zu meinem Piloten. Er stand mir in all den Jahren zur Seite, und jetzt werde ich ihm zur Seite stehen. Darüber muß ich überhaupt nicht nachdenken. Ich schätze, das sagt eine Menge über mich aus. Ich war niemals am großen Ganzen interessiert. Als Admiral habe ich versagt, und als Politiker oder Diplomat würde ich genauso versagen. Ich weiß, daß ich mit dem Kopf durch die Wand will. Ich weiß, daß ich manchmal Scheuklappen trage. Aber so bin ich nun einmal. Ich muß Sulu einfach helfen, es gibt keine andere Möglichkeit für mich. Ich kann nicht anders handeln. Sulu ist real, und die Ideale der Föderation verblassen angesichts dieser Realität. Ich kann immer nur Schritt für Schritt vorgehen. Ich gebe zu, daß ich mich zum Teil deswegen auf den Weg gemacht habe, weil mich das Abenteuer gelockt hat. Vielleicht habe ich nur auf diese Gelegenheit, auf diesen Vorwand gewartet, um wieder im Kommandosessel eines Raumschiffs Platz nehmen zu können, um wieder in den Weltraum aufbrechen zu können. Aber als ich ihn heute wiedersah, ohne sein breites Lächeln, an das ich mich so gut erinnere, war für mich plötzlich alles sonnenklar. Ich muß ihn herausholen, und wenn ich keine Möglichkeit sehe, es auf legale Weise zu tun, dann muß es eben auf illegale Weise geschehen.«

Barbara sah ihn lange Zeit an.

»Danke«, sagte sie schließlich.

»Wofür? Du weißt doch, daß ich dich nicht mitnehmen will.«

»Weil du so offen warst. Jetzt möchte ich dir von meinen Beweggründen erzählen«, sagte sie und entfernte sich ein paar Schritte, um sich auf das Bett zu setzen.

»Ich stecke bereits in der Sache drin. Wenn ich jetzt aussteige, werde ich mich in Grund und Boden schämen. Ich kann es ertragen, nach meiner Rückkehr in Ungnade zu fallen, aber nicht, als Versagerin zurückzukehren. Wenn ich bleibe, bin ich eine von euch. Eine von sieben. Wenn ich gehe, bin ich ganz allein. Meine Starfleet-Kollegen werden genau wissen, daß ich ausgestiegen bin. Du sprichst von Treue. Nun, ich will nicht intelligent sein. Ich will auch nicht politisch korrekt sein. Auch ich will nur meine Treue beweisen. Zu dir und zur Mission. Das ist meine erste Mission, auch wenn sie nicht von Starfleet genehmigt ist. Es ist mir egal, wenn nicht alles nach Vorschrift läuft. Am Ende wird man uns vielleicht sogar vor Gericht stellen. Aber ich habe die *Prinzessin* bis hierher geflogen, und ich will sie auch weiter und zurück nach Hause fliegen.«

»Das weiß ich zu schätzen, Barbara. Wirklich! Ich weiß, daß du sehr enttäuscht sein wirst, aber ich kann einen jungen Offizier einfach nicht in ein wildes, verwegenes Abenteuer wie dieses hineinziehen. Du mußt auf Starbase 499 bleiben, während wir uns allein auf den Weg machen.«

Barbara lehnte sich gegen die Wand. Kirk fragte sich, ob sie absichtlich eine so aufreizende Pose einnahm. Ihre nächsten Worte überzeugten ihn davon, daß es tatsächlich so war.

»Wenn du mich hier aussetzt, wirst du mich nie wiedersehen.«

Kirk blickte sie an. »Ich würde mich ohne dich sehr verloren fühlen. Aber ich kann keine Rücksicht auf meine Gefühle für dich nehmen. Das weißt du genau. Es hat nicht nur etwas mit meiner Verantwortung als Captain zu tun.«

Barbara seufzte. Sie stand auf und ging zur Tür. Dort drehte sie sich noch einmal um.

»Ein letzter Versuch. Es tut mir leid, daß ich so weit gehen muß, James.« Als sie ihm direkt in die Augen sah, veränderte sich ihr Gesichtsausdruck. Kirk sah eine Barbara, die er noch nie zuvor gesehen hatte. »Wenn du mich fallenläßt, werde ich zu Starfleet gehen und alles über dein Vorhaben erzählen. Du weißt, daß man versuchen wird, dich aufzuhalten. Man würde dich keine Sekunde mehr aus den Augen lassen.«

Kirks Unterkiefer spannte sich an. »Das würdest du nicht tun.«

»Doch, ich würde es tun. Ich fürchte, ich habe dir

noch nicht alles über mich erzählt, Jim. Ich habe einen sehr starken Willen.«

»Das ist Erpressung.«

»Richtig. Und du kannst dein Vorhaben nur verwirklichen, wenn niemand davon erfährt. Also bin ich deine Geisel. Nimm mich mit, oder laß es ganz bleiben.«

»Barbara...«

»Keine Kompromisse. Wie lautet deine Antwort?«

Zwischen ihnen schien es eiskalt geworden zu sein.

»Ich schätze, mir bleibt keine andere Wahl«, sagte er schließlich.

Sie lächelte. »Gut. Nachdem wir diesen Punkt jetzt geklärt haben, müssen wir nicht mehr darüber reden. Ich bin dabei. Die Besatzung wird denken, du hättest nachgegeben, aber mach dir keine Sorgen, ich werde mich nicht damit brüsten.« Sie wandte sich zur Tür. Als sie sich noch einmal umdrehte, hatte Kirk sich nicht bewegt. Er starrte sie immer noch an.

»Jim, es tut mir leid. Aber ich bin vermutlich genauso dickköpfig wie du. Vielleicht sind wir kein gutes Team. Aber ich hoffe, wir kommen miteinander zurecht.«

Sie lächelte, aber er reagierte nicht darauf. Sie wandte sich von seinem nachdenklichen Blick ab. Als sie im Korridor verschwand, hörte er sie noch sagen: »Solange wir unterwegs sind, werde ich am Steuer sitzen.«

ACHTER TAG

Als die Besatzung am nächsten Morgen aufgestanden war, versammelte sie sich in der winzigen Kombüse der Yacht und nahm ein Frühstück aus dem Synthetisierer ein. Keiner der sieben hatte viel zu sagen. Es herrschte eine angespannte Stimmung, da ihnen eine unberechenbare Reise bevorstand und keiner sehr fest geschlafen hatte. In der morgendlichen Stille nahmen sie ohne Aufforderung ihre Plätze auf der Brücke ein.

»Manövrierdüsen aktivieren«, sagte Kirk zu Barbaras Rücken.

»Manövrierdüsen aktiviert«, bestätigte sie, ohne sich zu ihm umzublicken. Barbara steuerte die Raumyacht zu den Koordinaten des verabredeten Treffpunkts.

»Wir gehen unter Warpgeschwindigkeit, Captain«, sagte Barbara nach der kurzen Reise.

»Der Mond von Beta Prometheus 3 befindet sich in Sichtweite, Captain«, meldete Chekov wenige Sekunden später.

»Auf den Schirm«, sagte Kirk.

Das Bild war fast genauso wie zahllose andere, die sie während ihrer Reisen gesehen hatten. Ein trockener, mit Kratern übersäter Globus. Die höchsten Felsgipfel würden einen Raumkreuzer kaum überragen.

»Mr. Spock«, sagte Kirk. »Bericht!«

»Captain, es gibt eine dünne, aber atembare Atmosphäre. Die einzigen Lebensformen sind einfache Pflanzen, die tief in der Kruste des Planeten verwurzelt sind, und eine Spezies kleiner Säugetiere. Die Pflanzen sind nicht giftig und die Tiere nicht aggressiv. Sie scheinen sich während des Tages zu verstecken und in der Nacht auf Nahrungssuche zu gehen. Keine Anzeichen für verwertbare Mineralien oder Erze. Auch kein Dilithium, weshalb dieser Mond für eine Besiedlung uninteressant zu sein scheint. Bei höchster visueller Auflösung habe ich Fußspuren entdeckt. Da es wenig Wind und Wasser gibt, könnten solche Spuren sich Wochen oder Monate halten, also schon sehr alt sein. Außerdem gibt es Anzeichen, daß hier kleine Raumschiffe gelandet und gestartet sind. Da dieser Mond recht weit von Beta Prometheus 3 entfernt ist, vermute ich, daß er vorwiegend zu dem Zweck benutzt wird, zu dem auch wir hier sind. Die promethanischen Händler, die ihre Transaktionen nicht in der Öffentlichkeit durchführen möchten, ziehen sich auf diesen Mond zurück. Ein Schmugglerhafen sozusagen.«

»Danke, Mr. Spock. Barbara, bringen Sie uns genau über die angegebenen Koordinaten, und zwar in Transporterreichweite.«

»Verstanden, Captain«, antwortete sie.

»Gibt es Anzeichen für das Schiff der Piraten?« fragte Kirk.

»Negativ, Captain«, sagte Spock. »Die Sensoren haben nichts registriert.«

»Uhura?« fragte er.

»Auch nichts, Captain«, sagte sie. »Ich höre sämtliche Frequenzen und Subraumkanäle ab, aber in unmittelbarer Nähe gibt es keine Übertragungen.«

»Also gut. Dann warten wir.«

»Wie lange, Jim?« fragte Dr. McCoy.

»Bis wir die Geduld verlieren, denke ich. Weiß irgend jemand, wie es die Promethaner mit der Pünktlichkeit halten? Vielleicht haben wir sie beleidigt, als wir uns exakt zum verabredeten Zeitpunkt eingefunden haben.

Falls man uns nicht hinters Licht geführt hat, vermute ich, daß der Austausch auf der Oberfläche stattfinden soll. Mr. Spock, Sie und Dr. McCoy werden mich begleiten, wenn wir uns mit diesem Maldari unterhalten. Ich werde den Befehl geben, die Transportcontainer herunterzubeamen, wenn ich das Gefühl habe, daß alles in Ordnung ist. Scotty?«

»Ja, Captain?«

»Während meiner Abwesenheit übernehmen Sie das Kommando über das Schiff.«

»Ja, Captain.«

»Schicken Sie die Container erst nach unten, wenn ich mich persönlich bei Ihnen gemeldet habe.«

»Ja, Captain.«

»Ich denke, die weiteren Maßnahmen dürften Ihnen klar sein. Ich würde die Schilde aktiviert lassen, auch wenn sie keinen großen Schutz bieten, und die Augen offenhalten, ob man irgendwelche Tricks versucht. Wenn Sie sich aus irgendeinem Grund zurückziehen müssen, werden wir versuchen, uns zu jeder vollen Stunde an unserem ursprünglichen Standort einzufinden.«

»Alles klar, Captain.«

Danach wartete die Besatzung schweigend ab. Es schien eine halbe Ewigkeit zu verstreichen. In Wirklichkeit waren keine zehn Minuten vergangen, als Uhura sich meldete.

»Ich habe hier etwas, Captain«, sagte sie leise.

Alle waren plötzlich angespannt.

»Sie haben sich nicht identifiziert, aber es ist dieselbe kodierte Frequenz, die Tarquin uns genannt hat.«

»Was sagen sie?«

»Sie benutzen eine Art Code, keine richtige Sprache. Es kommt mir irgendwie bekannt vor, aber... Moment mal, das ist der Morsecode! Ich werde die Sendung durch den Translator schicken... Sie fordern uns auf, daß wir uns identifizieren.«

»Stellen Sie mich durch, Uhura. Auf einer kodierten Frequenz, die niemand mithören kann.«

»Verbindung steht.«

»Hier spricht Captain James T. Kirk vom Raumschiff *Plüschprinzessin*. Wir haben neun Container mit Fracht an Bord, und würden Sie gerne gegen Ihre... Ware austauschen.«

»Haben Sie die Koordinaten auf der Mondoberfläche?« fragte Maldaris Stimme zurück. Uhura ließ das kodierte Signal durch den Translator in Sprache übersetzen.

»Ja«, sagte Kirk.

»Beamen Sie die Container hinunter.«

»Beamen Sie Ihre Bezahlung hinunter.«

Stille. Schließlich flüsterte Uhura: »Nichts mehr, Captain.«

Kirk wartete ab, ohne auch nur einen Muskel zu rühren. Schließlich wurde seine Geduld belohnt, als Maldaris gutturale Stimme sich zurückmeldete.

»Lassen Sie sich nach unten beamen, Captain. Wir werden uns dort treffen.«

»Einverstanden.« Kirk sprang von seinem Sessel auf und stürmte von der Brücke. Spock und McCoy folgten ihm auf den Fersen.

Als die drei auf dem unteren Deck eintrafen, hatte Scotty den Transporter einsatzbereit gemacht. Sie traten auf die Plattform, und er zeigte ihnen den hochgereckten Daumen. Kurz darauf standen sie auf der trockenen, felsigen Oberfläche des Mondes, mitten in einer Talsenke, die kreisförmig von einem niedrigen Grat umgeben war.

Sie blieben einige Minuten allein. McCoy holte einen Tricorder hervor und schwenkte ihn einmal im Kreis, während er auf den kleinen Monitor starrte.

»Keine Lebenszeichen«, sagte er.

Sie standen in der kühlen Luft der trostlosen Mondlandschaft, die nur durch den Widerschein von Beta Prometheus 3 erhellt wurde.

Als McCoy noch einmal seinen Tricorder zu Rate zog, sagte er: »Da drüben kommt etwas.« Alle blickten in dieselbe Richtung.

Ein altertümliches Shuttle mit verrosteter und eingedellter Außenhülle flog heran und landete auf der anderen Seite der Talsenke. Eine Weile tat sich nichts, während das Fahrzeug reglos dastand.

Schließlich öffnete sich ein Schott, durch das mehrere Promethaner ins Freie kamen. Die drei Menschen warteten ab, während sich die Promethaner näherten und in etwa zehn Metern Entfernung stehenblieben. Kirk und McCoy erkannten einige von der Versammlung in Archnos wieder. Dann wurde Kirk klar, daß die Promethaner innerhalb weniger Minuten etwa einen Kilometer zurückgelegt hatten. *Sie können verdammt schnell rennen,* dachte er. *Das muß am tieferen Körperschwerpunkt und den vier muskulösen Beinen liegen.*

»Kirk?« sagte Maldari.

»Ich bin Kirk.«

Maldari sah ihn an. »Sie sind also der berühmte Captain Kirk vom Raumschiff *Enterprise.* Ich habe schon viel von Ihnen gehört.«

»Und Sie müssen Maldari sein. Von der *Sonnentau.* Auch ich habe schon einiges von Ihnen gehört. Sie haben Starfleet-Offiziere und Bürger der Vereinten Föderation der Planeten gekidnappt. Wir sind gekommen, um sie zu befreien.«

»Sie haben spioniert!« rief Maldari. Kirk sah, daß die anderen Promethaner zur Bestätigung nickten. »Sie sind in das Hoheitsgebiet von Beta Prometheus eingedrungen, um eine totale Invasion unserer Zivilisation vorzubereiten. So macht es die Föderation immer, wenn sie…«

»Ich bin nicht an der Propaganda interessiert, die sie

von den Klingonen aufgeschnappt haben. Ich bin auch nicht als Repräsentant der Föderation oder von Starfleet hier. Wir sind gekommen, um einen Handel abzuschließen. Wir haben neun Transportcontainer voller Starfleet-Waffen in unserem Schiff, und ich werde sie sofort herunterbeamen lassen, wenn Sie die acht Starfleet-Offiziere mitgebracht haben.«

Maldari kniff die schweren Augenlider zusammen. Aber er sagte nichts, so daß Kirk weitersprach.

»Ich kann Ihnen versichern, daß Starfleet keine Wiederholung dieser Situation erlauben wird. Man würde binnen kürzester Zeit Raumschiffe zu ihrem Planeten schicken, die Sie von neuen Erpressungsversuchen abbringen würden. Da wir beide Männer mit Weitblick sind...« Kirk hoffte, daß diese Schmeichelei nicht zu unverschämt wirkte. »...sollten wir versuchen, eine solche Situation zu vermeiden. Wo sind die Offiziere?«

Maldari drehte sich zu einem seiner Helfer um und nickte. Der Promethaner eilte zum Shuttle zurück. Am Schott rief er etwas in den Innenraum. Dann warteten alle Anwesenden ab. Kirk und Maldari musterten sich gegenseitig. Spock und McCoy hielten sich geduldig im Hintergrund.

Schließlich näherte sich ein zweites Shuttle, das etwas größer, aber genauso alt und abgenutzt war wie das erste. Es landete hinter dem ersten auf dem felsigen Untergrund. Die Tür öffnete sich, und mehrere Personen in Starfleet-Uniformen stiegen aus. Aus der Entfernung konnte Kirk acht Personen zählen.

Kirk tippte auf seinen Kommunikator. »Okay, Scotty, Sie können jetzt die Transportcontainer herunterbeamen.«

Kirk sah, wie Maldari seinen Leuten ein Handzeichen gab, worauf die zwei Shuttles näher heranflogen. Neben der Gruppe materialisierten die Container. Maldari eilte hinüber und öffnete den Verschluß eines

Behälters. Er nahm einige der Waffen in die Hand und wandte sich dann Kirk zu.

»Das sind sehr moderne Waffen.«

»Es ist genau das, was Sie haben wollten.«

»Sie sind schwer zu benutzen. Wir…«

»Hören Sie, Maldari. Bei diesem Geschäft können Sie nicht erwarten, daß wir ihnen ein Garantiezertifikat und eine Gebrauchsanweisung mitliefern. Und wir haben auch keine Zeit, um Sie an den Waffen auszubilden. Jede einzelne Waffe ist mit flüssiger Neutronenenergie geladen. Sie können sich selbst davon überzeugen. Wollen Sie sie haben oder nicht?«

Maldaris Helfer hatten bereits mehrere Waffen aus den Containern genommen und betrachteten sie voller Bewunderung. Ein Promethaner nahm die Starfleet-Offiziere durch die Zieleinrichtung eines großen, technisch hochkompliziert wirkenden Geschützes ins Visier.

»Vorsicht! Diese Dinger sind keine Spielzeugphaser!« rief McCoy.

»Packt sie wieder ein«, rief Maldari seinen Leuten zu.

Die Promethaner legten die Waffen in die Transportcontainer zurück und schleppten sie in die Frachträume der Shuttles. Sie hatten keine Antigravschlitten, so daß sie sie eigenhändig tragen mußten. Aber die Promethaner waren kräftig, so daß die Behälter kurz darauf in den Shuttles verstaut waren.

Kirk lief auf die Starfleet-Offiziere zu, dicht gefolgt von Spock und McCoy. Kirk tippte erneut auf seinen Kommunikator.

»Scotty, machen Sie sich bereit, acht Offiziere hinaufzubeamen.«

»Jim, hier stimmt etwas nicht«, sagte McCoy. Kirk drehte sich um und sah, daß der Arzt stirnrunzelnd auf die Tricorderanzeige starrte. »Diese Offiziere…«

»Was ist mit ihnen?«

»Der Tricorder erkennt sie nicht als Lebensformen.«

Kirk lief schneller über die steinige Mondoberfläche. Als sie näher kamen, wurde er langsamer und fluchte. »Verdammt!«

Er blickte sich über die Schulter um. Die letzten Container wurden gerade in die zwei Shuttles gebracht. Dann sah er, wie sich die Schotten schlossen und die Fahrzeuge starteten, um am Himmel des Mondes zu verschwinden.

»Roboter«, sagte Spock. »Roboter primitivster Bauart.«

»Verdammt! Verdammt!« schimpfte Kirk. »Man hat uns reingelegt.«

»Es sieht ganz danach aus«, sagte Spock.

Kirk trat hinter einen der falschen Starfleet-Offiziere und schob die Uniform hoch. Er erkannte die leichte Delle in der künstlichen Haut und öffnete per Fingerdruck die kleine Klappe. Dahinter kamen elektronische Bauteile und Kontrollanschlüsse zum Vorschein. Kirk runzelte die Stirn. »Ich hätte diesen Promethanern niemals über den Weg trauen dürfen. Ich schätze, ich bin schon zu lange außer Dienst.«

»Sie dürfen sich keine Vorwürfe machen, Captain«, sagte Spock. »Wir haben unser Bestes getan. Aus einem Kilometer Entfernung wirkten sie echt.«

»Kommen Sie, wir wollen von hier verschwinden. Aber die Jungs hier nehmen wir mit. Vielleicht können wir sie noch gebrauchen. Scotty, wenn Sie uns noch im Visier haben, können Sie uns jetzt raufbeamen. Aber vergessen Sie unsere acht neuen Freunde nicht!«

Kurz darauf drängten sich sieben Menschen und acht Roboter im kleinen Transporterraum der Raumyacht.

»Roboter!« rief Scotty. »Ich fresse einen Besen! Roboter!«

»Ich fürchte, so ist es, Mr. Scott.« Dann berichtete Kirk den anderen, die gekommen waren, um die befreiten Geiseln zu begrüßen, was sich auf der Mondoberfläche zugetragen hatte. »Ich komme mir wie der letzte Idiot vor«, schloß Kirk seine Erzählung.

Es herrschte bedrücktes Schweigen, dann verließen die Menschen den Transporterraum und kehrten auf die Brücke zurück.

»Wo soll ich die Blechkumpel nur unterbringen?« brummte Scotty.

»Ist jemandem aufgefallen«, sagte Barbara, die als letzte kam, weil sie sich die Roboter genauer angesehen hatte, »daß die Uniformen im Gegensatz zu den Leuten ziemlich echt wirken?«

Sulu und seine Offiziere hockten in Unterwäsche in ihrem großen, kahlen Gefängnis.

»Ich hatte nicht damit gerechnet, daß Starfleet versuchen würde, diese Piraten durch eine Partie Strip-Poker auszustechen«, bemerkte Lieutenant Roose.

»Zu Hause springen wir häufig nackt in den Schnee«, erwiderte Norquist Svenson. Alle blickten ihn erstaunt an. »Nach der Sauna. Es ist sehr gesund.« Er zuckte die Schultern.

Sulu sah sich im Raum um. Die Offiziere waren müde und abgespannt, wofür ihre lange Gefangenschaft und der Tod von Spiros Focus verantwortlich waren. Außerdem machte ihnen die schwache Beleuchtung zu schaffen, und obwohl es Öffnungen gab, durch die die atembare Atmosphäre des Planeten gepumpt wurde, war die Luft stickig.

Sulu wünschte sich, er könnte seine Leute aufmuntern, aber er hatte von Anfang an vermutet, daß ihre Entführer das Gefängnis überwachten. Also konnte er ihnen nicht sagen, daß er James T. Kirks Stimme gehört hatte, als man sie zur Versammlung gebracht und dort vorgeführt hatte. Er hatte in das Gesicht eines Klingonen geblickt und eine verblüffende und irritierende

Ähnlichkeit mit seinem alten Captain erkannt. Er hätte sich über die alberne Maske totlachen können, wenn nicht die Gefahr bestanden hätte, Kirk zu enttarnen. Dann hatte Uhura seine Anwesenheit bestätigt. Er hatte keine Ahnung, was der Captain plante. Aber er war hier auf diesem Planeten gewesen. Er hatte bestimmt etwas in die Wege geleitet, um sie irgendwann hier herauszuholen. Er hätte es den anderen gerne gesagt, aber er wußte nicht, wie er es unter den gegebenen Umständen anstellen sollte. Sie mußten wissen, daß nicht alle Klingonen ihre Feinde waren. Daß sie vielleicht einem Klingonen begegnen würde, der ein Freund in der Verkleidung eines Feindes war.

Dramin traf an der Tür des unbenutzten Lagerhauses ein, nachdem Maldari und ein Teil seiner Leute vor wenigen Minuten gegangen waren. Er war in Begleitung eines Trupps klingonischer Soldaten.

»Wir möchten die Gefangenen sehen«, sagte Dramin zum jungen Promethaner, der an der Tür Wache hielt.

»Diener des Weges«, sagte der Promethaner leicht nervös. »Maldari ist nicht hier, und er hat Anweisung gegeben, niemanden in die Nähe der Geiseln zu lassen.«

»Niemanden außer mir, wollten Sie sicherlich sagen.«

»Offen gesagt, hat er keine Ausnahmen...«

»Mein Name ist Dramin. Ich war ein Mitglied der Besatzung der *Sonnentau*. Ich war der religiöse Offizier. Ich war es, dem Maldari überhaupt die Gefangennahme der Geiseln zu verdanken hat.«

»Ja, aber...«

»Wie ist Ihr Name.«

»Mikali, Diener des Weges.«

»Und wem gilt Ihre Loyalität, Mikali? Maldari oder Ihrem Konklave?«

»Wir alle sind treu dem Einzigen Weg ergeben.«

»Dann können Sie überhaupt nichts falsch machen, wenn Sie dem Leiter Ihres Konklave erlauben, die Gefangenen zu befragen.«

»Es scheint so.« Er trat zögernd zur Seite und klopfte in einem kodierten Rhythmus an die Tür. Ein anderer Wächter öffnete sie von innen.

»Barush, Dramin möchte die Gefangenen sehen«, sagte Mikali zu seinem Kollegen.

»Bringen Sie uns sofort zu ihnen«, sagte Dramin. »Wir werden nicht lange bleiben.«

Mikali musterte skeptisch die Klingonen, die hinter ihm standen. »Diener des Weges, gehen Sie nicht allein?«

»Sie werden mich begleiten.« Dramin schob sich an Mikali vorbei, und die Klingonen folgten ihm. Barush führte sie zum Raum, in dem die Geiseln gefangengehalten wurden. Der Wachmann trat zur Seite.

»Öffnen Sie die Tür«, sagte Dramin. »Glauben Sie, wir sind gekommen, um uns das Gefängnis von außen anzusehen?«

Der junge Promethaner wich zurück. »Sie sind zu acht. Ich bin allein. Maldari hat ausdrücklich angeordnet…«

»Glauben Sie etwa, diese armseligen Ungläubigen könnten es mit einem Trupp klingonischer Soldaten aufnehmen?« erwiderte Dramin und deutete auf seine großen Begleiter. Wie auf Kommando hoben die Klingonen gleichzeitig die Waffen.

»Wenn Sie die Verantwortung übernehmen, kann ich wohl…«

»Natürlich. Öffnen Sie die Tür!«

Der Promethaner schob einen leuchtenden Stab in ein kaum erkennbares Loch in der Wand. Dann wuchtete er mit seiner Körperkraft einen schweren Metallriegel hoch. Als er gegen die Tür stieß, schwang sie auf.

Im Vergleich zur schwachen Beleuchtung des Lagerhauses war es in der Gefängniszelle stockfinster. Die Starfleet-Offiziere blinzelten in der plötzlichen Helligkeit. Dramin huschte in den Raum.

»Der Mensch mit dem Namen Sulu soll vortreten!« sagte er zu den Gefangenen.

Sulu erhob sich vom Fußboden.

»Ich bin Captain Hikaru Sulu vom Föderationsraumschiff *Excelsior*.«

»Sie kommen mit uns«, sagte Dramin.

Die übrigen Menschen standen sofort auf, um Sulu zu schützen. Die Hinrichtung ihres jüngsten Kameraden war ihnen noch frisch im Gedächtnis. Die Klingonen knurrten jedoch etwas in ihrer Sprache und gestikulierten vielsagend mit den Waffen.

»Dr. Hans, während meiner Abwesenheit übernehmen Sie die Verantwortung«, sagte Sulu, als er vortrat. Dramin kehrte um und verließ den Raum. Sulu folgte ihm. Die Klingonen zogen sich zurück, und der junge promethanische Wachmann schoß schnell hinter ihnen die Tür, um dann der Gruppe zu folgen.

»Ich glaube, das wird Maldari nicht gefallen«, jammerte er. »Sie werden diesen Menschen doch zurückbringen, nicht wahr?«

»Maldari hat immer noch sieben Geiseln«, sagte Dramin. Dann verließ er hastig das Gebäude und trieb Sulu in ein wartendes Shuttle.

Sulu starrte in den Becher mit heißer, zäher Flüssigkeit, den man ihm in die Hand gedrückt hatte.

»Trinken Sie«, sagte Dramin. »Sie müssen sich stärken.«

Sulu betrachtete den schwarz gekleideten Promethaner. Er unterschied sich von den Wachen, die gelegentlich ihr Gefängnis betreten hatten. Seine gesprenkelte graue Haut war etwas heller getönt, aber der größte Unterschied betraf seine Augen. Sie leuchteten intensiver als die eines durchschnittlichen Promethaners. Und er blinzelte seltener. Eigentlich blinzelte er fast gar nicht, stellte Sulu irritiert fest.

»Trinken Sie nur«, sagte Dramin. »Es ist ein Getränk von Beta Prometheus. Sie haben es seit ihrer Ankunft getrunken. Diese Variante ist nur etwas nahrhafter. Trinken Sie und entspannen Sie sich. Und hier habe ich etwas, das Sie anziehen können. Nur zu. Dann möchte ich mit Ihnen über einige politische Themen sprechen. Schließlich sind Sie ein intelligenter Mensch.«

Sulu trank. Das Zeug hatte denselben muffigen Geschmack wie alle anderen promethanischen Getränke, die man ihnen angeboten hatte. Dieses Gebräu schmeckte intensiver – und nach etwas anderem, das Sulu gar nicht genau hätte beschreiben können. Plötzlich fühlte sich sein Kopf leichter an. *Alkohol,* dachte er. *Oder etwas Ähnliches. Es ist irgendeine Droge in diesem Getränk.* Doch während er noch überlegte, daß er nicht mehr davon trinken sollte, wenn er bei klarem Verstand bleiben wollte, verspürte er ein angenehm warmes Gefühl und nahm noch einen Schluck. *Es schmeckt ausgezeichnet, und es tut mir gut,* dachte er. *Ich frage mich nur, ob ich mich jetzt noch über Politik unterhalten kann.*

»Commander Sencus, ich habe eine Sendung empfangen, die Sie sich anhören sollten.« Lieutenant Rand war persönlich durch die *Excelsior* geeilt, um Sencus in seinem Quartier zu benachrichtigen. Sie nahm an seiner Konsole eine Schaltung vor, während er sich am Schreibtisch herumdrehte, um auf den Bildschirm sehen zu können. »Sie stammt aus Archnos. Sie wurde in die promethanische Sprache übersetzt, aber in dieser Aufzeichnung habe ich es in Föderations-Standard zurückübersetzt.« Rauschen war zu hören, und der Bildschirm flackerte. Dann erschien Sulus ausdrucksloses Gesicht. Er trug ein schlecht sitzendes promethanisches Kleidungsstück. Dann begann er monoton zu sprechen.

»Bürger von Beta Prometheus. Ich bin Hikaru Sulu, der Captain der U.S.S. *Excelsior*, ein Starfleet-Kriegsschiff aus der Vereinten Föderation der Planeten. Vor acht Tagen drang mein Schiff in das System Beta Prometheus ein, um die Lage auszukundschaften, weil wir eine Invasion vorbereiten wollten…«

Sencus fuhr von seinem Sessel hoch. Er trat näher an den Bildschirm heran.

»Beta Prometheus sollte besetzt werden, um die Bewohner zu zwingen, sich der Föderation zu unterwerfen. Wir waren tief ins System Beta Prometheus eingedrungen, als wir von der *Sonnentau* gestellt und nach Archnos gebracht wurden. Unser Schiff jedoch konnte entkommen und zur Starbase 499 der Föderation zurückkehren, wo sich eine Raumschiffsflotte versammelt hat, um einen Angriff vorzubereiten. Ich habe jetzt erkannt, daß solche Aktionen ein Machtmißbrauch der Föderation sind und daß unser Streben, anderen Zivilisationen unseren Willen und unsere Kultur aufzuzwingen, gegen den Willen des Schöpfers verstößt und einen Widerspruch zum Einzigen Weg darstellt. Ich verurteile diese Angriffe auf friedliche Zivilisationen in der ganzen Galaxis. Und ich fordere alle Planeten der Föderation auf, sich ebenfalls von solchen Praktiken zu distanzieren.«

Sulus Bild wurde durch statisches Rauschen ersetzt.

»Unsinn!« sagte er. »Sulu ist…«

Doch bevor er weitersprechen konnte, erschien das Gesicht eines Promethaners auf dem Bildschirm.

»Die Diener des Weges haben verkündet daß der Mensch Sulu heute zur Zwei-Drittel-Umdrehung exekutiert wird, wenn der Rat der Föderation sich nicht einverstanden erklärt, das Dilithium-Embargo unverzüglich aufzuheben. Alle Handelsraumschiffe von Beta

Prometheus müssen wieder freien Zugang zu allen Teilen der Galaxis haben, einschließlich des Territoriums der Föderation. Außerdem fordert die Hohe Konklave die Zahlung von zweihundertfünfzigtausend Kern für die Freilassung der Spione.«

Als sein Bild verschwand, drückte Rand auf eine Taste, worauf der Monitor erlosch.

»Das war alles, Captain.«

Sencus starrte immer noch auf den leeren Bildschirm.

»Können Sie diese Zeitangabe umrechnen?«

»Ja, Captain... Heute um fünfzehn Uhr«, sagte sie nervös.

Sencus warf einen Blick auf das Chronometer an der Wand über dem Terminal. »Schon fast zwölf«, sagte er. Dann drehte er sich um und schaute durch das Sichtfenster auf das Raumdock und die Außenhülle der Starbase. »Geben Sie mir eine Verbindung mit dem Commander der Starbase.«

Rand arbeitete an der Kommunikationskonsole in Sencus' Quartier. Nach wenigen Minuten meldete sich eine tiefe Stimme.

»Sencus, wir haben von diesem Ultimatum gehört.«

»Und...?«

»Und ich fürchte, daß mir im Augenblick die Hände gebunden sind. Admiral Fesidas ist bei mir. Die Übertragung wurde an den Rat der Föderation weitergeleitet, wo man gerade eine Antwort vorbereitet. Aber Sie müssen verstehen, daß nicht einmal die Starfleet-Sicherheitsabteilung glaubt, daß sich die Geiseln durch ein Kommandounternehmen befreien ließen. Wir wissen nicht einmal, wo man sie gegenwärtig festhält.«

»Sie haben Sulu gerade in der Subraumübertragung gesehen.«

»Ja. Wir haben die Quelle der Sendung lokalisiert. Es ist der leistungsfähigste Sender im System Beta Prometheus. Man wollte offenbar gewährleisten, daß die

Nachricht auch in anderen Systemen empfangen wird. Aber wir wissen nicht, ob Sulu sich an diesem Ort aufgehalten hat, als er seine Ansprache hielt. Oder ob er jetzt noch dort ist.«

Sencus überlegte, ob er fordern sollte, daß die Föderation einfach das Lösegeld an die Entführer bezahlte, aber er wußte genau, daß sich die Föderation niemals einer Erpressung beugen würde.

»Ihnen ist bewußt, daß Captain Sulu diese Dinge nur unter irgendeinem Zwang gesagt haben kann.«

»Natürlich. Niemand macht ihm einen Vorwurf. Niemand glaubt, daß der Inhalt der Übertragung den Tatsachen entspricht.«

»Aber die Bevölkerung von Beta Prometheus wird daran glauben.«

»Die Herrschende Familie hat dem Rat der Föderation versichert, daß sie alles in ihrer Macht Stehende unternehmen wird, um weitere Exekutionen von Bürgern der Föderation zu verhindern«, sagte die Stimme des Stationskommandanten.

»In der Sendung wurde die Herrschende Familie mit keinem Wort erwähnt. Sulu bezog sich nur auf die Diener des Weges. Es gibt kaum einen Zweifel, daß sich die Geiseln in der Gewalt der Konklaven befinden. Wer hat dort das Sagen?«

»Ich fürchte, wir wissen es nicht, Sencus.«

»Sie selbst vermutlich auch nicht«, erwiderte Sencus und sackte mutlos in seinem Sessel zusammen.

»Sie werden es mich wissen lassen, wenn wir irgend etwas tun können?« fragte Sencus.

»Unverzüglich, Commander.« Sencus sah, wie Lieutenant Rand an den Kontrollen hantierte, und wußte, daß die Verbindung unterbrochen worden war. Er starrte eine Weile aus dem Fenster. Rand hatte sein Quartier noch nicht verlassen. Schließlich wandte er sich ihr zu.

»Sie wissen, daß es jemanden gibt, der nicht ganz so hilflos ist, wie wir es sind. Vielleicht sollte man ihn von diesen Neuigkeiten in Kenntnis setzen.«

»Ich werde die Sendung sofort an die *Plüschprinzessin* weiterleiten, Commander.«

Kirk saß allein in seinem Kommandosessel auf der Brücke der *Prinzessin*, als sie zur Starbase zurückflogen. Vor seinem inneren Auge sah er das ausgezehrte Gesicht von Sulu in der Subraumübertragung. Er blickte auf das Chronometer an der Wand. Es war schon nach Mittag.

Er bemerkte zunächst gar nicht, daß Spock die Brücke betreten hatte, doch als der große Vulkanier an seine Seite trat und in den Weltraum starrte, fühlte er sich nicht mehr so allein.

»Die Vorstellung, einen weiteren Austausch zu versuchen, gefällt mir nicht sehr, Mr. Spock«, sagte Kirk. »Wir können diesen Piraten nicht trauen, und wir können die Starbase nicht schon wieder um Wertgegenstände erleichtern.«

»Ich bin derselben Ansicht, Captain«, sagte Spock. »Und ich bin auch mit Ihrem neuen Plan einverstanden.«

»Meinem neuen Plan? Ich habe noch gar keinen richtigen Plan, Mr. Spock«, erwiderte Kirk und blickte zu ihm auf.

»Ich bin überzeugt, daß Sie an das gleiche wie ich gedacht haben«, sagte Spock.

»Ein Angriff…«

»Mit nur sieben Personen? Wir sollten lieber von… einer Geheimaktion reden.«

Kirk seufzte. »Genau daran habe ich gedacht. Ich schätze, uns allen ist etwas Ähnliches durch den Kopf gegangen. Ich mache mir nur Sorgen, daß ich aus Wut und Zorn solche Gedanken hege. Ich bin ein schlechter

Verlierer. Ich schäme mich wegen des Zwischenfalls auf dem Mond. Für Starfleet, auch wenn man dort noch nichts davon weiß, für die gesamte Besatzung der alten *Enterprise* und für mich. Vor allem für mich«, fügte er betrübt hinzu. Nachdem er es endlich zugegeben hatte, blickte Kirk lächelnd zu Spock auf.

»Etwas, das ich wohl auch im Alter nicht verloren habe, dürfte mein Ego sein.«

Spock sah Kirk an. »Vielleicht macht gerade diese Erkenntnis Sie zu einem besseren Menschen«, sagte er. »Vor längerer Zeit habe ich die These aufgestellt, daß Sie…«

»Lassen Sie uns nicht von alten Zeiten reden, Spock. Wir sollten überlegen, was wir jetzt tun können.«

»Dazu sollten wir einmal die Köpfe zusammenstekken«, sagte Spock mit ernster Miene. Kirk trat einen Schritt zurück.

»Wie bitte?«

»Oh, ich dachte, das wäre eine menschliche Redensart.«

»Ja, sicher«, sagte Kirk erleichtert. »Dann wollen wir mal.«

»Was soll das heißen, einer fehlt?« schrie Maldari den jungen Barush an. »Sie haben die Gefangenen bewacht!«

»Dramin kam und sagte…«

»Dramin! Dieser Fanatiker! Ich hätte es wissen müssen. Und er hat mir versprochen, daß man keinen meiner Gefangenen – *meiner* Gefangenen! – mehr exekutieren würde! Wen hat er mitgenommen?«

»Den Anführer.«

»Den Captain? *Pikaden!* Ich habe gerade die Händler aus der Föderation hereingelegt. Ich habe ihnen Appetit gemacht, und bald werden wir die echten Offiziere für noch mehr Waren oder eine größere Summe Kern verkaufen können. Wie soll ich ihnen erklären, daß gerade eine der Geiseln exekutiert wurde, als ich ihm Fälschungen verkauft habe?«

»Ich glaube, er ist noch am Leben. In der Erklärung der Konklave hieß es nur, daß…«

»Wo ist er?«

»Der Gefangene? Ich weiß es nicht. Dramin hat ihn. Er hat einen Trupp Klingonen mitgebracht, die den Gefangenen bewachen sollten.«

»Klingonen!« knurrte Maldari und spuckte aus. Seine schwarzen Augen glitzerten. »Habe ich nicht gesagt, daß es nicht gut ist, Geschäfte mit Klingonen zu machen? Habe ich es nicht immer wieder gesagt?«

»Ja, Maldari, das haben Sie«, antwortete Barush nikkend.

»Es ist mein eigener Fehler. Ich hätte niemals die angebotene Transportmöglichkeit vom *Wer weiß wo* nach Archnos annehmen dürfen. Sie stecken ihre häßlichen Nasen in alles hinein. Die übrigen Gefangenen sind noch da drinnen?« Maldari neigte den dunkelgrauen Kopf in Richtung der verriegelten Tür.

»Ja, Maldari. Alle sieben.«

»Rufen Sie die anderen. Wir werden den Rest der Gefangenen fortbringen.«

»Jetzt?«

»Ja, unverzüglich. Wir entziehen sie dem Zugriff der Diener des Weges und damit auch dem der Klingonen. Holen Sie die anderen Wachen, und bringen Sie dann die Gefangenen ins Shuttle. Es steht auf dem Hof. Wir werden uns dort treffen.«

Maldari eilte nachdenklich davon.

»Mit Hilfe von Uhuras Angaben konnten wir drei Gebäude herausfiltern. Wir sind ziemlich sicher, daß es eins von ihnen sein muß«, sagte Chekov, als er an die Navigationskonsole ging. Er rief die Darstellung einer

Straßenkarte von Archnos auf den großen Sichtschirm. »Sehen Sie hier«, sagte er, nachdem er vor den Bildschirm getreten war und mit dem Finger auf eine Stelle zeigte. »Das ist das höchste Gebäude von Archnos, ein Sendeturm, wie Uhura völlig richtig vermutet hat. Wir sind uns sicher, daß Uhura diesen Turm gesehen hat. In der Umgebung gibt es viele Konklaven mit Kuppeldächern, aber wenn man den Winkel berücksichtigt – die Konklave muß im Verhältnis zum Turm auf der gegenüberliegenden Seite des gesuchten Gebäudes liegen, und zwar mit einer Abweichung von dreißig beziehungsweise einhundertfünfzig Grad, womit ein Winkel von zweihundertzehn Grad übrigbleibt, wenn wir davon ausgehen, daß sich das Lagerhaus in der Mitte befindet. Damit bleiben nur drei Gebäude, die groß genug sind, um auf Uhuras Beschreibung zu passen. Das eine hier… das andere dort… und das dritte hier.« Er zeigte nacheinander auf die Stellen. »Das ist einfachste Geometrie.«

»Heißt das etwa, daß ich mich noch einmal als Klingone verkleiden muß, Jim?« sagte McCoy. »In den fünfundzwanzig Jahren unter deinem Kommando habe ich schon viel mitmachen müssen. Aber ich mußte noch nie einen Soldaten und erst recht keinen Klingonen spielen. Ich bin Arzt und kein Schauspieler!«

»Du könntest hierbleiben und die Rolle an Scotty abtreten. Dann müßtest du allerdings den Transporter bedienen.«

»Das kommt überhaupt nicht in Frage, Captain«, protestierte Scotty. »Natürlich würde ich liebend gerne mit einem Phaser losziehen und den Promethanern die Hölle heiß machen. Aber ich kann dem Doktor unmöglich meine Maschinen anvertrauen. Es sind empfindliche Systeme, und vielleicht brauchen wir sämtliche Energie, die ich herauskitzeln kann.«

»Ich muß mich Scottys Meinung anschließen«, sagte Kirk. »Die Frauen und Mr. Spock können sich nicht als männliche Klingonen verkleiden. Also bleiben nur noch wir drei«, sagte er und nickte Chekov und McCoy zu. »Die Aktion findet natürlich auf freiwilliger Basis statt. Und diesmal meine ich es wirklich so. Es könnte nämlich heiß werden. Diesmal wird es wesentlich gefährlicher. Und ich möchte noch einmal darauf hinweisen, daß wir nicht im Auftrag von Starfleet handeln. Um ganz offen zu sein: Ich bin mir bewußt, daß diese Reise für uns mit Begeisterung und Spaß angefangen hat, aber jetzt wird es ernst. Ich jedenfalls habe mich darauf gefreut, wieder mit einem Raumschiff durchs All zu rasen. Aber nun sollten wir uns klarmachen, daß wir alle ein wenig alt geworden und etwas aus der Übung gekommen sind.«

»Wenn du von dir sprichst, magst du recht haben, Jim«, sagte McCoy. »Aber Chekov und ich wiegen kein Pfündchen mehr als zu Beginn unserer allerersten Mission, nicht wahr, Pavel?«

»Kein Kommentar, Dr. McCoy«, erwiderte Chekov mit deutlichem russischem Akzent.

»Sie haben es geschafft, vier von uns in nur einem einzigen Satz zu beleidigen, Doktor«, sagte Uhura. »Das dürfte selbst für Sie ein Rekord sein.«

»Wie dem auch sei«, sagte Kirk, um das Gespräch in produktivere Bahnen zurückzulenken. »Jeder von uns muß sein Gewissen sorgsam im harten Licht der Realität prüfen, ob er oder sie an diesem Punkt noch weitermachen kann.« Kirk blickte Barbara in die Augen, die ihn mit einstudiertem, ernstem Ausdruck ansah. »Ich sollte noch einmal darauf hinweisen, daß ich von niemandem erwarte, daß...«

»Ach, hör schon auf, Jim!« sagte McCoy. »Glaubst du ernsthaft, daß es hier irgend jemanden gibt, der jetzt noch von Bord gehen will? Auch wenn ich wohl im Namen aller zugeben kann, daß es sicherlich das Vernünftigste wäre. Wir haben in der Vergangenheit niemals den Schwanz eingezogen und werden es auch in Zukunft nicht tun. Ich denke, ich spreche für alle, wenn ich das sage.«

Seine Worte wurden von Nicken und gemurmelten Zustimmungen begleitet. Kirk fühlte sich insgeheim sehr zufrieden.

»Und was dich betrifft«, redete McCoy weiter, »so glaube ich, daß du nur versuchst, deinen Kopf aus der Schlinge zu ziehen, weil du uns in diese Situation gebracht hast. Aber das kannst du vergessen. Jeder von uns wird dich bis zum Ende unserer Tage dafür verantwortlich machen, daß du uns aus unserem bequemen und langweiligen Leben gerissen und in ein Abenteuer gehetzt hast. Und jetzt wollen wir noch einmal über deinen Plan sprechen.«

Kirk blickte zu Barbara, die ihn anlächelte. Er verspürte ein heftiges Bedürfnis, in der Zeit zurückzureisen, um wieder allein mit ihr in seinem Apartment sein zu können, zu einer Zeit, als ihre Beziehung noch viel unkomplizierter gewesen war als jetzt. Mit der Gleichstellung von Mann und Frau war es ähnlich wie bei den alten Flößern, die versuchten, gemeinsam auf einem Baumstamm im Wasser zu balancieren. Beide mußten mit exakt derselben Geschwindigkeit laufen. Sobald einer zögerte, stürzten beide ins Wasser.

»Jim?« hakte McCoy noch einmal nach.

Kirk drehte sich zu ihm um. »Richtig, der Plan. Ich bin jederzeit für Kritik und Verbesserungsvorschläge offen.«

Kirk hatte unwillkürlich leiser gesprochen, obwohl außer den sieben niemand an Bord der *Prinzessin* war. Die Verschwörer berieten sich, und dann nutzten sie den Rest der Reise dazu, noch einmal die Einzelheiten durchzusprechen. Als Chekov ankündigte, daß sie sich Starbase 499 näherten, lösten sie die Versammlung auf.

Sulu ging vor den klingonischen Wachen her wie in Trance. Er war froh, daß er seine Ansprache gehalten hatte. Die Föderation setzte ihre Machtposition in der Galaxis ziemlich rücksichtslos durch. Während allgemein behauptet wurde, daß sie nur die Ziele der Erkundung und Forschung verfolgte, beruhte ihr gewaltiger Einfluß in Wirklichkeit auf der Macht von Starfleet. Außerdem führte die Bevorzugung der Rechte des Einzelnen gegenüber denen des Staates zu exzessivem Verhalten, unter dem die Allgemeinheit leiden mußte. Nur wenige Individuen besaßen genügend Verantwortung, um Macht auszuüben, und alle anderen mußten sich zu ihrem eigenen Wohl dem Willen der Anführer unterordnen. Sulu fragte sich, warum er erst jetzt, nach so vielen Jahren, erkannt hatte, daß sich das Individuum dem Willen der Allgemeinheit unterwerfen mußte, wenn eine Zivilisation Fortschritte machen sollte, ohne daß ein Teil ihrer Mitglieder zurückblieb. Er dachte auch an das Chaos der Kulturen, das selbst auf seinem Heimatplaneten herrschte. Dann stellte er sich die monokulturelle Gesellschaft vor und erkannte sofort, daß sie zu Frieden und Harmonie führen mußte, während alle Mitglieder sozial gleichgestellt waren. Es war buchstäblich der Einzige Weg.

Als sie das Lagerhaus erreichten, führte Dramin ein erhitztes Gespräch mit einigen Klingonen, die vor ihm dort eingetroffen waren. Sulu konnte jedoch kein Wort verstehen. Schließlich brachte man ihn in die Gefängniszelle zurück, wo er zu seiner Überraschung feststellte, daß die anderen nicht mehr da waren.

Er hatte sich schon darauf gefreut, mit Dr. Bernard Hans über seine neuen Erkenntnisse zu diskutieren. Jemand mit der Erfahrung von Dr. Hans mußte zweifellos erkennen, daß die Diener des Weges nur das Wohl der gesamten Gesellschaft von Beta Prometheus im Sinn hatten und daß nur sie die Interessen der durchschnittlichen Promethaner vertraten. Dr. Hans würde sofort einsehen, daß es unabdinglich für das Wohl des Ganzen war, den individuellen Willen auszulöschen. Er würde sofort erkennen, daß die Konkurrenz verschiedener Glaubenssysteme in ihrer Gesellschaft den allgemeinen Fortschritt behinderte. Und wenn er es einsah, würden es sicher auch die anderen sehr bald verstehen. Sulu hatte sich darauf gefreut, mit seinen Offizieren über die Ideen zu sprechen, mit denen man ihn vertraut gemacht hatte. Als er niemanden im Raum vorfand, war er enttäuscht.

Doch er fühlte sich viel zu gut, um sich ihretwegen Sorgen zu machen oder sich zu fragen, wo sie sein mochten. Er setzte sich und wartete geduldig auf eine Gelegenheit, mit jemandem über seine neuen Erkenntnisse zu reden.

»Würden Sie bitte die Überprüfungen vor dem Start für mich übernehmen, Mr. Chekov?« fragte Barbara. »Vielleicht kehren wir nicht mehr zurück, und deshalb möchte ich gerne einen alten Freund besuchen. Wir waren zusammen an der Akademie. Es wird nicht lange dauern.«

»Ich erledige das für Sie«, antwortete Chekov. »Wir werden bald abfliegen, Miss O'Marla. Ich sollte Sie warnen, daß Captain Kirk nicht ewig auf Sie warten wird.«

»Keine Sorge. Ich werde diese Reise um keinen Preis der Welt verpassen.«

Barbara verließ die Brücke und ging zum Transporterraum. Dort fragte sie Scotty, ob er sie in die Station hinüberbeamen könnte, als Kirk auftauchte.

»Was gibt es, Barbara?« fragte er höflich.

»Hallo, James. Ich wollte noch schnell eine Freundin besuchen, bevor wir abfliegen. Ich dachte, wenn wir die Geiseln befreien können, fliegen wir vielleicht direkt zur Erde zurück, so daß ich sie nicht mehr wiedersehen würde.«

»Ich hoffe, deine Freundin hat keine Ahnung, weswegen wir hier sind.«

»Nein, natürlich nicht. Ich habe ihr gesagt, ich würde hier Urlaub machen. Mit dir, um genau zu sein. Sie hat es problemlos geschluckt, weil… weil ich ihr von uns erzählt habe. Ich war sehr vorsichtig. Ich habe nichts verraten.«

»Trotzdem«, sagte Kirk und musterte sie aufmerksam, »würde ich gerne jeden darum bitten, von jetzt an die *Prinzessin* nicht mehr zu verlassen. Wir werden in Kürze aufbrechen, und bis dahin sollten wir zusammenbleiben. Du kannst deiner Freundin eine Subraumnachricht schicken und dich entschuldigen, wenn wir wieder in San Francisco sind.«

Barbara zögerte. Dann lächelte sie. »Na gut. Wenn du darauf bestehst.«

»Es ist besser so. Danke.«

Barbara nickte und ging in die Kabine, die sie zusammen mit Uhura bewohnte. Kirk sah ihr nach. Scotty beobachtete, wie Kirk sie beobachtete.

»Glauben Sie, daß sie eine Freundin in der Starbase hat?« fragte Scotty leise.

»Ich bin mir nicht sicher«, sagte Kirk. »Aber ich frage mich, welcher seltsamen Zivilisation diese Person entstammen könnte.«

»Wie meinen Sie das?«

»Nun, sie hat uns gerade gesagt, daß sie eine Freundin besuchen will, während sie vor einer Minute mit Chekov über einen Freund gesprochen hat.« Kirk blickte sich zu Scott um, der nichts sagte. »Zufällig habe ich das Gespräch mitgehört. Diese Person scheint in kürzester Zeit das Geschlecht wechseln zu können.«

»Das wäre in der Tat ungewöhnlich.«

»Meinen Sie nicht auch«, fragte Kirk, »daß ihre Anwesenheit hier etwas seltsam ist? Ich weiß, daß sie ein sehr ungeduldiges Mädchen ist, aber als eine der besten ihres Akademie-Jahrgangs hätte sie innerhalb weniger Wochen oder höchstens einiger Monate ihre erste Mission antreten können. Trotzdem hat sie alle Hebel in Bewegung gesetzt, um sich unserer waghalsigen Unternehmung anschließen zu können.«

»Ich rede normalerweise nicht über private Angelegenheiten, Captain«, sagte Scotty. »Aber ich glaube nicht, daß sie aus Abenteuerlust hier ist. Ich glaube, sie ist Ihretwegen mitgekommen. Weil sie Sie bewundert, Captain. Entschuldigen Sie bitte, wenn ich jetzt zuviel gesagt habe.«

Kirk wirkte überrascht. »Daran habe ich noch gar nicht gedacht«, sagte er. »Eine interessante Theorie. Wenn auch nicht sehr fundiert, wie Mr. Spock jetzt sagen würde.«

»Sie unterschätzen Ihre Wirkung, Captain«, sagte Scotty.

»Danke, Mr. Scott. Trotzdem muß ich mich fragen, wie es Maldari und seinen Piraten gelingen konnte, mich zu hintergehen. Ich meine, woher hat dieser Maldari den Mut genommen, eine solche Aktion durchzuziehen? Woher wußte er, daß wir nicht mit einer Flotte aufkreuzen? Oder daß wir keine Unterstützung durch Starfleet haben?«

»Er war vielleicht bereit, ein gewisses Risiko einzugehen. Schließlich ist er von Beruf Pirat.«

Kirk zuckte die Schultern. »Ja, das ergibt Sinn. Wollen wir nur hoffen, daß er uns heute nicht schon wieder einen Schritt voraus ist.«

»Keine Chance. Dazu ist Ihr Plan viel zu ausgefeilt.«

»Es sei denn, es gibt eine undichte Stelle.«

»Außer uns sieben weiß niemand davon.«

»Mr. Spock setzt gerade Sencus in Kenntnis. Die *Excelsior* soll sich mit uns treffen, wenn wir nach Hause fliegen. Wenn wir Erfolg haben, wird er Starfleet um Erlaubnis bitten, Starbase 499 verlassen zu dürfen, um uns entgegenzufliegen. Aber Mr. Spock ist überzeugt, daß Commander Sencus auf jeden Fall vertrauenswürdig ist.«

»Weil er ein Vulkanier ist? Haben Sie schon Lieutenant Valeris vergessen?«

»Wie könnte ich Sie jemals vergessen! Nein, weil Sencus unmittelbar nach der Geiselnahme genau das Richtige getan hat, und weil Sulu ihm zu vertrauen scheint. Commander Sencus hat seine Besatzung nicht über alle Einzelheiten informiert. Und Spock wird ihm auch nichts Genaues über unsere Pläne verraten. Nur daß wir einen Versuch starten wollen und uns geholfen wäre, wenn sich die *Excelsior* bereithalten könnte. Wir werden ihnen eine Nachricht schicken, wenn wir Hilfe brauchen. Ich will ihn nicht dazu auffordern, sich an einem Kampf zu beteiligen. Schließlich hat er immer noch den Befehl von Starfleet, bei 499 abzuwarten. Ich werde ohnehin schon genügend Leute in Gefahr bringen.«

»Dann weiß außer uns sieben wirklich niemand davon.«

»Ich hoffe nur, daß mein Urteilsvermögen nicht durch meine Gefühle für Barbara getrübt wird.«

»Wenn Sie meine Meinung hören wollen, ich denke, es ist genau andersherum. Sie sind schon viel länger Captain als Liebhaber, und ich würde mir an Ihrer Stelle Sorgen machen, ob ihre Gefühle durch Ihr Urteilsvermögen getrübt werden.«

Kirk blickte sich mit überraschtem Gesichtsausdruck zu Scotty um.

»Ich hoffe, ich habe nichts Falsches gesagt, Captain«, entschuldigte sich Scotty.

Kirk gab zunächst keine Antwort, sondern starrte noch einmal in den Korridor, in dem kurz zuvor Barbara O'Marla verschwunden war.

»Ganz im Gegenteil, Mr. Scott«, sagte er schließlich. »Ich schätze, Sie kennen mich besser als ich mich selbst.« Kirk lächelte und machte sich dann auf den Weg zur Brücke.

»Was machen die Roboter?« fragte Kirk, nachdem Scotty als letzter der Besatzung auf die Brücke gekommen war.

»Alle werden rechtzeitig einsatzbereit sein, Captain. Ihre Energie hält nicht sehr lange vor, aber es dürfte reichen, um eine überzeugende Vorstellung abzuliefern.«

»Wozu sind die Roboter in der Lage?« wollte Uhura wissen.

»Sie können nicht viel. Sie sind robust, aber nicht besonders intelligent, fürchte ich.«

»Das ist genau das, was wir brauchen«, erwiderte Kirk und drehte sich zu Scotty um. »Warum erzählen Sie uns nicht, was Sie mit diesen Billig-Robotern angestellt haben?«

»Nun, ich habe ihre Energiequellen mit Hilfe der Schiffssysteme aufgeladen«, erklärte Scotty. »Dann habe ich Ihnen ein etwas aggressiveres Verhaltensmuster einprogrammiert. Sie reagieren jetzt auf eine festgelegte Reihe von Befehlen, die sie nach der Aktivierung ausführen werden, bis sie zerstört werden oder keine Energie mehr haben. Und wie Sie gewünscht haben, können sie mit ihren Waffen keinen einzigen Schuß abgeben.«

»Gut. Wir wollen schließlich verhindern, daß jemand zu Schaden kommt.«

»Ich könnte ihnen vielleicht noch beibringen, Maldari und seine Besatzung zu erkennen.«

»Das wird nicht nötig sein. Außerdem will ich nicht das Risiko eingehen, daß ein unbeteiligter Zivilist verletzt wird. Wir dürfen nicht vergessen, daß man die Föderation hier draußen als einen undifferenzierten Block sieht. Man wird der gesamten Föderation die Schuld an allem geben, was geschieht.«

»Nur bis wir wieder in San Francisco sind«, sagte Scotty.

»Wo man uns alle vor Gericht stellen wird, weil wir uns ohne direkte Anweisungen in einen Konflikt eingemischt haben, für den die Föderation verantwortlich ist. Ist es das, was Sie damit andeuten wollten?« sagte Kirk.

»Darüber habe ich natürlich schon nachgedacht. Verstehen Sie mich nicht falsch, Captain, ich will keinesfalls mit Glanz und Gloria abtreten. Aber ich möchte auch nicht mit geteerter und gefederter Uniform aus Starfleet verjagt werden. Oder den Rest meiner Tage auf einem Gefängnisplaneten verbringen.«

»Haben Sie es sich inzwischen anders überlegt, Mr. Scott?«

»Nein. Aber wenn wir hier draußen sowieso auf eigene Faust operieren, würde ich keine übertriebene Rücksicht auf die heile Haut dieser Piraten nehmen, die uns schließlich den ganzen Ärger beschert haben.«

»Mir geht es genauso. Und genau das dürfte der Grund dafür sein, warum Sie und ich niemals gute Bürokraten abgeben würden. Vielleicht bekommen wir noch unsere Chance, Scotty. Aber ich würde es vorziehen, wenn wir die Entscheidung und die Verantwortung nicht den dusseligen Robotern überlassen. Es ist besser, wenn ihre Waffen nicht scharf sind.

»Und vergessen Sie nicht, daß ich diesen Luxusdampfer mit zwei Torpedos ausgerüstet habe.«

»Richtig. Aber wir wollen hoffen, daß wir sie gar nicht brauchen. Wie sieht es mit unserer Energie aus, Mr. Scott?«

»Es ist genug da, um beide abzufeuern.«

»Gut.«

»Oder die Schilde hochzufahren.«

»Ich verstehe.«

»Oder das Schiff auf Warpgeschwindigkeit zu beschleunigen«, fügte Scott mit gerunzelter Stirn hinzu. Alle starrten ihn an.

»Kann ich vielleicht auf zwei von drei Möglichkeiten hoffen?« fragte Kirk.

»Keine Chance, Captain. Allein die Torpedos und die Schilde übersteigen bereits die standardmäßigen Kapazitäten dieser Yacht.«

»Ich werde versuchen, es zu berücksichtigen«, sagte Kirk.

»Ich hoffe es sehr«, warf Pille ein.

»Damit dürfte dann alles geklärt sein«, sagte Kirk.

Alle nickten und standen auf. Bevor Kirk den Raum verließ, warf er noch einen Blick auf den ersten Roboter. »Wissen Sie, dieser hier hat eine verblüffende Ähnlichkeit mit Sulu.«

Die kleine Raumyacht schoß durch den Weltraum auf Beta Prometheus 1 zu. Kirk hatte das große Sichtfenster öffnen lassen, was er in der Vergangenheit nur selten getan hatte. Während sie sich ihrem Ziel näherten, um einen letzten verzweifelten Versuch zu unternehmen, Sulu und die anderen aus der Gefangenschaft zu befreien, beobachtete er die Sterne. *Milliarden von Sternen, unzählige Planeten,* dachte er. *Wie viele sind noch zu erkunden? Eine weitere Fünfjahresmission? Es würde ein ganzes Leben dauern. Es hat mein ganzes Leben beansprucht. Und wir haben nur an der Oberfläche gekratzt. Es macht mir nichts aus, die Arbeit nicht vollenden zu können. Nein, aber es macht mir etwas aus, sie an andere abgeben zu müssen. Wie egoistisch von mir! Als gäbe es nicht genügend Sternensysteme, die noch zu entdecken wären.*

Er bat Uhura darum, eine Aufzeichnung für die Datenbank des Schiffes anzulegen, die automatisch mit höchster Priorität an die Starfleet-Zentrale gesendet werden sollte, falls die Lebenserhaltungssysteme der *Prinzessin* länger als zwölf Stunden ausfielen. Dann sprach er laut vor allen Anwesenden, damit jeder ihn hören konnte.

»Schiffslogbuch, Sternzeit 9625.10, Captain James T. Kirk an Bord der Raumyacht *Plüschprinzessin*. Heute nachmittag werden sechs ehemalige Besatzungsmitglieder der *Enterprise* versuchen, die acht Starfleet-Offiziere vom Raumschiff *Excelsior* unter dem Kommando von Captain Hikaru Sulu zu befreien, die auf der Oberfläche des Planeten Beta Prometheus 1 irgendwo in der Stadt Archnos gefangengehalten werden. Wir möchten ausdrücklich erklären, daß wir völlig auf eigene Faust handeln und damit gegen die Vorschriften und Anweisungen von Starfleet und des Rates der Vereinten Föderation der Planeten verstoßen. Wir unternehmen diese Aktion im Bewußtsein, daß wir damit unsere Stellung als Starfleet-Offiziere gefährden könnten. Aber wir haben keine andere Wahl. Ein Offizier und Kamerad, mit dem wir lange Jahre zusammengearbeitet haben, ist in Gefahr, und wir sind der Überzeugung, daß unsere Loyalität zu ihm schwerer wiegt als unsere Verpflichtung gegenüber der Föderation. Sollte unser Versuch fehlschlagen, wird die Starfleet-Zentrale diese Mitteilung erhalten, durch die wir klarstellen möchten, daß unsere Aktion nicht aus Respektlosigkeit gegenüber Starfleet oder der Vereinten Föderation der Planeten geschieht.«

Als Kirk Uhura ein Zeichen gab, speicherte sie die Nachricht in der Datenbank des Kommunikationssystems.

»Das dürfte fürs erste reichen«, sagte er leise. »Aber da wäre noch etwas. Es ist alles sehr schnell gegangen, doch jetzt möchte ich die Gelegenheit nutzen, Ihnen allen für Ihre Hilfe zu danken.« Dann stand Kirk auf und ging in seine Kabine. Als sich die Gruppe auflöste, sagte Uhura leise: »Ich glaube, das war das erste Dankeschön in den ganzen fünfundzwanzig Jahren.«

»Dann sollte Ihnen klar sein«, erwiderte Chekov, »wieviel es bedeutet.«

Als die *Plüschprinzessin* die Koordinaten erreicht hatte, an denen sie nach Chekovs Einschätzung weit genug entfernt waren, um nicht entdeckt zu werden, aber immer noch nahe genug, um etwas unternehmen zu können, bremste das Schiff ab und hing dann antriebslos im Raum. Die Maschinen waren verstummt, nur noch gelegentlich arbeitete eine Manövrierdüse, um die *Prinzessin* in einen stabilen Orbit zu bringen. Chekov, McCoy und Kirk gingen mit Spock in sein Quartier, um sich dort in mühevoller Kleinarbeit in Klingonen verwandeln zu lassen. Scotty hatte sich in den Transporterraum begeben, um der Programmierung der Roboter den letzten Schliff zu geben. Uhura war nach unten gegangen, um ihren kleinen Vorrat an Handwaffen zu überprüfen. Barbara war allein auf der Brücke und überwachte die Position des Schiffes. Sie aktivierte die Sensoren, aber nirgendwo gab es ein Anzeichen, daß sich in der Nähe andere Raumschiffe aufhielten. Dann berechnete sie die Notreserven der Energieversorgung des Schiffes.

Schließlich durchquerte sie die Brücke, trat an Uhuras Station und blickte sich um. Da sich niemand sonst im Raum befand, setzte sie sich und tippte schnell eine Botschaft in die Konsole. Sie schickte sie ab und löschte anschließend die Eintragung in den Datenbanken des Schiffscomputers.

Dann ging sie zurück an ihre Station. Da es im Augenblick nichts zu tun gab, trat sie näher an den Sichtschirm heran und starrte durch den Weltraum auf den winzigen Lichtpunkt, der Beta Prometheus 1 darstellte. Sie vergrößerte den Ausschnitt, bis der ganze Planet den Schirm ausfüllte. Sie schaltete auf einen anderen Sensor um, so daß sie jetzt die Zentren der Besiedelung erkennen konnte, die sich auf wenige Stellen der größtenteils unwirtlichen Oberfläche beschränkten. Sie entschied sich für den größten Fleck, der mit ziemlicher Sicherheit Archnos darstellte, und ließ das Bild abspeichern. Sie schaltete die holographische Darstellung des Sichtschirms ab und setzte sich wieder auf ihren Platz, wo sie ungeduldig abwartete. Sie trommelte mit den Fingern auf der Armlehne des Sessels. Wie viele andere Verschwörer, die zwiespältige Interessen verfolgten, fühlte sie sich nicht wohl, wenn sie zuviel Zeit zum Nachdenken hatte.

Sie war tief in Gedanken versunken, als ihr plötzlich jemand auf die Schulter tippte. Sie fuhr erschrocken hoch. Als sie sich umdrehte, erlebte sie einen neuen Schrecken. Drei Klingonen mit finsteren Mienen hatten sich im Halbkreis hinter ihr aufgebaut.

»Haben wir bestanden?« hörte sie Kirks unverwechselbare Stimme aus dem Mund des Klingonen in der Mitte. »Na sag schon! Wie sehen wir aus?«

»Gut«, stammelte sie. »Großartig. Ihr seht einfach großartig aus. Niemand wird auf den Gedanken kommen, daß ihr keine Klingonen seid. Ist es nicht ziemlich heiß unter der Maske?« sagte Barbara.

»Ja«, antwortete McCoy.

»Ich habe eine viskose Substanz benutzt, unter der die Poren frei atmen müßten«, sagte Spock. »Außerdem sinkt die Temperatur an der Oberfläche des Planeten zu dieser Jahreszeit häufig unter den Gefrierpunkt.«

»Es war jedenfalls verdammt heiß, als wir die Propagandaveranstaltung besucht haben«, sagte Kirk.

»Das waren Ihre schwachen Nerven«, sagte Scotty, als er hinter ihnen auftauchte.

Barbara schüttelte den Kopf. »Ich frage mich, ob ihr

in den fünfundzwanzig Jahren jemals einer Meinung wart.«

»Selten«, erwiderte Kirk gelassen. »Aber meistens hatten wir überhaupt keine Zeit für Diskussionen. Alle an die Stationen.«

Barbara sah erstaunt zu, wie die drei Klingonen auf der kleinen Brücke ihre Plätze einnahmen.

»Mr. Chekov, die Koordinaten für unsere zweite Position, bitte!« sagte er, als jeder einsatzbereit war.

»Koordinaten eingegeben«, antwortete Chekov. »Wir gehen auf Transporterreichweite.«

»Barbara, mit voller Energie voraus.«

»Verstanden, Captain.«

Das Schiff beschleunigte und stand wenige Minuten später hoch über Archnos. Kirk und McCoy studierten die Karte. Dann drehte Kirk sich um.

»Scotty«, sagte er. »Können Sie uns etwa hier absetzen?«

»Natürlich, Captain.«

»Dann los, Klingonen!« sagte Kirk.

»Da ist der Turm«, sagte Kirk leise zu McCoy. »Wenn Scotty uns in der Nähe unseres ersten Ziels abgesetzt hat, gehen wir diese Straße entlang, bis wir zu einem Lagerhaus kommen. Dann müssen wir eine Tür finden, die im richtigen Winkel zur Konklave liegt.«

Sie fanden das erste Gebäude, einen heruntergekommenen, zweistöckigen Klotz, der mit glänzenden Metallplatten verkleidet war. Bis jetzt paßte alles auf Uhuras Beschreibung. Das Gebäude hatte auf allen Seiten Türen. Die Männer gingen einmal herum, bis sie eine Tür fanden, von der aus man das Dach der Konklave hinter dem Gebäude sehen konnte. Als sie sich umdrehten, ragte am Horizont der Kommunikationsturm auf. Es war auf jeden Fall angebracht, sich hier genauer umzusehen. Sie beobachteten die Tür von der anderen Straßenseite aus. Mehrere Promethaner gingen dort ein und aus. Die meisten trugen überdimensionierte Taschen, als würden sie Kleidung oder Lebensmittel transportieren.

»Das sieht sehr vielversprechend aus«, sagte Kirk.

»Und was jetzt?« fragte McCoy.

»Ich denke, wir sollten hineingehen«, sagte Kirk und ging los. McCoy und Chekov folgten ihm.

Sie traten einfach vor die Tür und öffneten sie, wie es auch die anderen Besucher getan hatten. Sie gingen hinein und versuchten den Eindruck zu erwecken, als wüßten sie genau, was sie taten.

Kirk erkannte sofort, daß die Geiseln hier nicht gefangengehalten wurden.

Sie konnten den gesamten Innenraum des Gebäudes überblicken. Der einzige Raum wurde durch Dachfenster erhellt. Auf dem Holzfußboden standen zahlreiche Promethaner, und aus Lautsprechern dröhnte Musik. Es gab Spiegel an der gegenüberliegenden Wand, zu denen alle Anwesenden blickten. Dort stand ein einzelner Promethaner, der die etwa fünfzig Leute durch eine Reihe komplexer Abläufe führte.

Kirk und McCoy starrten fassungslos auf die Horde von Promethanern, die sich mit ihren vier kurzen Beinen im Gleichschritt zu einer sehr rhythmischen Musik bewegten.

»Heiliger Strohsack! Wer hätte das gedacht, Jim?« sagte McCoy. »Es ist eine Tanzschule. Oder der Übungsraum des promethanischen Staatsballetts. Wenn Sulu hier ist, wird er gut in Form sein.«

Kirk drehte sich stirnrunzelnd zu McCoy um. »Uhura sagte, daß bereits kurz hinter der Tür Transportcontainer gestapelt waren. Das war heute früh. In der kurzen Zeit können sie unmöglich alles ausgeräumt haben. Hier sind wir falsch.«

Als sie kehrtmachten, sprang ein männlicher Promethaner von einem Schreibtisch auf und kam zu ihnen geeilt.

»Hallo, Sie sind zu früh dran«, rief der Mann in singendem Tonfall. »Das ist die Vierbeiner-Klasse. Die Aerobic für zweibeinige Aliens beginnt in einer Stunde. Aber Sie dürfen gerne hierbleiben und zusehen.«

»Sport?« fragte McCoy skeptisch.

»Vielen Dank«, sagte Kirk. »Ich denke, wir kommen später wieder.«

»Ich bitte darum! Es wird Ihren Herzen sehr guttun. Wie ich gehört habe, ernähren sich die Klingonen sehr fettreich.«

»Wenn es nur das wäre!« sagte McCoy.

»Wie bitte?« fragte der Promethaner.

»Hören Sie nicht auf ihn. Er hat schlechte Laune«, sagte Kirk schnell.

»Natürlich. Arterienverhärtung. Zuviel Fleisch, zuwenig Bewegung. Kommen Sie in einer Stunde wieder. Danach werden Sie sich viel besser fühlen.«

Kirk drängte McCoy nach draußen. Der Arzt konnte sich gar nicht vom Anblick der fünfzig Promethaner losreißen, die gleichzeitig vor und zurück hüpften und mit den kräftigen Armen wedelten.

Auf der Straße entfernte Kirk sich mit schnellen Schritten vom Gebäude. McCoy mußte sich beeilen, um ihn einzuholen.

»Könnte es nicht eine Tarnung sein?« sagte er.

»Wohl kaum, Pille. Zu viele Promethaner müßten eingeweiht werden, und das Gebäude sah nicht danach aus, als könnte man darin etwas verstecken. Aber das macht nichts. Wir haben ja noch zwei Versuche.«

Er blickte zu den Gebäuden in der Umgebung und versuchte sie mit der holographischen Straßenkarte von Archnos in Einklang zu bringen, die sie sich eingeprägt hatten.

Die drei falschen Klingonen von der Raumyacht *Plüschprinzessin* liefen durch die Dämmerung der Stadt Archnos auf Beta Prometheus 1. Auf dem Planeten begann es kälter zu werden, doch als sie auf einem vorher festgelegten Weg zum zweiten Gebäude gingen, kamen sie an immer mehr Promethanern vorbei, außerdem an verschiedenen Aliens und nicht wenigen Klingonen. Als sie eine Gruppe von drei Klingonen passierten, grüßte Chekov sie mit einem Kopfnicken. Zwei achteten überhaupt nicht auf ihn, doch einer warf ihm einen finsteren Blick zu. Nachdem sie einen halben Block weitergegangen waren, sprach Kirk leise zu ihm.

»Mr. Chekov, Klingonen sind nicht freundlich. Sie müssen nicht vor jedem eine Verbeugung machen.«

»Entschuldigung, ich habe nicht daran gedacht.«

Sie begegneten mehreren Klingonen, die nach Militär aussahen, wurden aber nicht angehalten. Wesentlich mißtrauischer schienen die Geistlichen, von denen sich mehrere Gruppen auf den Straßen aufhielten. *Ich glaube eher, daß sie ständig mißtrauisch sind,* dachte Kirk. *Wahrscheinlich schauen sie jeden so an.* Dann sah er das zweite Lagerhaus. Er führte McCoy und Chekov zur Rückseite des Gebäudes. Dort gab es eine Tür, die genau auf Uhuras Beschreibung paßte. Er blickte über die Schulter und sah den Sendeturm genau im richtigen Winkel. Hinter dem Gebäude befand sich das Kuppeldach einer Konklave. Und einige bewaffnete Klingonen standen vor der Tür.

»Hier muß es sein«, sagte Kirk.

Bis jetzt hatten sie jeden mit ihren Masken getäuscht, dachte Kirk. Nun mußten sie nur noch hineinkommen.

Und wieder hinaus.

Er griff unter seine Jacke und berührte seinen Kommunikator.

»Kirk an *Plüschprinzessin*. Ich glaube, wir haben es gefunden. Es ist das zweite Gebäude. Wir gehen hinein.«

Dann führte er McCoy und Chekov ohne jedes Zögern direkt zur Tür. Er schaltete seinen automatischen Translator an, während sie die Straße überquerten. Dann trat er genau vor den Wachmann neben der Tür.

»Haben Sie die Gefangenen?« fragte Kirk im Befehlston.

»Natürlich«, antwortete die Wache.

»Sind sie gut bewacht?« fragte Kirk.

»Selbstverständlich«, sagte der Klingone.

Kirk überlegte, wie lange er solche Fragen stellen konnte, ohne daß man ihn für einen Idioten hielt. Vermutlich nicht sehr lange, dachte er, und beschloß, einen direkten Vorstoß zu wagen.

»Wir würden Sie gerne sehen«, sagte Kirk etwas leiser, um seiner Stimme mehr Gewicht zu geben und gleichzeitig zu vermeiden, daß zu viele der anderen Wachen mithörten.

Der Wachmann zögerte.

»Das ist nicht möglich.«

»Sagen Sie Maldari, daß wir hier sind. Wir...« Kirk hatte sich vorher überlegt, was er sagen wollte, aber jetzt fragte er sich, wie es in der Übersetzung klingen würde. »Wir sind vom Rat für Militär- und Spionageangelegenheiten. Wir sind an den Spionen interessiert, die Sie gefaßt haben, und möchten sie befragen.«

Die Wachleute musterten Kirk und seine zwei Begleiter. Kirk erwiderte den Blick, ohne mit der Wimper zu zucken, und hoffte, sie damit einzuschüchtern.

Öffnet einfach diese verdammte Tür! dachte Kirk.

Schließlich nickte der Klingone und sagte zu Kirk: »Warten Sie hier.« Dann drehte er sich um und klopfte an die Tür. Er rief ein paar Worte, worauf ein anderer Klingone sie von innen öffnete. Sie sprachen kurz miteinander, dann trat Kirk durch die Tür, bevor der Wachmann im Innern des Gebäudes sie schließen konnte. *Jetzt wird es kritisch,* dachte Kirk. *Ich muß es riskieren, gleich auf der Stelle erschossen zu werden.* Er streckte den Arm aus und hielt die Tür geöffnet.

Nur noch ein paar Sekunden, dachte Kirk. »Wir müssen mit Maldari reden«, sagte er. »Wir sollen die Gefangenen auf Befehl des klingonischen Hohen Rats verhören. Wir sind das Subkomitee für...«

Dann mußte er nicht mehr improvisieren, denn in diesem Augenblick veränderte sich der Gesichtsausdruck des klingonischen Wachmanns, der links neben der Tür stand, und Kirk wußte, daß Scotty den richtigen Zeitpunkt eingehalten hatte. Er drehte sich um.

Acht Soldaten in Starfleet-Uniformen, jeder mit einem Phaser bewaffnet, waren auf der Straße vor dem Lagerhaus materialisiert.

Kirk war der erste, der rief: »Soldaten der Föderation! Erschießt sie!« Er hoffte nur, daß es auf klingonisch ein glaubwürdig formulierter Befehl war. In diesem Augenblick nahmen Chekov und McCoy ihre Phaser vom Gürtel und feuerten auf die Starfleet-Soldaten. Keiner von beiden konnte einen Treffer anbringen, was den Klingonen zumindest in diesem Moment nicht auffiel. Die übrigen echten Klingonen und Promethaner, die sich auf der Straße aufhielten und unbewaffnet waren, gingen sofort in Deckung, als sie erkannten, was hier vor sich ging.

Der innere Wachmann zog die Tür hinter Kirk zu, worauf Kirk »Greift sie an!« brüllte und die Tür wieder aufriß. Sofort kam der Klingone seinen Kameraden zu Hilfe und feuerte auf die Starfleet-Soldaten, die allem Anschein nach zurückschossen. Keiner der echten Klingonen, die hinter der Wand in Deckung gingen, wunderte sich darüber, daß die zwei klingonischen Wachen ganz allein den kompletten Angriffstrupp in Schach halten konnten, obwohl sie nur mit Handwaffen ausgerüstet waren.

Bevor Kirk im Gebäude verschwand, sah er, wie

einige seiner Starfleet-Soldaten angeschossen wurden und zurücktaumelten, doch die anderen stießen unerschrocken weiter vor. Sie schossen auf die Klingonen, ohne den geringsten Effekt zu erzielen. Chekov lief an den zwei Wachmännern vorbei und holte Kirk im Innern des Lagerhauses ein.

McCoy sprang als letzter hinein. Er legte mit seiner Waffe auf einen Wachmann an, ohne ihn direkt anzusehen und zog sich ins Gebäude zurück. Der Klingone stürzte betäubt zu Boden, und die kleine Armee der noch einsatzfähigen Starfleet-Soldaten rückte unaufhaltsam zur Tür vor, wenn auch nicht sehr schnell. Der unverletzte Wachmann drehte sich kurz zu seinem Gefährten um und eröffnete dann wieder das Feuer auf die Feinde.

Drinnen schlug Kirk die Tür hinter ihnen zu. Die drei standen eine Sekunde lang still, bis sich ihre Augen an die Dunkelheit gewöhnt hatten. Kirk rief sich das Bild ins Gedächtnis, das Uhura für ihn gezeichnet hatte und rief dann: »Hier entlang!« Zusammen liefen sie in den Korridor, durch den einige Zeit vorher auch Uhura gegangen war. Er zählte die Türen und Kreuzungen, wandte sich dann nach links und lief weiter. McCoy und Chekov hielten sich dicht hinter ihm.

Plötzlich kam ihnen ein Dutzend Klingonen mit gezückten Waffen entgegengerannt. Hinter ihnen entdeckte Kirk einen Priester. Sie reagierten verdutzt auf den Anblick dreier Klingonen in diesem Gebäude. Kirk zögerte keine Sekunde.

»Draußen ist eine Starfleet-Einheit, die das Gebäude stürmen will! Mindestens zwei Dutzend! Sie sind schwer bewaffnet!« rief er, um sich im Getöse des Feuergefechts verständlich zu machen. Die Klingonen blieben genau vor ihnen stehen. »Sie müssen die Gefangenen in Sicherheit bringen, bevor die Soldaten eindringen können!« redete Kirk hastig weiter.

Einer drehte sich um und brüllte einige Befehle. Die Klingonen teilten sich in zwei Gruppen auf. Die eine Hälfte drängte sich an Kirk und seinen Begleitern vorbei zur Tür, und der Priester lief mit den anderen durch den Korridor zurück. Kirk, Chekov und McCoy folgten ihnen.

Sie machten vor einer Tür halt. Kirk konnte seine Ungeduld kaum noch beherrschen. Er mußte sich zwingen, hinter den Klingonen und dem promethanischen Geistlichen zu warten, während die Tür aufgeschlossen wurde. Dann folgte er ihnen in den Raum.

Nur Sulu hielt sich hier auf. Der Priester eilte zu ihm und holte ihn.

»Wo sind die anderen?« rief Kirk. Niemand antwortete ihm. Der Priester schrie die Klingonen an, worauf die meisten sich entfernten, um sich ins Kampfgetümmel zu stürzen.

»Wo ist Maldari?« versuchte Kirk es erneut. »Wo sind die anderen Gefangenen?«

Doch der Priester brüllte nur neue Befehle, und die übrigen Klingonen führten Sulu hastig aus seiner Gefängniszelle und durch den Korridor fort vom umkämpften Teil des Gebäudes. Kirk, McCoy und Chekov liefen den flüchtenden Klingonen und dem Geistlichen hinterher, bis sie eine Tür am anderen Ende des Lagerhauses erreichten. Dort hielten sie an. Der Priester gab einem Klingonen einige Befehle, dann öffnete dieser vorsichtig die Tür. Schließlich riß er sie ganz auf und trat nach draußen. Es war bereits dunkel geworden, da die Sonne von Beta Prometheus nur wenige Stunden lang am Himmel stand. Als nirgendwo Starfleet-Soldaten zu sehen waren, betraten die Klingonen die schmale Nebenstraße. Der Geistliche führte Sulu. Kirk und seine Begleiter folgten ihnen einfach. Dann entdeckte Kirk das Shuttle, das im Schatten vor der gegenüberliegenden Wand stand. Er sah, wie der Priester den anderen ein Zeichen gab, worauf die Wachen über die Straße zum Fahrzeug liefen.

»Wir werden ihn übernehmen«, rief Kirk, als er neben den Geistlichen trat. Die Augen des Dieners des Weges funkelten, als er zu Kirk herumfuhr. Kirk fragte sich für einen Moment, ob er einen Klingonen oder einen Menschen in der Maske eines Klingonen sah.

»Ich denke, wir können besser auf ihn achtgeben als Sie«, sagte Kirk. Es war jedoch unwahrscheinlich, daß der Priester seine Worte verstand. Denn mitten im Satz feuerte Kirk mit seinem Phaser auf den Promethaner, der sofort zu Boden stürzte. McCoy und Chekov setzten unmittelbar darauf ihre Waffen ein, woraufhin auch die klingonischen Wachen betäubt zu Boden gingen. Nur einer reagierte schnell genug, um seine Waffe zu ziehen, doch er stand direkt neben McCoy, der die Hand nach unten schlug, so daß sich der Klingone in die Füße schoß. Kurz darauf hatte Chekov auch ihn erledigt.

Plötzlich war es still geworden.

»Sulu, ich bin es. Wir sind es. Sehen Sie!« Kirk riß sich die Maske vom Gesicht, die Spock in mühevoller Kleinarbeit aufgetragen hatte. McCoy und Chekov taten es ihm nach.

»Captain Kirk! Dr. McCoy und Mr. Chekov! Das ist eine Überraschung. Aber warum haben Sie auf meine Freunde geschossen?«

Kirk starrte seinen ehemaligen Piloten entgeistert an. Chekov runzelte die Stirn. McCoy trat neben ihn.

»Ich werde ihn übernehmen, Jim«, sagte er. Dann zog er einen medizinischen Tricorder aus seiner Tasche und untersuchte Sulu. »Die Biowerte sind in Ordnung. Sagen Sie mir, Captain Sulu, wissen Sie, wer Sie sind?«

»Aber Sie kennen mich doch, Doktor. Ich bin Sulu.«

»So weit, so gut. Und diese Klingonen hier sind Ihre

Entführer, nicht wahr?« sagte McCoy und deutete mit einem Kopfnicken auf die Klingonen und den Promethaner, die betäubt am Boden lagen.

»Aber nein, Doktor. Sie waren unsere Gastgeber. Wissen Sie, ich habe mich von den Methoden der Föderation losgesagt und mich dem Einzigen Weg verschrieben. Er ist die einzige Chance, um Frieden in der Galaxis zu verbreiten. Wußten Sie schon, daß…«

»Ich hätte einen Vorschlag, Sulu. Warum kommen Sie nicht einfach mit und erzählen uns später mehr darüber? Im Augenblick stehen wir etwas unter Zeitdruck. Wissen Sie, wo die anderen sind?«

»Leider nein«, antwortete Sulu. »Aber ich bin sicher, daß sie in guten Händen sind.«

Kirk, McCoy und Chekov konnten sich nur bestürzte Blicke zuwerfen. McCoy kehrte Sulu den Rücken zu.

»Gehirnwäsche«, sagte er leise. »Ich kann ihm erst helfen, wenn wir wieder an Bord unseres Schiffes sind.«

Kirk tippte auf seinen Kommunikator. »Scotty, wir haben Sulu befreit. Die anderen hat man weggebracht. Wahrscheinlich war es Maldari, da er und seine Leute nirgendwo in der Nähe sind. Sie sollten uns jetzt an Bord…«

»Einen Moment, Captain«, unterbrach Chekov ihn. Als Kirk sich umdrehte, sah er, daß der Navigator seinen Tricorder aktiviert hatte. »Ich empfange menschliche Lebenszeichen. Unsere durchschnittliche Körpertemperatur ist ein wenig höher als die der Promethaner. Hier an der Oberfläche kann ich genauere Messungen durchführen. Ich denke, wir können den Weg zu den übrigen Offizieren der *Excelsior* finden. Hier entlang.« Chekov machte sich bereits auf den Weg.

Kirk tippte noch einmal auf den Kommunikator. »Kommando zurück, Scotty. Beamen Sie nur Captain Sulu hoch. Wir werden versuchen, die anderen zu finden. Halten Sie sich bereit.« Er folgte Chekov, während Sulu entmaterialisiert wurde.

Auf der anderen Seite des Gebäudes wurden die Klingonen nun durch ihre neu eingetroffenen Kameraden bei der Verteidigung unterstützt. Sie knieten am Boden und feuerten auf die Starfleet-Soldaten, die sich ihnen im Halbkreis näherten. Die acht Männer in den roten Uniformen wurden einer nach dem anderen getroffen. Die Klingonen feuerten ihre Disruptorsalven ab, bis alle Starfleet-Offiziere am Boden lagen. Rauch und Funken stiegen von ihren Uniformen auf.

Die Wachen warteten vorsichtshalber noch eine Weile, bis sie das Feuer einstellten. Schließlich sah sich einer von ihnen um, rief den anderen etwas zu und rückte vorsichtig mit schußbereiter Waffe vor. Er stand über einem der leblosen Gegner und blickte direkt in die kristallklaren Augen eines Starfleet-Soldaten. Die anderen Klingonen wagten sich ebenfalls aus der Deckung und untersuchten die Roboter. Der Anführer bückte sich und sah genauer hin. Dann drehte er den Mann herum und riß grob seine Uniform hoch. Eine rote Warnleuchte zeigte blinkend eine schwere Fehlfunktion an. Der Klingone stieß einen lauten Fluch aus. Dann betrachtete er die anderen außer Gefecht gesetzten Soldaten. Erst dann fiel ihm auf, daß nirgendwo auf dem Schlachtfeld Blut zu sehen war. Er kannte sich wie die meisten Klingonen nicht sehr gut mit menschlicher Anatomie aus, aber er hatte davon gehört, daß auch die Menschen bei schweren Verletzungen viel Blut verlieren.

Während des heftigen Gefechts hatte nicht ein einziger der Roboter einen tödlichen Schuß aus seiner Waffe abgegeben, aber es war möglich, daß die Klingonen sich dieses Umstands gar nicht bewußt waren. Denn der Kampflärm hatte echt geklungen, auch wenn er aus

Lautsprechern in den Körpern der Robotern gekommen war. Wenn Scotty miterlebt hätte, wie sich seine kleine Armee geschlagen hatte, obwohl von ihr keine größere Bedrohung als dieser aufgezeichnete Lärm ausgegangen war, wäre er stolz auf sie gewesen. Aber er befand sich im unteren Deck der *Plüschprinzessin* und wartete geduldig auf neue Befehle.

Chekov lief durch die Straßen, während er den Tricorder im Auge behielt. Kirk folgte ihm dichtauf mit gezogenem Phaser. McCoy rannte hinter ihnen. Einmal kam ein Promethaner um die Ecke und starrte entsetzt auf die Gruppe von drei Menschen in klingonischer Verkleidung, aber er war unbewaffnet, und keiner der Offiziere schoß auf ihn.

»Mr. Chekov«, sagte Kirk außer Atem, »sind wir auch auf dem richtigen Weg?«

»Ich denke schon, Captain«, antwortete Chekov. »Hier haben sich vor kurzem Menschen aufgehalten. Dort entlang, würde ich sagen.« Chekov deutete über ein freies Feld. Sie hatten das letzte Gebäude und damit jede Deckung hinter sich gelassen.

»Wir stehen hier wie auf dem Präsentierteller«, sagte McCoy, während er sich besorgt umblickte. »Sind Sie sicher, daß wir hier richtig sind?«

»Sehen Sie! Da drüben befindet sich eine Art Fabrik«, rief Chekov. »Wenn ich mich richtig an die Karten erinnere, sind wir hier am Stadtrand.«

Kirk wurde langsamer. »Es sieht eher wie eine verlassene Fabrik aus«, sagte er. »Vielleicht eine aufgegebene Dilithiummine.«

»Nach meinem Tricorder ist diese Mine keineswegs verlassen«, sagte Chekov.

Die drei überquerten im schnellen Dauerlauf die freie Fläche.

»Und was werden wir tun, wenn wir dort sind?

Nachdem uns jetzt die Roboter ausgegangen sind, meine ich«, sagte McCoy im Laufen.

Einige hundert Meter weiter hielten sie vor zwei stählernen Pyramiden an, die links und rechts der Straße zwei Meter hoch aufragten. Offenbar markierten sie eine Art Eingang. Inzwischen stand ein Mond am dunklen Nachthimmel, so daß die verrosteten, teilweise eingestürzten Bauteile auf dem Fabrikgelände in einem fahlen Licht lagen. Die Männer hielten sich nach Möglichkeit im Schatten, als sie sich dem Eingang näherten. Ansonsten war niemand zu sehen. Sie sammelten sich neben einem einfachen Wachhäuschen kurz vor dem Eingang. Chekov richtete seinen Tricorder auf den Schotterweg.

»Wir sind nicht die einzigen warmblütigen Tiere in der Umgebung«, sagte er leise.

»Wo?« flüsterte Kirk.

»Drinnen. In dieser Richtung«, sagte Chekov und streckte den Arm aus.

»Maldari scheint die Geiseln hierhergebracht zu haben«, sagte Kirk leise. »Ich vermute, er wollte sie vor den Klingonen in Sicherheit bringen.«

Kirk führte sie in einem weiten Bogen um den zentralen Weg herum. Sie hielten sich im Schatten und erreichten schließlich ein hohes Labyrinth aus metallenen Laufstegen, die fast einen Hektar zerstörten Bodens überspannten. In der Mitte des Komplexes gab es einen Hügel. Chekov überprüfte noch einmal die Anzeigen seines Tricorders.

»Ich erhalte sehr starke Signale. Sie müssen direkt hinter diesem Hügel sein.«

Die drei Männer gingen auf Armeslänge auseinander und bewegten sich langsam zwischen den stählernen Stützen der Laufstege. Als der Boden vor ihnen anstieg, kroch Kirk auf allen vieren weiter und lag schließlich flach auf dem Bauch. Die anderen ahmten seine Bewegungen nach. Kurz vor der Hügelkuppe hielten sie an. Kirk schob sich vorsichtig weiter, bis er über den Hügel schauen konnte.

Zwischen den Metallgerüsten der aufgegebenen Mine sah Kirk eine Gruppe von Menschen in promethanischer Kleidung. Sie waren von mindestens einem Dutzend Piraten umgeben. Andere Promethaner öffneten die Transportcontainer, die sie von Kirk erhalten hatten, und teilten die Waffen aus. Er glaubte, Maldari zu erkennen, der seinen Leuten Anweisungen erteilte.

Kirk kroch vorsichtig zurück.

»Ich glaube, sie sind alle hier. Sie begutachten gerade die Waffen, die wir ihnen gegeben haben.« Kirk rieb sich in der kühlen Nachtluft die Hände. »Es beginnt zu frieren«, flüsterte er und lächelte dann. »Ausgezeichnet.«

Dann hörten sie ein leises Geräusch vom Eingang und blickten zurück. Ein Shuttle flog an den Pyramiden vorbei auf das Gelände. Kirk und seine Begleiter krochen vom niedrigen Hügel herunter und machten sich im Schatten unsichtbar. Sie beobachteten, wie das Shuttle hinter dem Hügel verschwand.

Kirk kroch wieder auf die Hügelkuppe und sah, wie mehrere Promethaner aus dem Gefährt sprangen und in das offene Gebäude hasteten. Dann hörte er eine laute Diskussion auf promethanisch und sah, wie Maldari heftig auf die Neuankömmlinge einredete. Maldari blickte sich zu den sieben noch übrigen Gefangenen um und sagte wieder etwas. Für Kirk bestand kein Zweifel, daß Maldari nicht genau wußte, was er jetzt tun sollte. Schließlich bellte er einige Befehle, worauf sich die neu eingetroffenen Promethaner rings um die Geiseln verteilten und den Verteidigungsring verstärkten.

Kirk aktivierte seinen Kommunikator. »Kirk an *Prinzessin*. Mr. Spock, sind Sie bereit?«

»Aber sicher, Captain«, sagte Spock, nachdem er neben Kirk materialisiert war.

Barbara blickte sich auf der Brücke um. Sie und Uhura waren allein.

»Uhura«, sagte Barbara. »Ich glaube, wir sollten uns ein Stück weiter von Archnos entfernen. Man wird uns vielleicht bemerken. Können Sie aus etwas weiterer Entfernung Verbindung mit Kirk halten?«

»Ich glaube, ich werde ihn nicht verlieren.«

»Also gut. Scotty? Sind Sie noch da?« fragte sie.

»Ja, Madam«, kam Scottys volle Stimme über das Interkom. »Wo sollte ich sonst sein?« fügte er mit leichter Ironie hinzu.

»Natürlich. Ich werde mit dem Schiff in einen höheren Orbit gehen. Wir sollten vermeiden, daß man auf uns aufmerksam wird.«

»Eine gute Idee«, antwortete er. »Ich bin sicher, daß es in Ordnung geht«, setzte er hinzu, als er ihre Unsicherheit spürte. »Kirk ist schon mit schwierigeren Situationen fertig geworden. Wir alle. Machen Sie sich nicht zu große Sorgen.«

»Danke, Mr. Scott«, sagte Barbara.

Damals standen wir natürlich alle auf einer Seite, dachte Scotty im Transporterraum. *Ich hoffe, wir tun es auch jetzt.*

Kirks Miene hellte sich auf. »Mr. Spock, wie immer genau zum richtigen Zeitpunkt. Wir wollten sie gerade umzingeln. Würden Sie uns vielleicht dabei behilflich sein?« Spock nickte und machte sich auf den Weg. Kirk beobachtete, wie er zwischen den Metallstreben der alten Produktionsanlage verschwand. Dann gab Kirk Chekov ein Zeichen, der in die andere Richtung lief.

Kirk stand auf und ging zur Hügelkuppe. Dort wartete er eine Minute ab, dann lief er den leichten Abhang hinunter, genau auf die Promethaner zu. Nach wenigen Metern hatten sie ihn entdeckt. Maldari gesellte sich zu den Wachleuten, die ihre Waffen erhoben hatten.

Kirk winkte ihm lächelnd zu.

Schließlich hatte er die Basis des Hügels erreicht und stand nur wenige Meter von den Promethanern entfernt. Kurz dahinter hielten sich die Geiseln von der *Excelsior* auf. Kirk unterdrückte den Drang, zu den Laufstegen über ihnen aufzublicken.

»Maldari, Sie Gauner. Sie haben uns betrogen. Wir haben Ihnen die Waffen gegeben, die Sie haben wollten, und wir haben dafür Roboter bekommen. Wir wollen uns jetzt holen, was uns zusteht«, sagte Kirk.

Maldaris graue Haut wurde dunkler.

»Die Offiziere sind hier. Außer dem einen, den dieser verdammte Priester mitgenommen hat. Sie können diese Leute haben.« Er hob seine Waffe. »Für fünfzigtausend Kern.«

»Wieviel ist das in unserer Währung? Schon gut, wir haben ohnehin nicht soviel Bargeld dabei. Ich schlage vor, daß Sie uns die Geiseln trotzdem übergeben. Ich kann Ihnen ja einen Schuldschein unterschreiben.«

Maldari setzte zu einer wütenden Erwiderung an, aber bevor er etwas sagen konnte, sprang Mr. Spock von einem Laufsteg herab und landete neben der Gruppe. Er griff dem nächsten Promethaner ins Genick und drückte zu. Der Promethaner erstarrte und sackte zusammen. Zufällig landete er genau zwischen Kirk und Maldari auf dem Boden, als ihr Gespräch gerade in eine Sackgasse geraten war. Maldari blickte auf den bewußtlosen Piraten zu Kirks Füßen hinab. Sofort legte er mit der Waffe auf Kirk an und drückte den Auslöser. Aber nichts geschah.

»Hoppla«, sagte Kirk.

Dann kam es zum Kampf. Chekov tauchte auf der rechten Flanke aus dem Schatten auf. McCoy kam hinter Kirk zum Vorschein. Alle schossen mit den Phasern auf die völlig überraschten Promethaner. Mindestens fünf gingen sofort zu Boden. Anderen gelang es, ihre Waffen auf ihre Gegner anzulegen.

Aber die Waffen gaben keinen Mucks von sich. Die Promethaner bemühten sich, aber sie schafften es nicht, auch nur eine Patrone, einen Laserblitz, eine Photonengranate oder einen Phaserstrahl aus den Mündungen ihrer nagelneuen Angriffswaffen abzufeuern. Sie betätigten die Auslöser, sie justierten die Zieleinrichtungen, sie drehten an jedem Regler und studierten jede Anzeige ihrer komplizierten Waffen, aber es nützte nichts. Kirk sah interessiert zu, wie Maldari immer wieder versuchte, sein automatisches Gewehr auf Kirk abzufeuern. Doch es tat sich immer noch nichts.

»Gefroren«, sagte Kirk zufrieden. »Die Munition ist in den Waffen gefroren. Es tut mir leid, daß wir Ihnen keine Gebrauchsanweisung liefern konnten. Bei Temperaturen unter dem Gefrierpunkt können Sie nicht damit schießen. Hier draußen scheint es ziemlich kalt zu sein.« Dann hob Kirk seinen Phaser und schoß auf den frustrierten Maldari.

Nach wenigen Augenblicken waren die promethanischen Piraten entweder bewußtlos unter den Phaserstrahlen zusammengebrochen oder auf dem Rückzug. Kirk stellte fest, daß sie rückwärts genauso schnell laufen konnten wie vorwärts. Wenige Minuten später war in der näheren Umgebung kein einziger Promethaner mehr auf den Beinen. In der plötzlichen Stille der kalten Nacht kam ein älterer, aber sehr agiler Mann zu Kirk herüber.

»Captain! Sie glauben gar nicht, wie es mich freut, Sie zu sehen!« rief er, während er inbrünstig Kirks Hand schüttelte.

»Dr. Hans, vermute ich«, sagte Kirk. »Der Bordarzt der *Excelsior*. Ich bin James Kirk, und das ist Dr. Leonard McCoy, Bordarzt der *Enterprise*. Zumindest bis vor einem Jahr.«

»Dr. McCoy! Natürlich! Sulu hat mir von Ihnen erzählt. Dann sind Sie seine alten Gefährten von der *Enterprise*. Sie waren über zwei Jahrzehnte lang seine Kollegen, bis er das Kommando über die *Excelsior* erhielt.«

»Das ist völlig richtig, Doktor.«

»Ich kann es kaum fassen. Wie haben Sie uns gefunden?«

»Darüber werden wir Ihnen in Kürze Auskunft geben«, sagte Kirk. »Im Augenblick sollten wir alle ins Freie treten. Wir sind ziemlich viele, und die Transporterplattform an Bord unseres Schiffes ist nicht sehr groß.«

Die Geiseln folgten Kirk auf die Kuppe des niedrigen Hügels, wo Spock, Chekov und McCoy die Flankendeckung übernahmen, falls sich Promethaner nähern sollten. Doch niemand kümmerte sich um sie, so daß sie ungehindert auf dem Hügel eintrafen.

Kirk tippte auf seinen Kommunikator. »Landetrupp an *Prinzessin*. Wir sind jetzt vollständig. Sie können uns raufbeamen.«

Nichts geschah. Kirk blickte Dr. Hans an. »Wir haben eine neue Pilotin. Sie wird Ihnen gefallen. Aber manchmal läßt sie sich etwas Zeit. Ich vermute, das ist das Vorrecht einer Frau.«

»Captain«, sagte Lieutenant Roose. »Ich habe mitgehört, wie Sie dem Promethaner erklärten, daß die Waffen mit einer Flüssigkeit arbeiten, die bei etwa null Grad gefriert. Was wäre geschehen, wenn die Temperatur über dem Gefrierpunkt gelegen hätte?«

»Ach, nicht viel. Wir wären nur ein wenig naß geworden.«

»Naß?« sagte Chekov. »Ist flüssige Neutronenenergie nicht in jedem Fall tödlich?«

»Ich habe keine Ahnung. So weit ich weiß, gibt es

überhaupt keine flüssige Neutronenenergie. Jedenfalls waren die Waffen nicht damit geladen.«

»Und woraus besteht die Munition?« fragte Lieutenant Roose vorsichtig.

»Aus H_2O. Reinem Wasser. Alle Waffen wurden sorgsam nach einem Katalog mit Wasserpistolen synthetisiert.«

»Wasserpistolen?«

»Spritzpistolen aus einem Spielzeugkatalog des späten zwanzigsten Jahrhunderts. Wir haben die Daten in einer historischen Datenbank gefunden. Erstaunliche Konstruktionen. Dagegen sehen unsere Phaser richtig harmlos aus.«

Dann rief Kirk erneut die *Plüschprinzessin*. Wieder gab es keine Antwort.

Das leise Geräusch eines fliegenden Shuttles erregte ihre Aufmerksamkeit. Einige der geflohenen Promethaner hatten sich das Shuttle angeeignet, mit dem die Boten gekommen waren. Es raste über die Trümmerlandschaft und verschwand schnell am Nachthimmel.

»Wir sollten möglichst bald von hier verschwinden«, sagte Spock zu Kirk.

»Es kann nicht mehr lange dauern«, sagte Kirk zuversichtlich. Sie warteten einige quälend lange Minuten in der kühlen Luft ab. »Wahrscheinlich sind sie noch dabei, unsere Koordinaten zu lokalisieren. – Scotty, wir sind zum Beamen bereit!«

Aber es tat sich immer noch nichts.

»Ich empfange etwas«, brach Uhura plötzlich die Stille auf der Brücke der *Prinzessin*. »Wir sollten lieber näher herangehen, meinen Sie nicht auch?«

Barbara drehte sich zu Uhura um. »Was haben Sie empfangen?«

»Möglicherweise hat sich der Captain gemeldet. Es ist schwer zu sagen, da wir zu weit entfernt sind, aber ich glaube, sie sind bereit, an Bord gebeamt zu werden.«

Scotty hörte ihrem Gespräch im Maschinenraum zu. Er hielt den Atem an. Es folgte ein kurzes Schweigen, dann hörte er wieder Barbaras Stimme.

»Volle Kraft voraus, Mr. Scott. Wir gehen näher heran.«

Er bediente seine Kontrollen und atmete einmal tief durch. *Sie ist ein gutes Mädchen,* dachte er und konnte es kaum abwarten, es Captain Kirk zu sagen.

Chekov zeigte auf die Straße, über die sie zur Mine gekommen waren. »Da ist etwas«, sagte er.

Alle blickten in dieselbe Richtung. Mehrere Kampfpanzer kamen über die Straße gerollt. Sie konnten erkennen, daß in jedem ein Klingone mitfuhr.

»Offensichtlich ist es jemandem gelungen, uns bis hierher zu folgen«, mutmaßte Spock.

»Vielleicht wollen sie gar nichts von uns«, sagte McCoy optimistisch. »Vielleicht wollen sie Maldari an den Kragen. Er scheint sich im Verlauf dieser Aktion nicht viele Freunde gemacht zu haben.«

»Sie werden uns trotzdem sehen«, sagte Chekov. Seine Prophezeiung wurde bestätigt, als fünf Meter rechts von ihnen der Boden von einer Explosion erschüttert wurde.

Völlig ohne Deckung und ohne die nötige Feuerkraft, um die Landfahrzeuge außer Gefecht zu setzen, wären Kirk und die anderen in ernsthafte Schwierigkeiten geraten, wenn sie nicht in diesem Augenblick entmaterialisiert wären.

»...und als ich begann, genauer darüber nachzudenken, war ich schockiert, wie einfach die Wahrheit zu erkennen ist. Das ist vermutlich der Grund, warum man sie als den Einzigen Weg bezeichnet hat.« Sulu lächelte in stiller Überzeugung. »Die zahllosen unterschiedlichen Glaubenssysteme der Föderation sind so ineffizient.«

»So redet er, seit er bei mir im Transporterraum eintraf«, sagte Scotty.

Kirk beobachtete Dr. McCoy, wie er Sulu mit seinem Tricorder untersuchte.

»Sulu«, sagte McCoy freundlich. »Das ist alles sehr interessant. Ich habe schon oft darüber nachgedacht, daß es doch eine bessere Möglichkeit geben muß, wie wir unsere verdorbene Gesellschaft organisieren können. Lassen Sie uns in den Aussichtssalon gehen, wo es bequeme Sitzgelegenheiten gibt und ich meine übrige Ausrüstung untergebracht habe. Dann können Sie mir alles genau erzählen.«

Sulu nickte und verließ gehorsam die Brücke in der Richtung, die der Doktor ihm gezeigt hatte.

»Pille, was in aller Welt ist mit ihm los?« flüsterte Kirk.

»Ich glaube, es ist ganz einfach. Man hat ihm irgendeine Droge verabreicht, die ihn für eine Gehirnwäsche empfänglich machte. Ich bezweifle, ob ich den Vorgang jemals völlig durchschauen werde. Wahrscheinlich ist es irgendein Zeug, das es nur auf Beta Prometheus gibt. Aber ich bin zuversichtlich, daß ich ein Gegenmittel finden oder die Droge aus seinem Körper entfernen kann. Wahrscheinlich wird er keinen großen Widerstand leisten.«

McCoy folgte Sulu in den Heckbereich des Schiffes.

»Sie haben doch sicherlich nichts dagegen, wenn ich Sie ein wenig untersuche, während wir uns unterhalten«, sagte McCoy lächelnd. »Sie haben einiges durchgemacht, und ich würde mich gerne vergewissern, ob Sie gesund sind. Erzählen Sie mir alles über diese Sache mit dem Einzigen Weg. Wir werden mit einer einfachen Injektion anfangen, falls Sie durch die Nahrung auf

Beta Prometheus nicht ausreichend mit Vitaminen und Mineralien versorgt wurden.«

»Es ist wirklich ganz einfach«, begann Sulu. »Jedes Mitglied eines Konklave arbeitet für das Wohl der Gemeinschaft. Es geht nicht mehr darum, Erfolg durch individuelle Leistungen zu erzielen. Jeder gibt seinen Verdienst an das Konklave ab, und die Diener des Weges entscheiden, wie die Mittel am sinnvollsten aufgeteilt werden. Natürlich haben Sie zur Zeit noch keine völlige Kontrolle darüber, denn die Gesetze werden von der Herrschenden Familie gemacht. Aber die Tage dieser aristokratischen und traditionsgebundenen Gruppe sind gezählt. Und viele Händler verfolgen ohnehin ihre eigenen Interessen...« Sulu wurde schläfrig. McCoy nickte und lächelte. Er richtete seinen medizinischen Tricorder auf Sulu, während er vorgab, seinen Erklärungen zuzuhören. Als Sulu eingeschlafen war, stand McCoy auf, breitete eine Decke über ihn und ging in die Zentrale zurück. Dort überprüfte er den körperlichen Zustand der übrigen Offiziere. Als er zurückkam, wachte Sulu gerade auf.

»Ich bin offenbar eingenickt«, sagte er zu McCoy. »Ich war wohl ziemlich müde. Wo war ich stehengeblieben?«

»Sie haben mir vom Einzigen Weg erzählt«, sagte McCoy.

»Vom Einzigen Weg? Warum sollten wir uns über dieses korrupte System unterhalten? Diese verdammten Priester hätten mich beinahe umgebracht! Sie sind despotische und gemeine Heuchler! Die meisten Promethaner hassen sie! Sie sind uneinsichtig und engstirnig, sie lassen nicht die kleinste abweichende Meinung zu. Wie soll es ohne Meinungsverschiedenheiten und Diskussionen jemals Fortschritt geben? Das Leben wäre so farblos, wenn es keine unterschiedlichen Kulturen gäbe. Und wie unsinnig ist die Überzeugung, daß sich

Individuen für eine Gesellschaft engagieren sollen, in der sie überhaupt kein Mitspracherecht haben...« Sulu wollte gar nicht mehr aufhören, seiner Wut über die lange Gefangenschaft Luft zu machen, aber McCoy lächelte nur und ging dann.

Uhura plauderte mit dem jungen Lieutenant Roose, McCoy unterhielt sich mit Dr. Bernard Hans, und Chekov demonstrierte dem Ingenieur Norquist Svenson stolz die navigatorischen Eigenschaften der Raumyacht. Kirk nahm inmitten des fröhlichen Tumults Platz auf dem Kommandosessel. Barbara drehte sich zu ihm um.

»Volle Warpgeschwindigkeit, Kadett O'Marla. Wir werden uns mit der *Excelsior* treffen. Uhura, teilen Sie Commander Sencus mit, daß wir uns auf den Weg machen. Sie werden schon in Kürze wieder an Bord Ihres Raumschiffs gehen können«, sagte Kirk zu Sulu, der ebenfalls auf die Brücke gekommen war.

»Captain Kirk!« rief Uhura durch den Lärm zurück. »Ich registriere ein Kampfschiff, das sich mit hoher Geschwindigkeit von Steuerbord nähert.«

»Identifizieren!«

»Das ist schwer zu sagen. Es ist nicht so groß wie ein schwerer Kreuzer, aber viel größer als wir.«

»Mr. Spock?«

»Bestätigt, Captain. Meine Sensoren zeigen an, daß es schwer bewaffnet ist.«

»Ein klingonischer Bird-of-Prey?«

»Nein, Captain.«

»Auf den Schirm.«

Auf dem Hauptbildschirm wurde der schwarze Weltraum sichtbar. In der Ferne war ein Punkt zu erkennen, der schnell größer wurde.

»Vergrößerung!« sagte Kirk.

Der Bildschirm zeigte nun ein älteres Kampfschiff.

»Es sieht wie die *Sonnentau* aus«, sagte Sulu, der hinter Kirk getreten war. »Aber sie kann es nicht sein. Wahrscheinlich hat sich dieser Pirat Maldari ein neues Schiff organisiert.«

»Ausweichmanöver, Captain?« fragte Barbara, ohne sich umzublicken.

»Wir können nur darauf hoffen, daß wir ihnen schnell genug entkommen«, sagte Kirk. Scotty und Svenson eilten nach unten in den Maschinenraum.

»Captain, ich registriere ein zweites Schiff, das sich uns nähert«, rief Uhura. »Es kommt von Backbord.«

»Identifizieren!«

»Es ist ein klingonischer Bird-of-Prey«, sagte Spock.

»Volle Warpgeschwindigkeit voraus«, befahl Kirk.

Barbara bediente ihre Kontrollen, dann schoß das Schiff durch den Weltraum davon.

»Scotty, haben wir noch die zwei Torpedos?«

»Ja, Captain. Sie sind nicht sehr groß, aber wir können sie abfeuern. Allerdings nur, wenn wir nicht gleichzeitig die Triebwerke benutzen.«

»Was?« fragte Kirk.

»Ich habe es Ihnen gesagt, Captain. Diese kleine Yacht hat nur genügend Energie für das eine oder das andere, aber nicht für beides.«

»Also gut. Barbara, auf mein Kommando fährst du die Triebwerke herunter. Dann feuern wir je einen Torpedo auf das mutmaßliche Piratenschiff und auf das klingonische Schiff. Danach fliegen wir weiter. Sind alle bereit?«

»Ja, Captain.«

»Alles ist bereit.«

»Maschinen stop!« befahl Kirk.

Im nächsten Moment trieb das Schiff antriebslos durch den Raum.

»Feuer!« befahl Kirk.

Ein Ruck ging durch die Raumyacht, als die zwei

Torpedos gleichzeitig auf die beiden Kampfschiffe abgefeuert wurden.

»Jetzt wieder volle Beschleunigung. Nichts wie weg von hier«, sagte Kirk.

Barbara führte seine Befehle aus, und kurz darauf ging die *Prinzessin* wieder auf Warpgeschwindigkeit.

»Damit müßten wir einen kleinen Vorsprung gewinnen«, sagte Kirk.

Die Besatzung verfolgte angespannt auf dem Bildschirm, wie die Torpedos sich den beiden Schiffen näherten. Die Schiffe aktivierten ihre Schilde, wurden durch die Explosionen aber so sehr erschüttert, daß sie sichtlich langsamer wurden.

»Volltreffer!« jubelte Chekov.

»Ja«, bestätigte Mr. Spock. »Aber beide Kampfschiffe sind unbeschädigt. Sie verfolgen uns immer noch. Um genau zu sein, sie kommen sogar näher.«

Alle blicken auf den Sichtschirm, der beide Schiffe zeigte, die immer größer und bedrohlicher wurden.

»Warpfaktor?« fragte Kirk.

»Fünf«, sagte Barbara.

»Schneller fliegt sie nicht, Captain«, meldete sich Scotty aus dem Maschinenraum. »Ich habe nicht einmal genügend Energie, um uns bei dieser Geschwindigkeit ganz nach Hause zu bringen.«

»Wann werden sie uns erreicht haben?« wollte Kirk wissen.

»Bei der gegenwärtigen Annäherungsrate bleiben uns weniger als fünf Minuten«, sagte Spock angespannt. »Dann werden sie mühelos einen direkten Treffer anbringen können.«

In diesem Augenblick sprang Barbara von ihrer Station auf und lief an Kirk vorbei.

»Barbara, ich habe dir nicht erlaubt, deinen Posten zu verlassen!« rief Kirk.

Doch bevor er sie aufhalten konnte, stand sie neben

Uhura. Sie drängte sich an die Kommunikationskonsole und tippte eine Reihe von Befehlen ein.

»Ich rufe Starbase 499. Dies ist eine Nachricht höchster Priorität für den befehlshabenden Starfleet-Admiral. Kodename: Prinzessin. Ich wiederhole, verbinden Sie mich sofort mit dem befehlshabenden Starfleet-Admiral. Kodename: Prinzessin.«

»Barbara?« meldete sich unmittelbar darauf eine Stimme.

»Admiral, ich bin es. Wir werden von zwei Schiffen verfolgt, einem klingonischen Bird-of-Prey und einem promethanischen Piratenschiff. Wir haben die Geiseln an Bord. Und wir könnten etwas Hilfe gebrauchen.«

»Ich verstehe. Ende.«

Als Barbara aufstand, starrten alle sie an. Sie drehte sich zu Kirk um, der sie neugierig musterte.

»Ein alter Freund der Familie«, sagte sie nur und kehrte an ihre Station zurück.

Jetzt war nicht der richtige Augenblick, um weitere Fragen zu stellen.

»Der Abstand wird immer geringer, Captain«, sagte Chekov.

»Captain, zwei Torpedos wurden auf uns abgefeuert, backbord und steuerbord.«

»Scotty, fahren Sie unsere Schilde hoch«, sagte Kirk.

»Ich kann die Schilde nicht aktivieren und auf Warpgeschwindigkeit bleiben«, antwortete seine vertraute Stimme. »Dieser Luxusdampfer hat einfach nicht ausreichend Energie.«

»Torpedos kommen näher«, sagte Uhura. Sie mußte sich zwingen, mit ruhiger Stimme zu sprechen. Auf der Brücke war es totenstill geworden.

»Fahren Sie die Schilde hoch, Scotty. Barbara, stoppen Sie alle Maschinen.« Als Barbara sich zu ihm umdrehte, fügte er hinzu: »Sofort!«

»Scotty, Sie haben alle Energie dieser Yacht zur Verfügung. Sorgen Sie dafür, daß die Schilde halten.«

»Ich werde es versuchen, Captain.«

In den nächsten Augenblicken sagte niemand etwas. Dann wurde die kleine Raumyacht getroffen und kräftig durchgeschüttelt. Die Offiziere wurden zu Boden geworfen.

»Wir haben einen Treffer auf der linken Seite, Captain«, sagte Spock, während er seine Anzeigen kontrollierte. Er hatte den Satz kaum ausgesprochen, als das Schiff von einer zweiten Explosion erschüttert wurde. Funken sprühten, die Beleuchtung der Brücke flackerte und erlosch. Dann tauchten die Notlampen den Raum in ein unheimliches Zwielicht. Kirk stand neben seinem Sessel. Barbara kroch zu ihrem Sitz zurück. Chekov hielt sich an seiner Navigationskonsole fest. Rauch breitete sich auf der Brücke aus.

»Noch ein solcher Treffer, und wir sind erledigt«, sagte Kirk. »Scotty, wieder volle Energie auf die Triebwerke. Barbara, Ausweichmanöver. Programmieren Sie einen Zickzackkurs auf Warpgeschwindigkeit.«

Das Schiff setzte sich rüttelnd in Bewegung.

»Annäherung!« rief Uhura.

»Noch ein Torpedo?« fragte Kirk.

»Ja, Captain«, kam die Antwort. »Er hat uns genau im Visier.«

»Haltet euch gut fest«, sagte Kirk ruhig.

In diesem Augenblick wechselte das Schiff abrupt den Kurs, so daß der Torpedo vorbeischoß.

»Das kann ich nicht oft wiederholen«, sagte Barbara, während alle anderen erleichtert aufatmeten. »Ein solches Manöver benötigt sehr viel Energie, und wir haben nicht mehr viel übrig.«

»Hier kommt schon der nächste«, sagte Uhura. »Ein klingonischer Torpedo. Einschlag in dreißig Sekunden.«

»Kurs ändern!« rief Kirk.

»Dazu ist es zu spät«, sagte Barbara.

»Fünfzehn Sekunden«, gab Uhura bekannt.

»Warpgeschwindigkeit erhöhen!« rief Kirk.

»Wir fliegen bereits mit Maximalgeschwindigkeit, Captain«, sagte Barbara.

In diesem Augenblick kamen drei Starfleet-Schiffe in Sicht.

»Was ist das?« fragte Kirk fassungslos.

Eins der Raumschiffe schoß an der kleinen Raumyacht vorbei und bezog hinter ihr Stellung. Der klingonische Torpedo explodierte an den leistungsstarken Schilden des Schiffes, ohne Schaden anzurichten. Die anderen beiden Starfleet-Schiffe gaben der *Plüschprinzessin* Flankendeckung. Die Klingonen und die Promethaner wurden langsamer und fielen zurück. Bald war die *Prinzessin* außer Reichweite ihrer Verfolger.

»Vielen Dank, Starfleet«, murmelte Kirk, während die gesamte Besatzung applaudierte. »Uhura, öffnen Sie einen Kanal zu den Schiffen. Ich möchte mich...«

»Das würde ich nicht tun, Captain«, sagte Barbara.

Kirk warf ihr einen nachdenklichen Blick zu.

»Es tut mir leid, Captain«, sagte sie. »Aber wir sollten gar nicht hier sein, und auch diese Schiffe sollten gar nicht hier sein. Das alles ist eigentlich gar nicht geschehen.«

Kirk blickte in das ernste Gesicht des hübschen Mädchens, das ihm von der Pilotenkonsole aus direkt in die Augen sah. Die anderen auf der Brücke warteten ab, während die beiden sich ansahen, Kirk mit neugierigem Ausdruck, Barbara mit völlig ruhiger Miene. Schließlich sprach Kirk, aber nicht zu Barbara.

»Uhura«, sagte Kirk.

»Ja, Captain«, antwortete sie.

»Vergessen Sie's.«

Einige Minuten lang hielten die Starfleet-Schiffe ihre Positionen in der Nähe der *Prinzessin*. Als es offensichtlich war, daß sie nicht mehr verfolgt wurde, gingen die Schiffe auf einen neuen Kurs. Vermutlich kehrten sie zur Starbase 499 zurück. Die Raumyacht flog wieder ganz allein durch die Galaxis.

Zehn Minuten später ging Barbara unter Warpgeschwindigkeit. Auf dem Bildschirm wurde die *Excelsior* sichtbar. Die Besatzungsmitglieder, die die vergangenen acht Tage in Gefangenschaft verbracht hatten, brachen bei ihrem Anblick in lauten Jubel aus.

»Wir haben es geschafft, Sulu«, sagte Kirk. »Ich würde Ihnen gerne anbieten, die Steuerung zu übernehmen, aber wie Sie gesehen haben, hat dieses Schiff bereits einen ausgezeichneten Piloten.« Barbara lächelte. »Der außerdem über sehr gute Beziehungen zu verfügen scheint«, fügte Kirk hinzu und warf ihr einen skeptischen Blick zu.

Die zwei Schiffe hingen mehrere Stunden lang nebeneinander im Weltraum, während Montgomery Scott und Norquist Svenson zusammen mit einem großen Team von Ingenieuren der *Excelsior* Reparaturen an der *Plüschprinzessin* ausführten.

»Damit müßten Sie es bis zur Erde schaffen, Mr. Scott«, sagte Svenson, als sie schließlich ihr Werkzeug aus der Hand legten und alle Systeme wieder funktionierten.

»Ich weiß gar nicht, wie ich Ihnen für die Hilfe danken soll«, sagte Scotty. Er blickte sich um und betrachtete die notdürftig zusammengeflickten Maschinen, die Rußspuren an den Wänden und die halbwegs wieder funktionierende Elektronik. »Ich hoffe, der Eigentümer dieses Schiffes ist ein Patriot«, sagte er kopfschüttelnd, als sie endlich fertig waren. Scotty meldete in der Zentrale, daß das Schiff wieder einsatzbereit war, und die Ingenieure kehrten in den Transporterraum zurück.

Kirk und seine Besatzung betraten den Transporterraum zusammen mit Sulu und seinen Offizieren. Scotty trat an die Transporterkonsole und stimmte die Einstellungen mit der *Excelsior* ab.

Sulu wandte sich an Kirk. »Wohin werden Sie jetzt fliegen?« fragte er.

Kirk blickte sich zu seinen alten Freunden um. »Wir? Zurück nach San Francisco, denke ich doch.«

Sulu reichte Uhura die Hand.

»*Kwa heri*«, sagte er auf kisuaheli.

»*Kwa heri*«, erwiderte sie lächelnd, als sie seine Hand schüttelte.

Dann wandte er sich Scotty zu.

»*Slán agat*«, sagte er auf gälisch.

»*Slán agat*«, erwiderte Scotty.

Sulu wandte sich an Chekov.

»*Do swidanija*«, sagte er.

»*Udatschi*«, erwiderte Chekov.

Er wandte sich an McCoy.

»*Farewell,* Doktor«, sagte Sulu lächelnd.

»Und Sie halten die Ohren steif, alter Freund«, sagte Pille leise.

Sulu wandte sich an Mr. Spock. Er hob die Hand zum vulkanischen Gruß.

»Glück und langes Leben, Mr. Spock.«

»Friede und langes Leben«, erwiderte Mr. Spock.

Schließlich wandte Sulu sich an Kirk.

»Captain, ich weiß nicht, was ich sagen soll«, begann er.

»Nichts, Captain. Schließlich ist hier überhaupt nichts geschehen. Zumindest ist es Starfleet so am liebsten. Und so soll es sein. Sie wissen doch, daß ich mich immer an die Vorschriften halte.«

»Ihre Vorschriften besagen, mutig und loyal vorzugehen. Sie haben viel auf sich genommen, um uns zu helfen. Sie alle haben Ihr Leben für uns riskiert.« Sulu schüttelte den Kopf. Dann nahm er Kirks Hand.

»Mögen Sie immer kräftigen Rückenwind haben, Captain«, sagte er. Sie umarmten sich. Dann trat Sulu auf die Plattform zu seinen Offizieren, die als letzte zur *Excelsior* gebeamt werden sollten. Er wandte sich Kirk und seinen Begleitern zu.

»Bis wir uns wiedersehen, meine alten Freunde«, sagte er. »Und das werden wir.« Dann verschwand er.

Sulu und die anderen Geiseln wurden an Bord der U.S.S. *Excelsior* herzlich von der Besatzung empfangen. Als Sulu sich in seinen Kommandosessel gesetzt hatte, stand Lieutenant Roose hinter ihm und wartete auf Anweisungen. Aber Sulu sagte nichts, sondern starrte nur auf den Hauptsichtschirm, der die kleine Raumyacht zeigte. Schließlich räusperte sich Lieutenant Roose.

»Wie lautet unser nächstes Ziel, Captain?« fragte er.

Sulu riß sich von seinen Gedanken los und blickte zum jungen Lieutenant auf. »Unser Ziel? Zunächst werden wir Starfleet Bericht erstatten. Dann geht es weiter. Wie immer. Es gibt noch so viel zu erkunden.«

»Natürlich, Captain. Äh, könnte ich vielleicht trotzdem eine Rückkehr nach Fata Morgana vorschlagen? Sie erinnern sich bestimmt an den Planeten, den wir entdeckt und kartographiert hatten, kurz bevor Sie entführt wurden. Der mit den idealen Lebensbedingungen.«

»Ich dachte, wir hätten bereits alles Wissenswerte über diesen Planeten in Erfahrung gebracht, Lieutenant.«

»Außer daß wir die Oberfläche noch nicht persönlich erkundet haben, Captain.«

»Ich verstehe. Sie hoffen auf einen Landurlaub.«

»Für die Besatzung, Captain. Sie stand in letzter Zeit unter großer Anspannung, und da dachte ich mir...«

»Das ist ein guter Gedanke, Lieutenant. Was halten Sie davon, Sencus?«

Der wissenschaftliche Offizier blickte von seiner Konsole auf, wo er wieder an dem alten Problem gearbeitet hatte, wer die Datenbanken des Schiffes angezapft hatte und warum.

»Captain, ich bin mittlerweile davon überzeugt, daß die Bewohner dieses Planeten sich unserer Existenz bewußt sind«, sagte er. »Die Aalphine haben uns mit ihren außergewöhnlichen telepathischen Fähigkeiten vermutlich genauso intensiv studiert wie wir sie. Daher würde es keine Verletzung der Ersten Direktive darstellen, wenn wir auf irgendeine Weise Kontakt mit ihnen aufnehmen. Allerdings...« Sencus verschwieg seine weiteren Überlegungen, als er sich wieder völlig auf den Computer konzentrierte.

»Gibt es noch etwas hinzuzufügen, Sencus?« fragte Sulu.

»In der Tat. Ich bin offenbar nicht mehr in den Lage, den Planeten zu lokalisieren.«

»Das ist seltsam. Navigator?«

Violet Bays blickte von ihrer Konsole auf. »Ich fürchte, ich stehe vor demselben Problem, Captain«, sagte sie. »Es ist äußerst merkwürdig, aber – wie soll ich es sagen? – er ist nicht mehr da.«

»Nicht mehr da? Das ist unmöglich«, sagte Sulu. Er stand auf und trat an die Station der Navigatorin. »Haben wir noch die Koordinaten?«

»Natürlich, Captain. Ich weiß genau, wo dieser Planet sein *sollte*. Wir haben seine Position und Bahndaten sehr genau vermessen. Aber... er ist nicht mehr dort, wo er sein sollte.«

»Vielleicht weist die Bahn Unregelmäßigkeiten auf. Haben Sie überprüft...«

»Ich habe das gesamte Sonnensystem mit allen Sensoren abgetastet, Captain. Aber das Ergebnis beweist, daß es dort keinen solchen Planten gibt.«

Sulu seufzte. »Nun, dann werden ihm wohl keinen

zweiten Besuch abstatten können. Außerdem würden wir ziemlich dumm dastehen, wenn wir unsere Entdekkung bekanntgeben und sie gar nicht beweisen können. Schade. Und ich hatte daran gedacht, die Föderation zu bitten, ihm die offizielle Bezeichnung ›Sulus Planet‹ zu geben. Aber ich schätze, mit solchen Überraschungen muß man im Weltraum einfach rechnen. Was sagt Ihre Analyse, Sencus?«

»Die Kultur dieses Planeten schien von Frieden und Harmonie geprägt zu sein, Captain. Und die telepathischen Fähigkeiten der Bewohner waren außergewöhnlich. Daher ist zu vermuten, daß sie möglicherweise auch die Fähigkeit besitzen, sich unsichtbar zu machen. Nachdem sie sich nun eines größeren Universums mit zahlreichen anderen Zivilisationen bewußt geworden sind…«

»Ja?«

»…haben sie vielleicht beschlossen, vorerst auf interstellare Kontakte zu verzichten.«

»Sie meinen, wir wurden geprüft und für mangelhaft befunden?«

»Exakt, Captain. Sie scheinen den völligen Frieden für sich selbst und ihre Umwelt erreicht zu haben. Während wir…« Er überließ es den Offizieren auf der Brücke, die aufmerksam zugehört hatten, den Gedanken selbst zu Ende zu führen. »Können wir es ihnen verübeln?« fügte er hinzu.

»Ich verstehe, was Sie meinen. Eine interessante Theorie, Sencus. Ich habe eine Idee.« Sulus Stimmung besserte sich. »Wir werden uns einen anderen Planeten für den Landurlaub suchen. Wie ich gehört habe, gibt es einen Mond mit schwefliger Schlammoberfläche am Rand des Sektors Beta Prometheus. Vielleicht könnten wir die Erlaubnis einholen…«

Aber die Brückenoffiziere stöhnten auf und kehrten an ihre Stationen zurück, bevor Sulu den Satz vervollständigen konnte. Jetzt standen der Captain und sein Stellvertreter allein in der Mitte der Zentrale.

»Diese Idee scheint keinen Anklang zu finden«, sagte Sencus, und Sulu mußte sich nicht zum ersten Mal ins Gedächtnis rufen, daß Ironie nicht zum Gefühlsrepertoire des vulkanischen Wissenschaftsoffiziers gehörte.

»Offensichtlich haben Sie recht«, sagte er mit einem Schulterzucken und drehte sich wieder zum Sichtschirm um. »Dann werden wir eben weitersuchen.« Er starrte auf die glitzernden Sterne vor dem schwarzen Hintergrund. »Aber hier draußen gibt es immer wieder neue Möglichkeiten.«

Nachdem die Geiseln von Bord gegangen waren, wirkte die *Plüschprinzessin* plötzlich leer. Die Offiziere kehrten an ihre Stationen zurück. Barbara wartete, daß Kirk ihr einen Befehl gab. Als er es nicht tat, drehte sie sich zu ihm um. Er blickte auf den Sichtschirm, obwohl darauf nur das strahlende Raumschiff *Excelsior* in der Unendlichkeit des Universums zu sehen war.

»Nach Hause, Captain?« fragte sie vorsichtig.

»Hmm? Nein. Nicht nach Hause. Ich glaube nicht.«

Sie runzelte verwirrt die Stirn.

»Nach San Francisco, würde ich meinen«, sagte Kirk. »Wir sollten diese kleine Raumyacht zu ihrem Eigentümer zurückbringen. Ob er die Löcher in der Außenhülle bemerken wird?« Alle Anwesenden lachten leise. Barbara bediente mit ihren geschickten Fingern die Konsole, woraufhin sich das Schiff Richtung Erde in Bewegung setzte.

Danach drehte Barbara sich noch einmal um. »Ist San Francisco denn nicht Ihr Zuhause, Captain Kirk?« fragte sie verwundert.

»Nein«, sagte er leise, aber jeder an Bord konnte ihn trotzdem verstehen. »Genauso wenig wie Vulkan Mr. Spocks Zuhause ist oder Afrika das von Uhura. Chekovs Zuhause ist nicht mehr St. Petersburg, und Dr. McCoy hat die Südstaaten weit hinter sich gelassen. Scotty wird in die Highlands zurückkehren, aber auch sie sind nicht mehr seine Heimat. Der Weltraum ist unser Zuhause, Barbara. Das All. Jeder andere Ort ist nicht mehr unsere Heimat.«

Barbara blickte sich zu den Offizieren um und sah, daß alle sie anlächelten.

EINE WOCHE SPÄTER

In der Neutralen Zone

Sarek und seine Assistenten nahmen ihre gewohnten Plätze am Tisch ein. Sie warteten wie üblich eine Viertelstunde, bis sich die Tür öffnete und Kannish mit seinem Team hereinkam.

Sarek beobachtete, wie der Promethaner zum Hokker auf der anderen Seite des Tisches ging und Platz nahm. Er wünschte ihm einen guten Morgen. Kannish brummte seine übliche Erwiderung. Dann schlug er mit der flachen Hand auf den Tisch, wie es seine Gewohnheit war, und eröffnete das Gespräch.

»Wir haben beschlossen, die Gefangenen freizulassen«, sagte Kannish ohne Umschweife. »Sie wurden bereits an ein Starfleet-Raumschiff übergeben, um genau zu sein. Ich hoffe, daß damit unsere Bereitschaft demonstriert wird, einen Friedensvertrag mit der Föderation auszuhandeln.«

Sareks Assistenten lächelten, doch Sarek selbst antwortete ohne Zögern.

»Die Föderation begrüßt diese Entscheidung. Es ist höchst erfreulich, daß dieses Mißverständnis unseren gegenwärtigen Verhandlungen nicht mehr im Weg steht. Ich kann Ihnen versichern, der Föderation liegt sehr viel daran, daß Frieden und Wohlstand im Universum herrschen. Jeder Versuch, unaufgefordert in Ihr System einzudringen, wird von uns verurteilt. Wir möchten uns aufrichtig für die Mißverständnisse entschuldigen, die dadurch entstanden sind, daß unsere Starfleet-Offiziere das Hoheitsgebiet Ihres Sonnensystems verletzt haben.«

Die zwei fähigen Verhandlungsführer tauschten noch einige weitere Erklärungen ihres guten Willens aus, um sich schließlich konkreteren Themen zuzuwenden. Etwa vier Stunden später hatten sich ihre Positionen angenähert, doch außer den Beteiligten selbst wäre kaum jemanden diese winzige Veränderung aufgefallen. Trotzdem verließen sie den Verhandlungsraum mit neuer Zuversicht.

Als Sarek und seine Assistenten nach dem langen Tag ihr Shuttle bestiegen hatten, fragte die junge Frau, ob ihre Verhandlungen jetzt nach der Rückgabe der Geiseln zu einem baldigen Ende gelangen würden.

»Aber nein«, antwortete Sarek. »Wir müssen schließlich noch einen Vertrag aushandeln. Wir müssen die Grenzen klar definieren, die Bedingungen für den Handelsverkehr und die militärischen Kräfteverhältnisse festlegen. Damit sich keine Seite von der anderen bedroht fühlt. Und wir möchten erreichen, daß Beta Prometheus einen Beobachter in den Rat der Föderation entsendet. Eines Tages dann, wenn wir uns überzeugt haben, daß die Promethaner die Rechte des Individuums achten, könnten sie vielleicht zu Vollmitgliedern der Föderation werden.«

»Wie lange wird das Ihrer Einschätzung nach dauern?« fragte die junge Frau.

»Das ist schwer zu sagen. Im Gegensatz zu den Völkern auf Ihrer Erde haben viele andere Zivilisationen Schwierigkeiten, miteinander zurechtzukommen. Ich arbeite jetzt schon seit vierundzwanzig Jahren an einem Friedensvertrag mit den Legaranern, und ich hoffe, daß meine Bemühungen bald Früchte tragen werden.«

Die beiden Assistenten warfen sich einen Blick zu.
»Wir müssen Geduld haben«, sagte Sarek.

San Francisco

Es war dunkel, als Kirk allein durch den dichten Nebel ging, der über der Raumhafenstadt lag. Er spürte den Zug der natürlichen Schwerkraft. Vielleicht war es auch nur das Gewicht seines Alters. In der Ferne sah er das *Flag and Grog*, dessen gelbes Leuchtzeichen den Nebel in einem Halbkreis vor dem Eingang vertrieb. Kirk hatte über Marasco von der Presseabteilung eine Einladung zu einer privaten Versammlung erhalten. *Ein saurianischer Brandy könnte mich vielleicht aufheitern,* dachte er. Doch die meiste Zeit seines Spaziergangs hatte er über eine ganz andere Frage nachgedacht. *Wird sie dabeisein?*

Er hatte sie seit einer Woche nicht mehr gesehen. Seit die Besatzung die *Plüschprinzessin* an ihren Eigentümer zurückgeben und wieder festen Boden betreten hatte.

Kurz bevor er die Tür zur Bar erreichte, tauchte sie aus der Dunkelheit auf.

In der Kälte hatte sie den Kragen ihres Mantels hochgestellt. Ihre Hände hatte sie tief in den Taschen vergraben. Sie musterte ihn mit geistesabwesender Miene. Er blieb stehen und sah sie an. Er spürte, wie sein Herz beim Anblick ihrer Schönheit raste.

»Hallo, Jim«, sagte sie. »Darf ich dir einen Drink ausgeben?«

»Barbara. Schön, dich wiederzusehen.« Die folgende Stille hing wie ein schwarzes Loch im Weltraum zwischen ihnen. Dann brach Kirk das Schweigen mit dem ersten Gedanken, der ihm in den Sinn kam. »Ich hatte bisher noch gar keine Gelegenheit, dir für deine Hilfe zu danken. Ich konnte mich nicht einmal richtig von dir verabschieden.«

»Ich vermute, es war mir peinlich. Ich bin einfach in mein Quartier gegangen. Du hast niemals angerufen.«

»Nein, das habe ich nicht getan. Ich vermute, weil ich es gar nicht wissen wollte.«

»Was?«

»Barbara, du hast nicht zufällig ein paar alte Freunde in den höheren Rängen. Du hast die ganze Zeit für Starfleet gearbeitet. Du warst eine Spionin in unserer Mitte. Nicht wahr?«

Er wartete, daß sie ihm antwortete. Sie nahm sich Zeit.

»Ja. Man hatte mich mit dieser Mission beauftragt. Die Föderation durfte sich nicht einmischen, und Starfleet konnte keine solche Rettungsaktion starten. Aber man wußte, daß du irgend etwas planst. Daraufhin bat man mich, dich zu begleiten.«

»Ich verstehe. Nun, du hast deine Pflicht erfüllt. Du hast ausgezeichnete Arbeit geleistet. Und du bist eine hervorragende Pilotin. Ohne dich hätten wir es nie geschafft.«

»Dann bist du nicht böse auf mich?«

»Böse? Natürlich nicht.« Kirk stand im Nebel und erforschte seine Gefühle. »Um die Wahrheit zu sagen, ich weiß es nicht genau. Es war ein leichter Schock für mich, daß die Aktion letztlich doch eine Starfleet-Mission war.«

»Es war eine sehr erfolgreiche Mission.«

»Danke.«

»Jim, würdest du mir glauben, wenn ich dir sage, daß es nicht zur Mission gehörte, was zwischen uns geschehen ist?«

»Nein.«

»Aber so war es.«

»Nun, dann betrachten wir es als Prämie. Zumindest für mich.«

»Ich hoffe, du entwickelst keine Haßgefühle gegen mich.«

»Keine Sorge. He, Moment mal! Ich bin der erfahrene Haudegen und du der unerfahrene Kadett. Du unterschätzt mich. Ich habe in jedem Sonnensystem ein Mädchen. Niemand bricht dem alten Captain das Herz.«

»Wenn ich dich nicht wiedergesehen hätte, hätte es mir das Herz gebrochen.«

»Macht man sich bei Starfleet Sorgen um mich?«

»Diese Bemerkung war grausam.«

»Entschuldigung.«

»Glaubst du«, sagte sie zögernd, »daß wir noch einmal von vorne anfangen könnten?«

Kirk ließ sich mit einer Antwort Zeit. *Als ich noch etwas jünger war,* dachte er, *hätte ich jetzt aus purem Trotz nein gesagt.*

»Vielleicht«, sagte er schließlich. Dann drehte er sich um und ging voraus ins *Flag and Grog*.

Sie fuhren mit dem Turbolift zur Bar hinauf. Dort war es laut und überfüllt, genauso wie beim letzten Mal, als er hier eingekehrt war. Kadetten, Offiziere und Aliens drängten sich im großen Raum. Diesmal ging Kirk an der langen Theke vorbei und bog im hinteren Bereich in einen schmalen Korridor. Sie kamen durch einen Eingang, über dem ein Schild mit der Aufschrift ZU DEN BANKETTSÄLEN hing. Darunter befand sich ein blinkender Neonschriftzug mit der Mitteilung GESCHLOSSENE GESELLSCHAFT.

Sie nahmen eine kurze Treppe und betraten dann den Raum, wo die Privatfeier stattfand. Zuerst erkannte Kirk den hoch aufragenden Mr. Spock, der sich mit Admiral Caius Fesidas unterhielt. Daneben hatten sich weitere Admirale und hochrangige Offiziere eingefunden. Schließlich entdeckte er auch Scotty, Pille, Uhura und Chekov. Er winkte jedem von ihnen zu. Barbara machte sich auf den Weg zu einer Gruppe junger Offiziere. Eugene Marasco von der Presseabteilung kam zu ihm.

»Willkommen, Captain Kirk!« sagte er. »Willkommen zu einer völlig inoffiziellen Versammlung.«

»Marasco«, sagte Kirk, während er sich von einem uniformierten Kellner einen Drink besorgte, »ich muß mit Ihnen reden.«

»Ich stehe zu Ihrer Verfügung.«

Kirk ging mit dem Mann in einen ruhigeren Winkel des Raumes und senkte die Stimme.

»Ganz inoffiziell gefragt... Wieviel wußte Starfleet über... meine kleine Mission.«

Marasco nahm einen Schluck von seinem Getränk.

»Alles«, sagte er einfach.

»Alles?« wiederholte Kirk und zog verwundert die Augenbrauen hoch.

»Alles. Von dem Augenblick an, als sie begannen, Ihre alte Besatzung zusammenzutrommeln, wurden Sie beobachtet.«

»Aber man hat nicht versucht, mich aufzuhalten?«

»Natürlich nicht. Kirk, seien Sie nicht naiv. Ich weiß, daß Sie fast Ihr gesamtes Leben im Weltraum verbracht haben, aber Sie müssen zumindest eine gewisse Ahnung von den Tatsachen der Politik haben. Die Föderation konnte offiziell nichts unternehmen, ohne das delikate Gleichgewicht der Kräfte in diesem Teil des Universums zu gefährden. Man konnte den Forderungen der Piraten nicht nachgeben, und man wollte auch keine offizielle Invasion durch Starfleet riskieren, die einen galaktischen Krieg zur Folge gehabt hätte. Und dann ist da noch das Dilithium. Unsere Raumschiffe brauchen es, um das Universum zu erkunden, und die Promethaner haben den Markt bisher sehr zuverlässig versorgt. Als Sie begannen, sich für die Sache zu interessieren – hier in dieser Bar und in der Zentrale –, wurde ein Geheimteam aus Admiralen und wissenschaftlichen Experten zusammengestellt, die Ihr psychologisches Profil unter die Lupe nahmen und erkannten – wie sich eins der Mitglieder des Komitees ausdrückte, das Sie gut kennt –, daß Sie diesmal nicht das Problem sein würden, sondern die Lösung.«

»Ich weiß nicht, ob ich mich jetzt geschmeichelt fühlen soll.«

»Ich zumindest bin stolz auf die Tatsache, daß ich Starfleet den Hinweis auf Sie gegeben habe.«

»Sie?«

»Nachdem Sie mit dem Admiral und mir gesprochen hatten, kam ich auf die Idee, daß mehr hinter Ihrem Interesse an der *Excelsior* stecken mußte. Am nächsten Tag sah ich mir Ihre Akten an, wobei ich erkannte, wie lange Sie gemeinsam mit dem entführten Captain Sulu gedient hatten. Also kontaktierte ich...«

»Einen Augenblick! Sagten Sie, am nächsten Tag?«

»Richtig. Es war am Tag, nachdem wir uns hier in der Bar getroffen hatten. Ich meldete mich bei...«

»Am nächsten Tag. Dann hat sich dieses Komitee erst im Anschluß an unser Gespräch hier getroffen?«

»Das ist richtig.«

»Dann kann alles, was noch in dieser Nacht geschah, nicht von Starfleet in die Wege geleitet worden sein?«

»In dieser Nacht? Was meinen Sie damit?«

»Ach nichts. Könnten Sie mir vielleicht verraten, wie Barbara O'Marla an diese Mission geraten ist?«

»Das war reiner Zufall. Einige Tage später wandte sie sich an die Starfleet-Sicherheitsabteilung und äußerte den gleichen Verdacht. Sie sagte, sie würde Sie kennen und sich Sorgen machen, daß es gefährlich für Sie werden könnte, wenn Sie auf eigene Faust etwas unternehmen. Sie sagte, daß sie Sie bestimmt dazu überreden könnte, sie mitzunehmen. Das Komitee beschloß, daß es eine ideale Lösung wäre, wenn man jemanden in Ihre Besatzung einschleusen würde, über den man mit Ihnen in Kontakt bleiben konnte. Also erhielt sie den Auftrag, Sie zu begleiten.«

»Ich verstehe. Aber sie ist aus eigenem Antrieb zu Ihnen gekommen?«

»Ja.«

»Nach dem Abend, an dem Sie und ich uns in der Bar unterhielten?«

»Völlig richtig. Warum wollen Sie es so genau wissen?«

»Ach, ich möchte nur die Ereignisse in eine chronologisch richtige Reihenfolge bringen.«

Marasco sah zu Barbara hinüber, die hinter Kirk mit mehreren hochrangigen Offizieren plauderte. »Das ist ein sehr guter Start für eine Starfleet-Karriere«, sagte er. Kirk folgte seinem Blick und sah Barbara. Er glaubte, an ihrer Haltung eine Selbstsicherheit zu erkennen, die ihm bei ihrer ersten Begegnung noch nicht aufgefallen war. Sie strahlte die Zuversicht eines Menschen aus, der gerade eine wichtige Leistung vollbracht hatte. Kirk widerstand dem Drang, zu ihr hinüberzugehen. Im gleichen Augenblick, als sie sich umdrehte und sah, daß er sie anstarrte, betrat der Präsident der Föderation den Raum. Mehrere Starfleet-Admirale eilten ihm entgegen, um ihn zu begrüßen.

»Wie haben Sie Barbara überhaupt kennengelernt, wenn ich fragen darf?« sagte Marasco zu ihm.

»Barbara? Ach, wir sind uns … zufällig über den Weg gelaufen«, sagte Kirk. »Ich habe gehört, daß sie die beste Pilotin ihres Jahrgangs war. Und da Sulu jetzt sein eigenes Raumschiff hat, dachte ich mir, wir könnten sie ganz gut gebrauchen.«

Mr. Spock unterhielt sich mit einem höheren Offizier mittleren Alters, der für irgendeine Abteilung der Starfleet-Bürokratie arbeitete.

»Die Hülle hat einige Treffer erhalten. Die Außenverkleidung müßte komplett erneuert werden. Mindestens zwei der Strukturträger haben Risse. Die Schilde müssen verstärkt werden, eins der Warptriebwerke ist durchgebrannt und läßt sich nicht mehr reparieren. Die Navigationssysteme wurden in Mitleidenschaft gezogen, als die elektrischen Sensoren überladen wurden. Man müßte sie gründlich…«

»Mr. Spock«, wurde er vom Offizier unterbrochen. »Die *Plüschprinzessin* ist kein Starfleet-Raumschiff. Ich kann weder die nötigen Ersatzteile noch die geeigneten Ingenieure zur Verfügung stellen, um eine Luxusyacht zu reparieren, die einem privaten und sehr wohlhabenden Geschäftsmann gehört.«

Spock runzelte die Stirn. »Ich habe Thaylor mein Wort gegeben, daß ich das Schiff in tadellosem Zustand zurückbringen werde. Ich möchte mein Wort nicht brechen.«

»Thaylor hat uns das Schiff geliehen, weil er wußte, daß er sich auf einen Vulkanier verlassen kann«, sagte Scotty, der zu ihnen getreten war. »Sie würden Mr. Spock in große Schwierigkeiten bringen. Und vergessen Sie nicht, daß sein Vater Mitglied des Rates ist.«

»Nach den Starfleet-Vorschriften ist es strengstens verboten, daß Privatpersonen sich in irgendeiner Form an Starfleet-Missionen beteiligen«, protestierte der Offizier. »Wir dürfen nicht zulassen, daß unsere Politik mit privaten Interessen in Konflikt gerät.«

»Allerdings wäre zu bedenken, daß es sich vielleicht herumspricht, wenn er von den wahren Hintergründen der Mission erfährt. Schließlich hat Thaylor viele Freunde in einflußreichen Positionen«, führte Scotty den Gedanken zu Ende.

»Schon gut, schon gut. Ich denke, ich kann unsere technische Abteilung dazu bringen, die Arbeit zu erledigen, und anschließend werde ich den Papierkram verschwinden lassen.«

»Sehr gut. Sie könnten es unter ›unbürokratische Hilfestellung‹ verbuchen.«

»Ja, ich werde mich darum kümmern.«

»Vielen Dank«, sagte Scotty und wandte sich augenzwinkernd an Spock. »Denn ich möchte nicht, daß der gute Ruf der Holo-Produzenten Montgomery Scott und Mr. Spock in Mitleidenschaft gezogen wird.«

Alle Anwesenden nahmen Platz am großen Tisch, und das Bankett begann. Der Präsident saß an einem Ende, der befehlshabende Starfleet-Admiral am anderen. Zwischen ihnen verteilten sich die übrigen Admirale, zwei Dutzend Offiziere und die Besatzung der *Prinzessin*. Kirk stellte fest, daß er schräg gegenüber von Barbara saß.

Es folgten einige Ansprachen, in denen man der ehemaligen Besatzung der *Enterprise* für das ›nicht stattgefundene Ereignis‹ dankte. Kirk dankte Starfleet für die Unterstützung, doch dabei sah er seine alten Besatzungsmitglieder an, so daß jeder wußte, was er wirklich ausdrücken wollte. Der Präsident der Föderation hatte die Lacher auf seiner Seite, als er vorschlug, den sechs Offizieren im Ruhestand eine ›unsichtbare Tapferkeitsmedaille‹ zu verleihen. Er schloß natürlich auch die junge Absolventin der Akademie ein, in deren Personalakte die fraglichen zehn Tage als ›Urlaub, Aufenthaltsort unbekannt‹ vermerkt würden.

»Ich hätte da noch eine Frage«, sagte Admiral Fesidas zu Kirk. »Und zwar über die Waffen, die Sie an die Piraten von Beta Prometheus geliefert haben. Ist es im Verlauf Ihrer Karriere schon häufiger vorgekommen, daß Sie die Allgemeine Order verletzt haben?«

Am Tisch stellte sich bedrücktes Schweigen ein, doch Kirk lächelte. »Keineswegs, Admiral. Haben Sie nicht zugehört? Es waren Wasserpistolen. Ich hatte nie die Absicht, die Piraten mit echten Waffen auszurüsten, und der Handel mit Spielzeug ist laut Allgemeiner

Order nicht verboten. Sie kennen mich doch. Ich halte mich stets an die Vorschriften.«

Der Admiral grinste.

Etwas später wollte Marasco vom Chefingenieur Montgomery Scott wissen, ob diese Mission seine bislang schwierigste und gefährlichste gewesen sei.

»Schwierig?« tönte Scotty. »Gefährlich? Junger Mann, ich könnte Ihnen ganz andere Geschichten erzählen! Zum Beispiel von der riesigen grünen Hand im Weltraum. Sie packte die *Enterprise* und ließ sie nicht mehr los. Damals dachte ich, wir wären für immer im Orbit über Pollux IV gefangen. Gefährlich? Sie scheinen keine Ahnung zu haben, wie es im Weltraum zugeht…«

Das Essen dauerte bis spät in die Nacht. Als der phylosianische Cognac ausgeschenkt und die cobanischen Zigarren herumgereicht wurden, hatte Scotty in seinen Geschichten bereits die halbe Galaxis durchstreift. Alte Freunde hatten gemeinsam mit erstaunten und amüsierten jungen Offizieren gelacht und getrauert.

Kirk hatte lange Zeit geschwiegen. Schließlich stand er auf.

»Ich möchte gerne einen Trinkspruch ausbringen«, sagte er und erhob sein Glas. »Auf unsere abwesenden Freunde. Auf Captain Sulu, der irgendwo in den Weiten des Alls unterwegs ist.«

»Auf Captain Sulu!« riefen seine Besatzungsmitglieder.

»Auf den jungen Spiros Focus von der *Excelsior*, der sein Leben für Starfleet opferte«, sagte Kirk. »Auf alle unsere Freunde, die ihr Leben lassen mußten.«

Alle Offiziere erwiderten den Trinkspruch und tranken schweigend.

Schließlich erhob sich der befehlshabende Starfleet-Admiral, der die meiste Zeit des Abends stumm den Gesprächen gelauscht hatte.

»Auf alle Männer und Frauen von Starfleet, aus der Vergangenheit, Gegenwart und Zukunft, die eine Loyalität bewiesen haben, wie sie in der Geschichte menschlicher Unternehmungen ohne Beispiel ist. Sie haben sich mit bewundernswertem Einsatz der Wissenschaft und Erkundung, der Sache des Friedens und der Föderation verschrieben. Und auf Starfleet!«

»Auf Starfleet!« wiederholten die Offiziere und tranken.

»Und vor allem sollten wir auf die Männer und Frauen der *Enterprise* trinken – Verzeihung, auf die Männer und Frauen der *Plüschprinzessin*«, sagte er, worauf alle lachten. »Sie haben die größte Loyalität von allen bewiesen. *Semper fidelis.*« Er hob sein Glas.

Kirk, Scotty, Pille, Chekov, Uhura und Spock stießen in gebotener Bescheidenheit mit ihren Tischnachbarn an, die auf sie tranken. Insgeheim waren sie natürlich sehr stolz.

Die meisten Offiziere feierten immer noch, als es draußen über dem Raumhafen zu dämmern begann. Kirk blickte aus dem Fenster und sah die glänzend weißen Hüllen der Shuttles. Er schaute zum blassen Himmel auf und stellte sich die großen Raumschiffe im Orbit vor, die darauf warteten, ihre Besatzung an Bord zu nehmen und sie in unerforschte Quadranten der Galaxis zu bringen. Er fragte sich, ob er jemals wieder ein solches Schiff führen durfte.

Am frühen Morgen löste sich die Gesellschaft allmählich auf. Die alten Freunde waren unter den letzten Gästen. Schließlich kam McCoy zu Kirk herüber.

»Was wirst du machen, Pille? Dich wieder um deine irdischen Patienten kümmern?«

»Nein«, sagte McCoy. »Das ist mir zu langweilig. Solange das Waffenstillstandsabkommen in Kraft ist, würde ich gerne eine Praxis für Klingonen eröffnen. Ich möchte ihre verrückte Physiognomie genauer erforschen. Ich werde meine Maske anlegen, damit sie sich in meiner Gegenwart wohl fühlen.« Alle lachten.

»Nun, ich möchte mit dem, was ich bei Starfleet gelernt habe, richtiges Geld verdienen«, sagte Uhura. »Ich muß auf meinen Posten als stellvertretende Geschäftsführerin bei der GHG zurückkehren.« Sie umarmte der Reihe nach Scotty, Chekov, McCoy und Kirk. Dann grüßte sie Spock nach vulkanischer Sitte mit erhobener Hand.

»Mr. Spock, werden Sie Ihre Theaterkarriere weiterverfolgen?« fragte Kirk.

»Nein, diese Welt ist mir viel zu emotional. Allerdings werde ich nach Vulkan zurückkehren. Es gibt noch viel zu erforschen und zu lernen.«

»Das größte Abenteuer überhaupt«, sagte Kirk.

Sie gingen nacheinander durch die Tür – und zurück in ihr eigenes Leben, wie Kirk dachte. Er schaute noch einmal aus dem Fenster und verließ dann ebenfalls den Raum. Er schritt durch die mittlerweile leere Bar, nahm den Turbolift nach unten und machte sich auf den Weg zu seinem Apartment.

Auf der Straße wartete Barbara auf ihn.

»Und was ist mit dir, Jim? Wirst du hier in San Francisco bleiben?« fragte sie.

»Ja. Unsere Reise hat mich von meiner Unrast geheilt. Zumindest vorläufig. Und was ist mit dir? Starfleet wird dir nach dem, was du geleistet hast, bestimmt eine wichtige Mission anvertrauen.«

»Man hat mir den Posten des Piloten auf einem soeben vom Stapel gelaufenen Starfleet-Raumschiff angeboten. Es wird in einer Woche aufbrechen.«

»Es tut mir leid, daß ich mich vor der Party etwas kühl verhalten habe«, sagte Kirk. »Ich habe mit Marasco geredet und erkannt...«

»Ja?«

»Ach nichts. Nur daß ich dich gerne wiedersehen würde.«

»Wie wäre es mit jetzt?« sagte Barbara.

Ihr Gesicht zeigte ein Lächeln, an das sich Kirk noch gut von ihrer ersten Begegnung erinnern konnte.

»Nachdem ich jetzt soviel über dich weiß«, sprach sie weiter, »muß ich natürlich sehr vorsichtig sein. Ich möchte nicht nur eine von deinen vielen Frauen im ganzen Universum sein.« Sie blickte ihn erwartungsvoll an.

»Ich bin kein Mann zum Heiraten«, sagte er. »Zu jung und flatterhaft.«

Sie gingen schweigend ein Stück weiter.

»Wie wäre es mit einer Fünfjahresmission?« sagte er schließlich.

»Damit könnte ich mich zufriedengeben«, sagte sie und hakte sich bei ihm unter.

Sie gingen Seite an Seite durch die nebligen Straßen, während die Sterne verblaßten und die Stadt vom rötlichen Licht der aufgehenden Sonne übergossen wurde.

»Vielleicht könnten wir sogar gemeinsam eine kleine Reise irgendwohin unternehmen«, schlug sie vor und blickte zu den letzten Sternen hinauf, bevor sie von der Morgensonne überstrahlt wurden.

STAR TREK™

in der Reihe
HEYNE SCIENCE FICTION & FANTASY

STAR TREK: CLASSIC SERIE

Vonda N. McIntyre, Star Trek II: Der Zorn des Khan · 06/3971
Vonda N. McIntyre, Der Entropie-Effekt · 06/3988
Robert E. Vardeman, Das Klingonen-Gambit · 06/4035
Lee Correy, Hort des Lebens · 06/4083
Vonda N. McIntyre, Star Trek III: Auf der Suche nach Mr. Spock · 06/4181
S. M. Murdock, Das Netz der Romulaner · 06/4209
Sonni Cooper, Schwarzes Feuer · 06/4270
Robert E. Vardeman, Meuterei auf der Enterprise · 06/4285
Howard Weinstein, Die Macht der Krone · 06/4342
Sondra Marshak & Myrna Culbreath, Das Prometheus-Projekt · 06/4379
Sondra Marshak & Myrna Culbreath, Tödliches Dreieck · 06/4411
A. C. Crispin, Sohn der Vergangenheit · 06/4431
Diane Duane, Der verwundete Himmel · 06/4458
David Dvorkin, Die Trellisane-Konfrontation · 06/4474
Vonda N. McIntyre, Star Trek IV: Zurück in die Gegenwart · 06/4486
Greg Bear, Corona · 06/4499
John M. Ford, Der letzte Schachzug · 06/4528
Diane Duane, Der Feind – mein Verbündeter · 06/4535
Melinda Snodgrass, Die Tränen der Sänger · 06/4551
Jean Lorrah, Mord an der Vulkan Akademie · 06/4568
Janet Kagan, Uhuras Lied · 06/4605
Laurence Yep, Herr der Schatten · 06/4627
Barbara Hambly, Ishmael · 06/4662
J. M. Dillard, Star Trek V: Am Rande des Universums · 06/4682
Della van Hise, Zeit zu töten · 06/4698
Margaret Wander Bonanno, Geiseln für den Frieden · 06/4724
Majliss Larson, Das Faustpfand der Klingonen · 06/4741
J. M. Dillard, Bewußtseinsschatten · 06/4762
Brad Ferguson, Krise auf Centaurus · 06/4776
Diane Carey, Das Schlachtschiff · 06/4804
J. M. Dillard, Dämonen · 06/4819
Diane Duane, Spocks Welt · 06/4830
Diane Carey, Der Verräter · 06/4848
Gene DeWeese, Zwischen den Fronten · 06/4862
J. M. Dillard, Die verlorenen Jahre · 06/4869
Howard Weinstein, Akkalla · 06/4879
Carmen Carter, McCoys Träume · 06/4898
Diane Duane & Peter Norwood, Die Romulaner · 06/4907

STAR TREK™

John M. Ford, Was kostet dieser Planet? · 06/4922
J. M. Dillard, Blutdurst · 06/4929
Gene Roddenberry, Star Trek I: Der Film · 06/4942
J. M. Dillard, Star Trek VI: Das unentdeckte Land · 06/4943
Jean Lorrah, Die UMUK-Seuche · 06/4949
A. C. Crispin, Zeit für gestern · 06/4969
David Dvorkin, Die Zeitfalle · 06/4996
Barbara Paul, Das Drei-Minuten-Universum · 06/5005
Judith & Garfield Reeves-Stevens, Das Zentralgehirn · 06/5015
Gene DeWeese, Nexus · 06/5019
D. C. Fontana, Vulkans Ruhm · 06/5043
Judith & Garfield Reeves-Stevens, Die erste Direktive · 06/5051
Michael Jan Friedman, Das Doppelgänger-Komplott · 06/5067
Judy Klass, Der Boaco-Zwischenfall · 06/5086
Julia Ecklar, Kobayashi Maru · 06/5103
Peter Norwood, Angriff auf Dekkanar · 06/5147
Carolyn Clowes, Das Pandora-Prinzip · 06/5167
Michael Jan Friedman, Schatten auf der Sonne · 06/5179
Diana Duane, Die Befehle des Doktors · 06/5247
V. E. Mitchell, Der unsichtbare Gegner · 06/5248
Dana Kramer-Rolls, Der Prüfstein ihrer Vergangenheit · 06/5273
Barbara Hambly, Der Kampf ums nackte Überleben · 06/5334
Brad Ferguson, Eine Flagge voller Sterne · 06/5349
J. M. Dillard, Star Trek VII: Generationen · 06/5360
Gene DeWeese, Die Kolonie der Abtrünnigen · 06/5375
Michael Jan Friedman, Späte Rache · 06/5412
Peter David, Der Riß im Kontinuum · 06/5464
Michael Jan Friedman, Gesichter aus Feuer · 06/5465
Peter David/Michael Jan Friedman/Robert Greenberger, Die Enterbten · 06/5466
L. A. Graf, Die Eisfalle · 06/5467
John Vornholt, Zuflucht · 06/5468
L. A. Graf, Der Saboteur · 06/5469
Melissa Crandall, Die Geisterstation · 06/5470
Mel Gilden, Die Raumschiff-Falle · 06/5471
V. E. Mitchell, Tore auf einer toten Welt · 06/5472
Victor Milan, Aus Okeanos Tiefen · 06/5473
Diane Carey, Das große Raumschiff-Rennen · 06/5474
Diane Carey, Kirks Bestimmung · 06/5476
L. A. Graf, Feuersturm · 06/5477
A. C. Crispin, Sarek · 06/5478
Simon Hawke, Die Terroristen von Patria · 06/5479
Barbara Hambly, Kreuzwege · 06/5681

STAR TREK™

L. A. Graf, Ein Sumpf von Intrigen · 06/5682
Howard Weinstein, McCoys Tochter · 06/5683
J. M. Dillard, Sabotage · 06/5685
Denny Martin Flinn, Der Coup der Promethaner · 06/5686
Diane Carey/Dr. James I. Kirkland, Keine Spur von Menschen · 06/5687
Peter David, Die Tochter des Captain · 06/5691
Dean Wesley Smith/Kristine Kathryn Rusch, Die Ringe von Tautee · 06/5693
Diane Carey, Invasion – 1: Der Erstschlag · 06/5694
Dean Wesley Smith/Kristine Kathryn Rusch, Tag der Ehre – 4: Das Gesetz des Verrats · 06/5702

STAR TREK: THE NEXT GENERATION
David Gerrold, Mission Farpoint · 06/4589
Gene DeWeese, Die Friedenswächter · 06/4646
Carmen Carter, Die Kinder von Hamlin · 06/4685
Jean Lorrah, Überlebende · 06/4705
Peter David, Planet der Waffen · 06/4733
Diane Carey, Gespensterschiff · 06/4757
Howard Weinstein, Machthunger · 06/4771
John Vornholt, Masken · 06/4787
David & Daniel Dvorkin, Die Ehre des Captain · 06/4793
Michael Jan Friedman, Ein Ruf in die Dunkelheit · 06/4814
Peter David, Eine Hölle namens Paradies · 06/4837
Jean Lorrah, Metamorphose · 06/4856
Keith Sharee, Gullivers Flüchtlinge · 06/4889
Carmen Carter u. a., Planet des Untergangs · 06/4899
A. C. Crispin, Die Augen der Betrachter · 06/4914
Howard Weinstein, Im Exil · 06/4937
Michael Jan Friedman, Das verschwundene Juwel · 06/4958
John Vornholt, Kontamination · 06/4986
Mel Gilden, Baldwins Entdeckungen · 06/5024
Peter David, Vendetta · 06/5057
Peter David, Eine Lektion in Liebe · 06/5077
Howard Weinstein, Die Macht der Former · 06/5096
Michael Jan Friedman, Wieder vereint · 06/5142
T. L. Mancour, Spartacus · 06/5158
Bill McCay/Eloise Flood, Ketten der Gewalt · 06/5242
V. E. Mitchell, Die Jarada · 06/5279
John Vornholt, Kriegstrommeln · 06/5312
David Bischoff, Die Epidemie · 06/5356
Peter David, Imzadi · 06/5357
Laurell K. Hamilton, Nacht über Oriana · 06/5342

STAR TREK™

Simon Hawke, Die Beute der Romulaner · 06/5413
Rebecca Neason, Der Kronprinz · 06/5414
John Peel, Drachenjäger · 06/5415
Diane Carey, Abstieg · 06/5416
Diane Duane, Dunkler Spiegel · 06/5417
Jeri Taylor, Die Zusammenkunft · 06/5418
Michael Jan Friedman, Relikte · 06/5419
Susan Wright, Der Mörder des Sli · 06/5438
W. R. Thomson, Planet der Schuldner · 06/5439
Michael Jan Friedman & Kevin Ryan, Requiem · 06/5442
Dafydd ab Hugh, Gleichgewicht der Kräfte · 06/5443
Michael Jan Friedman, Die Verurteilung · 06/5444
Peter David, Q^2 · 06/5445
Simon Hawke, Die Rückkehr der Despoten · 06/5446
Robert Greenberger, Die Strategie der Romulaner · 06/5447
Gene DeWeese, Im Staubnebel verschwunden · 06/5448
Brad Ferguson, Das letzte Aufgebot · 06/5449
Kij Johnson/Greg Cox, Die Ehre des Drachen · 06/5751
J. M. Dillard/Kathleen O'Malley, Wahnsinn · 06/5753
Dean Wesley Smith/Kristine Kathryn Rusch, Invasion – 2: Soldaten des Schreckens · 06/5754
J. M. Dillard, Star Trek VIII: Der erste Kontakt · 06/5757
Diane Carey, Tag der Ehre – 1: Altes Blut · 06/5763
J. M. Dillard, Star Trek IX: Der Aufstand · 06/5770

STAR TREK: DIE ANFÄNGE
Vonda N. McIntyre, Die erste Mission · 06/4619
Margaret Wander Bonanno, Fremde vom Himmel · 06/4669
Diane Carey, Die letzte Grenze · 06/4714

STAR TREK: DEEP SPACE NINE
J. M. Dillard, Botschafter · 06/5115
Peter David, Die Belagerung · 06/5129
K. W. Jeter, Die Station der Cardassianer · 06/5130
Sandy Schofield, Das große Spiel · 06/5187
Dafydd ab Hugh, Gefallene Helden · 06/5322
Lois Tilton, Verrat · 06/5323
Esther Friesner, Kriegskind · 06/5430
John Vornholt, Antimaterie · 06/5431
Diane Carey, Die Suche · 06/5432
Melissa Scott, Der Pirat · 06/5434
Nathan Archer, Walhalla · 06/5512
Greg Cox/John Gregory Betancourt, Der Teufel im Himmel · 06/5513
Robert Sheckley, Das Spiel der Laertianer · 06/5514

STAR TREK™

Diane Carey, Der Weg des Kriegers · 06/5515
Diane Carey, Die Katakombe · 06/5516
Dean Wesley Smith/Kristine Kathryn Rusch, Die lange Nacht · 06/5517
L. A. Graf, Invasion – 3: Der Feind der Zeit · 06/5519
L. A. Graf, Tag der Ehre – 2: Der Himmel von Armageddon · 06/5725

STAR TREK: STARFLEET KADETTEN
John Vornholt, Generationen · 06/6501
Peter David, Worfs erstes Abenteuer · 06/6502
Peter David, Mission auf Dantar · 06/6503
Peter David, Überleben · 06/6504
Brad Strickland, Das Sternengespenst · 06/6505
Brad Strickland, In den Wüsten von Bajor · 06/6506
John Peel, Freiheitskämpfer · 06/6507
Mel Gilden & Ted Pedersen, Das Schoßtierchen · 06/6508
John Vornholt, Erobert die Flagge! · 06/6509
V. E. Mitchell, Die Atlantis Station · 06/6510
Michael Jan Friedman, Die verschwundene Besatzung · 06/6511
Michael Jan Friedman, Das Echsenvolk · 06/6512
Diane G. Gallagher, Arcade · 06/6513
John Peel, Ein Trip durch das Wurmloch · 06/6514
Brad & Barbara Strickland, Kadett Jean-Luc Picard · 06/6515
Brad & Barbara Strickland, Picards erstes Kommando · 06/6516
Ted Pedersen, Zigeunerwelt · 06/6517
Patricia Barnes-Svarney, Loyalitäten · 06/6518
Diana Gallagher, Tag der Ehre – 5: Ehrensache · 06/6530

STAR TREK: VOYAGER
L. A. Graf, Der Beschützer · 06/5401
Dean Wesley Smith/Kristine Kathryn Rusch, Die Flucht · 06/5402
Nathan Archer, Ragnarök · 06/5403
Susan Wright, Verletzungen · 06/5404
John Betancourt, Der Arbuk-Zwischenfall · 06/5405
Christie Golden, Die ermordete Sonne · 06/5406
Mark A. Garland/Charles G. McGraw, Geisterhafte Visionen · 06/5407
S. N. Lewitt, Cybersong · 06/5408
Dafydd ab Hugh, Invasion – 4: Die Raserei des Endes · 06/5409
Karen Haber, Segnet die Tiere · 06/5410
Jeri Taylor, Mosaik · 06/5811
Melissa Scott, Der Garten · 06/5812
David Niall Wilson, Puppen · 06/5813
Greg Cox, Das schwarze Ufer · 06/5814
Michael Jan Friedman, Tag der Ehre – 3: Ihre klingonische Seele · 06/5815

STAR TREK™

DAS STAR TREK-UNIVERSUM, 2 Bde.,
von *Ralph Sander* · 06/5150
DAS STAR TREK-UNIVERSUM, 1. Ergänzungsband
von *Ralph Sander* · 06/5151
DAS STAR TREK-UNIVERSUM, 2. Ergänzungsband
von *Ralph Sander* · 06/5270

Ralph Sander, Star Trek Timer 1996 · 06/1996
Ralph Sander, Star Trek Timer 1997 · 06/1997
Ralph Sander, Star Trek Timer 1998 · 06/1998
Ralph Sander, Star Trek Timer 1999 · 06/1999

William Shatner/Chris Kreski, Star Trek Erinnerungen · 06/5188
William Shatner/Chris Kreski, Star Trek Erinnerungen: Die Filme · 06/5450

Phil Farrand, Cap'n Beckmessers Führer durch STAR TREK – DIE CLASSIC SERIE · 06/5451
Phil Farrand, Cap'n Beckmessers Führer durch STAR TREK – DIE NÄCHSTE GENERATION · 06/5199
Phil Farrand, Cap'n Beckmessers Führer durch STAR TREK – DIE NÄCHSTE GENERATION – Teil 2 · 06/6457

David Alexander, Gene Roddenberry – Die autorisierte Biographie · 06/5544
Judith & Garfield Reeves-Stevens, Star Trek Design · 06/5545
Nichelle Nichols, Nicht nur Uhura · 06/5547
Leonard Nimoy, Ich bin Spock · 06/5548
Lawrence M. Krauss, Die Physik von Star Trek · 06/5549
Judith & Garfield Reeves-Stevens, Star Trek – Deep Space Nine: Die Realisierung einer Idee · 06/5550
Herbert F. Solow & Yvonne Fern Solow, Star Trek: Das Skizzenbuch – Die Classic-Serie · 06/6469
Judith & Garfield Reeves-Stevens, Star Trek – Phase II: Die verlorene Generation · 06/6470
Herbert F. Solow/Robert H. Justman, Star Trek – Die wahre Geschichte · 06/6499
J. M. Dillard, Star Trek: Wo bisher noch niemand gewesen ist · 06/6500

Diese Liste ist eine Bibliographie erschienener Titel,
KEIN VERZEICHNIS LIEFERBARER BÜCHER!